Uma história de ontem

Revisão e Editoração Eletrônica
Sandra Martha Dolinsky

Análise e Adaptação de Conteúdo
Marcelo Cezar

Direção de Arte
Luiz Antonio Gasparetto

Capa
Kátia Cabello

1ª edição
Junho • 2001
10.000 exemplares

Publicação, Distribuição
Impressão e Acabamento
CENTRO DE ESTUDOS
VIDA & CONSCIÊNCIA EDITORA LTDA.

Rua Santo Irineu, 170
Saúde • CEP 04127-120
São Paulo • S.P. • Brasil
F.: (11) 5574-5688 / 5549-8344
FAX (11) 5571-9870 / 5575-4378
E-mail: gasparetto@snet.com.br
Site: www.gasparetto.com.br

É proibida a reprodução
de parte ou da totalidade
dos textos sem autorização
prévia do editor.

Mônica de Castro
ditado por Leonel

Uma história de ontem

LIVRARIA ESPÍRITA CRISTÃ
Fundada em 15/06/57

DISTRIBUIDORA PARA REVENDEDORES

Galeria Constança Valadares, 16/18
Telefax (32) 3215-0094
CEP 36010-300 - Juiz de Fora - MG

Sumário

Carta do Mentor Espiritual 11
Prólogo 13

Primeira Parte
Capítulo 1 21
Capítulo 2 28
Capítulo 3 37
Capítulo 4 46
Capítulo 5 58
Capítulo 6 70
Capítulo 7 82
Capítulo 8 99
Capítulo 9 107
Capítulo 10 112
Capítulo 11 122

Segunda Parte
Capítulo 1 131
Capítulo 2 145
Capítulo 3 154
Capítulo 4 161
Capítulo 5 171
Capítulo 6 182
Capítulo 7 192
Capítulo 8 206
Capítulo 9 213
Capítulo 10 220
Capítulo 11 233
Capítulo 12 246
Capítulo 13 253
Capítulo 14 258
Capítulo 15 263
Capítulo 16 268
Capítulo 17 279

Terceira Parte

Capítulo 1	299
Capítulo 2	304
Capítulo 3	309
Capítulo 4	317
Capítulo 5	327
Capítulo 6	335
Capítulo 7	339
Epílogo	354

Dedico este livro ao meu avô, Edmundo, cujo amor e a lembrança em muito me incentivaram a escrevê-lo.

Agradeço a minha mãe e a meus amigos, Luiz Antônio e Mônica, que sempre se colocaram disponíveis para elogiar, criticar e estimular cada capítulo.

E, em especial, agradeço ao meu filho, Luiz Matheus, que acendeu em meu coração a chama do verdadeiro amor.

Carta do Mentor Espiritual

Uma vez eu estive nessa vida, e aprendi com o sofrimento que não sabia como viver. Então sofri, chorei e amarguei uma dor que pensei jamais findar. Morri e continuei a sofrer, pensando com meus instintos, misturando minhas dores às dores de meus irmãos perdidos no umbral. Foi terrível. Como sofri e como foram longos aqueles dias, que mais pareciam noites intermináveis!

Chorei e chorei, até que um dia, não sei por que, alguém me disse que Deus existia. Fiquei confuso e transtornado. Deus era demais para mim. Imagine se ele se dignaria a voltar para uma criatura tão insignificante o seu olhar grandioso? Aí deixei de pensar em Deus, e continuei a sofrer e a sofrer. Novamente o tempo foi passando, as trevas eram sufocantes e eu não conseguia largar aquela vida... ou aquela morte.

Então, novamente, alguém me lembrou que Deus existia, e tanto fez, tanto fez, que acabei me convencendo. Pensei então que ele não devia ser assim tão ocupado, tão superior, tão distante de seus filhos que não pudesse perder uma ínfima fração de seu tempo para me ouvir. Meio em dúvida ainda, volvi meus olhos para o céu, que de onde estava era negro e só negro, e arrisquei uma tímida oração. Foi curta e singela, mas com tanta fé, com tanto sentimento, com tanta sinceridade, que no mesmo instante aquelas trevas se iluminaram e uma pessoa (mais parecia um anjo a iluminar e clarear aquela imundície toda) apareceu e, sem dizer nada, sorriu para mim e estendeu-me a mão. Eu, temeroso, segurei-a com força; ou melhor, me agarrei a ela, com medo de que sumisse e eu ficasse ali. Mas essa mão era amiga, e soube me acariciar com um amor tão grande e tão puro que eu jamais pensei existir. Foi muito lindo! Eu estava extasiado, feliz, confortado.

Voltei a chorar, mas dessa vez minhas lágrimas eram de gratidão. Deixei-me levar por aquele ser tão alvo, e fui recolhido em um lugar de repouso e refazimento. Mais alguns anos se passaram e eu me modifiquei. Tive oportunidade de reencarnar, mas preferi ficar ainda mais algum tempo na colônia que habitava. Tinha ainda muito o que aprender.

De lá para cá, fui ficando, e passei a buscar alguém com quem pudesse me comunicar para escrever. E achei você, Mônica. Não que a tenha encontrado por acaso. Absolutamente não, eu já a conhecia, mas o lugar, o tempo, isso não posso ainda lhe revelar. Com o tempo você ficará sabendo de tudo. Mas agora não. Tenha calma e aquiete a impaciência e a ansiedade. Contente-se em saber que eu existo e felicite-se por poder ter a oportunidade de partilhar dessas experiências todas que tivemos: as suas e as minhas, dessa vida e de outras. Com o tempo você irá se acostumar, assim como eu também já estou me acostumando.

Bom, recebi autorização para inspirar-lhe este romance, um romance que há muito você desejava. A história é real, mas situa-se em época e em lugar diversos daqueles em que realmente aconteceu. Os nomes... alguns são os mesmos, outros são fictícios. Em seu íntimo, você sabe de quem estou falando. Fui escritor em vida, não daqueles famosos, mas dos boêmios, que perdem a vida entre a bebida e versos românticos, que ninguém jamais lerá. Vê como temos muitas afinidades?

Não se preocupe comigo, em saber o meu nome. Você sabe que os nomes não têm a menor importância, e eles trocam da mesma forma como trocamos a roupagem carnal. Eles são efêmeros, e somente servem para nos identificar e, por vezes, nos individualizar, mas não demonstram nem definem o que realmente somos. No entanto, como é de seu desejo, vou ditar um, com o qual você poderá me invocar e através do qual poderá me conhecer:

Leonel.
Rio de Janeiro, 12 de março de 2000

Prólogo

Fazia frio, muito frio. Contra a vontade do vento, dobrou a esquina, tentando ocultar as faces no manto que, teimosamente, insistia em ceder passagem à neve que enregelava seus músculos. Silenciosamente adentrou o castelo, penetrando por uma passagem lateral, quase que invisível por detrás dos arbustos de hera. Com passos rápidos e assustados, seguiu pelos corredores escuros, buscando trilhar os recantos mais isolados e secretos do castelo, evitando o encontro com pessoas indesejáveis.

De repente, estacou ante uma enorme porta de pedra, apurou os ouvidos e escutou. Silêncio. Vagarosamente, empurrou a pesada porta e penetrou no aposento, do outro lado da parede, fechando-a em seguida, escondendo a passagem secreta por detrás de pesada estante de livros.

Caminhando cautelosamente, dirigiu-se a uma enorme mesa de cedro, parando em frente a um homem, jovem ainda, que absorto na leitura, a princípio não percebera sua entrada. Subitamente, como que movido mais por intuição do que pela audição, largou a leitura e levantou os olhos negros para ela que, lívida, o fitava cheia de admiração.

– O que estás fazendo aqui? – perguntou. – Já não te disse que não viesses sem que eu te chamasse? Alguém te viu entrar?

Levantou-se apressado e foi em direção à porta, a fim de averiguar se alguém havia notado sua presença. Contudo, dado o adiantado da hora, todos se encontravam já dormindo, à exceção dele mesmo, entretido que estava na leitura.

– Não, meu senhor. Ninguém me viu entrar. A neve cai impiedosa, e ninguém se atreve a sair com um tempo desses.

– Que vieste, então, fazer aqui?

– Pedir-te auxílio – disse enquanto afastava o manto, descobrindo o ventre, já bem avolumado. – Não posso mais continuar assim. Não tenho recursos, sequer roupas para vestir o pequeno. Que fazer? Prometeste-me ajuda, mas até agora nada fizeste por mim, por nós, por nosso filho.

O homem, bastante irritado, pôs-se a esbravejar, fazendo com que a moça se encolhesse e desatasse num choro carregado de ressentimento.

– Não podes tratar-me assim – queixou-se ela. – Nada fiz para merecer tamanho desprezo, senão amar-te. Por ti abandonei minha família, meu lar. Meu pai virou-me as costas, envergonhado por ver a filha desonrada, sem marido. Acusa-me de mundana, não me quer ver.

Receoso, o homem indagou, tentando aparentar um carinho que não possuía.

– Disseste a ele quem é o pai da criança?
– Não. Fiz como me pediste, e nada revelei a ninguém, embora ele desconfie de ti... Francamente, não sei por quanto tempo poderei guardar esse segredo – olhou para ele com uma certa malícia, deixando entrever que não estava disposta a suportar, sozinha, tão pesado fardo.

– Até agora nada disse a ninguém. Contudo, se não me auxilias, como farei para viver? Já disse que meu pai me voltou as costas, expulsou-me de casa.

O homem, certo de que ela, cedo ou tarde, acabaria por levar a todos o conhecimento da verdade, dissimulou a voz e retrucou:

– Quando me conheceste, já sabias que eu era casado e que, dada a minha posição, não poderia assumir abertamente o romance contigo.

– Mas disseste que me amavas e que cuidarias de mim.
– E não venho fazendo isso? Por acaso não providenciei um teto para ti, não te mando levar alimento a cada semana?

– Sim, mas é apenas uma tosca choupana perdida no meio da floresta. As roupas já não me servem, e a comida que me envias mais parecem restos da tua mesa. E tu não me vens mais ver, não te importas com o bebê, que sequer possui enxoval. Afinal, és o pai, tens responsabilidades. Se não quiseres assumi-las por bem, serei obrigada a tomar minhas próprias providências. Estou certa de que o bispo...

O homem, visivelmente enfurecido, desferiu-lhe sonoro tapa no rosto e gritou, enquanto a vermelhidão se alastrava pela pálida face da menina:

– Meu filho?! Como ousas desafiar-me, a mim, um conde?

A moça, agora chorando copiosamente, dizia humilde e receosa:

– Perdoa-me, meu senhor. É o desespero que me faz agir assim. Jamais me atreveria a levantar qualquer suspeita sobre teu nobre caráter. Mas, o que fazer? Que fazer com a criança, aliás uma criança que sequer desejei? Não tenho recursos, não tenho nada nem ninguém, apenas a ti. Por favor, não me abandones!

A mulher, já descontrolada, começava a elevar a voz, entrecortada por soluços sentidos e desesperados.

— Acalma-te, pelo amor de Deus! Encontrarei uma solução – durante alguns segundos quedou-se silente, até que finalizou: – Escuta com atenção. Dentro de dois dias, à meia-noite, retorna sozinha e tudo se resolverá.
— Mas como? O que farás?
— Não te preocupes. Tudo se arranjará da melhor forma possível. Ou não confias em mim?
— Confio, meu senhor, cegamente. Apenas tenho receio...
— Pois não receies. Eu estou aqui e vou proteger-te. Agora vai e deixa-me só. Preciso organizar meus pensamentos e tomar algumas providências.

Decorridos dois dias, a mulher retornou à hora aprazada, sozinha e cheia de esperanças.
— Vem – ordenou o conde sem delongas.

Saíram ocultos do castelo e tomaram um coche desprovido de qualquer ornamento, que os aguardava escondido entre as árvores. Em silêncio, seguiram encobertos pelas sombras, parando cerca de uma hora depois às portas de imensa e sóbria abadia. Ainda sem dizer palavra, penetraram por uma passagem secreta, acompanhados de uma freira, indo dar nos subterrâneos do convento.

A freira os deixou ao chegarem a uma câmara mal iluminada, com paredes de pedra, que mais parecia uma masmorra, onde se via, ao centro, uma espécie de maca coberta por um lençol encardido e grosseiro. Dentro, a abadessa já os esperava, acompanhada de um homem de aspecto grave e pouco amistoso, que não escondia o nervosismo.
— Meu caro conde – disse o homem –, já não era sem tempo. Vamos depressa com isso, já estou impaciente.
— Acalma-te – respondeu ele segurando-o pelo braço. – Sei ser generoso com os amigos, principalmente com aqueles que me servem fielmente.

A moça, sem entender o que se passava, olhou ao seu redor e perguntou:
— O que é isso, senhor? Quem são essas pessoas? Que viemos fazer aqui?
— Sossega, minha querida – falou carinhosamente a abadessa. – Estás entre amigos. Segue-me.

Assim dizendo, conduziu a moça até a cama, fazendo-a deitar-se de costas. De forma suave e apaziguadora, a abadessa acariciava seus cabelos, transmitindo-lhe palavras de conforto e segurança.
— Não te aflijas. Tudo vai acabar bem. Verás que, ao terminarmos, poderás continuar seguindo com tua vida como se nada tivesse acontecido. Esquecerás o ocorrido e poderás até mesmo, quem sabe, casar. Ou, se preferires, poderás ficar aqui e dedicar tua vida a Deus.
— Mas... – gaguejava a moça – ...não compreendo. Terminar o quê? Esquecer o quê? Por favor, meu senhor, explica-me o que está acontecendo.

— Silêncio! – ordenou ele. – Basta de choramingos e perguntas. Não percebes o que está para acontecer? Este homem é um cirurgião, vai examinar-te e libertar-te, a ti e a mim, desse fardo indesejável. Essa criança não pode nascer de maneira alguma. Será a minha ruína. Não te preocupes. O médico é experiente e, depois, serás regiamente recompensada.

A moça silenciou. Talvez ele tivesse razão. Para que continuar com aquilo, deixar vir ao mundo uma criança que não desejava, enterrar sua vida e a de seu senhor no lodaçal da vergonha e do escândalo? Além do mais, ele prometera recompensá-la. Com o dinheiro poderia ir-se embora dali, esquecer aquilo tudo e recomeçar.

O médico iniciou a trabalhar nela. Afastou suas pernas sem qualquer constrangimento e introduziu os dedos em sua vagina. Após alguns segundos, em que a moça não conseguia esconder sua vergonha, retirou a mão e chamou o conde a um canto:

— Creio que não é aconselhável tentarmos retirar o feto. A gravidez já se encontra muito adiantada, e há riscos para a mãe.

— Não importa – replicou o conde. – Livra-me dessa criança de qualquer jeito. Se a mãe não resistir, bem... será uma pena, mas nada podremos fazer. Além disso, ela é ainda muito jovem, e há de possuir forças para suportar a dor e as conseqüências.

O cirurgião não viu outra solução senão prosseguir na operação que, a essa altura, já seria propriamente um parto, seguido do assassinato de uma criaturinha inocente. Manipulando instrumentos cirúrgicos precários, tentou puxar o feto para fora do útero da mãe, já todo formado, nos seus quase seis meses de gestação, e dilacerou seu frágil corpinho, retirando-lhe o tronco sem um dos membros superiores.

A criança veio ao mundo ainda com vida mas, estertorando por alguns poucos segundos, logo morreu, deixando no útero da mulher o bracinho decepado. Tamanha violência ocasionou séria hemorragia na moça, e o médico não sabia como retirar o braço da criança do ventre materno, causando-lhe dores horríveis.

— Pelo amor de Deus! – implorava. – Salvai-me! Não quero morrer, tenho medo! Salvai-me! Salvai-me!

— Jesus... – evocou a abadessa coberta de pavor.

A moça, banhada em sangue, urrava feito animal ferido, prestes a morrer, e os presentes, assustados, entraram em pânico, vendo próximo o fim da paciente. Esta, já agora transtornada pela dor, pela revolta e pelo ódio, passou a acusar o conde, a abadessa e o cirurgião de assassinos, julgando haver, entre eles, um complô para matá-la e à criança.

Os três, apavorados, permaneceram imóveis, assistindo paralisados a vida da moça se esvair aos borbotões, sem que nada pudessem fazer. E ela, ainda em um último alento, juntou forças e bradou, fazendo estremecer os presentes ante a carga de ódio contida em suas palavras:

— Malditos sejais, vós que tramastes, covardemente, o meu fim e o de meu filho. Eu juro que não encontrareis sossego enquanto viverdes, pois que minha alma, que julgo eterna, não descansará enquanto não concluir a terrível vingança que tramarei contra vós. Que os demônios do inferno vos amaldiçoem a todos! E que o meu ódio, bem como o do meu filho, recaia sobre as vossas consciências, trazendo para vossas vidas somente doenças, misérias e infelicidades, por séculos e séculos à frente...

E assim, levando em seu coração o ódio desmesurado e o desejo de vingança, cerrou os olhos para sempre, deixando os três figurantes entre atônitos e confusos, cada qual remoendo em seus pensamentos os fatos ocorridos naquela noite.

Para a abadessa, acostumada que estava a ceder os subterrâneos do convento para aqueles eventos, as palavras da moribunda soaram como uma maldição, e o seu coração, que muitos abortos já presenciara, condoeu-se do desespero daquela moça, quase menina, e se arrependeu de haver compactuado, tantas vezes, com aquela mortandade infantil em troca dos favores que os nobres, tão gentilmente, lhe concediam.

Para o cirurgião, que apenas exercia o seu ofício, aquelas palavras o fizeram refletir sobre o valor da vida, e uma pontinha de arrependimento assomou em seu íntimo. Mas a ambição desenfreada suplantou o alerta da consciência, fazendo com que se julgasse apenas um instrumento, o que o eximia de qualquer responsabilidade pelo ocorrido. Não era culpa sua se, lamentavelmente, nem sempre as coisas saíam conforme o desejado, já que cumprira com o seu dever advertindo o conde dos riscos que correria a jovem com aquela operação. Ele sim, fora o verdadeiro e único responsável pelo falecimento da moça.

Para o conde, contudo, as palavras daquela que um dia tomara como amante o assustaram num primeiro momento, temendo que passasse a ser vítima, dali para a frente, de algum tipo de assombração. No entanto, depois de algum tempo, as coisas retornaram à normalidade, e ele não mais se preocupou com ela, sentindo-se até mesmo feliz por livrar-se daquele estorvo.

Quanto à jovem, perdida que ficara nas trevas de mundos inferiores, consorciou-se a espíritos odientos e perversos, alimentando em seu coração o ódio, não só pelo conde, o médico e a abadessa, que se haviam juntado para roubar-lhe a juventude e a vida, mas também pelo pequeno abortado, que sequer chegara a conhecer, atribuindo-lhe a responsabilidade por havê-la atirado na injusta e imerecida situação que fora a causa de toda a sua desgraça...

Capítulo 1

O sol já ia alto quando Rosali acordou. A noite mal dormida, cuidando da avó enferma, fizera com que perdesse a hora e dormisse até mais tarde. Assustada, levantou-se e foi buscar a mãe.
– Mamãe, por que não me acordou mais cedo?
– Deixe, minha filha. A noite anterior foi exaustiva para todos, e achei melhor deixá-la dormir mais um pouco. Afinal, é ainda uma criança...
– Ora, mamãe, por favor. Já sou uma moça. Tenho quase dezesseis anos.
– Eu sei filha, eu sei. Mas, mesmo assim...
Subitamente, a conversa foi interrompida por gemidos que vinham do andar de cima da casa, e Rosali correu, temendo que a avó houvesse piorado.
– Vovó, o que houve? Sente alguma coisa?
A avó, demonstrando uma certa exaustão, sussurrou para a neta:
– Não houve nada. Apenas tenho sede.
Rosali buscou-lhe um pouco de água fresca, e encostando a caneca em seus lábios, vagarosamente auxiliou-a a sorver o líquido refrescante.
– Obrigada, minha neta. Sinto-me melhor agora. Onde estão todos?
– Mamãe está na cozinha e papai já foi para a loja com Alfredo.
O pai de Rosali, Osvaldo Mendonça, possuía uma pequena loja de fazendas, herança de família. Casado com Helena, tiveram dois filhos: Alfredo, então com dezenove anos, e Rosali, já beirando as dezesseis primaveras. Era um homem rígido e de poucas palavras, enfim, um conservador.
Helena, acostumada que fora à submissão da mulher, raramente ousava discutir as ordens do marido, e não possuía vontade própria, agindo de acordo com os desejos de Osvaldo.
Alfredo, jovem e idealista, queria ser doutor, mas fora impedido pelo pai, para quem estudar era "bobagem de gente rica".
Rosali, por sua vez, bonita e arrebatadora, desde cedo demonstrara uma sensualidade exacerbada. Possuía uma prima, que também era sua amiga e confidente, de nome Elisa, quieta e tímida, talvez em função de sua aparência pouco atraente.

Maria do Socorro, mãe de Osvaldo era uma mulher extraordinária; possuía o olhar sereno daqueles que levam no coração somente sentimentos nobres, e na mente apenas pensamentos edificantes. Amorosa e compreensiva ao extremo, possuía fantástica mediunidade, que não sabia definir, intuindo os acontecimentos que se iriam suceder e conseguindo, muitas vezes ajudada por amigos espirituais invisíveis, direcionar seus semelhantes para o caminho do bem.

O domingo de sol convidava a um passeio a céu aberto, e Elisa foi à casa de Rosali convidá-la para um refresco. A caminho da confeitaria, Elisa ia conversando:

– Estou muito ansiosa pelo dia de meu aniversário. Papai me prometeu uma bela festa este ano, para comemorar os meus dezoito aninhos.

– Calma, Elisa. Faltam ainda quase dois meses...

– Eu sei. Mas já estou me preparando. Mamãe vai me fazer um vestido lindo. Sabe, papai prometeu fazer a festa lá na chácara do Andaraí. O almoço será servido ao ar livre, e à noite... à noite o grande baile. Vai ser um sucesso!

– Oh! Elisa, até eu estou ficando ansiosa. Não vejo a hora de poder dançar livremente. Quem sabe até conheça um belo e rico rapaz nessa noite...

– Pare de sonhar, Rosali. Apenas os amigos de sempre estarão presentes. Ah! não, havia me esquecido. Meu primo Alberto, filho de um irmão de papai, que se encontrava na Europa, também virá.

– Alberto, Alberto... Creio que já ouvi falar nesse nome.

– Claro que sim. Éramos ainda crianças quando ele partiu para Coimbra, a fim de concluir os estudos. E após oito anos, volta formado em Medicina.

Rosali, visivelmente interessada, desconhecendo os motivos pelos quais, ao soar daquele nome, seu coração disparava, indagou:

– Não me lembro direito de sua fisionomia. Qual a idade dele agora, Elisa?

– Hum, deixe-me ver. Deve estar com cerca de vinte e quatro anos.

– Bonito?

– Não sei, faz tempo que não o vejo.

Ao retornar para casa, Rosali não conseguia tirar Alberto da cabeça. Sem saber por que, não parava de pensar nele, ansiosa por rever aquele rosto, já quase perdido nas reminiscências da infância. De repente, a porta do quarto se abriu e Maria do Socorro entrou, indo sentar-se à beira da cama e alisando os cabelos de Rosali.

— Posso saber em que pensa minha netinha do coração?

Rosali sorriu e abraçou a avó, por quem sentia um afeto genuíno e desinteressado.

— Em nada de especial, vovó. Estava apenas a sonhar com a festa de aniversário de Elisa. Parece que vai ser maravilhosa.

— Ah! sim, a festa de Elisa.

— Vou pedir a mamãe que me faça um vestido novo. O baile, à noite, está prometendo...

— Prometendo o quê?

Rosali riu novamente e olhou para a avó.

— Vovó, não consigo esconder nada da senhora, não é mesmo? É o primo de Elisa, sabe, Alberto, que retorna da Europa formado em Medicina após oito anos.

— Alberto. Lembro-me bem dele. Um rapaz bonito, inteligente, um tanto quanto arrogante. Certa vez ouvi um comentário da mãe de Elisa de que ele se havia metido em encrencas por lá, flertando abertamente com a jovem esposa de um nobre de Lisboa. O pai dele, escritor influente em Portugal, conseguiu, depois de apresentar muitas escusas, desfazer o mal-entendido, alegando que o interesse dos jovens se resumia a uma preferência literária em comum, e que o alegado flerte nada mais seria do que mexericos de invejosos, que desejavam denegrir sua imagem de médico promissor. O tal nobre aceitou as desculpas e esqueceu o ocorrido, talvez temeroso de perder a esposa, que os seus já quase sessenta anos não conseguiriam reconquistar.

Embora Rosali percebesse um certo tom de alerta nas palavras da avó, não deu importância, e dando-lhe um beijo, saiu em busca do pai. Osvaldo estava com a cabeça baixa, a atenção presa nos livros de contabilidade que se encontravam a sua frente, quando Rosali entrou na sala e foi logo indagando:

— Papai, seria possível que o senhor me desse uma fazenda para mamãe me costurar um vestido novo para o baile de aniversário de Elisa?

O pai olhou a filha com ar de dúvida, e após alguns instantes, respondeu:

— Você não tem mais nenhum que lhe sirva?

— Oh! Por favor, papai. Não se trata disso. É que a festa será especial, e eu não tenho nada à altura para vestir.

– Não sei, não. Os tempos andam difíceis, e não podemos esbanjar...

– Mas papai, são apenas alguns metros de tecido. Além disso, o que dirão as pessoas, vendo a filha de um comerciante de fazendas apresentar-se mal vestida?

– Ela tem razão, Osvaldo – interrompeu Helena, que nesse momento acabava de entrar, acompanhada de Alfredo. – Que dirão os outros? Afinal, você é dono de uma loja de fazendas e artigos de costura. Seria imperdoável que, justo a sua família comparecesse à festa trajando roupas velhas e surradas. Creio que todos merecemos roupas novas.

Osvaldo olhou para a mulher. Quando abriu a boca para falar, Alfredo o interrompeu:

– Todos não, papai. Não me importo de ir ao baile com o que tenho. Rosali é quem só pensa nessas futilidades.

Rosali fuzilou-o Alfredo com o olhar. Por que seu irmão tinha sempre que dar razão ao pai apenas para agradá-lo? Era um bajulador, isso sim. Já ia rebater quando Helena, conciliadora como sempre, interveio:

– Alfredo, você é rapaz e não compreende essas coisas. Sua irmã já é uma mocinha e necessita de certos cuidados de que você não precisa. É natural que queira se vestir adequadamente. Afinal, a vaidade é própria do sexo feminino, e até você, Osvaldo, não teria sequer olhado para mim se eu não estivesse bonita naquele baile em que nos conhecemos. Lembra-se?

Osvaldo fitou a esposa já meio derrotado, pesando suas palavras, e terminou por concordar:

– Tem razão, Helena. É aconselhável que, ao menos vocês, mulheres, se vistam com apuro e elegância. O pai de Elisa é homem rico e culto, e seus amigos são membros da boa sociedade. Não quero que digam que somos pobretões ou que eu sou um sovina. Trarei fazendas para vocês.

– Oh! Obrigada, papai! – exclamou Rosali, estalando-lhe um beijo na face, que o deixou corado. Feliz da vida, Rosali saiu correndo da sala, indo contar a novidade a sua avó, não sem antes fazer uma discreta careta para Alfredo, que permaneceu imóvel, remoendo em seu interior uma pequena inveja da irmã, que acabava sempre por conseguir o que queria.

Maria do Socorro acordou sobressaltada. Pensara haver escutado um grito partindo do quarto da neta. Em silêncio, dirigiu-se para lá, abriu a porta vagarosamente e olhou. Rosali dormia placidamente. No entanto, algo parecia errado. Olhou em todas as direções, mas não pôde perceber nada de anormal.

– Não entendo... devo estar mesmo caducando – disse. – Não há nada aqui.

Já ia se afastar quando um arrepio súbito percorreu todo seu corpo. Imediatamente, virou-se e viu, nitidamente, uma forma escura debruçada sobre o corpo da neta. Sem compreender, pensou que se tratava de alguém que, furtivamente, ali penetrara. Ia gritar, chamando pelo filho, quando o vulto, voltando-lhe as costas, desapareceu, deixando ao redor de Rosali uma massa escura, pairando no ar alguns centímetros acima de sua garganta. Súbito, ela inspirou com dificuldade, tossiu e acordou assustada, sentindo-se sufocar. Vendo a avó ali, olhou-a com ar de interrogação e indagou:

– O que houve? O que faz a senhora aí parada?

– Nada, querida. Pensei haver escutado ruídos no seu quarto e vim ver. Entretanto, não há nada aqui. Devo ter sonhado.

Maria do Socorro ocultou da neta a terrível visão que tivera, não desejando assustá-la, e Rosali disse, confusa:

– Vovó, tive um sonho bastante esquisito. Sonhei com uma sombra de homem que se achegava a mim acusando-me de homicida, e tentava apertar minha garganta. E o mais estranho é que pude sentir suas mãos ao redor de meu pescoço, e acordei sufocada, o ar me faltando. O que significa isso?

– Não sei, Rosali. Um pesadelo, talvez. No entanto...

– No entanto...

– Não tenho certeza. Mas penso que devemos orar a Deus para que nos proteja. Você tem feito suas orações?

Rosali, um tanto quanto confusa, respondeu:

– Não, vovó, faz tempo que não rezo.

– Aconselho-a, então, a recomeçar. Ore a Deus com fervor, para que você não seja vítima de nenhum espírito das trevas.

– Espírito das trevas? Que é isso, vovó? Acredita nessas bobagens?

– Não acredito nem desacredito.

Maria do Socorro, lembrando-se daquele vulto, convenceu-se de que alguma "alma do outro mundo" visitara a neta. E ela tivera medo, sentira naquela presença algo de muito ruim, uma certa malignidade que não conseguia identificar com clareza. Lembrou-se de Olinda, uma escrava que seu pai tivera, que costumava fazer oferendas para seus deuses, invocando as almas dos mortos, que ela denominava de eguns. Maria do Socorro, embora não levasse a sério aquelas crendices, não deixava de ter um certo respeito, carregando no íntimo a dúvida de ser possível ou não que os mortos não só se comunicassem com os vivos, mas influíssem em seus pensamentos e em suas vidas.

Fosse como fosse, estava segura de que aquela visão não era desse mundo, e de que suas intenções junto a Rosali não eram das melhores. Assim, pensativa, arrematou:

– Reze, minha neta. Se esse pesadelo voltar, não se esqueça de rezar. Aliás, reze sempre. A fé e a oração são armas seguras contra os males e os inimigos.

– Está bem, vovó. Não esquecerei.

Rosali, ainda sob o impacto daquele vulto tenebroso, elevou seu pensamento a Deus e proferiu singela oração, na qual foi mentalmente acompanhada por sua avó:

– Senhor, meu Deus, sou uma humilde serva que, nesse momento, vem implorar-lhe auxílio. Faça com que minha alma não se veja presa de nenhum mal. Guarde meu corpo das enfermidades do mundo, e meu espírito das tentações do demônio. Rogo-lhe por mim e por minha família, para que possamos sempre estar seguros e para que conservemos em nossos corações o seu infinito amor e a sua infinita bondade. Amém.

– Amém.

Nesse momento, como que atendendo ao sincero pedido de Rosali, uma luz branca e intensa irradiou por todo o ambiente, tornando-o claro e limpo, purificando-o da energia de ódio que ali deixara aquele espírito das trevas, irmão menos esclarecido que trazia ainda no coração desejos de vingança contra a moça.

No dia seguinte, Rosali mal se lembrava do episódio da noite anterior. Maria do Socorro, entretanto, ainda podia sentir as vibrações, primeiro de ódio e, após a prece, de amor, que penetrara no recinto. Certa de que não estava senil, foi em busca de Helena para partilhar com ela seus temores. A nora, contudo, não lhe dera crédito, julgando ter sido tudo fruto de sua imaginação. Maria do Socorro, porém, estava convicta de que alguma força desconhecida e perversa ameaçava a neta.

Mas o que ela desconhecia era que a maior ameaça de Rosali se encontrava não no inimigo espiritual que a visitara, mas no próprio destino, que lhe reservava momentos de intensa dor, dos quais a fraqueza de espírito de Rosali não saberia se livrar. Iniciava-se, assim, o cumprimento da lei de causa e efeito, levando àquelas almas as conseqüências das suas atitudes, fazendo com que colhessem os frutos amargos de sementes apodrecidas que, no passado, haviam plantado em seus próprios caminhos...

Capítulo 2

Finalmente, o grande dia, e a família partiu animada para a chácara do Andaraí. Assim que chegaram, Alfredo foi o primeiro a descer da carruagem, tão logo avistara Elisa correndo ao seu encontro, seguida de Marialva, filha de um barão, amigo de seu pai. Alfredo, ao pousar os olhos na moça, mal pôde esconder a admiração ante sua beleza. E Marialva era, efetivamente, bela. Esbelta, cabelos cheios e dourados, pele branca e acetinada, olhos de um azul límpido e sonhador. Atrás delas vinham os pais de Elisa. A mãe, Rosamaria, irmã de Helena, e seu marido, Edmundo, professor de Letras.

Elisa apresentou-os a sua amiga, Marialva, e Maria do Socorro sentiu uma certa antipatia por ela. Rosali, por sua vez, tratou a outra com indiferença, não se deixando intimidar por sua beleza. Mas Alfredo... esse encantou-se de vez com a jovem, beijando-lhe a mão com um gesto cavalheiresco que os demais não puderam deixar de notar. Elisa e Rosali entreolharam-se, sorrindo irônica e disfarçadamente, mas Maria do Socorro, de imediato, sentiu aquela apreensão que sempre a assaltava nos momentos de perigo.

O relógio da sala dava as doze badaladas, anunciando o meio-dia, e os convidados desciam para o almoço, dirigindo-se para o jardim, onde foram dispostas diversas mesas. Rosali e Alfredo foram colocados junto a Elisa, tendo ainda a seu lado Alberto, Eulália e Gustavo, primos de Elisa por parte de pai. Alberto era o tão famoso médico, que há pouco retornara da Europa; Eulália, sua irmã, moça alegre e simpática, e Gustavo, o irmão mais moço, rapaz magro e espinhento, todos filhos do tio de Elisa, Fabiano, viúvo e conhecido escritor em terras portuguesas.

Após a refeição, os jovens reuniram-se para as brincadeiras, e embora não fosse Alberto mais nenhum jovenzinho, impressionado com os encantos de Rosali, reuniu-se ao grupo, seguindo-a por todos os cantos e tudo fazendo para agradá-la. Tamanha atenção não passou despercebida por Rosali, que sentiu pelo rapaz uma forte atração, e ela retribuiu os seus galanteios.

Dentre os jovens, contudo, a bela Marialva também se interessara por Alberto, lançando-lhe olhares discretos, porém, significativos, o que provocou em Alfredo um ciúme desmesurado. Embora não demonstrasse, Alfredo se remoía por dentro, somente se acalmando ao perceber que Alberto não tirava os olhos de sua irmã.

Os jogos prosseguiam animados, e a brincadeira da cabra-cega fez com que todos participassem. Alberto, com a venda mal colocada sobre os olhos, fingindo nada ver, correu na direção de Rosali, enlaçando-a pela cintura num gesto natural, simulando acaso. Esta corou, desembaraçando-se dos braços de Alberto, e pretextando cansaço, afastou-se do grupo e foi sentar-se debaixo de uma figueira, aflita, cerrando os olhos momentaneamente. Foi o tempo necessário para que Alberto a alcançasse, e antes que ela pudesse vê-lo, exclamou:

– Um doce por seus pensamentos!

Rosali sobressaltou-se e abriu os olhos, encontrando os de Alberto, que a fitavam com paixão.

– Você me assustou – queixou-se ela com amuo.

– Desculpe-me, não foi minha intenção. É que, vendo-a assim, tão linda e distraída, não pude evitar de me aproximar.

– Não seja tão galanteador. Aposto como diz isso para todas as moças que conhece.

– Apenas para aquelas que me encantam. Devo admitir que, dentre todas as que conheço – e olhe que são muitas – você é a mais, se não a única, realmente encantadora.

Alberto fitou-a com expressivos olhos azuis, sorrindo francamente. Rosali, cada vez mais envolvida por ele, retrucou:

– Falando desse jeito você me deixa envergonhada.

– Ora, o que é isso, Rosali? Deve haver dezenas de rapazes querendo lhe fazer a corte.

– Engano seu. Ninguém me corteja. Ademais, meu pai é muito severo.

– Contudo, não pode esconder tamanha beleza, e os admiradores devem ser muitos.

Rosali silenciou. Estava por demais embevecida com suas palavras para dizer qualquer coisa. Alberto, de forma um tanto ousada, segurou sua mão e declarou, cheio de desejo:

– Rosali, jamais conheci alguém como você. Gostaria que aceitasse ser meu par no baile de hoje à noite.

Rosali, após alguns minutos de meditação, fingindo hesitar, acabou por aquiescer:

– Está bem, serei seu par. Mas deve me prometer que não terá olhos para nenhuma outra moça.

– Prometo. Prometo que só terei olhos para você.

Ambos riram abertamente e retornaram ao grupo, reintegrando-se às brincadeiras. Marialva, contudo, que de longe acompanhara os acontecimentos, encheu-se de ciúme e inveja, enquanto Alfredo, intimamente, torcia por um romance entre Rosali e Alberto, o que deixaria livre o caminho para cortejar Marialva.

A noite chegou coberta de estrelas, e o salão da chácara do Andaraí iluminou-se todo para o baile. Rosali adentrou os salões buscando Alberto com o olhar, indo encontrá-lo em animada conversa com Marialva. De tão encantada, Rosali não percebeu o clima de simpatia que, de repente, fluíra entre Marialva e Alberto. Segurando-o pelo braço, foi logo cobrando suas atenções, ingenuamente lembrando-o da promessa que lhe fizera de não olhar para outras moças. Alberto sorriu e falou:

– Tem razão, querida. Desculpe-me. Mas você não deve se preocupar. Eu estava apenas cumprindo o meu papel de cavalheiro, entretendo a jovem Marialva enquanto você não chegava

Rosali retribuiu o sorriso com outro, encantando Alberto de tal forma que ele, prontamente, se esqueceu de Marialva e concentrou-se nela.

– Desta vez está desculpado – retrucou dengosa. – A sua sorte é que não costumo ser ciumenta, mas não vá se fiando muito.

– Você não tem motivos para sentir ciúmes. Sua beleza ofusca qualquer outra, e eu posso me orgulhar de ser alvo da inveja dos demais rapazes.

– Não é verdade. Há tantas beldades aqui presentes...

– Sim, mas nenhuma se compara a você.

Tomando-a pela mão, Alberto puxou-a para o meio do salão e dançou com ela a noite toda. Durante pequeno intervalo da orquestra, Rosali se sentou num canapé perto da porta, a fim de se refrescar, enquanto Alberto ia buscar ponche para ambos, quando foi abordada por Elisa.

– Vejo que você e Alberto estão se dando muito bem.

– É verdade. Ele é encantador. E você também não se saiu mal, visto que o jovem Leonardo parece muito interessado em você.

Elisa enrubesceu e abaixou os olhos. Afinal, não estava acostumada a ser cortejada pelos rapazes, e o interesse de Leonardo, estudante de Advocacia e filho de um advogado amigo de seu pai, deixara-a confusa e lisonjeada.

– Tem razão, Rosali, estou muito feliz. Leonardo é um rapaz muito educado e respeitoso. Mas não foi para falar dele que vim até você.

– E para que foi, então?

– Rosali, além de minha prima, você é minha melhor amiga, e eu a amo como a uma irmã. Por isso é que me sinto no dever de alertá-la sobre Alberto.

— Se veio me alertar sobre o passado dele em Portugal, perdeu seu tempo. Já sei da história toda.

— Bem, não é só isso. Alberto também é meu primo e gosto dele. Mas não posso fingir que não conheço seu caráter. Ele não é mau, mas seu comportamento com as mulheres deixa um pouco a desejar.

— Pare com isso, Elisa. Agradeço muito sua preocupação, mas não estou interessada no comportamento de Alberto com as mulheres. Isso é passado, aconteceu na Europa, onde as moças são dadas à libertinagem. Ele não é culpado se elas o assediam e se oferecem para ele. Alberto é homem, e você sabe como os homens são. E essas mulheres não são dignas nem honestas, não merecem o respeito da sociedade.

— Não fale assim, Rosali. Você não conhece a verdade. Essas mulheres foram enganadas, iludidas...

— Basta, Elisa, não quero ouvir mais nada! Já disse que agradeço a sua preocupação mas, em nome da nossa amizade, não diga mais nada. Eu sei me cuidar e saberei evitar qualquer gesto mais ousado por parte de Alberto. Preocupe-se com Leonardo e volte para junto dele, que parece a estar procurando.

Elisa calou-se e levantou-se magoada, indo em direção a Leonardo que, vendo-a chorosa, indagou preocupado:

— Que houve, Elisa? Sente-se mal?

— Não, nada, Leonardo. Não importa. Não adianta tentarmos abrir os olhos de quem está cego de paixão.

— Mas de quem você está falando?

— De ninguém. Deixe estar.

A orquestra recomeçou a tocar e eles retomaram a dança, mas Elisa, durante toda a noite, sentiu uma certa amargura, que soube bem disfarçar.

Alfredo tanto fez e tanto insistiu que acabou por conseguir dançar com Marialva que, por sua vez, não tirava os olhos de Rosali e Alberto. Não se contendo mais de tanto ciúme, queixou-se com ela:

— Por que olha tanto para minha irmã e seu acompanhante? Por acaso está interessada nele?

Marialva, vendo-se descoberta, mas não querendo suplantar o orgulho, contestou, trêmula:

— Não, não, o que é isso? Estou apenas admirando a formosura do vestido de sua irmã.

— Ora, vamos, Marialva. A quem quer enganar? Pensa que não notei a forma como olha para Alberto?

— Não sei do que você está falando. E, além do mais, se estiver interessada em Alberto, o que você tem com isso? Por acaso ele tem algum compromisso com Rosali?

— É claro que não. Mas o interesse dele por ela é patente. Todos já perceberam.

— Pouco me importa, ele não me interessa em nada. Por que me aborrece?

— O que é isso, Marialva? Então não notou como me impressionou sua figura? Não percebeu que estou apaixonado por você?

— Não seja ridículo. Você mal me conhece.

— Mas é verdade, eu juro. Desde que a vi, não consigo pensar em outra coisa a não ser em você. Mas parece que só existe Alberto aqui neste salão.

— Pare com isso, já disse. Não estou interessada nele. Aliás, muito menos em você.

— Não fale assim. Meu sentimento por você é verdadeiro. Gostaria de namorá-la e, se você permitir, pedirei autorização a seu pai.

Marialva, mal crendo no que ouvia, retrucou, com a voz carregada de desprezo:

— Você é uma criaturinha insignificante e ridícula. Não vê que não está a minha altura? Imagine se meu pai permitiria que um joão-ninguém, o filho de um comerciantezinho qualquer, me fizesse a corte. Deixe de ser idiota e não me aborreça mais — arrematou, voltando-lhe as costas, indignada ante seu atrevimento.

Alfredo, humilhado, sentiu as faces arderem, e teve vontade de matá-la. Contudo, decidiu conquistá-la, a qualquer custo. Faria com que ela se apaixonasse por ele; mostraria quem é joão-ninguém.

O caminho de volta transcorria sem quaisquer anormalidades. Osvaldo e Helena dormiam recostados no banco da carruagem, e Rosali e Alfredo iam absortos em seus próprios pensamentos.

— Alfredo — indagou, carinhosa, Maria do Socorro —, o que tem? Está triste? Alguém o aborreceu?

— Não, vovó. Não foi nada. Estou apenas cansado.

Rosali, saindo de seus devaneios, não perdeu a oportunidade de dar uma espetadela no irmão, e acrescentou, sarcástica:

— Ora, vovó, então não sabe? Alfredo apaixonou-se por Marialva, mas parece que não foi correspondido.

— Cale a boca! — rosnou Alfredo entre dentes. — Você não tem nada que ver com minha vida. Ocupe-se da sua e deixe-me em paz.

— Ai, meu Deus, que medo! Até parece que vai morder...

– Cale-se ou eu...
– Já chega! – interrompeu Maria do Socorro. – O que está acontecendo com vocês? Rosali, por acaso há necessidade de tratar seu irmão desse jeito? E você, Alfredo, perdeu o respeito?
– Desculpe-me, vovó, a senhora tem razão. Mas é que às vezes Rosali me tira do sério...
– Deixe, meu filho. Ela é apenas uma criança.
– Não sou, não.
– O que está acontecendo aqui? – era Osvaldo, que despertara com aquela discussão. – Por que estão brigando?
– Por nada, papai. Não estamos brigando.
– O que é isso, então? Uma conferência de guerra?
Maria do Socorro, temerosa da reação do filho se soubesse do envolvimento de Rosali com Alberto, resolveu intervir, antes que Alfredo a delatasse:
– Aquiete-se, Osvaldo. Seus filhos estão apenas conversando, e como todos os irmãos, costumam se alterar um com o outro, dada a impaciência própria da juventude. Volte a dormir; não houve nada.

Ela olhou para Alfredo, esperando que este dissesse ou, ao menos, insinuasse qualquer coisa sobre a irmã e Alberto, mas, estranhamente, ele nada falou.

Maria do Socorro, no entanto, no transcorrer da viagem começou a sentir-se mal. O peito parecia que ia explodir, e uma dor aguda despontou no coração. Durante algum tempo tentou ocultar o que sentia, para não preocupar os demais; contudo, à medida em que o tempo passava e o calor aumentava, a dor foi crescendo, até que se tornou insuportável, e ela sentiu a cabeça girar e girar, e a dor não parava. Osvaldo e Helena, extremamente alarmados, não sabiam o que fazer; parar não seria aconselhável, pois no lugar em que se encontravam não havia onde buscar auxílio.

Subitamente, Maria do Socorro soltou um gemido, levou a mão ao coração, como se quisesse impedi-lo de saltar do peito, e sua cabeça tombou, olhos arregalados e sem brilho a fitar o nada. Rosali gritou assustada e começou a chorar, enquanto Alfredo, em estado de choque, fitava a avó com olhos esbugalhados, recusando-se a acreditar no que estava acontecendo. Helena, impotente, chorou baixinho, ao passo que Osvaldo, mortificado, repetia incessante:
– Mamãe, mamãe, por favor, fale comigo!
Mas Maria do Socorro não se mexia. Osvaldo largou seu corpo inerte e olhou para a mulher, como que a suplicar-lhe ajuda. Helena, já en-

tão refeita, vendo que o marido, roído pela dor, não achava o que fazer, tomou a frente e afirmou entre lágrimas:

– Osvaldo, querido, sua mãe se foi. Está morta, não vê? Nada mais podemos fazer, senão aguardar a chegada ao lar para tomarmos as devidas providências.

Logo que chegaram, Alfredo correu a chamar um médico para examinar a defunta e passar o atestado de óbito. Depois, foi buscar o padre Bento que, piedoso e condoído da dor da família, chamou a si o encargo de avisar os amigos e familiares, providenciando velório, funeral e tudo o mais que se fizesse necessário para o sepultamento de Maria do Socorro.

Elisa e os pais, ainda na chácara do Andaraí, não chegaram a tempo para o enterro. Somente no dia seguinte é que Elisa pôde unir-se a Rosali que, desconsolada, não parava de chorar. Elisa sabia o quanto a prima amava a avó.

Edmundo lamentou profundamente a morte daquela que considerava uma amiga mas, certo da justiça divina, procurou levar algum conforto para os Mendonça, com palavras de paz e esperança. Aconselhou-os a se unirem mais a Jesus, buscando no fervor da prece consolo para os momentos difíceis. Ofereceu sua casa e sua amizade, e orientou Elisa para que não abandonasse Rosali, apesar da indiferença com que passara a tratá-la após aquela noite.

Passados quase três meses da morte de Maria do Socorro, a rotina da família Mendonça foi retomando a normalidade. Alfredo continuava implicando com Rosali, mas esta, temendo que o irmão revelasse seu romance com Alberto, passou a tratá-lo com um pouco mais de cordialidade. Mas Alfredo nada dissera ao pai, pois pretendia incentivar aquele romance e, com isso, afastar o rival, conquistando definitivamente o coração de Marialva.

Rosali, por sua vez, secretamente namorava Alberto, saindo às escondidas para ir ao seu encontro, e mentia, dizendo que estava na companhia de Elisa. A prima, embora se sentisse mal em quebrar a confiança dos tios, nada revelou a ninguém, atendendo ao que lhe pedira Rosali.

– Alô, querida – cumprimentou Alberto. – Estava me esperando?

Rosali voltou-se e abraçou o namorado.

– Alberto, que saudades! Por que demorou tanto?

– Ora, meu bem, apenas me atrasei um pouquinho por causa de um paciente. Sabe como é...

– Deixe para lá. Sei o quanto você é ocupado. Afinal, um médico de seu gabarito tem sempre muitos afazeres.

Alberto sorriu e estreitou-a contra o peito. Mentia descaradamente. Rosali não sabia, mas ele nunca exercera a Medicina, cujo curso só concluíra por insistência do pai. Fabiano, sempre em Portugal, não se interessava muito pela sorte dos filhos, preocupando-se mais com as aparências do que com suas reais tendências.

– Que tal um passeio à beira-mar? – convidou ele.

– Ótima idéia, mas não podemos nos demorar, porque meu pai pode desconfiar. Aliás, tudo isso poderia ser evitado se você fosse falar com ele.

– Que idéia, Rosali. Pois não foi você mesma quem disse que seu pai é muito severo, que não consentiria em nosso namoro?

– Mas podemos tentar. Talvez ele goste de você. Afinal, é médico...

Alberto, que não estava nem um pouco interessado em assumir um compromisso com Rosali, mas temendo perdê-la, procurou contemporizar:

– Vamos ver, querida. Você sabe que minha reputação não é das melhores, e seu pai não acreditaria em mim. Precisamos de tempo para que eu possa provar a seus pais que me modifiquei, e que sou digno de pedir sua mão.

– Fala sério? Pretende casar-se comigo?

– Mas é claro. Por que acha então que estamos namorando? Por acaso me toma por algum aproveitador? Meus sentimentos por você são verdadeiros, e minhas intenções das mais sérias. Mas prefiro esperar a arriscar-me a perdê-la, caso seu pai não consinta em nosso namoro.

– Isso jamais aconteceria. Ainda que ele proibisse, eu daria um jeito de burlar sua vigilância. Como o amo, Alberto! Mais do que tudo neste mundo!

– Então deve concordar em esperar um pouco mais.

– Sim, meu amor. Esperarei o quanto for preciso.

Depois, saíram em direção à praia, abraçados e fugindo dos olhares curiosos alheios. Rosali, em sua ingenuidade, sequer imaginava o que ia na alma de Alberto, devotando-lhe um amor arrebatador, amor esse que despertava nele uma sensualidade que mulher alguma conseguira ainda atingir. Por isso, Alberto decidira que Rosali seria sua, de corpo e alma. Na verdade, Alberto estava interessado em possuir apenas seu corpo, deixando para Deus o encargo de cuidar de sua pobre alma...

Rosali acordou sufocando. Sonhara novamente com aquela sombra negra pairando sobre seu corpo, como que a sugar-lhe algo de sua vitalidade. O sonho era tão real que ainda sentia falta de ar, e gotículas de suor respingavam sua testa e seu rosto em fogo.

– Mas o que será isso, meu Deus? – falou para si, aflita. Lembrou-se das palavras da avó e tentou rezar, mas a imagem de Alberto surgiu em sua mente e a foi dominando, impedindo-a de concatenar as idéias. Pensando nele, novamente adormeceu, deixando as orações para o dia seguinte. Afinal, o sonho já se havia ido mesmo.

O que ela não sabia era que Maria do Socorro era quem conseguia manter afastado aquele espírito sequioso de vingança. Sua fé incondicional, o amor ao próximo, a retidão de conduta, tudo isso aliado ao fervor de suas preces, fazia com que aquela alma enferma fosse impedida de se aproximar de Rosali. Como, porém, desencarnara, ninguém mais havia que a pudesse substituir nessa tarefa, visto que nenhum dos integrantes da família possuía o necessário preparo espiritual. Rosali constantemente se esquecia dos conselhos da avó, e sempre deixava para depois as orações que ela lhe instruíra a fazer.

E assim, dia após dia, com o espírito despreparado para os ataques do invisível, ia abrindo espaço para que aquele sofredor a fosse dominando. Ele passou a assediá-la com mais freqüência e, pouco a pouco, iniciou a influir em seus pensamentos, sugerindo-lhe idéias absurdas e desejos indignos, tudo com o único propósito de finalizar sua vingança, arruinando, de vez, a vida de Rosali.

Capítulo 3

Foi com serenidade que Maria do Socorro abriu os olhos, vendo duas contas azuis a fitá-la com simpatia. Espantando as brumas do que denominou de sono, reparou que as contas azuis eram os olhos celestiais de um rapaz de seus catorze anos, todo vestido de branco, alto e muito louro, mais parecendo um estrangeiro, dada a alvura de sua pele. Ficou a mirá-lo durante alguns minutos, sem dizer palavra, tentando imaginar o que teria acontecido e onde estaria. O rapaz também não se movia, contemplando-a com afeição.

Voltou os olhos pelo aposento em que se encontrava e percebeu que as paredes eram pintadas de branco. Branco era o chão e estava deitada sobre uma cama que parecia de hospital, igualmente coberta por lençóis brancos e macios. Ao lado da cama, apenas uma mesinha, sobre a qual se via um jarro de água e um copo. Sentiu sede, esticou a mão, e o rapaz, prontamente, serviu-lhe uma água fresca e cristalina. Saciada a sede, indagou:

– Olá, meu rapaz. Pode me dizer onde estou? Este lugar parece um hospital mas, com certeza, você é ainda muito jovem para ser enfermeiro.

– Tem razão. Você está em um hospital, e eu não sou propriamente um enfermeiro, mas estou aqui para ajudá-la.

Maria do Socorro estranhou a intimidade com que ele a tratara. Contudo, havia tanta doçura em sua voz, que ela percebeu não se tratar de falta de respeito, mas de tratamento íntimo e afetivo.

– Ajudar-me em quê? – prosseguiu. – Não compreendo. Onde estão meus familiares? Não vêm me ver? O que tive, afinal?

– Calma, calma. Uma pergunta de cada vez. Para iniciar, você teve um mal súbito; foi o coração.

– O coração? Mas como? Quem me tratou?

– O médico encarregado deste hospital, doutor Mariano.

– Doutor Mariano? Não conheço, não. De qualquer forma, gostaria de falar com ele, agradecer-lhe por me haver salvado a vida...

Maria do Socorro interrompeu a fala, e com uma leve sensação de desconforto, mudou o tom de voz, emprestando-lhe uma gravidade um tanto quanto nervosa.

– Você diz que tive um mal súbito, do coração, e que fui tratada pelo doutor Mariano, que não se encontra aqui presente. Mas não respondeu onde está minha família.

– Seus parentes estão em casa.

— Em casa, sei. E o mal que me acometeu? Qual a extensão de sua gravidade?

Medindo as palavras, sem contudo perder a calma que até ali vinha demonstrando, o rapaz respondeu com naturalidade:

— Ele foi fatal.

— Fatal? Mas como pode ser? Se houvesse sido fatal estaria morta, e...

Maria do Socorro silenciou e sentiu um leve aperto no coração. Resquícios do mal súbito ou o medo do desconhecido, de fazer a pergunta cuja resposta, intimamente, já conhecia.

— Por acaso morri? Mas, se morri, como estou aqui falando com você? Será você um anjo, que Deus mandou para me buscar?

— Você não morreu, Maria do Socorro. Apenas seu corpo retornou ao pó de que foi feito. Mas sua alma, que é eterna, liberta do invólucro físico que lhe tolhia a liberdade, voltou à pátria espiritual após haver cumprido sua tarefa evolutiva, em longa jornada terrena. Você passou do estado físico ao espiritual; em outras palavras, desencarnou, o que significa que abandonou a carne, vivendo apenas em espírito.

— Que quer dizer com isso? Não compreendo bem. A igreja nos ensina que, após a morte, nossa alma somente possui três caminhos: inferno, purgatório ou céu. Em qual deles me encontro, então?

— A concepção de céu e inferno é uma criação da mente humana, não havendo sido instituída por Deus. Cada qual vive o céu ou o inferno de acordo com aquilo que projeta para si mesmo, ou seja, levando em consideração o que traz na consciência, o mal ou o bem que haja praticado quando na Terra. Em suma, cada um é merecedor do lugar que para si constrói com suas próprias atitudes.

— Então não sei mesmo onde estou.

— Você está numa colônia espiritual acima de sua cidade natal, invisível aos olhos humanos comuns. Aqui veio trazida por bondosos amigos, que a ampararam no momento de sua passagem. Este é um lugar de repouso e refazimento, onde poderá aprender muito sobre a espiritualidade, vivenciando a lei de causa e efeito em proveito de seu crescimento.

— Repouso, refazimento? Lei de causa e efeito? Por favor, você me deixa confusa.

— Não se preocupe com isso agora, Maria do Socorro. Há ainda muito tempo para aprender. Trate de se fortalecer e recuperar. Agora deixarei você descansar. Mais tarde falaremos.

— Espere um instante. Não sei ainda o seu nome.

Sorrindo jovialmente, ele parou à porta e respondeu simplesmente:

— Henri.

O doutor Mariano era uma pessoa maravilhosa. Devotado e amigo, tudo fazia para que Maria do Socorro se sentisse bem e à vontade em seu novo lar. Passados quase dez meses desde o seu desenlace, ela já se encontrava mais refeita, não guardando seu perispírito qualquer seqüela do enfarto de que fora vítima. Dado o seu desprendimento das coisas materiais e sua fé em Deus e na sua infinita bondade, ela logo se acostumou à vida espiritual, interessando-se pelos grupos de estudo e pelas palestras edificantes, sendo freqüentadora assídua dos cultos dedicados a orações.

Aquela paz e aquela sensação de bem-estar, contudo, não afastaram os pensamentos de Maria do Socorro daqueles que amava e que havia deixado na Terra. Sentia saudades da família, preocupava-se com seu destino, principalmente com Rosali e Alfredo, e uma certa inquietação passou a acompanhá-la diuturnamente. Não se contendo mais, chamou Henri e pediu sua intervenção, a fim de que pudesse visitar os seus.

Após alguns dias, Henri voltou com a notícia de que a autorização havia sido dada. Iriam ela, ele mesmo, Henri, o doutor Mariano e mais dois assistentes, aptos a prestar-lhe o devido socorro, caso necessário. Mas antes, deveria ser preparada, e para isso, seria necessário que rememorasse alguns fatos de suas vidas passadas, apenas aqueles necessários à compreensão do desenrolar dos acontecimentos.

Lentamente, foi rememorando fatos de seu passado, e reviu Rosali, sempre comprometida com amores escusos e abortos provocados. Ao retomar a consciência, não pôde evitar que lágrimas lhe escorressem dos olhos, compreendendo como era falível a alma humana, e quão renitentes eram as criaturas, que reincidiam sempre nos mesmos erros, embora prometessem se modificar e não mais repeti-los.

Logo, porém, afastou a tristeza, certa de que poderia auxiliá-los na recuperação de seus enganos. Henri esclareceu Maria do Socorro sobre o espírito que ela vira perto da cama de sua neta tempos atrás, chamado Marcel em sua última encarnação, vítima do aborto impensado de Rosali.

– Trata-se de um irmão que, vendo perdida a oportunidade de uma nova vida por atos irresponsáveis de Rosali, não a perdoou e, desde então, tem-se dedicado a persegui-la, a fim de ultimar sua vingança. Embora tudo fizéssemos para chamá-lo à razão, ele se recusa terminantemente a falar conosco. Esquiva-se de nossa ajuda, foge espavorido quando se dá conta de nossa presença. No fundo, é uma alma infeliz, que quer perdoar, mas não sabe como. Julga-se injustiçado, mas não consegue enxergar quantas atrocidades já cometeu em nome de sua própria justiça. Não perdemos, contudo, a esperança de um dia abrir-lhe a consciência e reuni-lo a Rosali.

– Deus do céu! O que fez a minha neta?

– Nada que o arrependimento sincero e o firme desejo de mudança não possam corrigir. Lembre-se de que todos possuímos livre arbítrio e de que nós, um dia, também cometemos erros graves. A diferença é que uns, menos intransigentes, aprendem mais depressa, e mais depressa pendem para a elevação moral, ao passo que outros preferem, ainda, viver nas ilusões dos prazeres carnais, comprometendo-se cada vez mais consigo mesmos e com o próximo. Mas sempre chega o dia em que conseguem abrir os corações e, verdadeiramente, deixar que neles penetrem as verdades da vida. Aí então vem o resgate que, lamentavelmente, quase sempre chega pela dor. Mas não há no mundo alma que não se eleve, ainda que para isso leve anos ou milênios. Com Rosali não será diferente.

Maria do Socorro ficou a refletir sobre aquelas palavras. Faziam sentido, mas o sentimento de mãe e de avó falava mais alto e, se bem que não pudesse impedir que seus entes queridos passassem pelas provas que eles mesmos haviam escolhido, podia envidar esforços para que dessem ouvidos à voz da consciência, que se encontra latente em cada um de nós. E, movida pelo amor incondicional, decidiu que os ajudaria, inspirando-lhes bons conselhos e ligando-os à espiritualidade, mostrando-lhes a perfeição da vida.

O grupo seguiu em direção à Terra em uma manhã morna e ensolarada, e chegou ao casarão no momento em que a família fazia a primeira refeição do dia. O desjejum corria silencioso, pouco ou nada possuindo os presentes para dizer uns aos outros. Maria do Socorro parou ao lado do filho e notou em seu semblante uma certa preocupação. Auxiliada por Henri, pousou a mão na testa de Osvaldo e perscrutou-lhe os pensamentos:

"Não sei mais o que fazer", pensava ele. "Sinto que a família se degenera. Rosali anda distante, Alfredo também. Que se passa, meu Deus?".

De repente, como que sentindo a presença da mãe, falou em voz alta:

– Que saudades de mamãe! Gostaria que ainda estivesse aqui conosco.

– Que engraçado, papai – acrescentou Rosali espantada –, eu estava agora mesmo pensando nela. Não é muita coincidência?

– Sem dúvida – concordou o pai. Virou-se para a mulher e prosseguiu:

– Não acha, Helena, que mamãe faz falta nesta casa?

– É claro, meu querido. Também sinto muita falta dela. Sua mãe era uma pessoa maravilhosa, e sabia, como ninguém, manter unida a família.

Rosali abaixou os olhos, temendo que alguém descobrisse seu segredo, e Alfredo continuou alheio, fitando o vazio.

– Sim, Helena – continuou Osvaldo –, nossa família se degenera; é como se, de repente, passássemos a estranhos convivendo na mesma casa. Não acha, meu filho? – indagou, dirigindo-se a Alfredo.

Como este não respondesse, insistiu:
– Alfredo, não me ouve?
– Desculpe-me, papai – tornou o rapaz embaraçado –, é que estava distraído...
– Em que pensava, meu filho? – era a vez de Helena.
– Em nada de especial, mamãe. Estava aqui a imaginar o aumento das vendas em função do Natal.

Maria do Socorro ouvia aquela conversa, percebendo, porém, que Alfredo não se preocupava nem um pouco com os negócios do pai. Parou ao lado dele e tentou escutar-lhe o coração, muito se espantando ao perceber a quantidade de ódio e ciúme que lhe ia na alma. Surpreendeu-se ao ver que o neto pensava com rancor em Marialva, e que esse sentimento crescia a cada dia, misturando-se ao amor que ele julgava sentir por ela. Notou que Alfredo ainda nutria esperanças de possuí-la, e amargava no silêncio de sua dor todo o ressentimento causado pela rejeição.

Com indignação, Maria do Socorro fitou Henri e o doutor Mariano, que corresponderam ao seu olhar com outro de encorajamento e compreensão. Terminada a refeição, todos se levantaram, cada qual indo cuidar de seus afazeres. Rosali subiu para o quarto, descendo logo em seguida, e pensando que o pai já se ausentara, dirigiu-se para a porta, quando foi por ele interpelada:

– Aonde vai, Rosali? Não devia estar ajudando sua mãe?

Surpresa, Rosali estacou e levou a mão ao peito, denotando o efeito que aquela abordagem lhe causara.

– Oh, papai, pensei que o senhor já tivesse saído para a loja!
– Não respondeu a minha pergunta, Rosali.
– Eu ia apenas dar uma volta com Elisa.
– A essa hora? Primeiro deve auxiliar sua mãe.
– Mas, papai...
– Não discuta, Rosali. Primeiro a obrigação, depois a distração. Ande, obedeça-me e vá ajudar sua mãe nos afazeres domésticos.
– Sim, papai – terminou por dizer, sem coragem de contrariar o pai.

Maria do Socorro aproximou-se de Rosali e pôde nitidamente perceber suas intenções. Auscultando-lhe a mente, descobriu que a neta se encontrava às escondidas com Alberto, e que ele a aguardava para um piquenique na Floresta da Tijuca. Maria do Socorro ficou perplexa com a audácia de Rosali. Saindo sozinha com um homem que mal conhecia, ainda mais para lugares ermos e pouco freqüentados. Como podia ser?

Depois de uma hora, Osvaldo despediu-se da mulher e da filha e partiu em direção à loja. Rosali, por sua vez, pediu licença à mãe para se ausentar também, a pretexto de que Elisa a aguardava. Helena, embora desconfiasse de que alguma coisa estava errada, não deu ouvidos à advertência íntima de seu coração de mãe e consentiu na saída da filha, que, imediatamente, se foi.

Maria do Socorro, juntamente com seus quatro acompanhantes, seguiu no encalço da neta que, penetrando por vielas secundárias, alcançou a taverna em que costumava se encontrar com Alberto. A avó estava cada vez mais preocupada, pois Rosali, efetivamente, não andava por bons caminhos, não sendo aquele lugar, em definitivo, próprio para uma mocinha de família. Rosali, contudo, parecia não se importar. Ao contrário, parecia até bem à vontade naquele ambiente, o que deixou Maria do Socorro horrorizada.

– Tenha calma – interveio Henri. – Rosali apenas segue seu destino. No entanto, devo adverti-la de que os acontecimentos que a seguir se desenrolarão podem ser um pouco fortes para você. Se desejar, podemos partir daqui.

– Não, Henri, muito obrigada. Sua preocupação é louvável, mas não posso abandonar minha neta à própria sorte.

– Não se esqueça de que ela tem seu livre arbítrio, e nada poderemos fazer contra sua vontade.

– Apesar disso, posso intuí-la para que abandone esse moço e volte para casa.

– Sim. Mas não creio que ela lhe dê ouvidos. Rosali está fascinada por Alberto, e não escutará ninguém, até que a dor venha visitar-lhe o coração.

O colóquio entre os dois foi interrompido pela voz de Alberto, já impaciente de tanto esperar.

– Meu Deus, Rosali, o que houve? Por que demorou tanto?

– Desculpe-me, meu amor. Mas meu pai custou a sair para o trabalho e me mandou auxiliar mamãe.

– Eu já estava quase desistindo de esperá-la – a voz de Alberto demonstrava forte irritação. – Mas, deixemos de delongas e partamos. Estou ansioso por nosso piquenique.

Rosali sorriu abertamente. Alberto tudo fazia para ficar junto dela. Pensou em quanto ele a amava e discretamente o beijou, sussurrando ao seu ouvido um agradecimento carregado de paixão.

– Está bem, já chega. Vamo-nos ou só chegaremos ao anoitecer.

Tomando o coche que se encontrava parado à porta da taverna, Alberto disse alguma coisa ao cocheiro, que riu e tocou o carro à toda brida. Rosali olhou interrogativamente para ele, que retribuiu o sorriso e confidenciou-lhe:

– Hoje lhe farei uma surpresa. Chegou a hora de demonstrar o quanto me ama.

– Como assim? O que quer dizer?

– Espere e verá.

Em silêncio, Rosali ficou a observar que a carruagem se afastava do centro da cidade, sem contudo se dirigir para a Floresta da Tijuca, conforme o combinado. Curiosa e desconfiada, perguntou:
– Para onde estamos indo?
– Acalme-se. Não confia em mim?
– Confio, mas isso não estava em nossos planos. Íamos fazer um piquenique.
– E ainda vamos, só que em outro lugar, mais sossegado.
– Ora, Alberto, você bem sabe que a Floresta da Tijuca é um lugar praticamente deserto. Quer sossego maior do que esse?
– Sim, querida, mas nada confortável.
– Não entendo o que quer dizer.
Rosali calou-se. No fundo sabia para onde Alberto a estava levando. Apesar de temerosa, internamente seu corpo ansiava por aquilo. Cada palavra do amado somente servia para atiçar o fogo que queimava dentro dela, e Rosali ardia de desejo de ser possuída por ele. E Alberto ameaçava deixá-la, alegando que seu amor era maior do que tudo, e que ninguém descobriria. Tamanha era a ânsia que resolveu consentir naquele ato tresloucado. Entregar-se-ia a ele. Que mal faria? Ninguém descobriria e, afinal, iam mesmo se casar...

Ia assim, absorta nesses pensamentos de luxúria, quando despontou, lá no fundo, uma pontinha de consciência. Era Maria do Socorro, que tentava desesperadamente fazer com que a neta não levasse adiante aquela loucura. Esta, no entanto, mal registrou a influência da avó, tão envolvida estava naquela vibração de sexo.

– Rosali, Rosali – repetia Maria do Socorro –, atente no que vai fazer. Isso é uma insensatez. E depois, o que será de você? Desonrada e abandonada, que caminhos o destino lhe reservará?

Rosali parou para pensar: e se Alberto a abandonasse? Não, isso era impossível; ele a amava.

A carruagem chegou ao seu destino: uma mansão em uma rua de pouco movimento no bairro do Rio Comprido, com as janelas cerradas e o portão trancafiado. Saltaram e despediram o cocheiro, e Alberto puxou a sineta que servia de campainha. Logo apareceu uma mulatinha de seus dezenove anos, reconheceu Alberto e abriu o portão. Rosali estava amedrontada; não conhecia aquele lugar.

– Não tenha medo – confortou-a Alberto. – Aqui estamos entre amigos.
– Você já esteve aqui antes? Que lugar é esse?
– Como você é ingênua, Rosali. Estamos no salão de uma amiga, que me deve favores. Ela me cedeu um quarto, para que pudéssemos estar a sós.

– Mas... mas... Estou com medo. Não sei o que dizer.
– Não diga nada, apenas siga-me.
Entraram num salão amplo, pintado de pêssego, onde se viam inúmeros sofás e mesas de jogo. Ao fundo, uma imensa escada coberta por um tapete vermelho, ao pé da qual se encontrava uma senhora de seus quarenta e poucos anos, de feições ainda jovens, em cujos traços se vislumbrava rara beleza.
– Seja bem-vindo, Alberto – cumprimentou a cortesã. – Espero que gostem das acomodações que lhes reservei.
Em seguida, deu ordens à mocinha para que acompanhasse o casal até o quarto que fora especialmente preparado para eles.
O grupo de amigos invisíveis seguia o desenrolar dos acontecimentos, e Maria do Socorro tudo fazia para demover a neta daquele intento desvairado. Rosali, todavia, já agora cheia de desejo, fez-se surda aos conselhos da avó, julgando-os apenas bobagens de sua mente de menina, temerosa ante a iminência de tornar-se mulher. Assim, o casal subiu abraçado as escadas, penetrando na penumbra do quarto. Alberto, cerrando a porta, voltou-se para Rosali e tomou-a nos braços, seu corpo tremendo de desejo.
– Rosali, amada. Mal via a hora de poder tê-la em meus braços e fazê-la mulher.
Rosali deixou-se abraçar passivamente, sentindo o sangue ferver, a face ruborizada. Maria do Socorro, em luta desesperada, dizia ao seu ouvido:
– Desista, Rosali. Ainda há tempo. Saia daqui.
A neta, já aturdida por aquela insistência, ainda tentou protestar:
– Pare, Alberto, por favor. Não sei se isso é certo. Afinal, não somos casados. Sou uma moça direita, nem deveria estar aqui, na casa de uma cortesã, uma mulher sem moral.
– Ora, meu amor, deixe de bobagens. Então não vê que a amo e que preciso de você? Tudo o que faço é pelo nosso amor.
– Mas não podemos esperar até nosso casamento?
Alberto, fingindo-se magoado, queixou-se, adoçando a voz:
– Vejo que quem não me ama é você.
– Como pode dizer uma coisa dessas? Pois se o amo mais do que tudo!
– Então prove.
Ele novamente a abraçou, dessa vez tentando carícias mais ousadas, que Rosali, a princípio, tentou repelir.
– Alberto, por favor...
Mas Alberto não parava. Ao contrário, começou a acariciá-la cada vez mais, e a excitação foi tomando conta dela e enfraquecendo sua resistência. Maria do Socorro, à beira do desespero, implorou pela última vez:

— Rosali, pare enquanto é tempo. Não prossiga nessa loucura. Abra os olhos. Veja o mal que fará a si mesma.

Ela já não ouvia mais nada. Sequer distinguia o apelo da avó. Com o frenesi crescente dos amantes, o grupo, já constrangido, deixou o recinto, não querendo violar a intimidade do casal com sua presença, ainda que despercebida.

E assim partiram; Maria do Socorro, triste e derrotada, seguiu amparada pelos dois auxiliares do doutor Mariano, deixando para trás Alberto e Rosali, agora envoltos pelas baixas vibrações do sexo irresponsável.

Capítulo 4

Alfredo, oculto pelas sombras, não tirava os olhos da imensa porta de vidro que dava para o jardim da mansão de Marialva. Enchendo-se de coragem, seguiu mansamente para a porta da frente e experimentou a fechadura. A porta não estava trancada, e ele entrou. Passou os olhos brevemente pelo recinto e avistou Marialva, dando ordens a uma das criadas. Aproximando-se dela, tocou em seu ombro gentilmente.

– Que quer aqui? – bradou ela, voltando-se bruscamente.
– Por favor, Marialva, preciso falar com você.
– Como ousa vir me incomodar em minha casa? Já lhe falei mais de mil vezes que nada tenho a lhe dizer. Vá-se embora, antes que chame meu pai.
– Não faça isso, eu lhe suplico. Rogo-lhe apenas um minuto. Serei breve.

Ela refletiu por alguns instantes e, com ar amuado, disse por fim:
– Está bem, mas seja rápido.
Alfredo, um tanto hesitante, acrescentou com voz humilde:
– Marialva, você bem sabe que a amo. Desde aquele dia no baile de Elisa venho tentando me declarar. No entanto, você não atende aos meus chamados e sempre me evita. Não posso mais suportar.

Marialva olhou para ele com um olhar entre piedoso e escarnecido, e revidou, cheia de sarcasmo:
– Ora, ora. Então o filho do "fazendeiro" insiste em me assediar. Não se enxerga?
– Por favor, Marialva, não me trate assim.
– Pare com isso, Alfredo. E vamos esclarecer as coisas de uma vez por todas. Eu não o amo, você me dá nojo. Pare de me perturbar, ou serei obrigada a tomar providências, levando o caso a meu pai e pedindo sua intervenção. Agora não me aborreça mais. Vá-se embora.

Disse isso e foi-lhe indicando o caminho da porta. Alfredo, mais uma vez humilhado, já ia saindo quando voltou e arrematou, cheio de ressentimento:
– Está bem, Marialva. Mas vai se arrepender. Ademais, o homem que você deseja já está preso ao coração de outra. Pode me destratar o quanto quiser, mas Alberto jamais será seu.

Ouvindo o nome do amado, Marialva perguntou bruscamente:
– Que quer dizer com isso? O que sabe você sobre Alberto?

Alfredo fingiu desinteresse e voltou-lhe as costas, saindo apressadamente. Marialva, porém, foi atrás dele, indo alcançá-lo já na calçada.

– Espere, Alfredo, não se vá ainda – pediu, dissimulando a voz. – Temos muito o que conversar.

– Não, Marialva, engana-se. Você mesma me disse há pouco que não me ama e que até sente nojo de mim.

– Não é bem assim. É que não estou acostumada a tanta insistência. E você não é nada cavalheiro...

– Oh, querida, perdoe-me – interrompeu ele em tom servil. – Mas é que o meu amor por você é algo que não consigo controlar. Quase chego à loucura.

– Está bem, está bem. Pare de choramingar. Mas venha, sente-se aqui – chamou ela impaciente, apontando para um banco ao fundo do jardim.

Alfredo deixou-se levar e sentou-se ao lado dela, fitando-a com um olhar cada vez mais apaixonado.

– Bem, Alfredo, o que foi mesmo que você disse sobre Alberto?

Alfredo, percebendo as intenções de Marialva, teve vontade de esganá-la. No entanto, recuou, visto que ela apenas caíra na armadilha que ele lhe preparara. Com um sorriso maroto nos lábios, respondeu:

– Disse que Alberto já está preso ao coração de outra.

– Mas quem é essa outra? E como sabe disso? Ao que me consta, Alberto nem seu amigo é.

– Acontece, querida, que Alberto está se encontrando com minha irmã.

Marialva estremeceu. Então, Alberto ainda continuava a ver aquela Rosali? Mal podia crer. Recuperando-se do susto, indagou por fim:

– Por que está me contando tudo isso?

– Porque a amo e me preocupo com você. Alberto não é um rapaz sincero; não é digno de seu amor.

– No entanto, está namorando sua irmã, e você parece não se importar.

– Engano seu. Importo-me sim. Mas Rosali é uma moça rebelde, que não segue os conselhos de ninguém. Muito me dói saber que mais tarde ele a fará sofrer.

– O que lhe dá essa certeza?

– Ora, meu bem. Sou homem. E a reputação de Alberto não é das melhores. Se meu pai descobrir que anda se encontrando com Rosali, nem sei do que é capaz.

– E por que você não conta?
– Está louca? Até uma desgraça pode acontecer. E, mesmo que tal não aconteça, Alberto e Rosali, do jeito que se amam, acabariam por fugir. Não, não. O melhor é aguardar e rezar para que ela abra os olhos e veja com quem anda lidando.

Marialva calou-se. Pretendia separar os dois, só não sabia como. Pensando na melhor maneira de se aproximar de Alberto, concluiu que Elisa poderia ajudá-la. Estreitaria a amizade com ela, e com o tempo acharia um meio de conquistar o coração do rapaz.

Maria do Socorro, já refeita da angústia que passara ao lado de Rosali, presenciara essa cena com forte dor no coração. Se a neta enveredava pelo caminho da paixão, o neto despencava no abismo da mentira e da dissimulação, dando mostras de um caráter vil, ardiloso, subserviente e dissoluto. Alfredo era daquelas pessoas que, sem lutar abertamente contra o inimigo, vai minando-lhe as forças sorrateiramente, através de artimanhas traiçoeiras e sem qualquer escrúpulo ou vergonha. Era, enfim, um sujeito perigoso, capaz de destruir quem quer que se fizesse necessário para alcançar seus objetivos.

Maria do Socorro não conseguira impedir que Rosali se entregasse a Alberto. Já feito o mal, o melhor a fazer seria tentar incutir em ambos um pouco de juízo, chamando-os à responsabilidade. Ela despenderia todos os seus esforços para que Alberto desposasse Rosali, livrando-a, assim, de uma vida amarga e inglória.

Mas Alfredo e Marialva... esses não... De forma alguma um consórcio entre ambos seria a melhor solução. A despeito de seu caráter pouco digno, Alfredo era seu neto, e ela não permitiria que Marialva o fizesse sofrer. Estava assim a observar os dois quando Henri, que estava a seu lado, a interpelou:

– Vejo que você ainda pensa em salvar-lhes a felicidade.
– É certo, Henri. Talvez consiga influenciá-los de alguma forma.
– Maria do Socorro, seus netos são almas que muito erraram, e que solicitaram uma nova oportunidade no mundo físico para aprender a viver melhor. No entanto, após encarnados, e cobertos pelo véu do esquecimento quanto a suas vidas passadas, optaram por se atirar, novamente, num caminho de enganos e traições. É o livre arbítrio, e contra ele não podemos lutar. Cada criatura possui liberdade para tomar o rumo que melhor lhe aprouver. Não é lícito que nós, espíritos desencarnados, conhecedores das fraquezas dos que prosseguem na luta terrena, interfiramos para guiar suas vidas sempre na direção correta. Se assim fosse, onde o mérito do encarnado, que não precisaria se esforçar para vencer

seus próprios desafios? Que dizer da criança que, em vez de se empenhar para poder ler, pede aos pais que lhe façam as lições de casa? Com certeza, nada aprenderia, e os pais em nada estariam contribuindo para o seu desenvolvimento. Assim também nossos irmãos encarnados. São como crianças que precisam errar para, mais tarde, compreender o significado da lição. A nós compete apenas orar para que retomem o caminho do bem, inspirando-lhes bons conselhos. Mas não nos compete tomar o leme de suas vidas, visto que não somos comandantes de seus destinos.

Maria do Socorro, visivelmente envergonhada, abaixou os olhos e sussurrou, a voz sumida:

— Perdoe-me, Henri. Tem razão. É que o amor pelos meus entes queridos me fez esquecer o compromisso que assumi de apenas orientá-los, sem intervir em suas decisões. Mas isso não se repetirá.

Henri, alma bondosa e compreensiva, tomou-a pela mão e com ela seguiu rumo à colônia espiritual que habitavam, deixando para trás Alfredo e Marialva.

Elisa, entretida que estava ao piano, não escutou baterem à porta, nem percebeu a entrada de Marialva que, não desejando interromper aquela magnífica sonata, sentou-se ao sofá à espera de que terminasse. Finda a música, aplaudiu-a entusiasticamente, o que fez com que Elisa se sobressaltasse e a olhasse com ar espantado.

— Marialva! Mas que surpresa. O que a traz aqui?

— Nada de especial. É que vou oferecer um chá em minha casa no sábado, às cinco horas, e gostaria de convidá-la e a sua prima Rosali. Vocês vêm?

— Irei com muito prazer. Mas não posso falar por Rosali.

— Oh! Por favor, rogo que insista para que compareça. Ando tão sozinha, cercada dos amigos de papai, que só me aborrecem. Creio que necessito mesmo é de uma boa prosa com algumas mocinhas da minha idade.

Elisa, ingênua e sem desconfiar de nada, sorrindo concordou.

— Está bem. Falarei com ela e tudo farei para que vá.

Na casa de Rosali, Elisa insistia para que a prima a acompanhasse ao chá de Marialva no próximo sábado.

— Não sei não, Elisa. Não tenho vontade de ir. Além do mais, muito me espanta esse convite. Aquela Marialva é uma esnobe.

— Não fale assim. É uma boa moça. Apenas vive uma vida de ostentação, à qual não estamos acostumadas. E você deveria sair mais, ou seu pai pode acabar desconfiando.

— Psiu! Não fale mais nada. É perigoso, alguém pode ouvi-la.

Rosali ficou a meditar sobre as palavras da prima e acabou concordando em acompanhá-la ao chá de Marialva. Elisa, mudando de assunto, perguntou:

— Como vai indo o romance de vocês?

— Oh! Elisa, como num sonho. Alberto é uma pessoa maravilhosa. Penso que, logo, logo nos casaremos.

— Ouça, querida prima, não quero decepcioná-la. Mas não acha que Alberto já deveria ter pedido sua mão? Ao menos autorização para namorá-la?

— Ele não pode, ainda. Meu pai não entenderia. Pretende, primeiro, mudar sua reputação para provar a minha família que hoje é um homem decente, e que aquela vida de libertinagens ficou para trás.

— E como ele vai fazer isso? Quando?

— Não sei ao certo. Mas será para breve. Além disso, dedica-se à Medicina com entusiasmo, e não pode abandonar seus clientes.

— Rosali, meu bem, não vê que Alberto a está enganando? Eu o conheço. Ele sequer...

— Basta, Elisa. Já lhe disse uma vez e vou repetir. Se preza nossa amizade, não volte a tocar nesse assunto. Alberto e eu nos amamos e vamos nos casar. Muito obrigada por se preocupar, mas está enganada. Ele mudou, é outro homem. E você não o conhece tão bem como pensa; não tão intimamente quanto eu.

Elisa achou que era melhor não dizer mais nada. Sua prima estava cega de amor e surda à voz da razão. Mas as palavras de Rosali a haviam preocupado. O que ela quereria dizer com "não o conhece tão intimamente quanto eu"? Será que Rosali e Alberto...? Não, isso era impossível. Ela não ousaria, não chegaria a tanto.

No dia marcado para a pequena reunião, Elisa passou pela casa de Rosali para que seguissem juntas. Ao chegarem, Marialva foi logo cumprimentando, com exagerada afetação.

— Elisa, querida, que bom que veio e trouxe consigo sua adorável prima.

— Obrigada — respondeu a outra.

Marialva, em seguida, apresentou-a a suas amigas, e o chá foi servido às cinco em ponto. A conversa girava em torno de futilidades, até que Marialva, propositalmente, começou a falar sobre rapazes, e fez uma discreta observação para Elisa:

— E então, meu bem? Soube que você e o jovem e promissor Leonardo estão se saindo muito bem.

Elisa, ruborizada, respondeu com timidez:

— É verdade. Ele freqüenta minha casa e demonstra as melhores intenções. Papai e mamãe estão satisfeitos, e vivem dizendo que tive sorte em encontrar um rapaz digno e de boa família, que parece realmente gostar de mim.

— Sim, Elisa, você tem muita sorte — concordou Lenita, uma das moças presentes. — Hoje em dia é difícil encontrar-se um bom partido.

— É verdade — acrescentou Ana. — Mamãe vive me alertando para o perigo dos rapazes atualmente, e papai se preocupa deveras...

— Oh! Mas nem todos são assim — interveio Marialva maliciosamente. — Como se percebe, Elisa foi afortunada, encontrando o par ideal. Mas devo concordar que há muitos aproveitadores à solta por aí. E, por falar nisso, como vai o seu primo, Alberto?

Rosali estremeceu e lançou um olhar fulminante para Marialva, enquanto Elisa respondia em tom lacônico:

— Alberto vai muito bem, obrigada.

— Também ouvi falar de histórias a seu respeito.

— Que histórias? — quis saber Rosali.

Elisa olhou-a com reprovação, como que a alertá-la de que sua curiosidade poderia acabar revelando seu envolvimento com o primo.

— Histórias, meu bem — disse Marialva com ironia. — Fala-se por aí que Alberto possui um romance secreto.

— As pessoas falam demais — desaprovou Elisa. — Não devemos dar ouvidos a falatórios. Ademais, Alberto é solteiro, e tem o direito de envolver-se com quem quer que seja.

— Sim, mas com sua reputação, duvido que alguma moça direita corresponda ao seu amor. Dizem que possui é uma amante, que deve ser casada ou, quiçá, uma cortesã — decretou, olhando de soslaio para Rosali, que não movia sequer um músculo.

— Que horror! — exclamou Ana.

Elisa, contudo, mais equilibrada, acrescentou com serenidade:

— Seja como for, não nos devemos imiscuir em assuntos que não nos dizem respeito. Além disso, meu primo hoje está mudado, amadureceu, e aquela vida dissoluta que levava deixou lá em Portugal. Tenho certeza de que, se Alberto mantém algum romance com alguém, há de ser moça de família, e ele deve ter os seus motivos para não tê-la ainda apresentado à sociedade. Talvez temendo comentários desse tipo, Marialva, que poderiam comprometer séria e injustificadamente a honra da moça. Não devemos julgar ninguém e, muitas vezes, uma observação maldosa pode desencadear uma série de conseqüências danosas para a pessoa alvo de nossas intrigas.

Rosali, de forma imperceptível, dirigiu-lhe um olhar de agradecimento, e Marialva, confusa, abaixou a cabeça, mordendo os lábios e apertando a xícara de chá entre os dedos trêmulos. A conversa tomou novo rumo, e Rosali e Elisa tentaram se distrair da melhor forma possível. Mas Marialva, visivelmente irritada e transtornada, quase não falava, limitando-se a responder às perguntas de suas amigas com monossílabos mal-humorados.

Terminado o chá, as duas primas se retiraram, agradecendo a hospitalidade da anfitriã. Rosali ia indignada, certa de que nunca mais tornaria àquela casa, e Elisa claramente percebera que Marialva não apenas sabia do romance entre Alberto e Rosali, mas também estava apaixonada por ele.

Mas o destino resolveu dispor a sua maneira e, no dia seguinte, ao caminhar pelas ruas do passeio com sua amiga Lenita, Marialva encontrou Alberto casualmente, na hora em que este chamava um tílburi para ir ao encontro de Rosali.

– Senhorita Marialva – falou ele cheio de admiração. – Há quanto tempo!

– É verdade. Não nos vemos desde a festa de Elisa. Como está?

– Muito melhor agora que a encontrei.

Marialva corou e endereçou a ele um olhar enigmático, que convidava ao envolvimento. Cheia de si e certa da forte impressão que causara no outro, contestou fazendo beicinho:

– Ora, Alberto, está sendo muito galanteador.

– Não senhorita, é verdade. Sua beleza é admirável. Havia me esquecido o quanto!

– Obrigada, Alberto, mas sei que está sendo apenas gentil.

– De forma alguma. Mas, que tal um refresco?

– Não sei – disse Marialva olhando para Lenita. Temia ser vista só com ele. A amiga, porém, compreendendo a situação, aquiesceu.

– Vamos, então?

E lá se foram os três, rumo à confeitaria, esquecendo-se Alberto do compromisso com a amada. Na verdade, estava tão encantado com Marialva que a imagem de Rosali se apagou por completo de sua mente. Somente quando se despediram foi que dela se lembrou. Com o corpo cheio do desejo que Marialva lhe causara, correu ao encontro da outra, torcendo para que ela ainda estivesse a sua espera. Ao chegar, porém, Rosali já não se encontrava mais. Alberto se foi, pensamento preso a Marialva, enquanto Rosali começava a se transformar em mais uma sombra que já tomava lugar em seu passado.

– Quem ele pensa que sou? – bradava Rosali furiosa. – Deixar-me à espera, assim, como uma de suas amantes!

– Rosali, por favor, acalme-se. Quer que alguém a ouça? – Elisa tentava, a todo custo, conter a explosão da prima. – Vai ver que houve algum imprevisto.

– Que imprevisto? E não poderia mandar avisar-me?

– Não sei. Talvez algum paciente, alguma emergência.

Rosali pensou por alguns instantes e concordou:

– É, pode ser. Mas mesmo assim, deveria me avisar.

– Sinceramente, Rosali, não vejo motivo para tanta raiva só porque Alberto faltou a um encontro. E onde você estava nessa hora?

Rosali emudeceu assustada, e desatou a chorar.

– Elisa, posso confiar em você?

– Você sabe que sim.

– Oh, querida prima! Temo haver dado um mau passo.

– Como assim?

Rosali não respondeu.

– Não me diga que você... que... Oh, você e Alberto? – mas nem precisou terminar a pergunta. O choro convulsivo da outra já falava por si.

– Meu Deus, Rosali, o que será de você agora?

– Não sei. Vivo assustada, com medo de que Alberto me deixe. Ninguém mais há de me querer, uma moça desonrada e abandonada. E se papai descobrir, o que fará comigo?

– Tenha calma, Rosali. O que temos a fazer agora é conversar com Alberto e convencê-lo a reparar o erro, casando-se com você. Deixe comigo. Hoje mesmo irei procurá-lo e falarei com ele.

– Obrigada, Elisa, minha amiga. Sempre me salvando.

– Não se preocupe e ore, Rosali, pedindo a Deus que tudo se resolva.

Parada em frente a Alberto, Elisa esperava uma resposta.

– E então? O que me diz?

– Ouça, Elisa, esse assunto não lhe compete.

– Engano seu. Rosali, além de minha prima, é também minha amiga. Você a conheceu em minha casa, sinto-me responsável.

– Não precisa se preocupar. Nada acontecerá a ela.

– Mas, e o erro que vocês cometeram? E o mal que lhe fez? Você tem o compromisso de honra de salvar-lhe a reputação. E Rosali é menor de idade.

– O que quer que eu faça?

– Case-se com ela! É a solução mais digna. Aliás, a única solução que um homem de bem pode dar a um caso como este.
– Elisa, não seja tola. Não amo Rosali, não posso casar-me com ela.
– Mas ela o ama!
– Sinto muito.
– Alberto, como pode ser tão duro? Aproveitou-se da ingenuidade dela, seduziu-a e a deflorou, iludindo-a com promessas e juras de amor.
– Engano seu, priminha. Ela estava louca por aquilo. Creio que você se engana com Rosali. Ela não é assim tão inocente.
– Pare com isso, Alberto! Não vou permitir que você insinue que Rosali não era pura quando a conheceu, porque sei que era!
– Não quis dizer isso. Rosali não foi enganada. Ela queria, e se entregou.
– Foi por amor!
– Ora vamos, Elisa. Você e eu sabemos muito bem que moças honestas não se entregam assim, antes do casamento. Só as levianas é que o fazem.
– Alberto, você é desprezível. Como pode falar assim de Rosali? Não deixarei que estrague a vida dela. Se você não quer reparar o mal que lhe fez, serei obrigada a procurar meu pai, contar-lhe tudo e pedir-lhe que intervenha junto a tio Fabiano.

Ouvindo o nome do tio e do pai, Alberto mudou de postura.

– Por favor, Elisa, não faça nada. É claro que não vou abandonar Rosali. Apenas sinto que não estou preparado para o casamento.
– Deveria ter pensado nisso antes de fazer o que fez.
– Eu sei, eu sei. Mas não pude evitar. Rosali é uma bela mulher, e eu pensava estar apaixonado.
– E agora não está mais. Depois de conseguir o que queria sua paixão acabou, não é mesmo?
– Não tenho culpa. Mas não tome nenhuma atitude precipitada. Se o pai dela souber...
– Agora o pai dela vai ser a desculpa? Posso lhe assegurar que, se você conversar com tio Osvaldo, ele consentirá no casamento.
– Pensarei nisso. Mas não quero, eu também, me precipitar. Vou procurar Rosali e tranqüilizá-la, assegurando-lhe de que não fugirei às minhas responsabilidades.
– Está bem, Alberto. Por ora não farei nada. Mas não se iluda. Se perceber que você pretende enganá-la, irei a meu pai, com certeza.

Elisa saiu, batendo a porta atrás de si, permitindo que suaves lágrimas escorressem pelas suas faces. Estava certa de que Alberto não tencionava desposar Rosali. Apenas pretendia ganhar tempo, achar um meio de se livrar dela sem causar escândalos.

Alberto não planejava mesmo casar-se. Não com Rosali. Seu coração estava agora preso a Marialva que, além de linda, era rica e nobre. Mas precisava tomar cuidado com Elisa. A prima poderia estragar seus planos se contasse tudo a tio Edmundo.

Rosali já o esperava no quarto, esfregando as mãos com nervosismo. Quando ele entrou, atirou-se em seus braços e, soluçando, implorou:

– Oh, Alberto, por Deus, não faça mais isso! O que houve ontem? Quase me matou de tanta aflição!

– O que é isso, meu bem? Tenha calma. Eu precisei atender um paciente, foi só, e não tive como avisá-la. Não precisava ter mandado Elisa a minha casa fazer-me ameaças.

– Ameaças? O que quer dizer?

– Você contou a ela sobre nós, não foi?

– Oh, sim! Mas eu estava desesperada. E depois, Elisa é de confiança.

– No entanto, ameaçou contar tudo a seu pai e ao meu. Como pensa que me senti, sendo ameaçado por minha prima como se eu fosse um calhorda?

– Por Deus, meu amor, não é nada disso.

– Eu sei, você sabe, mas Elisa não. Ela pensa que não a amo, só porque ainda não me casei com você.

– Você me ama?

– Claro que sim. Como pode duvidar disso?

– Às vezes fico em dúvida. É que me sinto insegura. Tenho medo de que você me abandone.

– Querida, já disse que a amo e não farei isso. Falando assim você até me magoa. Pensei que confiasse mais em mim...

– Oh! meu amado, claro que confio. Mas ontem, quando você não veio, receei que não me quisesse mais, que estivesse farto de mim. Afinal, você já não é mais o mesmo desde que me entreguei a você.

– Não é nada disso, Rosali. Amo-a ainda mais hoje do que naquela época. É que ando muito preocupado conosco, quero logo regularizar nossa situação. Mas, para isso, devo firmar-me na profissão. Quero sustentá-la sozinho, sem necessitar do auxílio de meu pai. Já lhe disse isso mais de mil vezes.

– Eu sei, meu amor. Por favor, perdoe-me. Perdoe a minha insegurança. Amo-o muito; não quero perdê-lo por nada nesse mundo.

– Você não me perderá. Deve confiar em mim, e só em mim. Confia?

– Claro que sim.

– Então prometa-me uma coisa.

– O quê?

– Prometa-me que não falará mais com Elisa. Ela não entende o nosso amor.

Rosali hesitou.
— Não posso fazer isso. Elisa é minha amiga e só quer o meu bem. Além do mais, meu pai pensa que saio com ela.
— É verdade. Mas você não precisa confidenciar-lhe mais nada.
— Mas, e se ela perguntar?
— Diga-lhe que está tudo bem e que não precisa se preocupar. Ela saberá entender que você não precisa mais dela ou de seus conselhos. Fará isso?
— Está bem.

Enquanto isso, Maria do Socorro, que desde o episódio com o neto concordara em se ausentar do ambiente doméstico por uns tempos, foi procurada por Henri que, calmo e sereno como sempre, informou:
— Vim me despedir.
— Despedir-se? Por quê? Aonde vai?
— Devo partir e me preparar para retornar à jornada terrena.
— Vai reencarnar? Onde?
— Serei filho de Rosali e Alberto.
— De Rosali e Alberto? Eles se casaram?
Não. Mas as circunstâncias impelem-me a aceitar essa situação.
— Mas, e se eles não se casarem? Você bem conhece o caráter de Alberto. Meu Deus, devo me preparar também para auxiliá-la a passar por essa prova.
— Acalme-se, Maria do Socorro. Não há pressa. No momento oportuno você poderá voltar, se já estiver mais preparada.
— Oh! Henri, não vá. Sinto que você vai sofrer!
— Todavia, não me posso esquivar. Há muitos anos estou na vida espiritual, à espera de Rosali.
— Não compreendo.
— É simples. Rosali e eu tivemos triste ligação no passado, e a fim de reparar o mal que lhe fiz um dia, concordei em voltar como seu filho, na esperança de que o amor materno nos una novamente. No entanto, ela não consegue esquecer o mal que lhe fiz, e pode rejeitar-me e tentar arrancar-me de seu ventre. Isso já aconteceu antes.
— Que coisa horrível!
— Sim, é horrível, porém, não sem uma razão.
— Penso que não existem razões que justifiquem tão deplorável e infamante ato. Isso é um crime, e você não merece essa injustiça!
— Não devemos julgar, Maria do Socorro. Creia-me: não sou inocente. Embora tenha me arrependido sinceramente de meus erros, comprometendo-me a melhorar e fazer o bem, Rosali não me perdoa.
— E não sabe ela que será sua mãe?

– Claro que sabe. Não poderia inserir-me em seu útero sem o seu consentimento. Apesar disso, conscientemente, quando descobrir a gravidez, como das outras vezes, não me aceitará com facilidade.

– E você não teme que ela tente abortá-lo?

– Certamente que sim. Não fossem os amigos que tenho aqui, sempre a amparar-me e encorajar-me, não me julgaria forte o suficiente para tentar... Contudo, não devo me entristecer nem pensar no pior. Se tudo correr bem e eu for merecedor dessa graça, lograrei voltar ao mundo como filho de Rosali. Se não... bem, já não será a primeira vez...

– Oh! pobrezinho, não fale assim. Estarei aqui orando por você.

– Faça isso, Maria do Socorro. Ore por mim e por meus pais, para que juntos possamos vencer as vicissitudes que se nos apresentam no caminho.

Henri deixou-a com lágrimas nos olhos e se foi, com um pouco de medo e de tristeza, preparar-se para uma nova incursão no mundo carnal, rogando a Deus que Rosali, dessa vez, ao menos tentasse perdoá-lo e aceitá-lo, não só em seu ventre, mas principalmente em seu coração.

Capítulo 5

– Elisa, meu amor, você deveria se manter afastada dessa história – repreendia Leonardo. – Rosali sabe o que faz. E possui família; cabe a eles a preocupação.
– Ora, Leonardo, não seja tolo. Rosali e Alberto são meus primos.
– Mas Rosali já não é mais moça, e Alberto é homem. Não fica bem...
– Deixe de bobagens. Não estou nem um pouco preocupada com o que fica bem ou não. Importa-me apenas a felicidade de Rosali.
– Muito louvável de sua parte. Mas creio que Rosali não anda assim tão interessada nisso. Caso contrário, não se entregaria ao primeiro que apareceu.
– Leonardo, que coisa horrível de se dizer! Minha prima não se entregou ao primeiro que apareceu, mas ao homem que ama e que diz amá-la.
– Chega, Elisa. Não quero mais falar sobre isso. Essa conversa me constrange, pois não estou acostumado a discorrer assim, tão abertamente, sobre esses assuntos íntimos com mocinhas de família. Deixe isso de lado; não é problema para você resolver.
– Você me decepciona, Leonardo. Um jovem que se vai formar advogado, era de se esperar que não possuísse uma mente tão retrógrada.
– Uma coisa nada tem a ver com outra. Advocacia não é sinônimo de falta de vergonha. Onde já se viu? Então, só porque se forma em leis, um homem deve abandonar seus princípios e entregar-se a certas liberalidades?
Elisa achou melhor não prosseguir com aquela conversa. Leonardo jamais entenderia. Ela não pôde deixar de demonstrar uma pontinha de decepção. Julgava que ele fosse menos preconceituoso.
– Leonardo, espero que você saiba guardar segredo de tudo o que lhe contei.
– Não se preocupe. Eu a respeito muito, Elisa, e nada direi a ninguém. E depois, não costumo me intrometer na vida alheia... não sou homem de mexericos. Ademais, não é comigo que Rosali se casará, e penso que com mais ninguém, se Alberto não a quiser mais. É no que dá...
– Basta, Leonardo. Está sendo grosseiro.

– Tem razão, meu bem. Perdoe-me.
Subitamente, a conversa foi interrompida pela entrada de Rosali, que irrompeu na sala com olhos vermelhos e gestos nervosos.
– Rosali, o que houve? – perguntou Elisa assustada. – Você está bem? Aconteceu alguma coisa em sua casa?
– Não, não. Lá em casa tudo vai bem – podia-se claramente perceber que Rosali estava à beira do descontrole. – Elisa, por favor, preciso muito conversar com você. Poderia ir a minha casa mais tarde?
– Claro, irei com certeza – respondeu a prima, cheia de preocupação.
– Espero-a lá, então.
– Está bem.
Ao chegar à casa da prima, Rosali pegou-lhe a mão e subiram correndo as escadas, quase derrubando Alfredo, que vinha descendo com uns livros.
– Cuidado, meninas – advertiu Helena. – Assim desse jeito podem cair.
– O que há com elas? – indagou Alfredo.
– Problemas de moças; nada que lhe interesse.
Mas Alfredo, olhar desconfiado, suspeitou que algo extremamente grave havia acontecido, e sem ser percebido por Helena, voltou para a sala e subiu as escadas, indo parar à porta dos aposentos de sua irmã.
Rosali sequer escutara a voz da mãe ou notara a presença do irmão, tamanha era sua aflição. Entrando no quarto, trancou a porta e foi dizendo:
– Elisa, aconteceu uma desgraça!
– Que desgraça? Fale logo, Rosali. Não me deixe assim nessa angústia.
– Estou grávida.
– O quê?!
– Isso mesmo que você ouviu. Estou grávida.
– Mas como? Você tem certeza?
– Tenho. Meu incômodo não vem há dois meses, e isso nunca me aconteceu. Ademais, sinto-me mal, tenho tonteiras, enjôos freqüentes pela manhã, e há dias não consigo comer praticamente nada, sem falar nos seios, que estão doloridos. Oh, Elisa, e agora, o que farei?
Elisa emudeceu. Embora fosse possível e, mais ainda, provável que isso acontecesse, ela não esperava. Um tanto atarantada, respondeu:
– Você já falou com ele?
– Ainda não.
– Bem, então a primeira coisa a fazer é procurá-lo e contar-lhe tudo.
– Tenho medo, Elisa. E se Alberto me deixar?

— Nem pense nisso. Vamos acreditar que ele se transformou num homem digno, como você mesma disse. Você tem que lhe contar tudo.

— Não posso, falta-me coragem.

— Por quê? Se Alberto a ama, não vai hesitar em casar-se com você. E ele a ama, não é mesmo?

— Oh, não sei, não sei! Estou desesperada! Meu pai me mata. E, mesmo que não o faça, eu me matarei. Não poderei suportar a dor ou a vergonha de ser abandonada com um filho a crescer-me no ventre.

— Não pensemos no pior. Fale primeiro com Alberto. Mas tem que ser logo, pois em breve você não poderá mais ocultar a gravidez. É preciso que o casamento se realize às pressas.

— Oh, mas que desgraça! Um filho! Vou gerar um filho, que horror!

— Mas o que é isso, Rosali! Não deve falar assim. Bem ou mal, é uma criança que você traz aí, um inocente que nada sabe do mundo.

— Eu o odeio!

— Não diga isso, é até pecado. Pare de chorar. Não vou levar em consideração essa sua sandice, em razão do seu estado. Você está fora de si, não sabe o que diz. Mais tarde, quando tudo estiver resolvido e você estiver casada e com seu filho nos braços, tenho certeza de que irá se arrepender dessas palavras.

— Oh, Elisa, ajude-me! Estou desesperada!

— Controle-se, Rosali. Lave o rosto e vá ao encontro de Alberto.

— Mas como farei isso, se não combinamos de nos encontrar hoje?

— Então eu irei a sua casa e acertarei tudo. Direi que você o espera no lugar de sempre, à mesma hora, e que é urgente.

— Por favor, Elisa, faça isso por mim.

— Irei agora mesmo.

Alfredo, ao ouvir essas últimas palavras, afastou-se rapidamente da porta, indo se esconder no fim do corredor. A porta se abriu e Elisa passou por ele apressada, nem notando sua presença atrás da cortina. Desceu as escadas e passou desabalada pela tia, murmurando um até logo quase inaudível.

O irmão de Rosali estava exultante. Desde o encontro "casual" entre Alberto e Marialva, esta voltara a destratar Alfredo, não possuindo mais interesse naquela suposta amizade, e passara a evitá-lo, esquivando-se de sua companhia. Alfredo, ao perceber que estava prestes a perder a amada, quase enlouquecera, e começara a segui-la feito um cãozinho adestrado, até que descobrira que ela se encontrava com Alberto, e que ambos pareciam completamente apaixonados. Pouco depois, o rival passara a freqüentar sua casa, e o início de um romance entre eles estava próximo.

Estava claro que Alberto não amava Rosali, mas apenas a usava. No fundo, sentia raiva por vê-lo se aproveitando da ingenuidade e da pureza da irmã, mas tinha que pensar em si primeiro. Que fazer? Já achava que tudo estava perdido quando a notícia da gravidez de Rosali caiu do céu como uma bênção. Alberto seria obrigado a casar-se com ela, e Marialva estaria livre para ele. Precisava alertá-la e prepará-la. Sim, faria isso, e depois ela lhe agradeceria por poupá-la daquele vil conquistador.

Maria do Socorro, que há muito não obtinha notícias da família, nesse instante sentiu uma inquietação, como se escutasse a voz de Rosali a chamar por ela. Certa de que algo de errado estava acontecendo, chamou o doutor Mariano e partilhou com ele seus temores, pedindo novamente autorização para retornar à crosta.
– Tem certeza de que já está mais forte? – indagou ele, preocupado.
– Não convém que você se envolva em demasia...
– Não, Mariano. Sinto-me mais preparada agora. Não mais procurarei intervir na vida de meus familiares encarnados. Estou pronta para enfrentar seus reveses sem me envolver.
– Terei que pedir nova autorização.
– Oh, Mariano, por favor. Sinto que minha neta precisa de mim!
– É certo, Maria do Socorro. Você escutou a voz de seu coração. Rosali clama por você, está desesperada.
– Já engravidou?
– Sim, e não sabe como agir. Alberto ainda desconhece a verdade, mas não terá pretensões de desposar Rosali e dar-lhe, a ela e ao nosso Henri, uma vida digna.
– Virgem Santíssima! E agora?
– Se obtivermos autorização para retornarmos, tentaremos inspirar Alberto para que assuma a criança.
– Então vá rápido, Mariano, por favor. Não há tempo a perder!
A autorização foi dada, e Maria do Socorro, em companhia de Mariano, retornou à crosta terrestre, implorando a Deus sua intervenção junto à neta querida.

Ao ver a prima tão assustada, parada na porta da biblioteca, Alberto largou o periódico que tinha em mãos, levantou-se e indagou:
– Elisa, o que houve? Aconteceu alguma coisa com Rosali?
– Sim, Alberto. É imperioso que você vá ao seu encontro neste momento.

— Impossível. Tenho um compromisso ao qual não posso faltar.
— Mas Alberto, a situação é grave, Rosali precisa de você.
— Seja o que for, pode esperar.
— Pelo amor de Deus, meu primo! Eu não estaria aqui lhe implorando isso se o assunto não fosse realmente sério.
— Ora, Elisa, você conhece Rosali tão bem como eu. Aposto que é mais uma de suas artimanhas para me levar ao altar...
— Rosali está gravida!
Tomado de surpresa, Alberto deixou-se cair na poltrona, estupefacto.
— O que foi que disse?
— Você ouviu muito bem. Rosali espera um filho seu.
— Mas... mas... como isso é possível?
— Você e eu sabemos muito bem como isso é possível.
— E agora, Elisa? O que farei?
— Ainda tem dúvidas? A única solução digna é desposá-la.
— Mas eu não a amo!
— Devia ter pensado nisso antes. Ouça bem, Alberto. Já lhe disse uma vez que estou disposta a procurar meu pai para que ele interceda junto a titio, a fim de compeli-lo a assumir seus deveres, como homem honrado que você deve ser. Creia-me; se você não se casar com Rosali e assumir seu filho, arruinando a vida de ambos, eu irei pessoalmente a tio Fabiano contar-lhe a forma vergonhosa como você vem tratando as moças honestas de nossa sociedade.
— Ora, Elisa, não me faça rir — a voz de Alberto denotava um profundo desprezo pelas ameaças dela. — Nós sabemos como é a honestidade de Rosali. Se fosse assim tão honesta não se entregaria a mim com tanta facilidade.
— Pare, Alberto. Não diga mais nada. Já conheço essa sua ladainha.
Nesse momento, Maria do Socorro adentrou o recinto, acompanhada do doutor Mariano e, aproximando-se de Elisa, sussurrou-lhe palavras de compreensão amorosa, que a moça, sem desconfiar que servia de veículo para o espírito, repetia com brusca mudança no tom de voz:
— Alberto, querido. Pense no que vai fazer. Se não ama Rosali, ao menos cumpra o seu papel de cristão e repare o mal que lhe fez. A vida, muitas vezes, implica em renúncia, e ela pode ser o maior exemplo de amor que podemos dar. Esqueça-se da vida de luxúrias e entregue-se, você também, nas mãos do Cristo, para que ele os abençoe e os faça dignos da tarefa que, neste momento, lhes incumbe. Vocês vão gerar um filho, a maior dádiva que Deus pode conceder às criaturas. Apro-

veite essa oportunidade e procure, com amor desinteressado, dedicar-se à criação desse ser que, espontaneamente, se entregou a seus cuidados. Você e Rosali têm um compromisso com essa criança que vai nascer. Ela será uma bênção em suas vidas, e poderá lhes ensinar o mais sublime sentido do amor... o amor que não se confunde com paixão, não se impõe pelo desejo, não vacila ante o ciúme, não prende pelo apego. Reflita bem em sua vida, Alberto. O que você tem feito até aqui de útil para os seus semelhantes, para você mesmo? Vive uma existência irresponsável e fútil, não trabalha, sequer exerce sua profissão. Mente, engana as mulheres, entrega-se à bebida e aos prazeres dissolutos. Não acha que Deus está sendo muito bom com você, pondo em suas mãos a oportunidade de abandonar esses deleites transitórios e se dedicar aos verdadeiros valores morais e espirituais, únicos capazes de, verdadeiramente, nos fazer felizes? Vamos, Alberto, pense. Abra o seu coração à voz da sua própria consciência e entregue-se ao desejo de mudar, e você será feliz ao lado de sua mulher e de seu filho.

Alberto quase se deixou convencer pela doçura das palavras de Elisa, que haviam tocado fundo em sua alma. Era verdade. Ele era mais um desses parasitas da sociedade, que se alimentava de orgias e bebedeiras, sem nada produzir que pudesse engrandecer seu espírito. Percebeu que um quê de arrependimento começava a despontar em seu íntimo, e sentiu-se tentado a ceder ao apelo da prima. No entanto, dada a voluptuosidade já arraigada em sua alma, refez-se daquele primeiro impacto e, recuperando o controle sobre si mesmo, proferiu em tom de escárnio:

– Ora, ora, se a minha querida priminha não virou, de uma hora para outra, uma santinha a fazer pregações em nome de Jesus. Quem a investiu no papel de salvadora das almas pecaminosas? – concluiu, soltando estridente gargalhada, que fez com que Elisa, assustada, perdesse a sintonia com Maria do Socorro.

– Eu, eu... – balbuciava ela. Embora se lembrasse de tudo o que havia dito, não podia compreender de onde vieram aquelas palavras, nem tampouco se apercebera de que falara independentemente de sua vontade. Um tanto quanto aturdida, Elisa finalizou:

– Alberto, não me leve a mal. Eu apenas me preocupo com Rosali, e com você também. Mas, se no seu coração só há espaço para as facilidades da vida, então penso que você não é digno de ser, verdadeiramente, chamado de homem e de cristão.

Em seguida, rodou nos calcanhares e saiu, triste ante a dureza do primo, e correu à casa de Rosali. Lá chegando, subiu as escadas e foi encontrá-la no quarto, prostrada sobre o leito, a face pálida e os lábios descorados, mais parecendo um boneco de cera.

— Cruzes, Rosali! — exclamou assustada. — Sente-se mal?

Rosali, que mal conseguia abrir os olhos, juntou forças e respondeu, a voz quase sumida:

— Oh, Elisa, parece que vou morrer...

— Não diga bobagens.

— É verdade. Nunca me senti tão mal em toda minha vida.

— São apenas os sintomas da gravidez. Quer que lhe prepare alguma coisa?

— Não, não poderia. Estou terrivelmente enjoada. Além disso, sinto um sono incontrolável, uma vontade de só estar deitada, de dormir...

Rosali quase não pôde terminar a última frase, e adormeceu. Elisa, vendo que o estado da prima não era grave, e que ela apenas precisava repousar, retirou-se silenciosamente, fechando a porta com cuidado. Voltou para a sala vagarosamente, mas encontrou Helena, que a aguardava com uma interrogação no olhar.

— Então, Elisa, não vai me contar o que está acontecendo?

— Como assim, titia?

— Não seja tola, menina. Sei que algo está errado. Rosali não anda passando muito bem; hoje, mal saiu do quarto, não se alimentou. E vocês duas estão muito cheias de segredos. Posso saber o que se passa?

— Não se passa nada, minha tia. Rosali, efetivamente, não vem se sentindo muito bem. Creio que andou exagerando nos doces, é só.

— Elisa, não sou criança. Tenho certeza de que você está me escondendo alguma coisa.

— Eu? Imagine...

— Meu coração de mãe não se engana. Algo de muito sério está acontecendo. Ande, diga-me, o que é?

Sentindo-se acuada, ela estava prestes a revelar à tia o que se passava, na esperança de que ela, como mãe, soubesse compreender e ajudar, quando Alfredo e Osvaldo chegaram para o almoço. Helena, temerosa, calou-se e lançou um olhar cujo significado Elisa entendeu como um pedido de cautela.

Completamente aturdida, Elisa pediu licença aos tios para se retirar, quando foi surpreendida pelo olhar em chamas de Alfredo. Aqueles olhos vibravam tão intensamente que ela sentiu-se mal, como que atingida por dardos invisíveis que lhe penetravam a mente. Ali, naquele momento, teve certeza de que o primo sabia de tudo. Não entendia como, mas estava certa de que ele sabia. Sentiu uma leve tonteira ao passar por ele, mas orou a Deus, rogando-lhe auxílio e proteção para Rosali, e se foi em seguida.

Elisa não sabia que Maria do Socorro e o doutor Mariano a haviam acompanhado até a casa de Rosali, prontos para ajudá-la no que fosse possível. Ao entrarem no quarto, contudo, perceberam o vulto de Marcel parado a seu lado, seu perispírito exalando ódio e inveja. Ódio por aquela pérfida mulher que o retirara à força das entranhas sem dar-lhe qualquer chance de defesa. Inveja daquele feto, que obtivera licença para reencarnar, enquanto ele, injustiçado que fora, permanecia entregue à própria sorte, sem encontrar meios de ultimar sua vingança.

O campo vibratório em que se encontrava Marcel, porém, não permitia que ele visse Maria do Socorro ou Mariano, mas intuitivamente pressentiu-lhes a presença, registrando as ondas de bem-estar que deles emanavam. Entretanto, fugiu espavorido, temeroso de que aqueles "espíritos alvos", que era como chamava os irmãos benfeitores, tivessem vindo para buscá-lo e levá-lo a um lugar qualquer, de onde não seria capaz de articular seus projetos.

Percebendo as intenções de Marcel, Maria do Socorro tentou intervir, mas foi impedida por Mariano que, sereno, afirmou:

– Deixe-o ir, minha amiga. Ele ainda não está preparado para receber auxílio. Encontra-se deveras preso ao desejo de se vingar, e somente o tempo se incumbirá de demovê-lo desse intento. Não devemos forçar o curso do rio, assim como não devemos forçar a natureza das coisas. No momento apropriado, Marcel perceberá o quanto é infeliz e clamará por socorro. Preocupemo-nos com Rosali, que sofre os males físicos decorrentes de uma gravidez indesejada.

Assim falando, aproximaram-se de Rosali, e o doutor Mariano começou a ministrar-lhe passes, detendo-se na região do ventre e alcançando também o feto. Na mesma hora, Rosali adormeceu, e Maria do Socorro, abordando Elisa, soprou-lhe ao ouvido que não se preocupasse, pois a prima precisava apenas de repouso.

No dia seguinte, Rosali foi despertada pela voz da mãe, que insistentemente a chamava:

– Rosali, minha filha, acorde. Já passa das nove horas.

Zonza de sono, Rosali abriu os olhos, cerrando-os logo em seguida, sentindo a vista arder com a claridade que penetrava pela janela. Aos poucos, porém, foi despertando, até que, completamente acordada, sentou-se na cama e perguntou:

– Nove horas? Mas como? Será que dormi tanto assim?

— Sim, querida. Você está dormindo desde ontem à tarde. Elisa disse que você não se sentia bem, e por isso deixei-a descansar. Sente-se melhor agora?
— Obrigada, mamãe. Sim, estou bem melhor.
— O que houve, Rosali?
— Apenas um mal-estar. Acho que foi alguma coisa que comi. O estômago me dói, a cabeça gira. Mas agora já passou.

Embora o coração de mãe de Helena inconscientemente a alertasse para a causa daquele mal-estar, ela desconhecia o envolvimento da filha com Alberto, e não deu importância a seus temores. Alisando carinhosamente seus cabelos, falou:
— Ótimo. Não sente fome?

Rosali, que não podia ouvir falar em comida, torceu o nariz e retrucou:
— Não, mamãe. Creio que ainda não estou curada de todo.
— Está bem, descanse então.

Já ia saindo, quando Rosali perguntou:
— E Elisa?
— Não sei. Não veio ainda hoje. Mas sossegue. Logo ela estará aqui.

Alberto, sentado na biblioteca, pensava na melhor maneira de se livrar de Rosali, quando escutou batidas na porta.
— Entre — ordenou maquinalmente.

A porta se abriu, dando passagem à criada, que viera avisá-lo de que se encontrava ali uma moça de nome Rosali, pedindo para falar-lhe. Alberto, que não esperava aquela visita, permaneceu calado durante alguns segundos, ao fim dos quais mandou que a criada a fizesse entrar. Ao vê-la, sentiu uma certa repulsa, pois Rosali, agora grávida, deixara de ser objeto de seu desejo, passando a um estorvo indesejável. No entanto, a fim de não irritá-la, o que poderia causar algum escândalo, e fingindo nada saber sobre o seu estado, indagou com voz falsa e açucarada:
— Rosali, o que faz aqui? Já não lhe disse que não viesse a minha casa? É perigoso.
— Por favor, Alberto, não me mande embora. Compreenda que não estaria aqui se a gravidade da situação a tanto não me impelisse.

Ele nada disse, permanecendo calado, à espera de que ela concluísse.
— Alberto — prosseguiu hesitante —, o assunto que me traz aqui é deveras embaraçoso.

Rosali esperava que ele dissesse algo, encorajando-a a falar, mas ele continuava aguardando que ela tomasse a iniciativa. Reunindo coragem, continuou:

– Você ainda não sabe, mas é que eu... eu... – e desatou a chorar.
Alberto, mal podendo disfarçar a aversão, atalhou rispidamente:
– Ora, vamos, seja clara. Deixe de delongas e diga logo a que veio.
Rosali, surpresa com a aspereza de Alberto, interrogou-o, choramingando:
– O que houve, querido, por que me trata assim?
– Não tenho tempo para tolices. Fale logo, ande.
– Oh, Alberto, me ajude! Estou esperando um filho seu!
O moço permaneceu impassível, levando Rosali a crer que ele não havia entendido o que dissera.
– Espero um filho seu.
– Corrigindo, Rosali. Você espera um filho, mas ninguém garante que seja meu.
A jovem, dada a fraqueza que sentia pela falta de alimentação, e tomada pelo choque inesperado, desmaiou ali mesmo, e Alberto tocou a sineta para chamar a criadagem. A mesma moça que introduzira Rosali apareceu, e ele mandou que ela fosse buscar a irmã, que saberia como proceder numa situação como aquela. Passados alguns instantes, Eulália entrou no recinto, olhar sério e preocupado, e foi logo indagando:
– O que se passa? Quem é essa moça?
– É Rosali. Não se lembra? É prima de Elisa, e estava presente a sua festa, lá na chácara do Andaraí.
– Ah! é mesmo. Mas está diferente. Falta-lhe cor...
– Por favor, Eulália. Deixe suas observações para depois. Agora, ajude-me a levá-la para o quarto de hóspedes e cuide dela, sim?
Auxiliados pela criada, levaram Rosali para o aposento indicado, deitando-a sobre uma enorme cama de casal. Eulália correu a buscar um pouco de sais para dar a Rosali, não sem antes inquirir o irmão:
– O que você fez para que ela desmaiasse assim?
– Nada.
– Ora vamos, Alberto. Eu o conheço muito bem. Diga-me, você está flertando com ela?
– Eu diria mais do que isso.
– Então, tomou-a como amante?
– Nossa, Eulália, como você é direta e perspicaz.
– Não me venha com essa. Conte-me logo.
– Ela está grávida.
– Meu Deus! E é seu?
– Ela diz que sim.

— Ela diz ou é mesmo?

Alberto, que não podia mentir para a irmã, sentindo a consciência a incomodá-lo, confessou:

— É sim, Eulália. Com certeza. Rosali era virgem quando a conheci, e eu fui o primeiro homem em sua vida

— E agora, o que pretende fazer?

Levantando os ombros num gesto de incerteza, Alberto retrucou:

— Não sei. Só sei o que não pretendo fazer.

— E o que é?

— Casar-me com ela.

— Conte comigo no que for preciso.

Alberto não deixou de sentir-se surpreso com a reação da irmã, que dele se afastou e foi passar o frasco com sais sob as narinas da desfalecida que, pouco a pouco, foi voltando a si.

— O que houve? Onde estou? – indagou ela, receosa.

— Fique calma, querida – tranqüilizou Eulália. – Você desmaiou e nós a trouxemos para o quarto de hóspedes.

Lentamente, Rosali foi recobrando a consciência. Lembrou-se das últimas palavras de Alberto e sentiu um aperto no coração. Como podia ele duvidar de sua honestidade? Por acaso pensava que ela se andava deitando com qualquer um? Tonta ainda, voltou os olhos pelo quarto à procura dele, e encontrou-o parado junto à cômoda, olhando-a com ar de indiferença.

— Alberto, meu amor – começou ela a dizer –, venha até aqui.

Aproximando-se, friamente perguntou:

— Como se sente?

— Um pouco melhor, obrigada.

— Ora, vamos, Rosali, não diga nada – interveio Eulália. – Quando se sentir melhor, eu chamarei um tílburi para levá-la até sua casa.

— Não é preciso se preocupar. Posso ir sozinha.

— Faço questão. E agora, com licença. Vou mandar preparar-lhe um chá.

Já ia saindo, acompanhada pelo irmão, quando Rosali o chamou:

— Por favor, Alberto, fique. Precisamos conversar.

— Agora não, Rosali. Uma outra hora. Tenho um compromisso.

— Compromisso? Mas o que pode ser mais importante do que nosso filho e nosso amor?

Alberto estava enojado. Aquele mulher, que outrora lhe dera tanto prazer, agora não passava de um trapo usado e gasto, do qual era preciso se livrar. Virando-lhe as costas, disse simplesmente adeus e saiu.

Rosali desatou a chorar, até que Eulália, retornando com o chá, perguntou, fingindo interesse:

– Por que está chorando, Rosali? Não melhorou?
– Melhorei, sim – respondeu ela enxugando as lágrimas com as costas das mãos. – Mas é que estou tão nervosa...
– Nervosa com o quê?
– Posso confiar em você, Eulália?
– Claro que sim, meu bem. Sou um túmulo, e quero ser sua amiga.
– É que estou grávida de Alberto.
– E ele sabe?
– Acabei de lhe contar, mas ele não ficou nada satisfeito.
– Não se preocupe, querida. Os homens são assim mesmo. A princípio, temem assumir um compromisso mais sério com uma moça. Mas depois acabam percebendo que o que sentem é amor e voltam atrás.
– Acha mesmo?
– Tenho certeza. Já vi isso antes. Tive uma amiga que passou pela mesma situação, mas tudo acabou se resolvendo da melhor forma. Confie e espere. E pode contar comigo no que precisar.
– Oh, Eulália, você é tão boa!
Rosali, sem desconfiar de nada, confidenciou sua vida a Eulália, que intimamente ria de seu cinismo. Imagine se ela concordaria com um casamento entre Alberto e aquela mulherzinha. Era só o que faltava.

Capítulo 6

Alberto ia cabisbaixo, a cabeça fervilhando de idéias, até chegar à casa de Marialva, onde a encontrou andando de um lado para outro, nervosa e esbravejando feito louca.
– Meu Deus, o que é isso? – perguntou Alberto assustado. – O que se passa aqui?
– Ah! então não sabe? – redargüiu ela furiosa. – Aquele atrevido do Alfredo veio me procurar com uma história de que você em breve desposaria outra moça. Será isso verdade?
– Alfredo? Por que veio procurá-la?
– É que ele de vez em quando vem visitar-me – mentiu, envergonhada.
– Por quê? Está interessado em você?
– Ora, mas é claro que não. Onde já se viu? Mas não mude de assunto. Quero saber tudo sobre esse suposto casamento, sabe-se lá com quem.

Alberto, com medo de que Alfredo pudesse desmascará-lo, achou melhor contar a verdade a Marialva, ou seja, apenas meia verdade. Então, fingindo-se de ofendido, e carregando na voz uma falsa tristeza e um arrependimento dissimulado, afirmou:
– Não é bem assim, Marialva. Creio que Alfredo só entendeu metade da história.
– O que quer dizer?

Alberto, segurando-lhe as mãos com ardor e lançando-lhe um olhar cheio de paixão, disse em tom de súplica, como a implorar sua compreensão e seu perdão.
– Marialva, meu amor. Fui enganado.
– Como assim? Por quem?

Simulando o papel de vítima, ele respondeu com amargura:
– Por Rosali.
– Rosali? O que tem ela a ver com isso? Vocês ainda estão namorando?
– Mais ou menos, Marialva.
– Mais ou menos? Mas você me jurou que havia rompido com ela. Como pôde me enganar assim?
– Eu não a enganei. Fui procurá-la para terminar tudo, dizer-lhe que estava apaixonado por você e que íamos assumir um compromisso sério. Rosali, no entanto, começou a chorar, atirando-se em meus braços, implorando o meu amor. Foi deprimente.

Marialva, cheia de interesse, estimulou-o a prosseguir.
— E daí?
— E daí que ela se jogou aos meus pés e desatou a falar uma porção de sandices, dizendo-se louca de paixão, ameaçando matar-se caso eu a deixasse, fazendo-me juras de amor. Prometeu-me o que quisesse, começou a me provocar, do jeito que nenhuma moça de família seria capaz de fazer. Ofereceu-se para mim feito uma... feito uma... Oh, desculpe-me, Marialva, não posso mais continuar. Isso não é assunto para uma donzela honesta como você.

Não precisava dizer mais nada. O silêncio valia mais do que mil palavras. Marialva, desfigurada pelo ódio, bradou descontrolada:
— Aquela infame! Então pensou que poderia prendê-lo atirando-se em sua cama como uma rameira?
— Marialva, meu amor, não fale assim. Não fica bem...
— Para o inferno! O que pensa que sou?
— Penso que você é a moça mais digna dessa cidade. No entanto, sou homem, e ainda solteiro, e é difícil recusar certas facilidades... Rosali me provocou ousadamente. Como evitar? Entregou-se como se fosse minha mulher...
— Pare, não quero ouvir essa história sórdida! Não sou uma mulher vulgar para ficar aqui ouvindo falar de suas conquistas amorosas.
— Mas Rosali não foi uma conquista amorosa. Ela se insinuou para mim. Fiquei tentado, foi um erro, mas ela me oferecia prazeres que uma moça honesta como você não poderia sequer supor...
— Quantas vezes se encontraram?
— Algumas. Rosali me enviava recados, falava-me que estava deprimida, quase a morrer. Sabe como é, tenho o coração mole, senti piedade, tive medo de que ela se matasse.
— E precisava dormir com ela por causa disso?

Alberto ficou envergonhado. Marialva era francamente ríspida e direta. Falava sobre esses assuntos com pouco ou nenhum constrangimento, o que o embaraçava sobremaneira. Fingindo-se arrependido, acrescentou súplice:
— Por favor, Marialva, acredite em mim. Não sinto mais nada por Rosali. O que houve entre nós é passado. Eu apenas não pude resistir à tentação e à piedade que a figura dela me inspirava.
— E pretende casar-se com ela por causa disso?
— Não, claro que não.
— Mas Alfredo diz que sim. E estava tão seguro quando veio me procurar que até parecia saber de algo mais.
— Talvez saiba mesmo.
— Saiba o quê? O que há mais para saber?
— Rosali está grávida.

– O quê?
– Isso mesmo que você ouviu. Rosali está grávida, e agora quer me compelir a desposá-la.
– Meu Deus, mas que coisa horrível! E você vai aceitar?
Alberto não sabia o que dizer. Temia dizer que não e com isso causar-lhe uma decepção, passando por homem vil e sem caráter, e afastando-a para sempre. Por outro lado, se dissesse que sim, era certo que ela o deixaria, visto que jamais consentiria em relacionar-se com um homem comprometido.

Marialva, porém, percebendo a indecisão dele, e não querendo perdê-lo para a outra, disse com cautela:
– Se não a ama, não vejo por que deva ser obrigado a casar-se com ela.
– Não pretendo me casar com ela – falou aliviado. – Não a amo, nunca a amei. Mas não sei o que fazer. Rosali é menor de idade, pode comprometer-me.
– Mas ela não pode provar que o filho é seu.
– Aí é que você se engana, Marialva. Nós nos encontrávamos nos salões de uma velha conhecida minha, no Rio Comprido. Ela pode testemunhar.
– Pode se você não souber ser convincente e generoso.
– O que quer dizer?
– Ora, Alberto, não há nada que o dinheiro não possa comprar.

Já agora bastante interessado no rumo que a conversa tomara, Alberto inquiriu:
– O que você está querendo dizer com tudo isso? Seja mais clara, por favor.
– É simples, meu amor. Por mais que Rosali diga que o filho é seu, não pode provar. E você pode dizer que ela já não era mais moça quando foi procurá-lo. Será a sua palavra contra a dela, e com uma considerável importância, podemos comprar o silêncio de sua amiga do Rio Comprido e de quem mais se fizer necessário, assim como podemos "contratar" um outro amante para Rosali, que jurará, perante Deus e a Justiça, que ela já não era mais pura há muito tempo, e que o filho que carrega pode ser de qualquer outro...
– E o escândalo? Certamente que haverá, e dada a reputação de que gozava em Portugal, podem não acreditar em mim.
– Não creio. Pelo que ouvi dizer, o pai de Rosali é um homem decente e extremamente ligado a valores morais. E é claro que não quererá expor-se à desonra e ao ridículo, tornando público o estado da filha, e arriscando-se a macular sua própria reputação de homem digno. Não.

Vendo que Rosali será desmascarada publicamente, com certeza se recolherá e, quem sabe, enviará a filha para ter a criança longe daqui, onde ninguém possa testemunhar sua vergonha.

– A idéia parece boa. Mas e Elisa... e tio Edmundo? Certamente não acreditarão.

– É um risco que devemos correr. Mesmo que não acreditem, o que poderão fazer? Empenhar a palavra em prol de uma moça cuja honestidade ninguém pode atestar?

– Tem razão, mas eles podem cortar relações comigo.

– Será o seu preço. Você terá que escolher quem é mais importante para você: ou eles ou eu.

– Você, claro.

– Então, não há o que temer. Tudo dará certo, e você se livrará dessa mulher mais cedo do que imagina.

Agora mais confiante, Alberto retornou ao lar, pronto para enfrentar as lamúrias de Rosali. Ao chegar, porém, não a encontrou, e foi direto aos aposentos de Eulália:

– Onde está Rosali? – indagou.

– Foi-se.

– Para onde?

– Ora, para onde. Para casa. Para onde mais poderia ter ido?

– E saiu mais conformada?

– Um pouco.

Alberto sentiu-se mais aliviado, e detalhadamente, narrou para a irmã o ardil que Marialva preparara para Rosali. Parecia perfeito, e ele se livraria daquele estorvo de uma vez por todas.

No dia seguinte, bem cedo, Rosali correu à procura de Elisa, confusa e desnorteada com a reação de Alberto. Encontrou a prima ainda em trajes de dormir, sentada defronte à penteadeira a desembaraçar os cabelos. Vendo-a entrar esbaforida e pálida, Elisa percebeu que as coisas não iam nada bem.

– Elisa, Alberto não quer se casar comigo.

– Esteve com ele?

– Sim, estive. Ele me destratou, mas sua irmã foi muito amiga e compreensiva.

– Não confie em Eulália, Rosali.

– Por quê?

– Porque provavelmente ela fingiu ser sua amiga. Mas nunca ficará contra Alberto.

Rosali, cuja confiança em Elisa ia além dos limites do parentesco que as unia, sentindo-se enganada, esbravejou:

– Aquela lambisgóia, falsa e intrometida! Onde já se viu meter-se em assuntos que não lhe dizem respeito só para defender o irmão, que age como um patife?

– Acalme-se, Rosali, e deixe para lá. Você não precisa da amizade de Eulália.

– Tem razão Elisa, minha amiga, ponderada como sempre. Já lhe disse o quanto a amo?

– Ora, deixe disso – contestou a outra, enrubescendo.

– Não. Penso que chegou a hora de me desculpar com você.

– Mas você não me fez nada...

– Fiz sim. Causei-lhe muito mal, eu sei.

– Pare com isso, Rosali, por favor. Você não me causou mal algum.

– Elisa, vamos parar com essa ladainha. Sei que agi errado com você, não lhe dando ouvidos quando tentou me alertar sobre Alberto. Ao contrário, senti raiva de sua intromissão, e não conseguia perceber que você só queria me ajudar. Cheguei ao ponto de atender ao pedido dele para nao comentar mais com você sobre nosso romance.

– Alberto lhe pediu isso?

– Sim. Hoje percebo que tinha medo de sua influência sobre mim. Medo de que me abrisse os olhos e me fizesse ver quem ele verdadeiramente é. Meu Deus, como fui tola, acreditando nele, em lugar de crer em você e na sua amizade sincera. Pode me perdoar?

– Não há nada o que perdoar, eu já esqueci. Você estava apaixonada, eu compreendo. Deixemos disso, por favor.

– Não, Elisa, é importante para mim o seu perdão. Diga que me perdoa, com sinceridade.

– Está bem, Rosali, se é tão importante assim para você, está perdoada.

– Obrigada, minha prima. Você se preocupa tanto comigo que até parece minha irmã mais velha.

– É verdade, Rosali, desde pequena sinto-me mesmo sua irmã mais velha. Você sempre a arteira, e eu sempre a ajuizada a consertar suas peraltices. Não sei por que, mas parece que a conheço há muito, muito tempo, e que lhe devo algo que não consigo pagar.

– Não compreendo. Bom, é claro que nos conhecemos há muitos anos, mas você não me deve nada. Ao contrário, eu é que lhe devo gratidão eterna.

– A eternidade é longa demais para nos comprometermos em seu nome.

– Ainda assim, eu é que lhe sou grata. Quanto a você, não me é devedora de nada. Apenas lhe peço que continue a devotar-me o mesmo afeto e a mesma amizade de sempre. Sinto que vou precisar, e que talvez você seja a única pessoa que, no futuro, ainda se importará comigo.

– Mas o que é isso? Por que tanto pessimismo? Tudo vai acabar bem.

– Não sei, Elisa. Tenho um pressentimento...

– Não pense mais nisso. Pensemos apenas no presente, na forma como devemos agir para resolver essa situação.

– Sim, é verdade. Não quero pensar em coisas ruins. Deixemos que elas aconteçam, se tiverem mesmo que acontecer.

Alberto, deitado só em sua cama, olhava pela janela de seu quarto o sol que inundava o jardim. Durante toda a noite não conseguira dormir. A preocupação o matava. Se, por um lado não desejava se casar com Rosali, sentindo por ela uma aversão que antes não sentia, por outro lado sentia um certo remorso em abandoná-la naquele estado. Afinal, era seu filho que ela carregava no ventre. Mas havia Marialva. Como desistir dela? E aquele plano sórdido... Será que era direito?

Tudo isso ele pensava, misturando seus próprios pensamentos aos conselhos que Maria do Socorro lhe inspirava. Sozinho, ao amanhecer, quando seu espírito se encontrava descansado e desarmado frente às turbulências de sua vida desregrada, longe dos vícios e do álcool, Maria do Socorro tentava incutir-lhe algum senso de justiça e de equilíbrio. Assim, sem que ele se desse conta, ela sussurrava ao seu ouvido palavras de reflexão, que ele traduzia como seus pensamentos, titubeantes em face da inusitada situação.

– Alberto, não faça isso. Rosali era uma moça pura quando a conheceu. Você a enganou e iludiu com falsas promessas de amor.

– Afinal – pensava ele –, eu fui o primeiro homem na vida de Rosali. E ela só se entregou a mim porque jurei que me casaria com ela. Mas, se fosse mesmo tão honesta, teria resistido, e não se entregaria assim tão fácil.

– Engana-se, Alberto. E o amor? E a confiança? Rosali estava certa de que você a amava e que cumpriria sua promessa, casando-se com ela.

– É certo que ela me ama de verdade. Disso não posso duvidar. E eu a fiz acreditar que também a amava. Não sei. Fui falso, é verdade, mas como agora estragar minha vida, unindo-me a uma mulher por quem já não sinto mais nada?

– Pense na sua dignidade, no seu caráter. O que dirá de si mesmo mais tarde? Que tipo de homem será você, que abandona mocinhas grávidas ao seu próprio destino? Rosali não terá ajuda do pai. Ele jamais a perdoará.

– E se o pai a expulsar de casa? Pobrezinha, talvez até morra à míngua. Não, Elisa não permitiria.

— Elisa está noiva, e seu noivo não é simpático a Rosali. Ela mesma não iria querer estragar o casamento da prima, e por isso fugiria.

— É bem verdade que Leonardo, o noivo de Elisa, não gosta de Rosali. Quem sabe ela não desapareceria para sempre? Quem sabe até não atentaria contra a vida da criança? Pensando bem, até que não seria má idéia. Se Rosali perdesse o filho, tudo seria mais fácil.

— Isso é um crime! Você é médico, fez um juramento de defender a vida, e não de incentivar a morte ou o assassinato! Além do mais, Rosali poderia até morrer!

— Não, acho que não. Algo poderia sair errado, e Rosali...

— Nem pense nisso, Alberto. Afaste esses pensamentos infames de sua cabeça.

— Devo estar ficando louco. É certo que não quero me casar com Rosali, gostaria até que sumisse. Mas daí a desejar sua morte... — mas nem ele estava seguro se não desejava mesmo que Rosali morresse.

Maria do Socorro, horrorizada ante tão empedernido coração, suplicava:

— Afaste essas idéias. Não dê asas aos maus instintos.

— Bom, acho melhor não pensar mais nisso.

— Por favor, Alberto, concentre-se em Rosali. Ela o ama, case-se com ela, assuma seu filho e vocês serão felizes. Aos poucos aprenderão a se amar, e a paixão cederá lugar a um sentimento seguro e sólido, mais confiante e menos apaixonado. E além do mais, há a criança. Pense em quantas alegrias ela poderá lhe dar! Você será pai, terá orgulho de seu filho.

— Talvez seja melhor mesmo me casar com ela. Quem sabe, com o tempo eu consiga amá-la? Ou ao menos gostar dela? Não posso me esquecer de que ela é uma mulher bonita. E meu filho? Sim, será meu filho, herdará meu nome, meus bens. Não deve ser assim tão ruim...

— Não vem para o café? — era a voz de Eulália, interrompendo o diálogo entre o visível e o invisível. — Uma surpresa o aguarda para o desjejum.

— Surpresa?

— Sim, Marialva está lá embaixo, esperando por você. Não vem?

Ao ouvir o nome do ser amado, Alberto abandonou suas reflexões, e vestindo-se às pressas, correu ao encontro da moça, deixando Maria do Socorro triste e frustrada, remoendo um amargo sabor de derrota. Mariano, porém, que a acompanhava sempre, interferiu:

— Maria do Socorro, não se lamente. Você faz o que é possível. Alberto é um rapaz doente, obcecado pelos prazeres mundanos. Não se culpe se não conseguir sucesso em seu intento.

— Eu sei, Mariano. Mas já estava quase conseguindo. No fundo, ele não é mau; é apenas leviano e irresponsável. Creio que ainda há em sua alma uma sombra de discernimento, à qual pretendo me agarrar para chamá-lo à razão.

— Devagar, amiga. Lembre-se dos limites que a Providência impõe.

— Eu sei, eu sei. Não pretendo interferir em seu livre arbítrio. Meu propósito é alcançar-lhe o coração apenas com bons conselhos.

— Que ele ouvirá se quiser ou se puder compreender. Pense que Alberto pode ainda não haver alcançado maturidade espiritual suficiente para assimilar suas palavras.

— É certo. Mas penso que sim, visto que ele já quase cedia. Não fosse por Eulália e por Marialva... Elas sim é que poderão colocar tudo a perder.

— Não, Maria do Socorro, não devemos culpar os outros pelos nossos fracassos. Se Alberto não atender aos seus apelos, que recebe em forma de pensamentos, é porque ele, e apenas ele, não está ainda apto a proceder de outra maneira. A responsabilidade é apenas sua. Se assim não fosse, poderíamos sempre acusar alguém pelos nossos erros, condenando nossos irmãos apenas por haverem sugerido, incentivado ou compactuado com aquilo que nós mesmos gostaríamos de realizar. Ademais, todos os seres se vinculam por laços de simpatia, e a sintonia mais perfeita decorre desses laços, pois somente conseguimos dar ouvidos àquilo que encontra eco dentro de nós. Dessa forma, se não pendemos para o teor dos estímulos que recebemos, sejam eles bons ou maus, dificilmente agiremos conforme essas sugestões. Não se pode induzir ao crime aquele que não possui índole assassina, assim como não podemos evitar que o ébrio se atire ao vício cada vez que passar diante de uma taverna.

— Tem razão, Mariano, desculpe-me. Eu ainda tenho muito a aprender.

— Todos nós, minha querida. Que fazemos aqui senão aprender constantemente? Agora vamos. Precisamos retornar à colônia para descansar. Você precisa se reequilibrar. Logo voltaremos.

Obediente, Maria do Socorro deixou-se conduzir até a colônia, sentindo um enorme cansaço. Sim, precisava repousar e refazer seu próprio espírito para a luta que ainda tinha que enfrentar...

— Marialva, minha querida, que surpresa! — exclamou Alberto ao adentrar a sala de refeições, onde ela se encontrava a sua espera. — Acompanha-nos ao desjejum?

— Não, obrigada — respondeu ela, endereçando-lhe um olhar de fúria. — Será que poderíamos conversar?

— Claro, querida. Pode nos dar licença, Eulália?

— Toda, caro irmão. Se não se importam, vou tomar meu café.

— À vontade, Eulália.

Alberto conduziu Marialva para a biblioteca, fechando a porta assim que ela entrou.

— Vou ser direta — iniciou ela. — Vim aqui para lhe participar que já encontrei a pessoa certa para aquele serviço.

— Mas já? Assim tão depressa?

— Não costumo perder tempo quando minha felicidade está em jogo.

Alberto estava assustado com Marialva. Ela era não só objetiva, mas também muito decidida e prática, e era capaz de qualquer coisa para conseguir o que queria.

— E quem é, posso saber? — indagou ele.

— Você não o conhece. Mas já acertei o preço, e ele está somente à espera de que o procuremos para agir.

— Calma, querida. Ainda é cedo, e Rosali não voltou a me procurar. Acho que não nos devemos antecipar aos acontecimentos. De nada adianta darmos início ao plano se ela não me acusar de sedução ou algo parecido.

— Tem razão. Mas vim aqui apenas para dar-lhe ciência de que já está tudo arranjado. No momento oportuno, basta me avisar para que eu dê o sinal.

— Claro, querida, não se preocupe.

Pouco depois, ao deixar a casa de Alberto, Marialva foi abordada por Alfredo, quando já ia entrar no tílburi que a aguardava.

— Espere, Marialva, não vá ainda. Preciso falar-lhe.

— Alfredo! Mas o que... então anda a me seguir?

— Não, claro que não. Eu apenas a vi passando.

— Ora, deixe de fingimentos. Pensa que sou idiota? Deixe-me passar; nada tenho a falar com você.

— Marialva, por favor. Não vê que me preocupo com você? O que faz aqui na casa de Alberto?

— Não é da sua conta. Agora deixe-me ir.

O jovem, segurando-a pelo braço, não a soltava, impedindo que subisse no tílburi.

— Por que você não me ouve? Por que não acredita em mim?

— Solte-me, não preciso de seus conselhos.

— Mas Marialva, eu a amo.

— Só que eu não o amo, mas sim a outro.

— Não vê que Alberto a está enganando? Ele jamais será seu. Tem um compromisso com minha irmã. Vão se casar.

Soltando forte gargalhada, Marialva respondeu, irônica:

— Alfredo, você me faz rir. Quem lhe disse tamanha bobagem?

— Mas Rosali está grávida. Não há outra solução.

— É o que você pensa — concluiu ela, puxando bruscamente o braço e entrando apressada no carro, que saiu em disparada.

Alfredo ficou ali parado na rua, olhar patético a acompanhar o coche de Marialva se afastando. Uma raiva súbita subiu-lhe pelas faces, queimando-lhe o corpo como ferro incandescente. Sua intuição lhe dizia que Marialva e Alberto estavam tramando algo, mas o que seria? Vendo que seus planos estavam prestes a ruir, e receoso de perder aquela que considerava a mulher de sua vida, tomou uma decisão que poria um fim naquela história, precipitando, por assim dizer, o desfecho dos acontecimentos.

Ao final de uma semana, Rosali tornou a procurar Alberto. Não o encontrando em casa, correu à mansão do Rio Comprido, na esperança de que ele lá estivesse, mas foi informada que ele já não aparecia há tempos, e que todos até estranharam a ausência de ambos. Desculpando-se, Rosali se foi, sem contar-lhes o que se passava.

Voltando à casa de Alberto, ficou aguardando sua chegada. Já passava das sete da noite quando ele voltou e encontrou Rosali sentada no alpendre.

— Rosali, está louca? Que faz aí, sentada feito uma mendiga?

— É exatamente nisso que você me transformou, Alberto, numa mendiga, que precisa implorar uma migalha de seu amor para salvar a vida!

— Pare com isso, Rosali, não seja drástica.

— Não estou sendo drástica. Estou sendo realista.

— Ouça aqui, não tenho tempo para perder com chantagens.

— Oh, sim, agora nosso filho virou chantagem.

— Rosali, não pretendo me casar com você. No entanto, para não deixá-la abandonada, só com um filho, passando necessidades, ofereço-me para recompensá-la com uma quantia considerável, digamos, em compensação pelos serviços que você tão gentilmente me prestou...

Alberto sentiu o rosto arder com o sonoro tapa que Rosali lhe desferiu. Cega de ódio, ela gritava:

— Como ousa me tratar feito uma rameira, uma mulher da vida? Não quero seu dinheiro, quero apenas seu amor, sua compreensão! Pensei que você fosse um homem digno, mas nem sei se pode ser chamado de homem!

Estarrecido, Alberto agarrou-a pelos ombros, sacudindo-a com violência, ao mesmo tempo em que lhe dizia impropérios de toda sorte:

— Sua cadelinha, vagabunda, prostituta! Quem pensa que é? Por acaso se julga digna de um marido que lhe encubra a vergonha de gerar um bastardinho? Sim, porque é isso que essa criança é: um bastardo, cuja origem obscura não dá indícios de sua procedência.

— Você é infame, Alberto. Atreve-se a duvidar que é seu filho?

– Por certo que sim. Como posso ter certeza de que sou o pai? Afinal, você se deitava comigo sem ser minha esposa; quem me garante que não fazia o mesmo com outros?
– Canalha, pulha, gostaria de matá-lo...
– Pelo amor de Deus, parem com isso! – interveio Eulália, nervosa.
– Breve, toda a vizinhança estará a nossa porta.
– Fique fora disso, sua peste! – berrava Rosali. – Não quero assunto com você, sua falsa, mentirosa!
– O quê? Agora atreve-se a insultar também minha irmã, que a acolheu com dedicação?
– Dedicação! Era só o que me faltava, pois se não é outra tão sem escrúpulos como você!
– Cale-se, sua vadia. Não permitirei...
– Deixe, Alberto – atalhou Eulália. – Rosali está fora de si – e, voltando-se para ela, concluiu serenamente:
– Creio, senhorita, que deve deixar esta casa imediatamente. Não é bem-vinda aqui. Saia, ou serei forçada a chamar a guarda.
– Não será preciso, Eulália – respondeu Rosali em tom de desprezo. – Não lhes darei o prazer de me ver expulsa daqui feito uma criminosa. Mas cuidado, Alberto. Tenho minhas armas contra você.

Depois dessa ameaça, Rosali voltou-lhes as costas e saiu dali às pressas, correndo pela rua feito louca. Alberto, que já não agüentava mais tamanha pressão, entrou em casa abatido, jogando-se exausto na poltrona. Olhando para Eulália, indagou:
– Diga-me, minha irmã, quando é que isso tudo vai terminar?
– Não sei, Alberto. Mas a situação está ficando crítica.
– Talvez seja melhor casar-me com ela e encerrar tudo isso.
– Sim, case-se com ela e seja infeliz pelo resto de sua vida.
– Não posso mais suportar – desabafou ele, soluçando feito criança.
Eulália sentou-se a seu lado, pousando a cabeça dele em seu colo, e acariciando-lhe os cabelos, falou docemente:
– Tenha calma, meu irmão. Tudo se resolverá. Você vai ver. Não desista agora.
Assim, aos prantos, Alberto se entregou aos afagos da irmã, adormecendo ali mesmo, tamanha a fadiga que o assolava.
Rosali, por sua vez, tomou o rumo da casa de Elisa, lá chegando justamente no momento em que a família, acompanhada de Leonardo, terminava o jantar. Quando ela entrou, desgrenhada e ensandecida, os presentes não deixaram de se assustar. Rosamaria, prestimosa, indagou solícita:
– Rosali, o que houve com você? Por acaso foi atacada no caminho?

A moça, que até então não se dera conta de seu estado lastimável, aproveitou-se da pergunta da tia e respondeu ofegante:
– Sim, titia. Fui abordada por malfeitores quando chegava aqui. Queriam minha bolsa.
– Mas que horror! E eles a agrediram?
– Não, não. Larguei a bolsa e saí correndo. Foi só o susto.
– Então venha, querida, sente-se e tome um prato de sopa. Vai acalmá-la e fazer com que se sinta melhor.

Chamando a criada, Rosamaria ordenou-lhe que esquentasse um pouco de sopa para Rosali, que tentou recusar, de tão enjoada que estava. No entanto, ao levar o caldo quente aos lábios, sentiu uma sensação de bem-estar tão grande que só então percebera que estava com fome, já que os constantes enjôos da gravidez mal permitiam que ela se alimentasse.

À exceção de Leonardo e Elisa, os demais acreditaram na história que Rosali contara, e a conversa se concentrou nos bandidos que infestavam as ruas da capital. Rosali, abalada por profunda tristeza, fitava a prima com olhar de súplica, enquanto uma chuvinha fina começou a cair do lado de fora, fazendo com que as meninas, juntas, deixassem escorrer discretas lágrimas pelos cantos dos olhos.

Capítulo 7

Osvaldo, sentado à mesa da sala, não parava de consultar o relógio.
– Onde diabos se meteu essa menina? – dizia de si para si. – Já é noite, Rosali está fora desde cedo.
– Vai ver está com Elisa – observou Helena, preocupada.
– Mas até essa hora? E sem mandar avisar?
– Vai ver foi por causa da chuva...
– Não sei, não. Algo deve ter acontecido.
– Não pense no pior, Osvaldo. Sabe como é Rosali, livre feito um passarinho. Em breve surgirá, lépida e faceira, como se nada tivesse acontecido.
– Rosali é moça solteira, não devia andar por aí sozinha a essas horas.
Alfredo, que até o momento permanecera calado, resolveu intervir:
– Papai, preciso falar com o senhor.
– Pois fale, meu filho. O que é?
– Aqui não.
Osvaldo e Helena se entreolharam, estranhando aquela atitude do filho.
– Agora tem segredos para sua mãe? – perguntou Helena, curiosa.
– Claro que não, mamãe. Mas é que o assunto que tenho a tratar deve ser apenas de homem para homem.
– Está bem, meu filho. Já ia subir mesmo. Osvaldo, por favor, avise-me quando Rosali chegar, está bem?
– Claro que sim. Fique sossegada. Depois de ouvir o que Alfredo tem a dizer, se ela não houver chegado, irei até à casa de Elisa.
– Faça isso.
– E então, meu filho? – iniciou Osvaldo, vendo a mulher subindo as escadas. – O que há de tão importante?
– É sobre Rosali.
– O que tem ela?
Alfredo titubeava. Temia a reação do pai. Talvez não fosse uma idéia assim tão boa contar-lhe a verdade. Mas agora não podia mais voltar atrás. Hesitante, balbuciou:
– Bem, papai, creio que... que Rosali se encontra em maus lençóis.
– Que quer dizer com isso? Por acaso sua irmã anda se encontrando com alguém?
– Sim.
– Eu bem que desconfiava. E quem é?

— É Alberto, primo de Elisa.
— O médico, filho de Fabiano?
— Esse mesmo, papai.
— Isso não é bom. Esse rapaz não goza de boa fama. Dizem que vivia metido em intrigas amorosas lá em Portugal. Preciso falar com Rosali logo que ela chegar. Não quero minha filha metida com gente desse tipo.
— Penso que agora já é tarde.
— Como assim?
— É que Rosali está grávida.

Um raio não teria atingido Osvaldo de forma tão fulminante. Paralisado, olhar perdido, ficou a fitar o filho, recusando-se a crer no que ouvia.

— O que disse? Creio que não ouvi direito.
— Disse que Rosali está grávida.
— De onde tirou essa idéia? Sua irmã é uma moça honesta; um pouco doidivanas, mas honesta. Não se entregaria a um homem antes do casamento!
— Sinto decepcioná-lo, papai, mas é verdade. Eu mesmo ouvi de sua boca.
— Ela lhe contou?
— Não, senhor. Escutei quando conversava com Elisa em seu quarto.
— Meu Deus! Quer dizer que ambas me enganavam? Quando Rosali saía e dizia que ia ao encontro da prima, na verdade era com ele que se encontrava?
— Receio que sim.

Aos poucos, digerindo as palavras de seu filho Alfredo, Osvaldo foi se transfigurando; a face, outrora pálida, adquirindo um rubor excessivo, as bochechas ardendo em fogo, até que esbravejou:

— Mas isso não vai ficar assim! Onde já se viu? Crio uma filha com todo cuidado para acabar se entregando a qualquer um, manchando o bom nome de nossa família... Que vergonha, que desonra. Isso é imperdoável!

Helena, atraída pelos gritos do marido, voltou para a sala. Vendo as feições alteradas de Osvaldo, indagou aflita:

— O que houve? O que está acontecendo?
— Volte para o quarto, Helena. Não creio que você deva participar dessa conversa.
— Mas por que não? Do que estão falando? E você, Osvaldo, por que está tão alterado?
— É melhor você não saber.
— Como não? É sobre Rosali? – vendo que o marido não respondia, voltou-se para o filho com voz súplice:
— Alfredo, meu filho, por favor, responda-me, aconteceu algo a sua irmã?

Alfredo, olhando de soslaio para o pai, respondeu titubeante:
— Aconteceu sim, mamãe.
— Mas o quê? Pelo amor de Deus, respondam-me. Rosali é minha filha. Tenho o direito de saber.
— Será um choque para você – declarou Osvaldo.
— Pois que venha o choque. Estou preparada para tudo.
— Rosali está esperando um filho.
— O quê?! Como pode, pois se ela nem namorado tem.
— Aí é que você se engana. A desavergonhada andava se encontrando às escondidas com aquele Alberto, primo de Elisa, cuja reputação é a pior possível.
— Você tem certeza? Quem lhe contou?
— Seu próprio filho.
— Como soube disso?
— Eu ouvi uma conversa entre Rosali e Elisa.
— Você ficou escutando atrás das portas?
— Pelo amor de Deus, Helena, isso agora é o menos importante. O que importa é que Rosali está grávida, esperando um filho bastardo!
— O que pretende fazer?
— Só há uma solução viável. Rosali deixará esta casa o mais breve possível. Não tenho mais filha.
— Por Deus, Osvaldo, não faça isso! Ela é ainda uma menina.
— Menina... menina. Sua filha já é mulher. Não soube se prostituir? Agora que cuide de si mesma.
— Mas, papai – protestou Alfredo –, não será melhor obrigar Alberto a casar-se com ela?
— Sim, é o melhor que temos a fazer – considerou Helena. – Não podemos abandonar nossa filha.
— Ouçam bem, vocês dois. Não vou me expor ao ridículo de casar uma filha na igreja, toda de branco e com o ventre volumoso. Ela me envergonhou, é uma qualquer, não merece o respeito de ninguém.
— Osvaldo, caia na realidade. Rosali é sua filha. O erro que cometeu é grave, porém, reparável. Se ela se casar...
— Já disse que não. Filha minha não se casa embuchada, ainda mais com um homem sem brios feito aquele doutorzinho.
Helena desatou a chorar copiosamente. Estava tão desesperada, lutando por salvar a vida da filha, que Osvaldo se condoeu. Na verdade, intuído por Maria do Socorro, que presenciara a cena desde o princípio, acabou cedendo.
— Certo, Helena. Talvez você tenha razão. Se eles se casarem às pressas, poderemos dizer que a criança nasceu prematura. E quem irá contestar?

— Oh, Osvaldo, graças ao Senhor! Obrigada, meu marido, eu sabia que você não podia ser assim tão desalmado.

— Sim, mas não sei se poderei perdoá-la. Vamos esperar que Rosali volte para termos uma conversa séria. Ou ela se casa ou irá embora.

— Mas Osvaldo, não devemos impor essa condição. Afinal...

— Afinal ela nos envergonhou a todos, atirando o nosso nome na lama. Se o rapaz não aceitar desposá-la, não a manterei em casa, ostentando publicamente o fruto de sua desonra.

— Ora, papai. Rosali é menor de idade. Há meios de convencer o rapaz...

— Cale-se, Alfredo. Pensa que me irei revelar dessa forma? Isso equivaleria a uma declaração pública de reconhecimento de culpa. Não. Jamais me exporei ao ridículo desse jeito. E agora basta. Quero esperar Rosali sozinho. Helena, você e Alfredo podem se retirar.

— Osvaldo, por favor, deixe-me ficar. Rosali é minha filha. Sou mãe e mulher, posso compreendê-la melhor do que você.

— Ela não precisa de compreensão, mas de repressão. Obedeça, Helena, ou será pior para ela.

Vencida, Helena retirou-se para o quarto, acompanhada de Alfredo. Em silêncio subiram as escadas, e só quando chegaram à porta do quarto do filho é que ela desabafou:

— Por que fez isso, meu filho? Por que não veio a mim antes de procurar seu pai? Então não o conhece? Não sabia que ele receberia essa notícia com ódio? Se tivesse me contado primeiro, eu haveria de dar um jeito de preparar o seu espírito, conversaria com Rosali e com o moço, tentaríamos nos entender. Mas agora... agora não sei. Só me resta rezar para que o pior não aconteça.

Alfredo, já meio arrependido do que fizera, olhou para a mãe com os olhos embaciados, entrando no quarto sem dizer palavra. Sim, Helena estava certa. Agora só lhe restava a prece como remédio para aquela terrível dor que dela se apossara.

As horas foram passando, e Rosali não voltou para casa. De tão exausta, recostara-se para esperar a chuva passar e dormira, somente retornando ao amanhecer. Ao entrar, deu com o pai adormecido na poltrona da sala, e pensou que talvez ele tivesse ficado acordado até tarde a sua espera. Sem fazer ruído, começou a subir as escadas, parando no meio ao escutar a voz sonora do pai, chamando-a com brusquidão:

— Rosali, é você? Venha cá imediatamente!

A ordem, de tão imperativa, assustou-a. Sem vacilar, voltou para a sala e foi direto para onde Osvaldo se encontrava, parando diante dele com olhar amedrontado. Estava certa de que seria duramente repreendida por haver passado a noite fora. Mas Elisa e os tios poderiam testemunhar em seu favor, confirmando a história do assalto de que fora vítima.

– Papai, desculpe-me... – iniciou ela, no que foi rispidamente interrompida por Osvaldo.

– Cale-se! – ordenou ele. – Ainda não lhe dei permissão para falar. Onde esteve?

– Em casa de Elisa.

– E por que não avisou que dormiria lá?

– Não houve tempo. Fui atacada por uns malfeitores...

– Mentira! – berrou ele. – Sua desavergonhada, impudica, pensa que não sei que estava com seu amante?

Rosali, surpresa, não pôde emitir palavra, tamanha a indignação com que recebera aquelas ofensas. O que estaria acontecendo? Teria seu pai descoberto a verdade? Descontrolado, Osvaldo continuou:

– Se pensa que pode continuar mentindo para mim, está muito enganada. Já sei de todos os seus desvarios.

– Papai, o que quer dizer? Não estou entendendo.

– Não se faça de cínica, menina. Você entende muito bem! Não tente me enganar de novo!

– Mas papai, eu nunca o enganei e...

Osvaldo, desfigurado pela raiva, desferiu-lhe violenta bofetada no rosto, o que fez com que Rosali tombasse sobre o sofá, a boca sangrando, já começando a inchar.

– Cale-se, doidivanas! Pensa que não sei de seu caso amoroso com aquele doutorzinho devasso? Quem pensa que é para trazer tanta vergonha assim para nossa família, aviltando nosso nome com esse comportamento de mulher vadia, carregando no ventre um filho bastardo daquele libertino?

Rosali soluçava, coberta da dor de humilhação. Quem haveria contado? Elisa? Não, impossível; ela era sua amiga, jamais a trairia daquela forma.

Helena, por sua vez, escutando aquela briga horrorosa que se desenrolava em sua própria casa, e não contendo a aflição, correu para baixo a fim de acudir a filha e impedir que Osvaldo cometesse alguma loucura. Chegou a tempo de segurar-lhe o punho, quando ele já se preparava para surrar a filha, caída sobre o sofá e sem forças para se defender.

– Por Deus, homem! Que pensa que vai fazer? Vai matá-la e à criança!

– Seria bem-feito para ambos.

– Pare com isso, Osvaldo. Você não é um assassino!

Ouvindo as palavras da mulher, Osvaldo conteve-se. Ela estava certa, não era um assassino. Não mancharia suas mãos com o sangue daquela vadia e de seu bastardinho. Voltando-se para Rosali, acrescentou cheio de rancor:

— Levante-se! Vamos agora mesmo à casa daquele patife. Precisamos fazer os arranjos para o casamento, que deverá se realizar o mais breve possível, sem festas ou cerimônias. Depois disso você irá morar com seu marido, longe daqui.

Mas Rosali não se mexia. Com medo de que Osvaldo a tivesse maltratado em demasia, Helena correu para erguê-la, mas foi detida pelo olhar magoado da filha.

— Ande, levante-se! — gritou ele. — Por acaso está surda?

— Não adianta, papai. Não vou procurar Alberto.

— O quê? Então pretende protegê-lo? Como se atreve?

— Não estou protegendo ninguém. Apenas disse que não vou procurá-lo, pois ele não quer se casar comigo. Ontem fui expulsa de sua casa, humilhada e escorraçada feito um cão vadio. Não pretendo passar por esse ultraje novamente.

Osvaldo, olhos injetados de sangue, quase perdeu a razão. Não admitiria tamanha afronta. Cego de ódio, agarrou Rosali pelos cabelos e saiu arrastando-a escada acima, seguido de Helena, que chorava e implorava ao marido que largasse a filha. Osvaldo, porém, endurecido e irredutível, somente soltou a menina quando entrou em seu quarto, atirando-a na cama e falando friamente:

— Você tem uma hora para juntar suas coisas e deixar esta casa. Aqui não há lugar para vagabundas.

— Papai, por favor — suplicava ela. — Para onde vou?

— Pouco me importa. Para o inferno ou para o prostíbulo, que é o seu lugar.

— Osvaldo, não faça isso! — Helena beirava o desespero. — Ela é nossa filha!

— A partir de hoje não tenho mais filha. E quero esquecer que um dia fui seu pai. Já disse, você tem uma hora. Se não arrumar suas coisas nesse tempo, enxotarei você daqui apenas com a roupa do corpo.

E saiu, batendo a porta do quarto, furioso. Rosali, aos prantos, olhou para a mãe e perguntou, enquanto arrumava a mala com algumas mudas de roupa:

— Mas mamãe, o que houve? Como papai descobriu?

— Seu irmão contou.

— E como ele soube?

— Escutou você conversando com sua prima.

— Meu Deus! Oh, mamãe, o que será de mim?

— Não sei, minha filha. Tenha calma. Ao sair daqui, vá direto para a casa de Elisa e conte-lhe o que aconteceu. Peça abrigo a seu tio Edmundo; é uma boa alma, não se recusará a acolhê-la. Depois veremos. Quem sabe seu pai não esfria a cabeça e a perdoa?

— Duvido muito. Papai é um homem severo e rancoroso. Nunca me perdoará.

— Não pensemos no pior, Rosali.

— Ah, se vovó estivesse aqui nada disso teria acontecido. Papai não se atreveria a contrariá-la.

— Tem razão, minha filha. Mas, infelizmente, ela não está mais entre nós.

Helena estava profundamente enganada. Maria do Socorro não só estava presente, como presenciara toda a briga entre o filho e a neta. Osvaldo, no entanto, só dava ouvidos ao ódio que sentia, fazendo-se surdo a qualquer bom conselho que a mãe tentasse lhe inspirar. Assim, Maria do Socorro nada pôde fazer, senão impelir Helena para a sala justamente na hora em que Osvaldo se preparava para espancar Rosali, chegando a tempo de impedir uma desgraça.

Mala pronta, Rosali desceu as escadas em silêncio, hesitante e insegura quanto a seu futuro. Ao passar pela porta do quarto de Alfredo, parou e pensou em entrar, mas desistiu. Para quê? Já não estava feito o mal? De que adiantaria agora uma altercação também com o irmão? O pai, decerto, a ele ainda daria razão. Ao cruzar com Osvaldo, diminuiu o passo e fitou-o, tentando ainda uma última rogativa:

— Papai, por favor, perdoe-me.

— Saia! – explodiu ele. – E nunca mais volte a me chamar de pai!

Alquebrada, Rosali abriu a porta da rua e se foi, tomando a direção da casa de Elisa, que estranhou ao vê-la ali, o rosto inchado de tanto apanhar. Vendo seu estado e a mala que carregava, Edmundo indagou surpreso:

— Rosali, querida, o que houve? Vai viajar?

— Não, titio.

— Por que a mala, então? E seu rosto? Por que está tão machucado?

— Meu pai me expulsou de casa, e gostaria de saber se posso ficar aqui. Não tenho para onde ir.

— Expulsou você de casa? – era a vez de Rosamaria. – Mas por quê? O que você fez? Não vá me dizer que... que você... bem, você sabe...

— Sim, mamãe – interveio Elisa agoniada. – Rosali está grávida, não adianta mais tentar ocultar. O pior aconteceu.

— Por favor, tio, não me mande embora. Estou desesperada!

— Tenha calma, filha, e conte-me o que aconteceu. E não se preocupe. Você é da família, quase como minha filha. Ninguém vai expulsá-la daqui.

Rosali, profundamente agradecida, relatou para os tios e a prima os episódios das últimas horas, deixando-os amargurados e tristes ante a incompreensão e a dureza de Osvaldo. Ao final da narrativa, Rosamaria acrescentou:
– Pobre Helena. Deve estar angustiada.
– Não se preocupem – tranqüilizou Edmundo. – Mais tarde irei a sua casa e falarei pessoalmente com Osvaldo. Por ora Rosali fica aqui. Pode dormir no quarto com Elisa.
– Obrigada, tio. Deus há de lhe recompensar tamanha bondade.

A tarde já ia a meio quando Edmundo chegou à casa de Osvaldo.
– Já esperava sua visita – disse ele polida, porém, secamente.
– Sim, creio que sim. E sabe o assunto que me trouxe aqui.
– Certamente – e, dirigindo-se para a mulher, pediu: – por favor, Helena, deixe-nos a sós.
– Não – contestou ela. – Não sem antes saber notícias de minha filha.
– Ela está bem – assegurou Edmundo. – Está em nossa casa.
– Oh! Que Deus seja louvado. Eu sabia que vocês não a abandonariam.
– Basta, Helena! – cortou Osvaldo. – Falando desse jeito, até parece que cometi alguma injustiça.
– E não foi?
– Chega, Helena. Por favor, agora saia.
Sem nada dizer, Helena foi para a cozinha, os olhos rasos d'água, porém feliz por saber que a filha estava bem e segura na casa da irmã. Osvaldo, tomando a palavra, iniciou a conversa:
– Ouça, Edmundo, você é um homem de bem e eu o respeito muito. Mas se veio aqui interceder por Rosali, está perdendo seu tempo.
– Mas nós a acolhemos com carinho.
– Eu sei. Todavia, para mim, pouco importa onde ela esteja, desde que não seja nesta casa. Mas se eu fosse você não a quereria por lá. Rosali não presta, é uma mundana. É minha filha, ou melhor, foi, mas não posso fingir que é inocente. Pense bem, Edmundo, você tem uma filha solteira, e sabe como são essas influências.
– Não se preocupe com Elisa. Ela está noiva e sabe o que faz.
– E Rosali não sabe, não é mesmo?
– Não disse isso. Ela apenas deu um mau passo, apaixonou-se pelo homem errado. Poderia ter acontecido a qualquer uma.
– Mas não a minha filha. Não a criei para isso. Não a eduquei para ser amante.
– Ninguém cria uma filha para isso. Simplesmente acontece. É uma fatalidade.

— Ora vamos, Edmundo, nem você acredita nessa desculpa. Rosali se entregou porque não tem vergonha, é uma despudorada. E eu não vou me sujeitar a ser apontado como o frouxo que não soube ter pulso com a própria filha. Não, prefiro vê-la morta a ter que passar por tamanha humilhação.

— Mas não se preocupa com sua filha, ou com seu neto? Não quer saber se ficarão bem?

— Francamente, pouco me importa. Já disse que não tenho mais filha, e netos, só aqueles que Alfredo vier a me dar um dia.

— Vamos, homem, reconsidere. Não seja tão teimoso.

— Não é teimosia, é orgulho, amor-próprio. Um homem de respeito precisa ter seus brios, não pode se deixar levar por sentimentalismos.

— Sentimentalismo? É assim que chama o amor paterno?

— Por favor, Edmundo, não quero mais falar sobre isso. Minha decisão está tomada, e não voltarei mais atrás. Ainda fui condescendente, dando a Rosali a chance de reparar seu erro casando-se com o rapaz. Mas ela disse que ele não quer se casar, e que até a humilhou. Desculpe-me se falo assim, sei que Alberto é seu sobrinho, mas o moço não presta, não tem caráter. Poderia recorrer aos meios legais, já que Rosali é menor. Mas isso equivaleria a me ridicularizar, expondo-me publicamente ao escândalo. E prefiro evitar escândalos. Não, é melhor que ninguém saiba o que aconteceu, assim poderemos fazer de conta que não aconteceu.

— E se eu falar com Alberto?

— Acha que adiantaria?

— Como você disse, ele é meu sobrinho. Não custa nada tentar. Ademais, não posso deixar de me sentir um pouco responsável pelo que aconteceu.

Após alguns minutos de reflexão, Osvaldo concluiu:

— Está bem, Edmundo, se você conseguir convencer o rapaz a se casar com ela, eu a perdoarei. Mas só assim.

— Obrigado, Osvaldo. Farei o melhor possível.

Ao anoitecer, Edmundo foi procurar o sobrinho, encontrando-o em conversa amistosa com Gustavo, o irmão mais moço. Ao vê-lo, os sobrinhos se levantaram e o cumprimentaram respeitosamente. Edmundo respondeu aos cumprimentos, e gentilmente pedindo a Gustavo que se retirasse, foi logo entrando no assunto:

— Alberto, meu filho, sabe por que vim aqui?

— Não posso imaginar, meu tio.

— Por causa de Rosali.

Alberto franziu a testa, estranhando a atitude do tio. Será que Elisa cumprira sua promessa, contando-lhe tudo o que estava acontecendo? Não querendo arriscar, fez-se de desentendido:

– De Rosali? Algum problema?
– Você, melhor do que ninguém, pode responder a essa pergunta.
– Como assim?
– Ora vamos, Alberto. De nada vale agora o seu fingimento. Já sei de tudo. Rosali espera um filho seu.
– E o que quer que eu faça?
– Quero que crie juízo e se case com ela.
– Mas titio, eu não a amo.
– Entretanto, é a única atitude digna a tomar.
– E a minha vida?
– E a vida dela? E a de seu filho?
– Oh, por favor, pare! Não agüento mais tanta pressão.
– Alberto, escute-me. Vocês são jovens, podem construir uma vida juntos. Você é médico, tem um futuro todo pela frente.
– Que não desejo partilhar com Rosali.
– Mas por que tanta relutância em casar-se com ela?
– Porque não a amo, já disse.
– Mas não pensou assim quando a seduziu e se deitou com ela.
– É diferente.
– Não, não é. Um homem digno não sai por aí seduzindo mocinhas castas apenas para satisfazer os seus desejos.

Alberto estava desanimado. O respeito que sentia pelo tio impedia-o de continuar. Parecia que tudo estava perdido. Nem mesmo Eulália, sempre tão segura, ousaria defrontá-lo. Ele era imponente, não pela força bruta ou mesmo intelectual, mas pela força moral, que tornava imbatíveis as suas palavras.

– Titio, talvez o senhor tenha razão. Procedi mal, mas tenho medo do que possa acontecer – Alberto pretendia ganhar tempo.
– Do que possa acontecer não, mas do que já aconteceu.
– E o que foi que aconteceu?
– O pai de Elisa expulsou-a de casa hoje de manhã.
– O quê? Mas como? Por quê?

Com brevidade, Edmundo resumiu-lhe toda a história.

– E então, o que me diz? – inquiriu o tio. – Vai deixá-la assim, ao abandono? Por mim, ela pode ficar em nossa casa o tempo que quiser; será bem-vinda lá. Mas, e quanto a Rosali? E a criança? O que será do futuro deles? Sabe como são tratadas as mães solteiras? E os filhos, então! Discriminados, evitados pelas demais crianças, que são proibidas por seus pais de se aproximarem deles. E sem falar na dificuldade de ingressar em um bom colégio, dado o preconceito dos adultos. Isso acaba por atirá-los na obscuridade, e eles crescem à margem da sociedade, como párias que vivem a fugir, tentando ocultar a vergonha de sua origem, pelo simples fato de que seus pais, por egoísmo, optaram por roubar-lhes uma vida digna em prol de seus próprios interesses. Quererá você ser responsável pela ruína de seu filho? Pense bem, Alberto. Você ainda tem a oportunidade de se redimir e reparar o mal que fez a Rosali, e evitar um mal ainda maior para a criança.

– Por favor, titio, deixe-me pensar com calma. Prometo que, em dois dias, no máximo, lhe darei a resposta.

– Está bem. Que seja. Dois dias é o tempo que lhe dou para criar juízo. Caso contrário, serei obrigado a escrever para seu pai.

Despedindo-se, Edmundo se foi; com ele a esperança de que tudo acabaria bem. No caminho de casa, sem conhecer o motivo, lembrou-se intensamente de Maria do Socorro, que permanecera a seu lado durante todo o tempo, grata por ainda existirem no mundo pessoas como ele, capazes de guardar no coração o mais puro sentimento do amor cristão.

Nesse ínterim, Fabiano, pai de Alberto, retornou inesperadamente da Europa. Ao entrar em casa, foi recebido com alegria pelos filhos, que há muito não o viam. Fabiano estava exausto, e após as saudações e a distribuição dos presentes, recolheu-se a seus aposentos, a fim de descansar da longa viagem, e Alberto decidiu que lhe contaria tudo tão logo se apresentasse refeito da jornada.

Aproveitando-se, porém, de que o pai dormia, Alberto saiu apressadamente. Foi à casa de Marialva, a fim de colocá-la a par dos últimos acontecimentos, e encontrou Alfredo a vagar em frente à mansão, com um brilho estranho no olhar. Ao avistá-lo, o irmão de Rosali atirou-se sobre ele enfurecido, tentando acertar-lhe o rosto, no que foi impedido por Alberto, maior e mais forte.

– Canalha, pulha, como ousa abandonar minha irmã? – berrava descontrolado. – Não pode fazer isso, Rosali é apenas uma menina.

Na verdade, Alfredo não se preocupava com a irmã, mas com seu próprio infortúnio. Vendo que o plano de contar ao pai sobre a gravidez de Rosali não surtira o resultado desejado, desesperou-se. Alberto recusava-se a casar com ela, o que o colocava mais próximo de Marialva, que sequer se dignara recebê-lo. Além do mais, o pai tomara aquela atitude drástica de expulsar Rosali de casa, o que não deixava de lhe causar um certo remorso.

Alberto, porém, decidido a não mais enfrentar abertamente o inimigo, achou melhor tranqüilizar o outro:

– Tenha calma, rapaz – falou segurando-lhe os pulsos. – Deixe esse assunto para Rosali e para mim.

– Mas você não pode fazer isso.

– Já disse para não se preocupar. As coisas acabarão por se ajeitar.

– Como? Só se você se casar com ela. Por favor...

Alfredo soluçava feito criança, o que levou Alberto a suspeitar que aquelas lágrimas não eram apenas de preocupação pelo futuro da irmã.

– Por que tanta aflição? – indagou ele desconfiado. – Pelo que sei, você e Rosali nunca foram muito chegados. Segundo ela, vocês viviam brigando.

O outro, desconcertado, tentou conter o desespero e se recompôs, buscando uma resposta convincente para dar.

– É que eu... – balbuciou – ... eu estou arrependido... é isso. Rosali é uma menina tola, porém ingênua. Não merece esse sofrimento. E eu me arrependi de todos os nossos desentendimentos. Afinal, são brigas de irmãos que se amam, você entende...

Sim, Alberto entendia, e muito bem. Percebendo a ansiedade com que Alfredo olhava para a casa de Marialva, a compreensão baixou sobre sua cabeça, e ele pôde confirmar suas suspeitas. Pouco a pouco foi ligando os fatos, recordando as atitudes de Alfredo durante o seu romance com Rosali: as altercações que tivera com ela, a pretensa amizade com Marialva, e agora aquilo. Sim, estava certo de que Alfredo estava apaixonado por Marialva, e que pretendia tirá-lo do caminho, casando-o com a irmã. Sem fazer rodeios, afirmou incisivo:

– Você está apaixonado por Marialva.

Embaraçado, Alfredo ainda tentou negar.

– Mas o que é isso? Eu não...

Gargalhando, Alberto observou com voz escarnecedora:

– Tolo, a quem pensa que pode enganar? Então acha que vou me casar com Rosali para deixar o caminho livre para você? Esqueça, meu rapaz. Marialva não é para você, ela não o ama.

– Como pode saber?

– Não é preciso ser muito esperto. Mas eu, no seu lugar, desistiria enquanto ainda é tempo. Mesmo que eu não me case com ela, certamente Marialva não o quererá. Você não é homem suficiente para ela.

Dominado pela raiva, Alfredo acertou um soco no nariz de Alberto que, distraído, não percebera o movimento rápido do outro. Alberto agarrou-o pelo colarinho, e já ia revidar quando Marialva o interrompeu, a voz gélida a revelar profundo desprezo:

– Solte-o, Alberto. Não vale a pena sujar as roupas com o sangue de um rato.

Vendo-a, Alberto soltou o adversário, atirando-o ao chão feito um fardo. Marialva, por sua vez, aproximando-se dele, cuspiu-lhe no rosto com tamanho desdém que Alfredo abaixou a cabeça, envergonhado diante de tanta humilhação. Sem dizer palavra, Marialva segurou Alberto pela mão e, puxando-o para si, beijou-o apaixonadamente na boca. Voltando-se para Alfredo, cheia de arrogância e altivez, concluiu:

– Vamos embora, Alberto. O rato já está de volta ao chão, que é de onde jamais deveria ter ousado sair...

E juntos, de mãos dadas, penetraram na mansão, deixando para trás Alfredo, falido e vexado, sentindo recrudescer em sua alma o ódio, principalmente por Alberto, que transformara sua doce Marialva naquela mulher ríspida e insensível que lhe torturava o coração.

De volta ao lar, Alberto encontrou Fabiano confortavelmente instalado sobre um divã na biblioteca, tendo aos pés Eulália e Gustavo que, atentos, ouviam notícias de Portugal. À sua entrada, Eulália se levantou e chamou o irmão mais moço, deixando Alberto a sós com o pai para uma conversa. Ao passar por ele, Eulália sussurrou-lhe:

– Ainda não lhe disse nada. Achei melhor deixar isso com você.

Depois que saíram, Alberto acercou-se de Fabiano e falou:

– Papai, há algo muito importante que preciso contar-lhe.

O pai, um tanto quanto preocupado ante a entonação de gravidade que Alberto imprimira à voz, perguntou assustado:

– Aconteceu alguma coisa? Alguém está doente?

– Não, papai, não se preocupe. Não é nenhum problema de saúde.

E, a sua maneira, contou-lhe tudo o que se passara em sua ausência. O pai, visivelmente transtornado, rispidamente o censurou:

– Você é um irresponsável, Alberto. Sempre a se envolver com as mulheres erradas. Do seu envolvimento com as casadas eu já sabia. Mas que as virgens passaram também ao rol de suas preferências, isso já é novidade. Deveria, ao menos, ter tido a decência de escolher uma moça desconhecida. Mas não. Foi aliciar justo a prima de Elisa. E agora?

– Perdoe-me, meu pai. O senhor tem razão. Mas eu estava louco por ela, pela sua beleza. Não pude me conter.

– Sei, sei. E agora quer que eu desfaça a sua besteira, não é mesmo?

Alberto abaixou os olhos. Com voz súplice, choramingou:

– Por favor, papai. Não me faça casar com Rosali. Não a amo, nunca a amei. Foi apenas uma aventura. Eu juro que, se o senhor me livrar dessa desgraça, eu me emendarei. Montarei um consultório, casar-me-ei com Marialva e passarei a levar uma vida tranqüila de bom chefe de família.

Fabiano, após pensar alguns momentos, acabou por concordar:

— Você tem razão. Não posso permitir um consórcio seu com essa Rosali, uma moça sem eira nem beira, enquanto um futuro digno o aguarda ao lado de Marialva. Mas quanto ao plano da moça... bem, não creio que seja uma boa idéia. Envolverá terceiros, que futuramente nos poderão chantagear, e teremos que comprar o seu silêncio. Não, o melhor a fazer é não ficarmos nas mãos de ninguém. Deixe isso por minha conta, resolverei tudo.

— E quanto a tio Edmundo e Elisa?

— Deixe-os comigo também. Saberei convencê-los. Mas terá que me prometer uma coisa.

— O que quiser, papai, desde que me livre desse futuro inglório.

— Prometa-me que nunca mais se envolverá em casos obscuros. Prometa-me que realmente constituirá família com Marialva e se tornará um respeitável médico da sociedade.

— Eu prometo, papai. Prometo, do fundo de meu coração. Juro pela memória de mamãe, que Deus a tenha, que nunca mais me envolverei em qualquer caso amoroso.

— Está certo, meu filho. Vou confiar em você. Façamos o seguinte. Nossa família possui uma quinta de veraneio em Portugal, na cidade de Viana do Castelo, às margens do Atlântico. É bem distante de Lisboa, onde mantemos relações. Para lá enviaremos Rosali, em companhia de Josué, aquele ex-escravo que me é ainda fiel, com a recomendação de que o aguarde. Diremos que você se demorará ainda um pouco aqui no Brasil, a fim de ultimar alguns preparativos, e depois partirá ao seu encontro, para que as bodas se realizem em lugar discreto, longe dos olhares e da língua maldosa das pessoas.

— Mas e daí?

— E daí? Bem, eu costumava freqüentar essa quinta em busca de um pouco de sossego e de isolamento, de modo que ninguém nunca vai lá. O lugar é agradável e fresco, cercado pelo mar e por montes cobertos de pinheiros e eucaliptos; a mansão foi construída sobre uma colina, cuja encosta desce direto para a praia, de onde se pode avistar o mar. É um bom lugar para se criar uma criança. A casa é muito bem cuidada por Luzia, uma antiga criada, e por mais alguns serviçais, que podem perfeitamente tomar conta de Rosali e da criança.

— Quer dizer que não irei?

— Claro que não. Esse será apenas o pretexto para afastá-la daqui.

— Mas e se ela escrever? E se resolver voltar?

— Ninguém a conhece em Portugal e, creia-me, ela nunca mais vai desejar voltar. Para quê? Para ser humilhada e expor a todos a sua desonra? Não, com certeza ainda ficará grata por dispor de um lugar tranqüilo onde possa ocultar sua vergonha. Confie em mim; tudo dará certo.

E assim, cheio de esperança, Alberto correu a chamar Josué, visto que já expirava o prazo que o tio lhe concedera para refletir sobre a conversa que tiveram.

Tudo acertado, ficou decidido que Rosali partiria com Josué no próximo navio, cuja saída estava programada para dali a duas semanas. Fabiano mandou um mensageiro à casa do irmão, solicitando sua presença urgente, em companhia de Rosali. Edmundo veio o mais rápido que pôde, e com ele Rosamaria, Elisa e a prima, visivelmente contrariada.

– Edmundo – cumprimentou Fabiano ao vê-lo entrar –, há quanto tempo, meu irmão.

– É verdade; quase um ano. Fiquei surpreso com seu recado. Quando chegou?

– Hoje pela manhã. E creio que vim em boa hora.

– Sem dúvida. Vejo que já está a par de tudo.

– Estou sim – e, virando-se para Rosali, interrogou: – Então, esta é a minha futura nora?

Rosali, que não esperava aquela gentil recepção, respondeu atônita:

– Nora? O que quer dizer?

– Já conversei com Alberto e consegui chamá-lo à razão, convencendo-o a assumir suas responsabilidades.

– Mas que excelente notícia! – exclamou Rosamaria exultante. – Helena ficará feliz e aliviada. E Osvaldo a receberá de volta, Rosali!

Rosali, começando a chorar, ajoelhou-se aos pés de Fabiano e, beijando-lhe as mãos exclamou, agradecida:

– Oh, senhor Fabiano! Nem sei como lhe agradecer!

– Deixe disso. Não fiz mais do que minha obrigação, assim como Alberto está disposto a cumprir com a dele – voltou-se para o filho e ordenou: – Alberto, venha até aqui e desculpe-se com sua noiva.

Alberto, desajeitado e sem coragem de encarar Rosali, aproximou-se dela e, mal disfarçando a repulsa, dirigiu-lhe a palavra em tom artificial:

– Rosali, querida, perdoe-me, por favor. Eu estava fora de mim quando me recusei a casar com você, mas papai fez-me ver a realidade e mostrou-me que a única atitude digna será desposá-la. Pode me perdoar?

– Oh! Alberto, não fale mais nada. Claro que o perdôo. Eu o amo!

Eulália, que presenciara a tudo pensando em quão artistas eram o pai e o irmão, ajuntou:

– Não lhe disse, Rosali, que tudo acabaria bem?

Rosali, envergonhada por haver tratado a futura cunhada com tanta arrogância e agressividade, respondeu:

— Sim, Eulália, é verdade. Mas creio que lhe devo desculpas. Tratei-a de forma rude e indigna.

— Ora, não pense mais nisso. Posso compreender. Você estava desesperada, é natural que se descontrole. O que importa é que tudo terminou bem.

Em poucas palavras, Fabiano contou aos presentes os planos para o futuro, convencendo Rosali de que uma viagem seria o melhor a fazer no momento. Portugal era um país belíssimo, e ela muito apreciaria visitar-lhe os campos e as praias. Não lhes contou, porém, que Rosali estaria sendo enviada para local distante, bem longe de Lisboa. Ao contrário, mentiu, dizendo que iria para a vila que possuíam em Coimbra, onde Alberto concluíra o curso universitário.

Edmundo, após alguns minutos de reflexão, concordou que aquela seria uma ótima solução. Embora distante da família, o casamento se realizaria dentro dos conformes, não despertando a curiosidade mesquinha dos membros daquela sociedade hipócrita, o que resguardaria a intimidade de Rosali e do seu filho.

— Amanhã, logo cedo, gostaria que você me acompanhasse em uma visita a Osvaldo — sugeriu Edmundo, dirigindo-se para Fabiano, que já ia protestar quando Rosali o interrompeu:

— Perdoe-me, tio Edmundo, mas creio que não será necessário. Meu pai cortou relações comigo, não quer saber de meu futuro.

— Mas certamente a perdoará logo que souber que você e Alberto se casarão — atalhou Rosamaria.

— Sim, Rosali — continuou o tio —, sei que está magoada com seu pai, e não lhe tiro a razão. Mas você não acha que o melhor a fazer seria esquecer o passado e apenas pensar no futuro? No seu e no de seu filho?

— Ainda assim, não gostaria de falar com ele. Prefiro esperar até o casamento. Só assim poderei voltar de cabeça erguida, como uma respeitável senhora da sociedade, levando em meus braços um filho legítimo.

— Está bem — concordou Edmundo. — Muito sensato de sua parte, e muito digno também.

Fabiano, que permanecera como espectador mudo diante daquele teatro, respirou aliviado, pois a última coisa que desejava era confrontar-se com aquele homem rude e sem educação, ainda mais quando, efetivamente, não pretendia manter a palavra empenhada. Rosamaria, contudo, decidiu que iria sozinha à casa de Helena contar-lhe a novidade. Ela era mãe, tinha o direito de saber o paradeiro da filha. Não deixaria a irmã naquele sofrimento, desconhecendo o futuro de Rosali.

Encerrada a conversa, todos se retiraram animados, à exceção de Elisa, que nada dissera durante toda a noite. Sem saber por que, a moça não conseguira acreditar em uma palavra do que lhes falara o tio. Tentou partilhar de seus receios com o pai, mas este, movido pelo amor fraterno, não lhe deu ouvidos. Elisa calou-se, guardando em seu íntimo a certeza de que uma desgraça maior estava por sobrevir.

Junto a ela encontrava-se Maria do Socorro, cuja preocupação Elisa pôde sentir e traduzir naquele desassossego que assaltara sua alma desde que adentrara a casa de Alberto. Mas agora... agora caberia à divina Providência agir para que tudo se realizasse conforme as necessidades de cada um...

Capítulo 8

Helena, agora mais calma, vibrava de alegria e contentamento. Há uma semana recebera a notícia de que a filha iria se casar em Portugal. Osvaldo, porém, não querendo dar mostras de que estava amolecendo, e temeroso de que o casamento anunciado fosse apenas um engodo, permaneceu carrancudo e desinteressado.

Alfredo, no entanto, o vinha preocupando demasiadamente. Há alguns dias não comia, andava distante e alheio, desatento no trabalho, mal se lavava, não se barbeava... Vivia trancado no quarto, os olhos opacos sempre buscando algo que não via. Confuso e desnorteado, procurou a mulher, e com ela dividiu sua preocupação.

– O que pensa que aconteceu a Alfredo? – indagou. – Ele anda agindo de forma estranha nos últimos dias.

– Você também reparou? Pensei que fosse o excesso de zelo que me tivesse levado a reparar que ele parece estar ficando louco. Hoje mesmo peguei-o falando sozinho.

– O quê? E o que dizia?

– Não sei exatamente. Algo assim como "...não pode fazer isso comigo. Vai me pagar por isso. Ela me pertence...". Estranho, não acha?

– Deveras. Será que deveria falar com ele?

– Talvez sim. Você é pai dele. Com certeza se abrirá com você mais facilmente do que comigo.

– Tem razão. Falarei com ele agora mesmo.

Osvaldo levantou-se e foi até o quarto de Alfredo. Já ia bater à porta, quando escutou soluços sentidos vindos do interior. Parou e apurou o ouvido, tentando escutar melhor o que se passava lá dentro. Alfredo, em lágrimas, dizia de si para si:

– Não vou permitir. Não vou permitir. Marialva me pertence, sempre me pertenceu. Se não for minha, não será de mais ninguém. Sou capaz de cometer uma loucura.

Curioso, Osvaldo entrou sem bater, surpreendendo o filho agachado a um canto, abraçando os joelhos e balançando o corpo feito um demente.

– Alfredo, o que está acontecendo? O que se passa aqui? Por acaso está ficando louco?

Alfredo, espantado com a interferência do pai, interrompeu seu monólogo e fitou-o como se não o conhecesse. O pai, confuso, prosseguiu:

— Então, não me responde? Ande, saia logo desse quarto e venha comer. É domingo, faz sol, por que não sai um pouco para tomar ar?

Mas Alfredo não respondia. Mudando o tom de voz, como se quisesse confidenciar-lhe algo, Osvaldo sondou:

— Meu filho, aconteceu alguma coisa? Seja o que for, conte-me. Sou seu pai, posso ajudá-lo. Se está impressionado com o que houve com sua irmã, tranqüilize-se. Você é homem, e nada pode ser tão grave como o que ela fez. Vamos, diga-me.

Depois de muito tempo, Alfredo, cansado de tanto chorar, resolveu se abrir com o pai, e revelou-lhe o motivo de toda sua dor. Osvaldo, indignado com a atitude de submissão do filho, repreendeu-o severamente.

— O que é isso? Onde está sua coragem? Você é um homem, não devia chorar assim por uma mulher, ainda mais depois do que ela lhe fez.

— Mas eu a amo, papai. Amo-a como jamais amei outra em toda minha vida!

— Que bobagem. Você é ainda muito jovem; não sabe o que é amor. E essa Marialva não vale nada, não merece o seu sofrimento. E ainda por cima, trocou-o pelo canalha que desonrou sua irmã. Deve ser tão ordinária quanto ele.

— Como pode falar assim? O senhor nem a conhece!

— Pare com isso, Alfredo, seja homem! Onde está o seu orgulho? Essa Marialva tratou-o feito um cão vadio e sarnento, humilhou-o, escarneceu de você, cuspiu em sua face. Quer ofensa maior do que esta? Vamos, reaja!

— Não consigo, papai. Estou sofrendo muito. Se Marialva não for minha, não sei do que serei capaz.

— Agora basta! Você mais parece um maricas. Pare de se debulhar em lágrimas. Não tolero o choro de meu filho; não criei um mariquinhas. Lembre-se de que homem que é homem não chora.

— Mas papai, o senhor não compreende...

— Compreendo muito bem. Compreendo que você é um fraco, um tolo que se deixou enrabichar por uma qualquer. Se você se desse ao respeito, essa tal de Marialva jamais o teria tratado como o tratou.

— Oh, papai, o que queria que fizesse?

— Que reagisse. Que lhe respondesse à altura. Mas não. Deixou-se envolver por um amor idiota. Ora, Alfredo, francamente, pensei que você tivesse mais brios.

— Papai, por favor, ajude-me! Traga-a de volta! Eu farei qualquer coisa para tê-la, qualquer coisa...

— Agora basta, Alfredo! Minha paciência já se esgotou. Não vou permitir que meu filho rasteje aos pés de uma ordinária. Seja homem! Levante-se, lave-se e desça para o almoço. É uma ordem!

Saiu batendo a porta com força, indignado com a fraqueza do filho. Osvaldo não sabia o que acontecera a sua família. Perdera a mãe, a filha se prostituíra e o filho se revelava um fraco. Era a decadência. Melhor seria se não tivesse tido filhos. Ao menos seria poupado de tamanha vergonha.

Na colônia espiritual em que Maria do Socorro habitava, Mariano terminara de ministrar alguns remédios a uns recém-desencarnados, quando foi por ela abordado.
– Que deseja, minha amiga? – indagou solícito.
– Vim pedir-lhe ajuda.
– Algum problema?
– Creio que sim. Mas não é com Rosali.
– E com quem é?
– Com meu neto, Alfredo.
– O que houve?
– Ele está prestes a enlouquecer. Foi rejeitado por Marialva, você sabe, mas está fixado na moça. Pediu ajuda ao pai, mas, infelizmente, Osvaldo não possui sensibilidade suficiente para entender e ajudar. Só consegue pensar em seu código de moral distorcida.
– O que pretende fazer para ajudar?
– Gostaria de saber se há possibilidade de trazermos Alfredo até aqui para conversarmos com ele.
– E o que lhe diríamos?
– Não sei. Talvez mostrássemos a ele quem Marialva realmente é.
– E quem Marialva realmente é?
– Ora, uma moça má, egoísta e sem escrúpulos, incapaz de sentir compaixão por quem quer que seja.
– Acha que adiantaria?
– Talvez sim, talvez não. Preciso tentar, ou ele acabará enlouquecendo.
– Maria do Socorro, devo adverti-la de que está tentando, mais uma vez, interferir no destino dos seus. Alfredo apenas vive aquilo que imprimiu para si mesmo. Ao reencarnar, possuía dois caminhos a seguir. Infelizmente, porém, optou pela trilha mais tortuosa, aquela em que dará mais voltas e que lhe será mais difícil vencer. A escolha foi dele. Em vez de se resignar com a perda da mulher que ele pensa que ama, preferiu desferir um golpe no destino, tentando ludibriar sua própria sina, utilizando-se da traição e da mentira como artifícios para alcançar o seu objetivo.
– Mas ele precisa de ajuda!
– Sim, e não nos vamos negar a ajudá-lo. Mas a ajuda de que ele necessita é mais moral do que física. Alfredo não está fisicamente doen-

te, mas sua alma começa a se ressentir das lesões que, pouco a pouco, ele foi causando em si mesmo. Além disso, não nos é lícito, para salvar uma vida, sacrificar a de outrem.

– Como assim?

– Marialva também é um ser humano, nem totalmente bom nem inteiramente ruim. É apenas um ser humano que, como os outros, também luta para vencer e crescer no torvelinho das experiências terrenas. Não nos seria lícito, para defender a sanidade de seu neto, acusá-la de tantas torpezas, colocando-a na posição de algoz e induzindo Alfredo a considerar-se vítima de suas vilanias. Marialva, assim como Alfredo, é carecedora de todas as nossas atenções. Devemos orar por ela, para que ela abra a própria consciência. Ou será que só devemos nos interessar por aqueles que nos são caros, tudo fazendo por eles, mesmo que isso signifique destruir o próximo, ainda que esse próximo nos queira destruir? Onde o espírito cristão? Onde o perdão das ofensas? Não se esqueça, Maria do Socorro, de que todos nós carregamos as nossas faltas, e o fato de havermos alcançado, hoje, alguma compreensão, não nos exime da responsabilidade pelos desenganos que algum dia cometemos. Em suma, não devemos justificar nossos erros com os erros dos outros. Cada um erra por si, e só por seus erros deve ser responsável.

Maria do Socorro envergonhou-se. Novamente permitira que o amor pelos seus entes queridos interferisse em suas atitudes.

– Você tem razão, como sempre – concluiu por fim. – É claro que Marialva também merece o nosso amparo.

– Então preste-lhe o mesmo auxílio; ore por ela. Ajudando-a, você estará igualmente ajudando Alfredo.

– Obrigada, meu amigo, pelo seu valoroso exemplo, e perdoe-me o egoísmo. Estou envergonhada.

– Não há de que se envergonhar, Maria do Socorro. Você também é uma criatura de Deus que, apesar de já liberta do invólucro carnal, está em processo de evolução moral e espiritual. Não se culpe por suas imperfeições. É natural que tenhamos a tendência de nos interessarmos mais por aqueles que nos são caros. Mas esse pendor vai diminuindo, à medida em que exercitamos o amor e passamos a reconhecer em nossos semelhantes aquele irmão que, como nós, é dotado da mesma importância aos olhos de Deus.

Após essas palavras de conforto, Maria do Socorro se retirou, e entregando-se ao recolhimento, orou. Orou fervorosamente, não só pelos seus, mas também por todos aqueles que, de uma maneira ou de outra, entrelaçavam suas dores no cadinho das vicissitudes humanas.

O dia marcado para a viagem amanheceu claro, porém, frio. Rosali estava excitada e ansiosa, embora os freqüentes enjôos lhe tirassem um pouco o ânimo. No cais do porto, apenas os tios, Elisa e Alberto, que foram se despedir.

Rosali já ia subir as escadas que conduziam ao convés do navio quando seu olhar se deteve na figura da mãe, que vinha apressada, passando por entre a multidão que se aglomerava na plataforma. Surpresa, virou-se aflita e correu ao seu encontro, atirando-se em seus braços e mal conseguindo falar, tamanha a emoção e a alegria que sentia naquele momento.

– Oh! mamãe, como é bom ver a senhora aqui. Que saudades!

– Sim, minha filha. Também senti muito a sua falta, e não pude deixar de vir. Implorei a seu pai que me permitisse despedir-me de você, e ele acabou por consentir. Não suportaria deixá-la partir sem vir dar-lhe um último adeus.

– Estou tão contente, mamãe. A senhora não sabe o bem que me fez vindo.

Alberto, vendo que Rosali se demorava nas despedidas, e receando que ela perdesse a hora do embarque, correu a apressá-la, fingindo preocupação:

– Rosali, minha querida, não quero interromper, mas já está na hora.

– Sim, sim, Alberto, já vou. Lembra-se de mamãe?

– Claro que sim. Como vai, dona Helena? Desculpe-me a distração, mas é que, devido ao estado de Rosali, temo que ela tenha que sair correndo. Isso poderia fazer mal ao bebê.

– Claro, Alberto, não se preocupe. Vá, Rosali, e que Deus a abençoe.

Abraçando ainda a mãe pela última vez, Rosali se foi. Já no convés, debruçou-se sobre a amurada e acenou para a família, que lhe atirava beijos de boa sorte, desejando-lhe boa viagem. Só Alberto não conseguia ocultar a euforia. Finalmente livre... livre para desposar Marialva. Livre para viver.

A viagem correu sem maiores transtornos, apesar dos enjôos. Fabiano reservara-lhe a melhor cabine que seu dinheiro pôde comprar, e Josué era um pajem solícito e dedicado, muito cuidadoso e obediente.

O mar era indescritível, de um azul profundo salpicado de ouro sob os raios do sol. E nas noites de lua, como resplandecia! Rosali estava embevecida, encantada com toda aquela beleza. Apenas lamentou a ausência de Alberto. Seria maravilhoso se ele estivesse ali, partilhando com ela daqueles momentos mágicos, de pura poesia. Como eles se amariam!

Deixou de lado esses pensamentos e concentrou-se no futuro. Aquela separação momentânea era necessária. Breve se encontrariam novamente, se casariam e teriam seu filho em Portugal, para depois voltarem, ela vitoriosa, ostentando a dignidade de um nome e um filho nascido na constância do casamento. Embora já estivesse com quase quatro meses, o ventre ainda não se avolumara, e ninguém pudera perceber a gravidez.

Em Portugal, onde ninguém a conhecia, podia forjar o registro do filho, pós-datando o nascimento, a fim de que nele constasse uma data em muito posterior ao parto. Fabiano possuía dinheiro e influência, não lhe seria difícil arranjar isso. Assim, ao voltar para o Brasil, dali a uns dois anos, com o filho já bastante crescido, ninguém perceberia a fraude, e todos pensariam que ele havia sido concebido posteriormente ao matrimônio.

Chegando à cidade do Porto, lá tomaram um vapor que os conduziu a Viana do Castelo. Rosali, que nada sabia sobre Portugal, sequer suspeitou que estava sendo conduzida para o desterro, condenada ao ostracismo pelo resto de seus dias. Achou muito bonita a quinta, com sua vista deslumbrante para a praia, o céu azul, a brisa morna que soprava do mar. Era realmente muito aprazível.

Josué, obedecendo às ordens de seu senhor, instalou Rosali, apresentou-a a Luzia e aos demais criados, contando-lhes que ela ali estava à espera do filho do patrão. Depois de acomodada, Josué se recolheu e começou a escrever uma carta para Fabiano, narrando-lhe, em poucas linhas, que Rosali, devido aos incômodos da gravidez, não resistira à viagem, dura e longa demais para uma moça naquele estado. Contou que o médico de bordo tudo fizera para salvar-lhe a vida, mas que fora inútil. Rosali, de tão enjoada, quase não se alimentava, vomitando freqüentemente, e foi enfraquecendo, enfraquecendo, até que contraiu uma infecção e morreu, após intensa hemorragia. Pelas normas marítimas, o capitão do navio viu-se obrigado a atirar o corpo ao mar, temeroso de que ela houvesse padecido vítima de alguma doença infecto-contagiosa.

No Brasil, a notícia foi recebida com tristeza pela família. Helena, desesperada, passou a culpar o marido pela morte da filha, acusando-o de assassino e de carrasco. Osvaldo, por sua vez, embora amargurado, repetia sempre, tentando se convencer:

– Foi melhor assim. Desse jeito não precisaremos passar por tanta vergonha e humilhação.

Alfredo, que já se havia refeito do surto de que fora acometido, ficou apático. Temia que, com a morte de Rosali, Marialva e Alberto se casassem.

Elisa sentiu muito a pretensa morte da prima. Não podia crer que Rosali estivesse morta. Alguma coisa lá dentro lhe dizia que ela ainda vivia. Procurou o pai e contou-lhe seus temores, suspeitando que uma trama sórdida havia sido arquitetada para afastar Rosali do caminho de Alberto. Edmundo, porém, não imaginando que o irmão fosse capaz de tamanha baixeza, tentou afastar aquela desconfiança do coração da filha.

Elisa, então, procurou Leonardo, mas este, apesar de condoído da dor da noiva, argumentou que nada poderia fazer, e que ninguém seria tão louco a ponto de inventar uma história daquelas. Atribuiu as dúvidas de Elisa ao imenso amor que sentia pela prima e ao seu inexplicável senso de responsabilidade para com ela, que fez com que se sentisse, indiretamente, culpada por sua morte.

Com o passar do tempo, Rosali, que de nada suspeitava, começou a se acostumar àquela vida. Passava os dias a caminhar na praia, lendo e tomando sol, a barriga crescendo com o avanço da gravidez. Apesar de continuar a não querer aquela criança, chegando mesmo a sentir raiva dela em alguns momentos, Rosali estava contente. Pensamento ligado em Alberto, só conseguia ver a felicidade que com ele partilharia quando se casassem, os lugares que veriam juntos. Alberto era rico, não lhe faltariam amas-secas que cuidassem do filho.

Mas Rosali, vendo que Alberto não vinha, começou a estranhar aquela demora. Dia após dia, indagava de Josué se não chegara nenhuma notícia do Brasil. Por que sua mãe e Elisa não lhe escreviam, por que não respondiam a suas cartas? E o noivo, por que se demorava tanto? Josué, pouco à vontade naquele papel, dizia nada saber, e que nenhuma carta havia chegado para ela. Na verdade, ele sequer postava a correspondência que ela lhe entregava, guardando todos os envelopes num baú em seu quarto, para serem entregues ao patrão, caso ele solicitasse.

Rosali passou a reparar em todos os navios que por ali passavam, rumo ao próspero porto da cidade. Cada vez que um vapor surgia, ela corria a buscar Josué, dando-lhe ordens para que fosse recebê-lo no cais, certa de que nele estaria Alberto. Mas Josué sempre retornava sozinho, olhos pregados no chão, como a pedir desculpas pela ausência do patrãozinho.

Enquanto isso, no Brasil, a suposta morte de Rosali em muito facilitou os encontros de Alberto e Marialva. Em pouco tempo assumiram seu romance, anunciando para breve o casamento.

Mas Elisa não se conformava. Aquilo não era direito. Rosali nem bem acabara de morrer e Alberto já tratara de ficar noivo de Marialva. Pretextando forte dor de cabeça, Elisa esquivou-se de comparecer à festa de noivado, não desejando compactuar com aquela infâmia. Estava claro que, ou tudo fora elaborado para que Rosali fosse dada como morta, ou então Alberto era mais vil do que ela imaginara. Isso sem pensar na possibilidade de Rosali haver, efetivamente morrido, mandada matar pelo tio ou pelo primo.

A festa foi um sucesso, e o casamento marcado para dali a dois meses, o que deixou Elisa abatida e triste. Leonardo, preocupado com a depressão da noiva, procurou-a para uma conversa franca e definitiva.

– Elisa, querida, sabe que a amo, não é?

– Certamente que sim.

– Penso, então, que também já é hora de nos casarmos. Afinal, já estamos comprometidos há mais de um ano.

– Não sei, Leonardo, acho que ainda é cedo.
– Claro que não. O ano chega ao fim, e logo me formarei. Já tenho emprego garantido no escritório de meu pai, que vai de vento em popa, e creio que já sou capaz de sustentá-la sozinho, proporcionando-lhe o mesmo conforto que você tem aqui, em casa de seus pais. Então, o que me diz? Posso pedir sua mão?
– Vamos esperar mais um pouco.
– Mas esperar o quê? Ou você não me ama?
– Não diga bobagens. Você sabe que o amo. Mas é que...
– O quê? Vamos, continue.
– É que faz pouco tempo que Rosali morreu, e...
– E você quer ser enterrada junto com ela.
– Leonardo, não fale assim. Tenha mais respeito pela sua memória. E ela nem mesmo teve direito a um enterro digno. Foi atirada ao mar feito um traste. Sequer possui um túmulo onde possamos chorar e levar-lhe flores.
– Ouça, querida, compreendo sua dor e respeito seus sentimentos. Mas Rosali se foi, e você tem que aceitar isso. Eu sinto muito que seja assim, mas a vida continua. Rosali está morta, você não. Você vive, é jovem, bonita, inteligente.
– Oh, pare, Leonardo, pelo amor de Deus! Não diga mais nada.
– Não, não posso aceitar essa sua recusa. Eu a amo e quero casar-me com você. Eu lhe suplico, deixe-me falar com seus pais para marcarmos logo a data. Por favor...
Elisa, que já não possuía mais motivos para recusar, acabou por consentir. No fundo, ele tinha razão. De que adiantava ficar se enganando? Rosali estava morta, e não poderia mudar isso. Afinal, amava Leonardo, queria ser feliz com ele. Não podia se culpar pelo infortúnio de Rosali. Não fora ela quem arranjara aquela viagem. Assim, voltando-se para Leonardo, arrematou suavemente:
– Está bem, querido. Pode falar com papai.
– Oh! Elisa, não sabe como estou feliz! Você acaba de me fazer o homem mais feliz do mundo! Eu juro que jamais farei nada que possa magoá-la.
E assim, permissão dada, o casamento se realizou pouco mais de um mês depois, em cerimônia simples, ao agrado de Elisa, contando apenas com a presença dos amigos mais íntimos, da qual não participaram Alberto nem Marialva. Maria do Socorro e Mariano não deixaram de comparecer, presenteando os noivos com bênçãos de luz e amor, que derramaram sobre o casal quando este entrelaçava as mãos, de pé, no altar, ante os olhos meigos e serenos do Mestre Jesus.

Capítulo 9

Marialva, de pé em frente ao espelho, fazia a prova do vestido de noiva, confeccionado em organza branco, todo bordado com fios de prata e flores de pérolas. A costureira se esmerava em agradar, puxando daqui, apertando dali, mas a moça parecia insatisfeita. De forma exasperada, repreendia a outra:
– Pelo amor de Deus, não me espete! Preste mais atenção no que faz!
– Perdão, senhorita – desculpava-se a costureira, toda acanhada.
– Esse vestido está horrível! Não me caiu bem.
– Mas senhorita, foi o modelo que escolheu.
– Mas está muito malfeito.

A mãe de Marialva, que vivia a ostentar o título de baronesa pelos salões da capital e da Europa, nesse momento adentrou o recinto. Chamava-se Adélia, tinha trinta e cinco anos. Bonita e vistosa, mais parecia irmã de Marialva. Casara-se jovem ainda, e aos dezessete anos já era mãe. O marido, cujo único atributo era um título de barão do Império, aceitou desposar a jovem Adélia, herdeira de rico e velho fazendeiro, em troca de um dote considerável. Adélia era dessas moças impetuosas, rebeldes e frívolas, sempre às voltas com jóias, passeios e rapazes, o que deixava seus pais deveras preocupados.

Assim, antes que a filha se entregasse ao desvario, resolveram cedo casá-la com um jovem de respeito, tendo sido eleito como marido o senhor Cristiano Augusto de Arcoverde, também conhecido por barão de Arcoverde.

Depois do casamento, Cristiano aplicou o dinheiro do dote na compra de uma casa bancária quase falida. Em pouco tempo, reergueu o banco e recuperou toda a fortuna, perdida pelo pai nas rodas de jogo. Mas, após o nascimento de Marialva, Adélia, aborrecida com a vida de casada, cuja rotina em nada lhe apetecia, entregou-se a festas e viagens, o que fazia com que se ausentasse freqüentemente, pouco ou nada ligando para a filha.

Ao contrário da esposa, Cristiano era um homem sossegado e trabalhador, embora desatento dos assuntos domésticos. Marialva, portanto, fora educada por criadas que se sucediam regularmente, e sua criação acabou sendo a mais livre possível. Com tamanha indiferença por parte dos pais, Marialva vivia sua vida como queria, sem ninguém que lhe impusesse limites ou lhe ensinasse o respeito pelo próximo. Por isso, foi com surpresa e espanto que seus pais receberam a notícia de que ficaria noiva de Alberto e que com ele se casaria em breve.

Cristiano, sempre ocupado com seus negócios, consentiu imediatamente no enlace, ávido por ver-se desobrigado das responsabilidades paternas. Adélia, que nessa ocasião se encontrava em Paris, foi logo chamada, não chegando, porém, a tempo para o noivado.

Fazia dois dias que Adélia retornara, e nesse tempo, preferira ficar em casa descansando, até que, já refeita da viagem, resolvera oferecer um jantar íntimo para Alberto e família, com a intenção de conhecê-los. O dia marcado chegara, e Adélia foi em busca da filha para ultimarem os preparativos para o jantar, encontrando-a no quarto, furiosa com a costureira, que não lhe acertava as medidas do vestido.

– Olá, querida – saudou ela beijando displicentemente o rosto da filha. – Você está linda.

– Obrigada, mamãe.

– Algum problema com o vestido?

– É essa tonta, que não consegue acertar um lado com o outro. Não está torto?

Adélia, olhar crítico, examinou a filha de cima a baixo, não conseguindo encontrar qualquer defeito.

– Está perfeito, minha filha – concluiu por fim.

Marialva, que embora distante da mãe por ela nutria forte admiração, acabou por concordar:

– Tem razão, deve ser o cansaço – e, voltando-se para a costureira, ordenou-lhe que saísse, pois já estava exausta daquela prova que não terminava nunca.

– E então? – prosseguiu a mãe. – Tudo pronto para o jantar de hoje à noite?

– Creio que sim.

Alberto, Eulália, Gustavo e o pai chegaram às dezenove horas em ponto, e foram recepcionados por Marialva e Cristiano. Exatos quarenta minutos após a chegada de Alberto, Adélia entrou na sala, deslumbrante em um vestido azul-escuro, cuja sobriedade contrastava com a alvura de sua pele e realçava seus brilhantes olhos azuis. Cristiano foi ao seu encontro, e tomando-a pelo braço, conduziu-a até os convidados, fazendo as devidas apresentações.

– Senhores, senhorita, gostaria de apresentar-lhes minha mulher, a baronesa Adélia Ribeiro de Arcoverde.

Sorrindo graciosamente, ela cumprimentou os presentes.

– É um prazer conhecê-los.

A conversa passou a transcorrer animada, e Alberto, profundamente impressionado com a formosura, a juventude e a vivacidade da futura sogra, tudo fazia para agradá-la. Sua atração por mulheres casadas era de todos conhecida, e ele estava deslumbrado com Adélia. Todavia, ocultou seus pensamentos, e agiu com tanta naturalidade que ninguém, a não ser o pai, suspeitou da infâmia que lhe ia na alma.

Adélia, por sua vez, mulher vivida e profunda conhecedora das intenções masculinas, logo percebeu o significado daqueles gestos tão solícitos, intimamente satisfeita com o poder de sedução que sabia ainda exercer sobre os homens.

– Quer dizer então que minha menininha vai se casar?

– Mamãe, por favor – protestou Marialva –, não sou mais uma menininha. Já sou uma moça, tenho dezoito anos.

– Ah, os dezoito anos! Como é bom o frescor da juventude!

– Perdoe-me, baronesa – interrompeu Alberto –, mas a senhora é ainda muito jovem. Sequer parece mãe de Marialva.

– Obrigada, meu caro, você é muito gentil. Mas deixemos de formalidades. Nada de me chamar de baronesa. Afinal, você já é quase da família, e os títulos de nobreza, lamentavelmente, caíram com o Império.

– Obrigada, dona Adélia.

– Assim está melhor. E você, Marialva, considere-se uma moça de sorte por haver encontrado uma preciosidade feito Alberto.

– Fico feliz que tenha gostado de meu noivo, mamãe.

A madrugada já ia alta quando deixaram a casa do barão de Arcoverde. No caminho para casa, Eulália e Gustavo adormeceram na carruagem, e Fabiano falou a meia voz para Alberto, quase que num sussurro:

– Preste atenção, meu filho. Cuidado com o que vai fazer.

– O que quer dizer, papai?

– Eu percebi os seus olhares para a baronesa.

– Ora, papai, mas que absurdo! Ela é mãe de minha noiva, minha futura sogra...

– E também uma mulher muito jovem e bonita, cujo marido não sabe dar o devido valor.

– Por favor, papai, pare com isso.

– Eu o conheço, Alberto. Não vá tomar qualquer atitude impensada.

– Mas não farei nada.

– Acho bom. De Rosali foi fácil me livrar. Mas se você envolver a baronesa nas suas loucuras, nada mais poderei fazer. Partirei para Portugal, e nunca mais tornarei a vê-lo.

– Por favor, papai, deixe de drama, sim? Nada irá acontecer. E ademais, está enganado. Dona Adélia, apesar de belíssima, não me despertou qualquer desejo. Ela é apenas a mãe de minha noiva e minha futura sogra. Nada mais.

– Assim espero, meu filho, assim espero.

Fabiano calou-se, percorrendo o resto do caminho em silêncio. Alberto, por sua vez, embora sentindo que em seu corpo começava a arder a chama viva da paixão, não levou a sério esse sentimento, atribuindo-o à forte impressão que a silhueta esguia de dona Adélia lhe causara. Mas estava apaixonado por Marialva, e somente a ela pertencia seu coração.

Rosali acordou sufocando. Tivera novamente aquele sonho, aquela sombra sinistra a roubar-lhe o alento. Sentou-se na cama e olhou pela janela, acompanhando as pesadas nuvens que tomavam conta do céu.

"Mas que inferno", pensou ela, "quando é que esses pesadelos vão terminar? Como são desagradáveis...". Rosali, em sua ignorância, não só das coisas espirituais, mas também dos valores morais, já se havia esquecido por completo do conselho da avó, que lhe recomendara a oração todas as vezes em que sentisse aquele mal-estar. Assim, o vulto soturno de Marcel ganhava cada vez mais terreno, sendo contido somente pela aproximação de Maria do Socorro e de Mariano, que constantemente a visitavam.

Marcel, à medida em que a gravidez de Rosali avançava, sentia cada vez mais seu ódio crescer, estupefacto ante a injustiça da lei divina, que permitia a um criminoso reencarnar, enquanto ele, vítima inocente e indefesa nas garras daquele sanguinário, permanecia a vagar nas trevas, ávido por voltar a viver.

Após uma noite mal-dormida, cheia de pesadelos, Rosali despertou cansada, olhos fundos, corpo pesado e dolorido. Correu a olhar o mar, na esperança de que algum navio cruzasse a barra em direção ao porto. Mas nada. Desanimada, chamou Josué e indagou se Alberto não lhe escrevera. Aquela demora a estava consumindo. Já fazia mais de três meses que ali chegara, e desde então não recebera nenhuma notícia do noivo ou de sua família. Rosali não podia compreender o porquê daquele silêncio, e Josué também de nada sabia.

Rosali, ao pensar na proximidade do parto, estremecia. Tinha pavor de parto, e não queria passar por aquilo sozinha. Alberto era médico e a amava, e deveria estar ao lado dela quando chegasse a hora. Sem saber por que, chegava a sentir calafrios quando pensava na hora de ter o filho. Era uma sensação ruim, de dor, de morte, algo que não sabia explicar. Nunca dera à luz, mas sentia como se já tivesse passado por aquilo antes.

Nessas horas, sentindo-se só, Rosali dividia seus temores com Luzia, que trabalhava ali havia mais de dez anos. Era boa e cuidadosa, sempre carinhosa com Rosali e com a criança que esperava. Luzia então a acalmava, dizendo que o parto era uma coisa natural, e não havia o que temer. Ela mesma já tivera quatro filhos, e continuava ali.

Numa dessas ocasiões, Rosali lhe confidenciara sobre aqueles estranhos pesadelos. Luzia, supersticiosa aos extremos, recomendou-lhe o conforto da prece, embora soubesse que ela não costumava rezar. Rosali era uma boa menina, apesar de não ter fé no Criador e na sua infinita bondade. Ainda assim rezaria por ela; talvez Deus se apiedasse de sua alma e a livrasse daquele sonho ruim.

Capítulo 10

O dia do casamento finalmente chegara, e Alberto, no altar, aguardava ansioso a entrada da noiva, que chegou com quase uma hora de atraso. O pobre Alfredo, desesperado ante a perda da mulher amada, chorava desconsolado do outro lado da rua, oculto pelas sombras da noite.

Finda a cerimônia, os noivos receberam os cumprimentos no imenso salão atrás da igreja. Ao cumprimentar Marialva, Elisa sentiu um certo amargor, como se a outra lhe estivesse roubando algo que lhe era muito precioso. Levou a mão ao coração, e lembrando-se de Rosali, deixou que duas lágrimas lhe escapassem dos olhos, sendo notadas apenas pelo pai.

– Minha filha – falou Edmundo –, não se entristeça. Sei o quanto você sofreu com tudo isso, mas a pobre Rosali já não se encontra mais entre nós, e Alberto tem o direito de viver sua vida.

– Eu sei, papai. Mas é que, vendo a felicidade de ambos, não pude deixar de sentir um certo pesar por Rosali. Ela amava tanto Alberto!

– Sim, mas ela se foi. Não terá ele também direito à felicidade? Ou será que até hoje o julga culpado pelo que aconteceu a sua prima?

Elisa, que ainda não se havia convencido da morte de Rosali, respondeu sem convicção:

– Não, não é isso. Foi apenas a saudade.

Nesse instante, a chegada de Alberto fez com que pai e filha interrompessem a conversa. A noite já ia alta, a orquestra tocava animada, e o noivo foi tirar a prima para uma valsa.

– E então, Elisa? – indagou ele. – Ainda zangada comigo?

– Não, Alberto, vocês têm razão. Foi loucura minha pensar que Rosali ainda pudesse estar viva, mas é que eu a amava tanto, como se fosse uma irmã mais nova, que quase enlouqueci. Perdoe-me.

– Não há o que perdoar. É natural e compreensível que você se sentisse daquele jeito. Mas papai e eu não nos ressentimos. Ao contrário, respeitamos sua dor e aguardamos que a mágoa se dissipasse.

– Vocês foram muito compreensivos. E eu desejo, do fundo do coração, que vocês sejam muito felizes. E espero que Marialva saiba amá-lo tanto quanto Rosali o soube...

Nisso, um grito lancinante atraiu a atenção dos presentes, que se voltaram a tempo de ver Alfredo, olhar desvairado, parado em frente à entrada do salão de baile, chorando e gritando feito louco.

— Marialva, Marialva! – berrava ele. – Como pôde fazer isso comigo? Não lhe prometi o meu amor? Não rastejei a seus pés feito um cachorrinho, ávido por uma migalha de seu amor? Oh! Céus, não poderei resistir a tamanha dor!

Os convidados, cheios de indignação, olhavam todos em sua direção, sem compreender bem de onde surgira aquele rapaz desgrenhado, que falava de Marialva como se a conhecesse. Edmundo, como parente mais próximo, tentou intervir:

— Alfredo, meu filho, pare com isso – pediu com voz branda. – O que está fazendo?

— Oh! Titio, então não percebe? Marialva me pertence. Alberto a tirou de mim, mas ele não tem o direito de fazê-lo, não a ama como eu.

O tio, percebendo o que ia no coração de Alfredo, tentou acalmá-lo, chamando-o à razão.

— Mas como, se ela acaba de se casar?

— Não, não. Esse casamento é uma mentira. Foi ele, aquele homem perverso, quem a forçou. Ela não queria... ela me ama... tenho certeza.

— Venha, Alfredo, vou levá-lo para casa. Deixe isso para depois.

— Não posso sair daqui sem minha amada. Ela é minha!

E partiu como louco à procura de Marialva, que se escondera a um canto, ao lado da mãe, protegida pelo pai e pelo marido. Ao encontrá-la, Alfredo estacou e ficou a admirá-la, chorando e rindo ao mesmo tempo.

— Marialva, minha querida – balbuciou soluçante e extasiado –, como você está linda!

— Saia já daqui! – ordenou Alberto, tomado pela fúria. – Quem o deixou entrar! Você não foi convidado e não tem o direito de estar aqui!

— Não preciso de convite para ver minha noiva.

— Sua noiva? Ora seu... – e, sem concluir, desferiu-lhe um murro na boca, que o atirou ao chão, os lábios sangrando.

— Isso não vai ficar assim! – bramiu Alfredo cheio de ódio. – Vim para levar Marialva, e não sairei sem ela. Ninguém há de me impedir.

— O quê? Ainda ousa me desafiar?

— Parem com isso imediatamente! – interveio Edmundo. – Alberto, contenha-se. Não vê que ele está fora de si? E você, Alfredo, acompanhe-me. Vou levá-lo para casa agora. Tenho certeza de que seu pai não sabe que você está aqui, e deve estar preocupado com sua ausência.

— Não, não vou! – esbravejava ele. – Não sairei daqui sem minha Marialva!

— Agora basta! – era Marialva que, não podendo mais suportar tamanha vergonha, decidira acabar, ela mesma, com aquela afronta. – Vá embora daqui, Alfredo. Não pertenço a você nem nunca pertenci.

– Mas Marialva, e o nosso amor?
– Nosso amor! – contestou ela com desprezo. – Mas que amor? Você não se enxerga?
– Por favor, Marialva, tenha calma. Eu compreendo que Alberto a forçou a isso...
– Cale-se, imbecil! Casei-me com Alberto porque quis, porque o amo. Agora saia daqui. Você já tomou por demais nosso tempo com tamanha sandice – e virando-se para Alberto, chamou: – Vamos, querido. Não deixemos que essa insignificância estrague nossa festa.

Já ia se afastar quando Alfredo, completamente desnorteado, sacou de uma pistola e apontou para ela, os olhos a demonstrar toda a loucura que dele se apossara. Marialva soltou um grito e parou horrorizada, enquanto todos os presentes, boquiabertos, respiração suspensa, aguardavam ansiosos o desfecho daquela cena dantesca.

– Eu lhe disse, Marialva, que se você não fosse minha, não seria de mais ninguém.
– Pare com isso, meu rapaz – implorou Cristiano, receoso.
– Alfredo, solte essa arma! – ordenou Edmundo. Não cometa nenhum desatino.

Mas Alfredo não largava a pistola. Parado, alheio às súplicas dos presentes, ficou ali, olhos fixos em Marialva que, de tanto pavor, não conseguia se mexer. Alberto, estarrecido, temia fazer qualquer movimento brusco que provocasse o outro, que poderia disparar um tiro na esposa.

– Vamos, menino – prosseguiu o tio –, você não quer atirar em ninguém; não é um assassino. Dê-me essa arma e vamos para casa. Com o tempo isso passa, e logo você esquecerá esse amor impossível. Ande, Alfredo, abaixe essa arma, não seja louco.

Alfredo, chorando, abaixou a arma lentamente, e enquanto todos pareciam suspirar de alívio, fez pontaria em Marialva, pressionou o gatilho e disse, olhar vidrado nela:

– Sinto muito...

E voltando a pistola para a própria têmpora, atirou, o corpo tombando inerte no mesmo instante, fazendo com que as senhoras gritassem, umas voltando a face para não ver, outras desmaiando, enquanto Marialva, entre atônita e aliviada, desabava na cadeira, as mãos a ocultar o rosto, guardando no íntimo a sensação de que, sem querer, se havia livrado de um grande estorvo.

Maria do Socorro, do outro lado, quase desesperou. Fez de tudo para demover o neto daquele intento. Inúteis, contudo, os seus esforços, já que Alfredo, cuja mente se encontrava totalmente perturbada, não registrava sequer uma palavra de razão. Ao ver o corpo do rapaz cair, a face dilacerada, o sangue a se espalhar pelo chão, quis ajudar, no que foi impedida por Mariano. Assim, teve que assistir ao infeliz desencarne do neto que, embora desligado do corpo físico, nele permaneceu grudado, parecendo não atinar com o que se passava ao seu redor.

– Que há com ele? – indagou, aflita, Maria do Socorro.

– Alfredo já começa a sentir os resultados do suicídio impensado – respondeu, pesaroso, Mariano. – É ainda muito jovem, carregando, por isso, enorme quantidade de fluido vital. Com o abrupto e extemporâneo rompimento da vida física, seu perispírito, também lesionado, provavelmente permanecerá ligado à matéria até que se escoe o tempo que lhe fora destinado na Terra, quando só então se esgotará o fluido que carrega consigo. A não ser que suas preces fervorosas, aliadas ao arrependimento sincero e ao desejo de regeneração, sejam capazes de aliviá-lo desse tormento, o que acho difícil, tendo em vista seu estado de demência espiritual.

– Oh! Meu Deus, o que fazer para ajudá-lo?

– Neste momento só podemos orar por ele, já que não nos é permitido intervir. Alfredo escolheu seu próprio destino, condenou a si mesmo ao sofrimento praticando um dos maiores crimes que o ser humano pode cometer em face das leis divinas.

– Pobre menino.

– Sim, Maria do Socorro. Alfredo merece nossa piedade. Seu espírito, há muito enfermo, vem sofrendo, ao longo dos anos, as conseqüências de seus vícios e dessa paixão insana por Marialva.

– O quê?! Então ele já a ama há muitas vidas?

– Há várias encarnações Alfredo padece vítima dessa obsessão pela moça.

– Quer dizer que já cometeu suicídio antes?

– Sim, embora nem sempre de forma ativa. Houve vezes em que simplesmente se deixou morrer, parando de se alimentar, o que dá no mesmo. Outras vezes, ainda, entregou-se a duelos e lutas ferozes pela posse de Marialva, morrendo quase sempre nas mãos de algum inimigo mais hábil e astuto.

– Oh! Meu Deus, que lástima!

– Não se lamente, Maria do Socorro. Alfredo veio ao mundo para aprender a renunciar e a reconhecer o valor da vida. No entanto, não está ainda preparado para vencer a si próprio, aos seus instintos e vícios. Agora venha, deixemos de lado essa conversa e rezemos por ele, para que sua alma, ao menos, possa encontrar algum conforto em meio a esse imenso oceano de dores em que ele, deliberadamente, buscou se afogar.

De mãos dadas com Maria do Socorro, Mariano, elevando aos céus o pensamento, proferiu sentida prece endereçada ao espírito de Alfredo:

– Senhor, neste momento rogamos sua infinita misericórdia para esse nosso irmão, Alfredo, que de forma tão insensata e irresponsável tirou a própria vida física. Tenha piedade, meu Deus, de seu espírito fraco, perdoe sua falta de fé, faça com que ele possa compreender que somente o amor é capaz de nos livrar das aflições e da angústia. Por isso, meu Pai, abra seu coração para as lições de amor que nos ensinou, através do seu Evangelho sagrado, para que ele possa mostrar-se receptivo às nossas preces, acolhendo em seu íntimo as palavras de esperança e de incentivo que a ele endereçamos. E que ele possa, Senhor, ao despertar, compreender a gravidade de seu ato, sinceramente se arrependendo; e permita que nós, espíritos ávidos por lucidez, possamos por ele velar, socorrendo-o quando necessário, a fim de que ele não afunde nas trevas, nem se faça vítima de espíritos menos esclarecidos, ávidos por arrebanhar as almas ignorantes e conquistá-las com falsas promessas de vingança e de felicidade, para depois submetê-las e escravizá-las aos seus intentos menos dignos. Enfim, Senhor, que seu amor e sua luz divina irradiem sobre o espírito de nosso irmão, fazendo com que ele perceba que sua presença, mesmo nas trevas, é capaz de confortar e fortalecer aqueles que crêem em sua força. Graças a Deus.

– Graças a Deus – repetiu Maria do Socorro, com lágrimas nos olhos, que Mariano, com doçura e compreensão, pôs-se a enxugar.

Já era de manhã quando Edmundo tocou a campainha da casa de Osvaldo. Era domingo, e o casal já se preparava para ir à missa. Helena, admirada em ver o cunhado ali tão cedo, exclamou:

– Edmundo, bom dia, que surpresa!

– Bom dia, Helena. Osvaldo está?

– Sim, já vai descer.

Osvaldo vinha descendo as escadas, ainda sonolento, quando avistou a mulher conversando com ele.

– Ah! Edmundo, bom dia. O que o traz aqui tão cedo?

– Vim falar sobre Alfredo.

– Alfredo? O que tem ele? – indagou Helena, sobressaltada.

– Não vá me dizer que ele fez alguma bobagem no casamento da tal de Marialva – censurou Osvaldo. – E por falar nisso, onde está ele? Ainda não desceu para o café?

O casal, vendo Edmundo sério e triste, percebeu que algo de errado acontecera, e Helena, coração de mãe a palpitar, adiantou-se; segurando Edmundo pelas mãos, implorou:

— Aconteceu alguma coisa com meu filho, não foi?
— Sim — respondeu Edmundo pesaroso.
— Mas o que foi?
Edmundo, sem saber como dar aquela notícia funesta, permaneceu calado, semblante transfigurado pela dor.
— Por Deus, homem, fale logo! — rogou Osvaldo. — Não nos deixe assim nessa aflição.
Juntando coragem, Edmundo balbuciou:
— Ele... houve um acidente... Não sei como dizer...
— Acidente? Ele está ferido?
— Não. Sinto muito, Helena. Mas você tem que ser forte.
— Meu Deus! — gritou Helena. — Meu filho... está... está...
— Morto... sim — concluiu Edmundo.
Helena, ante o choque inesperado, desmaiou, e foi amparada pelo marido, que a conduziu para o sofá. Emocionalmente abalado, Osvaldo correu ao armário para buscar sais aromáticos, passando-os, com mãos trêmulas, sob as narinas da mulher. Helena, inspirando os sais profundamente, despertou de sobressalto, fitando o marido com ar incrédulo, como que se recusando a acreditar que o destino lhe pregava tão cruel peça. Vendo que a mulher já se encontrava um pouco mais refeita, Osvaldo, tentando controlar a emoção, virou-se para Edmundo e falou, desanimado:
— Pois bem. Agora conte-nos o que aconteceu.
O outro narrou com pormenores o incidente no casamento do sobrinho, que culminou com o suicídio inesperado de Alfredo. Osvaldo, sentindo-se derrotado, desabafou:
— Edmundo, meu amigo. Não sei o que houve com minha família que, aos poucos, foi sendo dizimada, vítima de tantas fatalidades. Primeiro foi minha mãe, cujo ataque do coração sequer nos deu tempo para socorrê-la. Depois foi Rosali, que partiu daqui grávida para sucumbir naquele navio, sabe-se lá em que condições, levando consigo um filho, marca indelével de seu pecado. E agora Alfredo, que se suicida apenas porque não foi correspondido nesse amor absurdo. Pelo amor de Deus, Edmundo, responda-me: onde foi que eu errei?
— Não sei, Osvaldo. Nem sei se alguém errou. Foi o destino, apenas isso. São os infortúnios da vida, aos quais todos nós, sem exceção, estamos sujeitos.
Osvaldo silenciou. Embora sua consciência o acusasse impiedosamente, tentava ainda justificar para si mesmo suas próprias atitudes, convencendo-se de que agira como agira para tentar salvar a família da falência moral. Rosali procedera mal, cometera um erro grave, para o qual não havia perdão. E, ainda que ele o fizesse, a sociedade se encarre-

garia de execrá-la publicamente. Não. Tomara a atitude correta. Se a filha cometera tamanho desatino, não seria justo que o resto da família tivesse que pagar pelo seu pecado. Ele não fora cruel, fora justo. E Alfredo era um poltrão, a lamentar-se por um amor não correspondido. Um homem deve ser forte, viril, corajoso. E sua covardia dera no que dera. Um escândalo, seguido de um suicídio que só fazia aumentar sua vergonha.

Agora ele teria que viver também com aquela mancha, assumindo diante de todos que o filho enlouquecera por amor de uma mulher, e que se suicidara covardemente apenas para não precisar enfrentar a dor da rejeição. E, o que era pior, deixando para ele, um homem digno e correto, a difícil tarefa de encarar os amigos após tão abominável ato.

Helena, que permanecera quieta até então, foi aos poucos retomando a consciência, até que se certificou de que todo aquele horror não fora criação de um pesadelo cruel. Fitando o marido, rosnou, carregada de ódio:

— Você, Osvaldo, é o culpado de toda essa desgraça. Não fosse o seu orgulho, sua arrogância, sua intransigência, e nossos filhos ainda estariam aqui, vivos e protegidos no ambiente doméstico. Eu o odeio, Osvaldo, e de hoje em diante não pretendo mais falar com você enquanto viver.

Certa de que Osvaldo fora a causa de tanto fatalismo, levantou-se e, voltando-lhe as costas com desprezo, saiu sem dizer palavra ou sequer se despedir. Já na rua, desvairada e só, partiu em busca da irmã.

— Oh! Helena! Eu sinto tanto. Nem tive coragem de ir dar-lhe a notícia.

— Não se lamente, Rosamaria. Você não é culpada.

— Eu sei que não. Ninguém é. Foi o destino...

— Não, o destino nada tem a ver com isso. Só existe um culpado, e esse culpado é Osvaldo.

— Osvaldo? Mas como? O que foi que ele fez?

— Por favor, minha irmã, não me torture mais com esse assunto.

— Tem razão, querida, desculpe-me.

— Rosamaria, gostaria de lhe pedir um favor.

— Sim?

— Será que posso ficar aqui em sua casa por alguns tempos?

— Aqui? Mas e seu marido?

— De hoje em diante não tenho mais marido. Mas, se não for possível não há problema. Eu saberei entender.

— O que é isso, Helena? Você é minha irmã. Eu apenas fiquei a imaginar como Osvaldo vai se sentir.

— Osvaldo não me importa mais. Eu o odeio.

— Helena, pense bem. Isso não está direito. Você é casada, e o lugar da mulher é ao lado do marido. Não fica bem você abandonar seu lar assim desse jeito.

— Não estou preocupada com isso. Mas não precisa se importar. Se não posso ficar aqui, está bem. Irei embora e procurarei abrigo em outro lugar.

— Mas onde? Nós não temos mais ninguém. E você não tem dinheiro. Como pretende se manter?

— Eu me arranjarei. Deus me deu dois braços fortes e saudáveis, com os quais poderei trabalhar.

— Trabalhar em quê? Você nunca trabalhou.

— Sei costurar muito bem. Além disso, o trabalho não vai me matar. E, se me matasse, também não teria importância. Não tenho mais gosto de viver.

— Não diga mais nada, Helena. Você ficará aqui comigo, que sou sua irmã. Imagine se eu iria abandoná-la numa hora dessas... Venha, vamos subir. Eu lhe mostrarei o seu quarto.

— Obrigada. Eu tinha certeza de que poderia contar com você.

A chuva torrencial havia dado uma trégua na hora do enterro, mas poucas pessoas se fizeram presentes; apenas os amigos de sempre. Helena, amparada pela irmã e pela sobrinha, já não possuía mais lágrimas para chorar. Osvaldo, por sua vez, parecia que havia envelhecido dez anos em um só dia. Os cabelos encanecidos emolduravam-lhe a face, profundamente marcada por rugas de tristeza e melancolia. Cabisbaixo, de vez em quando arriscava um olhar para a mulher, que fingia não vê-lo, e continuava agindo como se ele não existisse.

Por haver tirado a própria vida, o que é considerado pecado mortal pela igreja, o padre Bento não compareceu para encaminhar a alma do morto, como de costume, o que deixou Helena ainda mais desgostosa. Cheia de mágoa, virou-se para Elisa e Rosamaria, e num sussurro, considerou:

— Alfredo, com seu desatino, privou a si mesmo de um enterro cristão, visto que o suicídio atenta contra as leis de Deus. Ele sabia disso, freqüentava a igreja, fez a primeira comunhão. Como pôde se esquecer assim das leis divinas? E agora sua alma estará condenada a arder para sempre no fogo do inferno...

— Esses são os dogmas da igreja, titia — observou Elisa. — Todavia, nós não sabemos se as coisas são realmente assim. Mas não se deixe abater por isso. Nós mesmas rezaremos por Alfredo. Afinal, Deus escuta qualquer oração, desde que proferida com sinceridade.

— Acha mesmo, querida? Eu sempre pensei assim, mas confesso que, ultimamente, chego a duvidar. Por que Deus não ouviu minhas preces quando lhe implorei que salvasse meus filhos?

— Não sei dizer, tia Helena. Os desígnios de Deus são um mistério para nós, criaturas que sofrem para discernir o bem e que nada sabem sobre Ele.

— Por favor, Helena, pare — interveio Rosamaria. — Isso só vai servir para aumentar ainda mais sua dor.

— Mamãe tem razão — concordou Elisa. — Mudemos de assunto.

Calaram-se e ficaram ali a acompanhar o trabalho dos coveiros, que já desciam a urna fúnebre para a sepultura.

O espírito de Alfredo, por sua vez, completamente aturdido, seguia os acontecimentos sem compreender bem por que motivo se encontrava ali. Lembrava-se de haver atirado em si mesmo, de sentir uma dor aguda no cérebro, quase como uma ardência. Sentira o corpo tombar e se imaginara morto.

No entanto, ao ser deitado na urna, pôde perceber que não havia morrido, embora estivesse imobilizado por uma estranha força. Sentiu a cabeça doer, e levando a mão às têmporas, experimentou uma sensação de umidade, notando que um líquido viscoso escorria de sua testa, banhando-lhe o pescoço e o peito e empapando-lhe a camisa. Só então se deu conta de que havia uma ferida aberta em sua cabeça, por onde o sangue brotava aos borbotões.

— Meu Deus! — pensou ele. — Eu não morri, mas ninguém percebe. E graças a Deus que estou vivo, pois me arrependi daquele ato tresloucado no instante mesmo em que apertei o gatilho. Contudo, o ferimento é sério, e estou perdendo muito sangue. Se não for socorrido, logo morrerei.

Assim pensando, tentou chamar o homem que, displicentemente, enfeitava o caixão com flores. Mas o homem não respondia, embora Alfredo se imaginasse a gritar em voz alta. Assustado, bradou:

— Pelo amor de Deus, senhor! Por acaso é surdo ou o quê? Então não percebe o meu estado? Não vê que respiro, que estou vivo? Pare com isso e vá buscar ajuda. Preciso de um médico, e não de um agente funerário.

Mas o homem não se movia. Cantarolando, continuava a enfiar flores pelo caixão, e Alfredo teve uma sensação de mal-estar ao sentir as mãos daquele sujeito a roçar-lhe o corpo, esbarrando, inclusive, na imensa ferida em sua cabeça.

— Será ele louco ou o quê? Não estará vendo todo esse sangue?

De repente, Alfredo estremeceu. E se possuísse aquela estranha e incomum doença em que todos os músculos se enrijecem e o indivíduo é dado como morto... como se chama mesmo? Catalepsia. Sim, é isso. E se ele sofresse de catalepsia? Com certeza seria enterrado vivo, e acabaria por morrer sufocado. Desesperado, o jovem começou a se debater e a gritar, mas o corpo permanecia imóvel, e de sua garganta nenhum som se fazia ouvir. Começou então a soluçar, suplicando a Deus que o ajudasse, fazendo com que alguém percebesse que estava vivo. Mas nada... Tudo parecia perdido.

Por mais que tentasse, Alfredo não conseguia chamar a atenção de ninguém. Tudo pronto para o velório, viu entrarem, um a um, os seus familiares. A mãe, com seu ar sofrido; o pai, derrotado e arrependido. Os tios, Elisa, Leonardo e alguns poucos amigos. E o padre? Por que não viera? Seus olhos estavam abertos e se moviam, mas ninguém notava. Como podia ser?

As horas foram passando, até que alguém resolveu que já era hora de fechar a urna. Alfredo, no auge da aflição, implorava que o escutassem. Ao descerem a tampa sobre ele, viu-se em completa escuridão, perdendo as esperanças de que o vissem a se movimentar.

Quando o pai, o tio, Leonardo e outros rapazes seguraram a alça do caixão, pôde sentir o seu balanço, e teve certeza de que o conduziam para o local do sepultamento. Apavorado, concluiu que seu fim estava próximo, visto que não conseguia se fazer ouvir. Notou quando pararam, e apurando os ouvidos, conseguiu escutar o barulho de pás revolvendo a terra molhada.

Depois, nitidamente distinguiu o movimento do caixão sendo baixado para o sepulcro, e pôde escutar a voz da mãe, mas não lhe distinguiu as palavras. O solavanco brusco fê-lo compreender que a urna alcançara o fundo da cova, e logo as batidas secas demonstraram-lhe que a terra estava sendo atirada sobre ela, soterrando-o vivo.

Alfredo, no clímax do desespero, chorava copiosamente, já certo de que estava condenado à morte por asfixia. Impotente diante da fatalidade, ficou ali deitado, enquanto os ruídos foram diminuindo, diminuindo, até que cessaram por completo. Pronto, estava feito. Só podia esperar que a morte chegasse rápida, como forma piedosa de abreviar seu sofrimento...

Capítulo 11

O sol batia em cheio no horizonte quando Rosali avistou um navio cruzando a barra. Dominada pela euforia, correu a chamar Josué, na esperança de que Alberto nele estivesse ou que, ao menos, lhe enviasse alguma notícia. Josué, a contragosto, saiu em direção ao cais, voltando logo em seguida com a informação de que Alberto não se encontrava entre os passageiros.

– Você tem certeza, Josué? – indagava ela, desalentada. – Procurou direito?

– Sim, senhora. Eu olhei em todos os cantos, e não vi o patrãozinho.

– Mas nem uma carta? De ninguém?

– Não, senhora.

– Não entendo – e desatou a chorar. – Por que será que me abandonam assim, sem notícias? O que estará acontecendo no Brasil? Oh! Josué, ajude-me, quero voltar.

– Não, senhora. Não pode. O seu estado... A criança já está para nascer a qualquer momento.

– Não posso mais é ficar aqui nessa angústia. Preciso saber o que houve. Por que Alberto demora tanto?

Josué, vendo o sofrimento de Rosali, dela se apiedou, e achou que não era certo enganar a moça como vinham fazendo. O patrão que o perdoasse e o despedisse se quisesse, mas aquilo não estava direito, e ele não podia mais continuar sendo cúmplice daquele plano sórdido.

– Dona Rosali, temo não ter boas notícias para lhe dar.

– Como assim? Você sabe de alguma coisa? Responda-me Josué, aconteceu algo com Alberto que eu não saiba? Pode falar, não se deixe impressionar pelos meus nove meses de gravidez. Poderei suportar. O que não suporto mais é esse silêncio. Por favor, Josué, estou implorando.

– Bem, senhora, lamento informá-la de que o doutor Alberto não virá.

– Como assim, não virá?

– Não virá, é só.

– Não compreendo. Ele me mandou para cá a fim de que esperasse por ele. Vamos nos casar, teremos um filho. Como pode ele não vir?

– Eu sinto muito, senhora. Mas foi tudo um plano para afastá-la do caminho do doutor Alberto.

– Um plano? Mas do que você está falando?

Josué, constrangido e envergonhado por haver participado daquela infâmia, acabou por contar tudo a Rosali.

— Dona Rosali, a senhora deve ser forte. O doutor Alberto mais o pai dele me incumbiram de trazer a senhora para cá, apenas para livrá-lo da obrigação de desposá-la e de ter que assumir a criança. Deram-me ordens para que eu, assim que chegássemos, lhes escrevesse uma carta contando que a senhora havia morrido. Por isso não recebe notícias de ninguém. Todos pensam que está morta, e as cartas que a senhora escreve... bem, eu as tenho todas guardadas. Por isso é que lhe digo: o doutor Alberto não virá ao seu encontro. Creio mesmo que, a essa altura, já deve estar casado com a senhorita Marialva. Só estou lhe confessando essas coisas porque estou arrependido. Não lhe quero mal; não é direito fazer isso com a senhora e...

Rosali não escutava mais nada. A dor da traição, a perda do ser amado e o medo de ser mãe, aliados ao fato de que odiava a criança que esperava, tudo isso fez com que perdesse a razão, e ela passou a gritar e amaldiçoar, enquanto dava socos violentos na barriga.

— Desgraçados! — esbravejava ela. — Malditos, covardes, infames! Como puderam fazer isso comigo?

— Dona Rosali, por favor — gaguejava Josué —, assim vai acabar fazendo mal à criança.

— Que morra! Não quero esse filho bastardo e inútil. Eu o odeio, odeio! — e continuava desferindo golpes no ventre.

Luzia, ouvindo aquela gritaria, acorreu ligeira, segurando Rosali pelos punhos, a fim de evitar que ela desencadeasse uma tragédia.

— Acode, Josué, por Deus — rogava ela ao ex-escravo. — Se não ela se mata e à criança!

Rosali, de tanto esmurrar a barriga, acabou por provocar o parto do bebê, e a dor intensa que sentiu fez com que ela dobrasse o corpo sobre si mesma, já perdendo enorme quantidade de sangue.

— Corre, Josué, vai à vila e traze a parteira — ordenou Luzia em desespero. — A criança logo vai nascer!

Josué, assustado, saiu desabalado, enquanto Rosali gritava, amaldiçoando o filho:

— Morra, cretino! Você é a causa de toda a minha desgraça!

— Oh! Meu Deus — invocava Luzia —, tem piedade dessa pobre alma que não sabe o que diz, e envia um anjo de tua guarda para salvá-la e à criança.

Nisso, Maria do Socorro adentrou o recinto, acompanhada de Mariano e de seus dois assistentes, que correram para o leito onde Rosali estava deitada, urrando de dor. Calmamente, os dois assistentes de Mariano ministraram-lhe benéfico passe, enquanto o médico, atenção presa no útero da moça, trabalhava para acomodar a criança e direcioná-la para a saída, de tal forma que ela, pronta para vir ao mundo, demorasse ainda mais alguns instantes, o suficiente para que a parteira chegasse com seus valorosos préstimos. Maria do Socorro, por sua vez, rezava incessantemente, pedindo a Deus que não os abandonasse naquela hora.

Pouco depois, Josué chegou com a parteira que, apalpando o ventre de Rosali, concluiu:

– O parto vai ser um pouco demorado, porque a criança é bem grande, mas não está virada. Vamos, minha filha, força.

Rosali, angustiada e sentindo fortes dores, suava e gritava, enquanto tentava expelir aquele ser indesejado. Mariano e seus assistentes, auxiliando a parteira, induziam-na a agir da forma correta, estimulando o bebê a lutar pela vida. Assim, após quase duas horas de agonia, Henri veio ao mundo, embora sob forte clima de ódio e ressentimentos. Luzia, encantada com o recém-nascido, dizia para Rosali:

– É um menino, senhora. Um belo menino. Toma, segura teu filho – e estendeu-o para Rosali que, colérica, rugia:

– Tire essa criança de perto de mim! Não quero vê-la!

– Mas senhora, é teu filho.

– Não é meu filho! Não o quero. Por mim pode dá-lo ao primeiro vagabundo que passar, ou então fique com ele você mesma.

Luzia, magoada, saiu com a criança no colo, chorando de dó do menino, tão lindo, com brilhantes olhinhos azuis cheios de amor. O pequeno, ainda traumatizado pela violência do parto, pôs-se a chorar, e foi acalmado pela doçura de Luzia, que lhe dizia baixinho:

– Sossega, anjinho, que a Luzia vai cuidar de ti. Tua mãezinha está doente, mas breve te acolherá nos braços, vais ver.

A criança, como que compreendendo, silenciou, e Luzia levou-a para o quarto ao lado, a fim de lavá-la e vesti-la. Finda a tarefa, voltou ao quarto de Rosali com o menino no colo. Ao entrar, encontrou-a prostrada sobre a cama, pálida e cheia de olheiras.

– Dona Rosali – disse ela –, sei que não te sentes bem, mas é preciso alimentar o bebê.

– Que bebê? – retrucou Rosali. – Não sei de bebê nenhum.

– Mas senhora, o teu filho...

– Tire essa criança daqui. Já disse que não quero vê-la.

– Mas senhora, precisas dar-lhe de mamar.

– Eu? Permitir que essa criaturinha se grude ao meu seio feito um parasita? Jamais!

– Mas, dona Rosali, se não amamentas, a criança morre de fome.

— Que morra! – gritou ela descontrolada. – Saia daqui e não me apareça mais com esse infeliz nos braços. Não o quero, pode dá-lo a quem dele faça melhor proveito.

Novamente Luzia se retirou, triste ante aquela cena insólita. No entanto, precisava pensar no nenê; ele estava com fome, necessitava de leite. Correu para a cozinha a indagar das criadas se conheciam alguém que pudesse servir de ama-de-leite para a criança, que berrava de tão faminta.

— Eu conheço, Luzia – respondeu a arrumadeira. – Há lá na vila uma moça, de nome Leocádia, prima de uma amiga minha, que deu à luz uma menina faz uns dois meses. Poderei falar com ela, se quiseres.

— Claro, menina. Vai agora mesmo chamá-la. Dize-lhe que pagarei bem.

A moça saiu em busca da ama-de-leite, que não tardou a chegar. Apresentada a Luzia, Leocádia logo se prontificou a amamentar o pequeno, recusando-se a aceitar qualquer tipo de pagamento.

— Não, senhora – protestara ela –, não posso aceitar. É uma caridade, e caridade não tem preço.

— Nem sei como agradecer-te. Deus há de te recompensar em dobro. Agora toma, eis o menino.

— Mas como é lindo!

— Sim, sim, é lindo. No entanto, chora de tanta fome...

Rosali, fechada no quarto, procurava a todo custo tapar os ouvidos para não escutar o choro da criança. Seus seios, contudo, intumescidos, doíam horrivelmente, cheios do leite que ela recusava ao filho. Luzia, que já conhecia aquele sintoma, alertava Rosali da necessidade de amamentar:

— Dona Rosali, não faças isso. O menino precisa de leite.

— Não quero saber. De mim nada terá.

— Mas os teus seios estão inchados, prontos para o bebê.

— Já disse que não consentirei. Odeio essa criança e não quero saber dela. Aliás, pode procurar alguém por aí que a queira.

— Queres mesmo que eu faça isso?

— É claro que sim. Como você mesma disse, é um menino bonito. Não vai faltar quem deseje ficar com ele. E por favor, seja breve. Odeio ouvir choro de criança.

— Verei o que posso fazer.

— Ótimo.

Os seios de Rosali não paravam de produzir leite. Ela se recusava a amamentar, e para evitar que virasse pedra, Rosali se "ordenhava" diariamente, apenas para aliviar a dor, na esperança de que, com o tempo, ele fosse secando.

O leite, no entanto, não parava de aumentar, e era em tal quantidade que vazava constantemente, ensopando a camisola e nela impregnando forte odor, o que deixava Rosali deveras irritada. O que ela não sabia é que a produção de seu leite aumentava graças à interveniência do doutor Mariano, que tentava, a todo custo, uma reconciliação entre Rosali e o filho. Leocádia, que possuía também uma filha para amamentar, não passava as noites na quinta, e Luzia é quem dava de mamar ao neném, com leite de vaca diluído em água. Todas as noites, quando a criança chorava, Luzia se levantava e preparava-lhe a mamadeira, só então voltando a dormir. Naquela noite, porém, sentindo-se mal, levantou-se para ir à casinha, visto que o intestino se ressentia de algo que comera durante o dia. Ausentara-se apenas por alguns instantes, o suficiente para que o bebê, sentindo a costumeira fome, abrisse o berreiro, fazendo com que Rosali despertasse.

Furiosa, ela se virava de um lado para o outro, tapando os ouvidos e enfiando a cabeça debaixo dos travesseiros.

– Luzia! Luzia! Onde está essa mulher? – mas Luzia, presa na casinha, sequer escutava os apelos de Rosali.

– Luzia, onde está você? Não ouve a criança chorar? – e nada. Ninguém aparecia.

Até que Rosali, cheia daquela choradeira, levantou-se e dirigiu-se ao aposento contíguo, a fim de despertar Luzia que, por algum motivo, ferrara no sono a tal ponto que não escutava aquela gritaria. Abriu a porta com aspereza e chamou:

– Luzia! Pelo amor de Deus, não escuta esse infeliz a chorar?

Como Luzia não respondesse, Rosali se aproximou do berço, exasperada e pronta para repreender o pequenino. Ao vê-lo, porém, sentiu um leve tremor, que dissipou seu ímpeto de censurá-lo, o que, aliás, de nada adiantaria. Sim, pensou, ele era realmente bonito. E aqueles olhos azuis? Com certeza herdara do pai. Ficou ali a olhá-lo, surpresa com sua própria admiração, enquanto a criança não parava de chorar.

Rosali, sem saber bem o que fazer, desajeitadamente pegou o menino no colo, e ele, talvez sentindo o cheiro do leite que embebia a camisola da mãe, virou a cabeça, buscando-lhe o peito por cima do pano. Assustada, a jovem mãe sentou-se na poltrona, e ainda sem jeito, abriu a camisola e expôs o seio, dele aproximando gentilmente a cabecinha do filho. Instantaneamente, ele pôs-se a sugar o leite, e Rosali sentiu um imenso prazer naquilo, um prazer nunca antes experimentado. Naquele momento, sentiu que amava o filho e estreitou-o contra si, mentalmente lhe pedindo perdão por havê-lo rejeitado tão insensatamente.

Nesse instante, Luzia abriu a porta do quarto, e vendo Rosali ali sentada, com a criança nos braços, a amamentá-la de forma tão amorosa, não pôde deixar de chorar de alegria, agradecendo a Deus por mais aquela bênção. Rosali, ao vê-la, olhos banhados em lágrimas, disse emocionada:

– Veja, Luzia, é o meu filho. Meu filho. Não é lindo?
– Sim, senhora, é o bebê mais lindo que já vi nascer.
– Como pude pensar que não o amava?
– O pequeno ainda não tem nome. Como vais chamá-lo?

Rosali pensou durante alguns segundos. Maria do Socorro, que a tudo assistira em companhia de Mariano, acercou-se dela e, com voz dulcíssima, soprou-lhe ao ouvido:

– Henri.

Rosali, que pouco ou nada conhecia do francês, não compreendendo bem a sugestão da avó, olhou para o filho e respondeu simplesmente:

– Henrique. Vai se chamar Henrique.

Segunda parte

Capítulo 1

Por nove anos Rosali permaneceu vivendo em Portugal, sem que ninguém, durante todo esse período, procurasse saber notícias suas. Todos se haviam contentado com a notícia de que morrera a bordo do navio, e Rosali, conformada com a sorte que o destino lhe reservara, retirara-se da sociedade, a fim de viver reclusa na quinta de Viana do Castelo. Fabiano mandara abrir uma conta em seu nome na casa bancária da cidade, diligenciando, junto a seu gestor de negócios, para que nada lhe faltasse, nem à criança, pretendendo, com isso, ver saldada sua dívida para com ela.

Rosali, por sua vez, amargurada e decepcionada com a vida, nada mais possuindo de seu além do filho querido, realmente condenou-se a essa reclusão temporária, certa de que, um dia, retornaria ao Brasil para iniciar seus planos de vingança.

Henrique, desde cedo se demonstrara extremamente inteligente e vivaz, e tinha em Josué seu companheiro de aventuras, paciente e amigo, que o acompanhava nas brincadeiras junto com outras crianças da cidade. Para ele, Rosali era a mãe perfeita. Ela era seu porto seguro, aquela que o protegia nas horas de perigo, que o encorajava nos momentos de insegurança e medo, que o repreendia quando ultrapassava os limites da travessura.

Logo que alcançou certa maturidade, Henrique passou a indagar a mãe sobre o paradeiro do pai. Rosali, sem saber ao certo o que falar, contara-lhe que o pai a havia abandonado, sem saber que estava grávida, e que ela fora dada como morta em um naufrágio. Dissera-lhe que seu avô escolhera outra moça para casar-se com o pai, e que talvez ele não a amasse bastante para enfrentá-lo. Indagada sobre os parentes no Brasil, Rosali dissera ao filho que deveriam estar mortos, e que seu próprio pai também não aprovava o casamento de ambos.

Mas Henrique não se convencia, e passou a demonstrar grande interesse em conhecer o pai, a família e o Brasil. Era preciso contar-lhes que ela não estava morta, e mais, que tinha um filho. Rosali, emocionada, recordava a terra natal, e começou a sentir saudades da pátria, só então percebendo o quanto lhe fazia falta seu antigo lar. Numa dessas ocasiões, deixou que duas grossas lágrimas escorressem de seus olhos, que Henrique logo notou.

– A senhora está chorando!
– Sim, meu filho.
– Por quê? Magoei-a? Foi porque falei que gostaria de conhecer meu pai?

– Não, claro que não. É que de repente eu senti saudades do Brasil.
– E por que a senhora não volta?
– Oh! Eu não poderia. Não depois de tudo o que aconteceu.
– Mas mamãe, a senhora não tem culpa se meu pai a abandonou, e se meu avô brigou com a senhora.
– Eu sei, meu filho. Mas todos me julgam morta. Como aparecer assim, de repente? E além do mais, seu avô não me quer mais ver.
– Como a senhora sabe? Já faz tanto tempo...
– Eles agora são estranhos para mim.

Desde aquele dia, sempre que possível Henrique procurava a mãe para que ela lhe contasse as coisas do Brasil, e Rosali falava saudosa dos pais, dos tios, de Elisa e até do irmão, cuja morte desconhecia. Isso só fez com que a vontade de conhecer o Brasil aumentasse, e Henrique vivia a pedir a Rosali que o levasse lá.

Apesar de apreciar a vida pacata que levava em Portugal, o menino sonhava com as paisagens brasileiras, que a mãe exaltava, acompanhada por Josué. Este, contudo, embora também saudoso, não desejava voltar, pois se casara com uma jovem portuguesa, também empregada da quinta, que já esperava o quarto filho. Assim, Rosali tinha sempre a desculpa de que não poderia voltar sozinha, com um filho pequeno, sem a companhia de um homem que lhes garantisse a segurança.

Os dias iam se passando, até que, após o sétimo aniversário, Henrique começou a ter estranhos acessos e a falar coisas sem sentido, o que deixou Rosali seriamente preocupada. Ele se debatia no sono, suava frio e parecia estertorar, buscando desesperadamente sorver o ar, que encontrava dificuldades em penetrar-lhe os pulmões. Chamado o médico, este não pôde descobrir a causa daqueles ataques, o que o levou a suspeitar que o menino sofria das faculdades mentais. Rosali, contudo, rejeitou esse diagnóstico, visto que ela mesma sofria semelhantes acessos.

Luzia, que apesar de religiosa era bastante supersticiosa, pensava que Henrique e Rosali eram vítimas de algum espírito ruim, e nessas ocasiões orava fervorosamente, o que acabava por atrair a presença de Maria do Socorro e Mariano que, juntos, emitiam energias positivas para ambos, atingindo também Marcel, o obsessor que voltara todo o seu ódio contra o jovem Henrique.

Um dia, porém, Rosali se viu só a olhar pela janela e a pensar em Elisa. Como era sua amiga! E a mãe? Como estaria passando? Lembrou dos entes queridos, e muito lamentou estar afastada deles, privando o filho do convívio com os parentes. Mas e o pai? Não queria saber dela. Aliás, todos a julgavam morta. Sim, mas ela não morrera. Ao contrário, estava bem viva, ela e seu filho, um lindo menino de pele morena como a dela e os olhos azuis do pai. Pensou em como a mãe ficaria feliz em conhecer o neto.

Estava assim a cismar quando avistou o filho brincando na areia com outras crianças. Ele era tão lindo, tão criança, tão puro, e nada conhecia da infâmia que envolvera seu nascimento. Como poderia ela agora, de repente, levá-lo para uma terra distante, apresentar-lhe um homem estranho e dizer-lhe simplesmente: este é seu pai? E Alberto? Já estava casado, provavelmente com outros filhos, e nem mais se lembraria dela. Voltou então seus pensamentos para o ex-noivo. Ela o amara muito, mas já não sentia mais nada por ele. Ou será que sentia? Amor? Talvez ódio. Nem ela sabia.

Rosali permanecia perdida em suas dúvidas, até que um dia, chamou Luzia e participou-lhe:

– Luzia, vou voltar para o Brasil.

– Por quê?

– Não sei. Só sinto que devo voltar.

– Mas senhora, e o menino? Ele desconhece toda a verdade.

– Sim, eu sei. Mas não posso mais suportar.

– Por que isso agora? Não tens vivido bem aqui?

– É verdade. Mas Henrique está curioso para conhecer o pai e o resto da família, e não sei mais o que fazer para dissuadi-lo dessa idéia.

– Não sei, dona Rosali. Temo que Henrique possa ter um choque.

– É um risco.

– Eu ainda acho que deverias esperar um pouco mais. O menino é ainda pequeno...

– Já estou decidida. Parto para o Brasil em poucos dias, levando meu filho comigo. Apenas peço a você que reze por nós para que tudo corra bem.

– E pensas em ir só com o menino? É perigoso.

– Não creio. O navio é seguro, e ninguém ousará me incomodar.

– Estás mesmo decidida?

– Estou.

– Bom, se é assim, vou rezar para que tudo dê certo.

– Obrigada, Luzia. Você tem sido uma grande amiga esses anos todos. Jamais me esquecerei de você.

– Oh! Senhora, não fales assim – concluiu ela com a voz embargada, já chorando pela saudade que sentiria de Rosali e de Henrique, a quem aprendera a amar como a um filho.

Assim, ao final de três semanas Rosali embarcou com o menino rumo ao Brasil, deixando para trás uma vida tranqüila e sem maiores preocupações para se entregar, novamente, ao tumultuado mundo das paixões humanas.

Ao desembarcar no Brasil, Rosali foi com o filho para uma pensão no Flamengo e, no dia seguinte pela manhã, partiram direto para a casa de Elisa. Chegando à casa da prima, Rosali parou e tocou a campainha, esperando cerca de dois minutos até que alguém atendesse. Uma moça morena, de avental, que Rosali não conhecia, abriu a porta e indagou gentilmente:

— Pois não? Em que posso ajudá-la?

— Por favor – respondeu Rosali –, gostaria de falar com a senhorita Elisa.

— Elisa? Aqui não mora ninguém com esse nome.

Rosali levou um baque. Não lhe passara pela cabeça que os tios e a prima pudessem ter se mudado. Confusa, indagou da criada:

— Perdão, mocinha. Disse que não conhece ninguém chamada Elisa?

— Não, não conheço.

— E os seus patrões? Eles estão?

— Apenas a madame. Queira aguardar um pouco, que irei chamá-la.

Após alguns minutos, a criada voltou acompanhada da patroa, uma senhora gorda, de seus cinqüenta anos, olhar simpático e sorridente.

— Sim? O que deseja?

— Desculpe-me incomodá-la, senhora, mas venho de longe em busca de meus tios e de minha prima Elisa. A senhora sabe onde estão? O que houve com eles?

— A casa nos foi alugada pelo professor Edmundo. É quem procura?

— Sim, sim, é meu tio. Sabe onde se encontra?

— Infelizmente não. Mas posso dar-lhe o endereço do advogado que cuida de seus negócios, e que vem receber o aluguel todo mês.

— Oh! Por favor, ficaria eternamente grata.

De posse do endereço do advogado, Rosali tomou o bonde e partiu com Henrique, cheia de esperança de obter notícias dos parentes. Ao chegar, foi recebida por um rapazinho de seus dezenove anos, magro e pálido, que lhe pediu para esperar. Logo retornou em companhia de um homem bonito e bem vestido, e Rosali não pôde conter um grito de surpresa ao ver diante de si Leonardo, que quase desmaiou ao reconhecê-la. Aturdido ante a surpresa, Leonardo exclamou:

— Meu Deus, Rosali! É você mesma?

— Sim, Leonardo, sou eu. O que faz aqui? Esperava encontrar o advogado de meu tio e...

Mas Leonardo não a deixou concluir. Apesar de, no passado, não haver simpatizado com ela, estava por demais estupefacto para não crivá-la de perguntas sobre seu desaparecimento. Introduziu-os em sua sala, deu ordens para não ser interrompido, e logo inquiriu:

— Mas como? Todos a julgávamos morta.

– No entanto, cá estou. Mais viva do que nunca.
– Sim, mas como pode ser?
– É uma longa história...

Rosali, fazendo sinal para o menino, com o olhar advertiu Leonardo de que não gostaria de tocar naquele assunto na frente dele, e a conversa foi logo encerrada. O rapaz, contudo, encerrou mais cedo o expediente no escritório e foi para casa. No caminho, iam conversando:

– E o menino? É seu filho?
– Sim. Este é Henrique. Henrique, gostaria que conhecesse o noivo de minha prima Elisa.

Leonardo sorriu e, jovialmente, corrigiu-a:
– Noivo, não. Elisa e eu agora somos casados.
– Eu deveria imaginar. Após tantos anos...
– É verdade. Mas deixemos isso para depois; fale-me da criança.

Rosali olhou para o filho, que estava por demais extasiado para falar. Acariciando-lhe os cabelos, disse sem tirar os olhos dele:
– Henrique é a razão da minha existência.
– Muito prazer, Henrique. Você é um belo rapazinho.
– Obrigado, senhor – respondeu ele com simpatia e com forte sotaque português, o que fez com que Leonardo achasse muita graça naquilo.
– Você tem um filho muito educado.

Rosali e Leonardo foram conversando o resto do caminho, e ela descobriu que Leonardo assumira o escritório de advocacia do pai, passando a cuidar dos negócios de seu tio Edmundo. Pouco depois, o carro parou em frente a uma casa grande e bonita, de dois andares, no bairro das Laranjeiras, cercada de árvores e flores. Rapidamente, Leonardo entrou e chamou a esposa, mal contendo a excitação:

– Elisa! Elisa! Onde está você? Depressa, venha até aqui! Elisa, vamos, tenho uma surpresa para você! Veja quem eu encontrei no escritório.
– Calma, já vou – ressoou a voz de Elisa, vinda do segundo andar. – Não vê que não posso correr e que... – calou-se, estarrecida ante a imagem da prima que, parada, sorria para ela. Rosali notou que Elisa estava grávida, talvez no sexto ou sétimo mês, e que havia engordado um pouco, a despeito da gestação. Elisa, atônita, olhava de Rosali para Henrique, sem saber o que fazer ou dizer. Leonardo, tomando a dianteira, esclareceu:
– Elisa, querida, Rosali voltou. Está viva.

Mas Elisa, por demais emocionada, não conseguia se mover ou dizer palavra. Então todas as suas suspeitas eram verdadeiras. Rosali não morrera. Tudo não passara de um plano sórdido entre o tio e o primo para mandá-la embora. Súbito, como que tomando consciência da presença

da outra, Elisa pôs-se a chorar e correu para ela, apertando-a nos braços sem nada falar. Leonardo, deveras preocupado, procurava acalmar a mulher, que soluçava sem parar:
— Por favor, Elisa, procure se controlar. Olhe o seu estado.
Somente depois de alguns minutos foi que Elisa conseguiu dizer, a voz vibrando de emoção:
— Rosali, minha querida prima, minha irmã. Como senti sua falta! Só Deus sabe o quanto rezei por você, implorando que não estivesse morta.
— Eu sei, Elisa. Nunca duvidei da sua amizade.
— Foi um choque para todos nós. Aquela história que Alberto...
— Alberto nada sabe de mim — interrompeu Rosali apressada, e Elisa logo percebeu que o menino não devia conhecer toda sua história.
— E esse rapazinho? É seu filho, não é? Logo se vê. É muito parecido com você.
— Acha mesmo? Chama-se Henrique.
— Henrique... mas que belo nome!
— Obrigado, senhora — respondeu o menino.
— Ora, deixe de formalismos comigo. Você pode me chamar de tia Elisa, e a ele de tio Leonardo. Afinal, sua mãe e eu somos primas, quase irmãs. Mas venha comigo, Henrique, quero lhe apresentar os meus filhos — tocou a sineta, chamando a criada, e ordenou-lhe: — Por favor, Ivete, traga as crianças aqui, sim?
Ivete saiu e voltou logo em seguida, trazendo pela mão duas lindas crianças, um menino e uma menina, de oito e seis anos, respectivamente. Rosali, mal contendo a surpresa, acrescentou comovida:
— Elisa, penso que perdi dez anos de minha vida. Você já tem dois filhos, espera o terceiro, e eu nem sabia que se havia casado.
— Não diga isso. O que importa é que você está de volta, e nunca mais retornará a Portugal. Seu lugar é aqui, junto dos que a amam. E você deve também pensar no menino, que possui família e não deve ser privado do convívio com os seus — chamou-o e apresentou: — Henrique, quero que você conheça meus filhos, Mário e Celeste.
— É um prazer conhecê-los — cumprimentou Henrique cheio de graça.
— O prazer é todo nosso — retrucou Mário, gentil. Celeste, mais tímida, permaneceu calada, olhando o outro cheia de desconfiança.
— Henrique é filho de minha prima, Rosali, que se encontrava na Europa — explicou Elisa. — Mas eles agora voltaram para morar aqui de novo, e quero que vocês sejam amigos.
— Claro, mamãe — falou Mário. — Ele pode brincar com os meus brinquedos.

– Isso mesmo, meu filho. Agora vão. Mamãe e papai têm muito o que conversar com tia Rosali – chamou Ivete e ordenou: – Leve as crianças para brincarem no jardim, providenciando-lhes um pequeno lanche, apenas de frutas, para não lhes tirar o apetite para o almoço. Mandarei preparar-lhes algo especial.

– Por favor, Elisa, não precisa se incomodar...

– Em absoluto. Você não vai me tirar o prazer de festejar sua volta. Essa foi uma das maiores alegrias que já tive nos últimos tempos. Agora conte-nos tudo. E não omita nenhum detalhe. Temos tempo, todo o tempo que você desejar.

Sem pressa, Rosali relatou-lhes, pormenorizadamente, tudo o que lhe acontecera durante esses quase dez anos em que estivera ausente. Ao final da narrativa, Elisa sentiu um imenso ódio de Alberto, que urdira aquela trama macabra apenas para se livrar da prima, sem sequer se importar com o filho que ela carregava no ventre. Mas Rosali, também ávida por saber do paradeiro dos seus, interrogou Elisa sobre os pais e o irmão, não se interessando em perguntar por Alberto. A outra, bastante transtornada, iniciou:

– Lembra-se de Marialva?

– Sim, como haveria de me esquecer?

– Pois é. Após a notícia de sua morte, Alberto e Marialva se casaram...

– Então é verdade – interveio Rosali pesarosa.

– Bem, Alfredo ficou louco. Estava apaixonado por ela.

– Apaixonado por Marialva? De verdade? E eu que pensei que era só uma paixãozinha infantil e passageira...

– Mas não era. E depois eu soube que ele vivia a importuná-la e ameaçá-la, caso ela não se casasse com ele. Enfim, ela escolheu Alberto e Alfredo não se conformou. No dia das bodas, invadiu o salão e deu um tiro na testa, bem ali, na frente de todo mundo.

– Meu Deus, Elisa, que horror! O pobre Alfredo se suicidou? Você não pode estar falando sério – ela estava chocada.

– Mais sério do que nunca. E foi tudo muito triste.

– Alfredo e eu não nos dávamos muito bem. Ele vivia a implicar comigo. Mas esse final trágico... francamente, ele não merecia.

– Ninguém merece – ajuntou Leonardo. – É a vida.

– Pobre Alfredo. E eu nem tive a oportunidade de me reconciliar com ele. Você sabe que nós não nos dávamos lá muito bem. Mas ele era meu irmão, e eu gostava dele. Meu Deus, como pode ser verdade? Ele era ainda tão jovem, tão cheio de saúde.

Rosali, emocionada e pesarosa, verteu lágrimas sinceras pelo irmão, a quem nunca soubera compreender e de quem não granjeara a amizade.

— Sua mãe ficou desesperada — prosseguiu Elisa. — Ao saber o que acontecera, tia Helena deixou tio Osvaldo e passou a morar em nossa casa por alguns tempos, enquanto seu pai tudo fazia para que ela voltasse. Depois de quase dois anos, vendo nele a dor e o arrependimento, sua mãe voltou para ele, mas se recusou a viver naquela casa onde vocês moravam, alegando que a lembrança dos filhos seria por demais dolorosa. Então, seu pai resolveu que já era hora de se aposentar e levar uma vida mais tranqüila. Assim, venderam a casa, a loja de fazendas e se mudaram para o interior das Minas Gerais, onde tio Osvaldo comprou um pequeno sítio e, junto com sua mãe, passou a se dedicar ao plantio de verduras e legumes.

— Mamãe... Quanta saudade sinto dela!

— Poderemos escrever-lhe uma carta.

— Não sei se será conveniente. Afinal, papai não me queria mais ver.

— Oh! Mas ele está tão modificado! Com o passar do tempo, antes de se mudarem, tio Osvaldo procurou meu pai e disse-lhe que se sentia culpado pelo que acontecera aos filhos. Falando de você, disse que deveria ter sido menos intransigente, o que certamente teria evitado sua morte e a do neto. Sim, até de neto ele passou a chamar seu filho. E depois veio a tragédia com Alfredo. Embora ele tentasse, a princípio, se fazer passar por durão, o fato é que ficou imensamente abalado. Depois nós soubemos que Alfredo o havia procurado e a ele revelara sua paixão não correspondida por Marialva. Seu pai ficara furioso, recriminara-o e até zombara dele, chamando-o de fraco e de tolo. Por isso, à medida em que o tempo ia passando, ele foi se abatendo e enfraquecendo, roído pela culpa, até que tia Helena, não mais podendo suportar vê-lo tão arrasado, dele se condoeu e resolveu perdoá-lo.

— Meu Deus, Elisa, quanta tragédia! Não creio que deva chegar assim tão de repente para vê-los. O choque pode ser fatal.

— Tem razão. Penso que tio Osvaldo não teria forças para suportar.

— E seus pais, onde estão?

— Bem, há cerca de um ano, mais ou menos, papai pediu a aposentadoria e se mudou com mamãe para a chácara do Andaraí. Nossa casa aqui foi alugada, papai não quis vendê-la. De vez em quando vamos até lá e passamos as férias e fins de semana. Papai e mamãe adoram a companhia dos netos, e ficarão muito felizes em saber que você voltou para ficar.

— Elisa, não sei se poderei ficar. Meu passado aqui foi enterrado. Tudo está mudado, não tenho mais família; de que viverei?

— Ora, Rosali, mas que idéia! Somos sua família, e você pode ficar vivendo aqui conosco. A casa é grande; há bastante espaço para você e Henrique.

Rosali, que notara um certo ar de desagrado em Leonardo, recusou delicadamente:

– Obrigada, Elisa, mas não posso aceitar.
– Por que não?
– Vocês têm a sua vida, e não seria justo que Henrique e eu viéssemos para incomodar.
– Mas não é incômodo algum. Ora vamos, Rosali. Você é quase minha irmã, não pode recusar.
– Não sei; não me parece direito.
– Mas que bobagem! Vamos, querido, diga a ela que isso é besteira. Peça-lhe que fique, por favor.

Leonardo, embora não aprovasse muito aquele convite, não podia deixar de atender ao desejo da mulher, ainda mais naquele estado. Assim, mais para agradá-la do que propriamente pensando em Rosali, acabou por concordar e pediu:

– Elisa tem razão, Rosali. Você é da família, e seu lugar é aqui. Onde está hospedada?
– Numa pensãozinha lá no Flamengo.
– Pois hoje mesmo iremos até lá buscar suas coisas. Darei ordens para que preparem um quarto de hóspedes para você, e Henrique poderá ficar com Mário.

Vencida e feliz, Rosali beijou a mão da prima, ao mesmo tempo em que lhe dizia, banhada em lágrimas:

– Oh! Elisa, nem sei como lhe agradecer!
– Você não precisa me agradecer. Basta que nos permita amá-la e a seu filho. Seremos todos felizes, você verá.

Na manhã seguinte, Rosali saiu em companhia de Elisa para matricular Henrique na mesma escola em que Mário estudava. Foram recebidas pelo diretor, que conhecia Elisa desde os tempos em que seu pai ali iniciara a lecionar:

– Dona Elisa, como vai? – indagou ele cortês.
– Muito bem, obrigada – redargüiu ela. – Senhor Otávio, gostaria de apresentar-lhe minha prima Rosali, recém-chegada da Europa.
– Como vai, dona Rosali? – cumprimentou, fazendo uma mesura e beijando-lhe a mão com galanteio.

Rosali agradeceu ao cumprimento com um sorriso, o que deixou o diretor encantado. Elisa, porém, foi logo entrando no assunto:

– Pois é, senhor Otávio, como eu disse, Rosali acaba de chegar da Europa, acompanhada apenas de seu filho, Henrique, um belo jovenzinho de apenas nove anos de idade, e ambos estão morando em minha casa.
– Sim? – interessou-se ele, examinando Rosali com o canto dos olhos.

– Bem, viemos aqui para matricular o menino nesta escola.

– Mas será um grande prazer! – exclamou entusiasmado. – Por favor, acompanhem-me, eu mesmo farei a matrícula. Trouxe todos os documentos?

– Trouxe – respondeu Rosali acabrunhada.

Otávio conduziu-as pelos corredores da escola, mostrando-lhes as salas, o pátio interno, o refeitório. Finalmente, ao chegarem à sala da diretoria, foram gentilmente acomodadas em macias poltronas de veludo carmesim, enquanto o diretor se sentava do outro lado de uma imensa mesa de mogno. Ajeitando os óculos, fitou Rosali com olhar de disfarçada cobiça e, passando a língua nos lábios, falou animado:

– Muito bem. Vamos ver. Onde estão os documentos?

Rosali entregou a ele a certidão de nascimento de Henrique, e ele logo reparou que nela não constava o nome paterno. Indignado, mudou de atitude e disse, formal:

– Dona Rosali, pelo que posso perceber, seu filho não foi reconhecido pelo pai.

– Não, senhor.

– E não sei se a senhora sabe, mas o nosso colégio é um dos mais tradicionais do Rio de Janeiro.

– Eu sei.

– Não quero ser grosseiro nem desrespeitoso, mas é norma da escola que crianças ilegítimas não sejam aceitas aqui; é uma forma de mantermos nosso bom nome, pois os pais das crianças que aqui estudam podem estar seguros de que seus filhos não se envolverão com outras de origem duvidosa.

Rosali, as faces ardendo em fogo, levantou-se bruscamente, sentindo-se envergonhada e humilhada, e já ia saindo quando Elisa a deteve:

– Por favor, Rosali, aguarde um minuto – virou-se para o diretor e continuou.

– Senhor Otávio, conhecemos perfeitamente as normas desta instituição. No entanto, Henrique é um menino inteligente e bem-educado, e estou certa de que nada faria que pudesse comprometer sua reputação.

– Entendo, dona Elisa, mas lamento. Não posso romper as regras da casa. Todavia, existem bons colégios públicos, que não se recusariam a matricular o menino.

– Sim, eu sei. Mas o caso é que meu filho, Mário, também estuda aqui, o senhor sabe, e eu pensei que talvez Henrique pudesse ficar junto do primo.

– Compreendo... Mas não, sinto muito. Isso é impossível. E, ademais, ainda que eu consentisse nessa barbaridade, os pais das outras crianças não aprovariam minha atitude, o que poderia me causar sérios transtornos.

– Mas ninguém precisa saber. Podemos dizer que Rosali é viúva.

— Já disse que lamento. Nada posso fazer além de indicar-lhes uma boa escola onde aceitarão matricular o menino.

— Não precisa se incomodar — interveio Rosali com desprezo. — Não vim aqui para ser humilhada nem insultada, muito menos para implorar sua condescendência. Não preciso dela, nem tampouco meu filho. E guarde sua caridade para os mais necessitados, para aqueles que possuem do que se envergonhar. Aliás, guarde-a para si mesmo, pois um homem que tenta ocultar a própria sensualidade sob o manto da respeitabilidade e da hipocrisia é mais digno de piedade do que as meretrizes que abundam no cais. Pelo menos elas são o que são, e não agem como o senhor, que veste a capa da falsa moralidade para poder apontar os erros dos outros e, com isso, mascarar aquilo que tem de mais abjeto em si mesmo!

— Sua atrevida! Como ousa falar comigo desse jeito?

— Passe bem! — berrou Rosali cheia de raiva. Levantando-se, saiu apressada, derrubando o busto do fundador, que se encontrava sobre um pedestal, perto da porta. Elisa, revoltada, anunciou:

— Amanhã mesmo providenciarei a transferência de meu filho para outra escola.

— Por favor, dona Elisa, não faça isso. O que fiz foi para o bem das crianças, de seu filho, inclusive.

— Muito obrigada, mas meu filho não precisa crescer aprendendo a evitar e a discriminar seus semelhantes apenas porque não possuem um nome na certidão de nascimento. Até logo.

E saiu às pressas, atrás de Rosali, indo encontrá-la já na rua, a vista embaçada pelas lágrimas.

— Oh! Elisa! — desabafou ela. — Como ele pôde ser tão cruel?

— Não lhe dê importância. Ele é um tolo.

— Um tolo que bem reflete o pensamento dos demais em face da situação de Henrique. Meu Deus, como as pessoas são preconceituosas!

— Sinto muito, Rosali. Não devia tê-la convencido a vir.

— Não se sinta culpada, Elisa. Vim porque preciso matricular meu filho na escola. E você não tem culpa se esse tal de Otávio é um idiota.

— E agora, o que faremos?

— Vou matricular Henrique numa escola pública. Não vou sujeitá-lo a esse tipo de escárnio.

— Mário irá para a mesma escola. Não o quero mais estudando aqui.

— Ora, não faça isso. Seu filho já está acostumado com o colégio. Não seria justo com ele.

Tomando a carruagem, foram-se caladas, Rosali remoendo em seu íntimo a dor de ser mãe solteira em uma época em que o preconceito tolhia o coração das pessoas. Como era triste! Sufocou o pranto e pensou com pesar:

— Meu filho, meu pobre Henrique. O que será de você?

Naquela noite, Rosali foi dormir sentindo um peso a oprimir-lhe o peito, e sonhou com a avó. Sonhou que caminhava por um campo florido, aquecida por um sol morno e claro, até encontrar Maria do Socorro, toda vestida de branco, numa túnica vaporosa que esvoaçava ao vento. Seu semblante era sereno, seu olhar doce convidava a desafogar as mágoas. Embora Rosali, por vezes, sonhasse com a avó, fazia já muito tempo que não a encontrava desse jeito, o que fez com que exclamasse, cheia de alegria:

— Vovó! Há quanto tempo! Que saudades!

— Sim, Rosali, que saudades.

Rosali, na verdade, não estava sonhando. É que, liberta pelo sono, sua alma deixara provisoriamente o corpo, indo ao encontro da avó, que viera buscá-la para uma conversa.

— Por que veio me ver? — indagou ela.

— Precisava falar com você, alertá-la e prepará-la para as duras provas que estão por vir.

— Como assim, vovó? Não entendo.

— Filha, você passou um longo período ausente, praticamente envolta numa campânula de proteção que a afastou provisoriamente de seu mundo real. A vida que você levava em Portugal era boa e tranqüila, e você poderia ter optado por permanecer lá indefinidamente.

— Sim, mas senti que precisava voltar.

— Em verdade, essa sua escolha partiu da necessidade que você própria sente de enfrentar as dificuldades e, mais do que isso, de vencê-las.

— Por favor, vovó, não estou entendendo muito bem.

— Em Portugal, você teve a oportunidade de rever seus erros, aprendeu a amar seu filho e a dar valor a esse amor. Mas agora é hora de você enfrentar os problemas não resolvidos do passado, e não falo apenas dessa existência. Existem muitas outras coisas que você ainda deve aprender, sentimentos que deve sublimar, tendências que deve vencer. Pense que é muito fácil ser bom quando não temos a oportunidade nem a necessidade de praticarmos o mal.

— Oh, vovó, tenho medo!

— Não há o que temer. Tenha fé. Lembre-se de Deus e aprenda a renunciar e a enfrentar com coragem as conseqüências de suas atitudes.

— Mas vovó, então não renunciei a tudo quando me resignei àquele desterro forçado?

– Não, Rosali, você não renunciou. Apenas buscou se ocultar do mundo, cansada que estava de ser magoada e ferida, e temendo sofrer ainda mais do que já havia sofrido.

– E isso é errado? Não devemos nos proteger?

– É claro que devemos. Mas nem sempre nos protegemos fugindo aos nossos problemas. Às vezes, a maior proteção vem do enfrentamento, pois ele nos liberta dos grilhões que nos acorrentam ao peso de nossas culpas, nossos erros e nossos compromissos. Enfrentar as dificuldades com confiança faz com que as compreendamos e, compreendendo-as, podemos transformá-las em preciosa lição para o futuro. E todo aquele peso que antes nos oprimia adquire uma leveza que só a fé é capaz de imprimir. Jamais permita que a culpa a subjugue, enfraquecendo-a ou dominando-a diante dos reveses da vida. Não. Admita seus erros, suas dificuldades, suas tendências, o que for, mas para você mesma em primeiro lugar. Entenda que a dor de hoje nada mais é do que o reflexo dos enganos de ontem, e aprenda com isso. Defenda-se. Lute pela sua sobrevivência física e moral. Mas não fuja; não se esconda. Isso não é defesa, é covardia. A defesa repele a agressão; a covardia a prolonga. Se você foge das acusações que o destino lhe atira na face, isso não faz com que elas desapareçam; ao contrário, elas prosseguem à sua revelia. Somente nos defendemos quando expomos para nós mesmos nossas faltas e nos perdoamos. Só assim poderemos devolver ao agressor aquilo que não nos pode mais atingir, não em forma de revide ou vingança, mas em forma de amor e compreensão. Compreenda e ame, Rosali, acima de tudo a você mesma.

Rosali silenciou e fitou a avó com uma interrogação no olhar. No fundo, não entendia o porquê de tudo aquilo.

– Ouça bem, Rosali – continuou. – Vim aqui para alertá-la de que sua vida com Henrique não será das mais fáceis. No entanto, é preciso que você não se deixe abater pelas vicissitudes. Lembre-se de que você possui o maior tesouro que uma mulher pode desejar, que é um filho amoroso e amigo.

– Oh! Vovó, o que acontecerá de tão ruim?

– Não posso revelar-lhe o futuro, mas quero que você se lembre de tudo o que lhe disse. Apenas o amor é capaz de fortalecer os espíritos em luta, pois que, sem ele, a alma enfraquece e tomba nesse entrevero cruel que representa a ascensão humana. Tenha fé, Rosali, e ore a Deus, pedindo-lhe força e coragem para prosseguir lutando. Com fé, a vitória será certa, e os inimigos de ontem poderão aprender com você, tornando-se os amigos leais de amanhã.

– Está certo, vovó. Não me esquecerei de seus conselhos.

Findo o diálogo, Maria do Socorro se foi, e Rosali voltou ao corpo, guardando na memória fragmentos da conversa que tiveram. Sem saber por que, a desagradável entrevista com o diretor da escola passou a não ter mais importância, e Rosali sentiu-se feliz por poder superar aquele momento constrangedor. Elisa, percebendo o bem-estar da prima, comentou:

— Rosali, folga-me vê-la assim tão bem disposta.

— Ora, Elisa, não vejo por que me deveria deixar abater por uma criatura tão pobre de espírito, que nada representa para mim.

— Que bom que ele não conseguiu magoá-la com aquelas palavras tão rudes.

— Não, querida prima. Não foi ele que não conseguiu me magoar. Fui eu que não me deixei magoar, não me permitindo receber uma ofensa que não encontra eco em minha alma.

— Não compreendo o que quer dizer.

— Deixe para lá. Não é nada.

Após a conversa com a avó, Rosali sentiu-se mais segura e mais fortalecida para enfrentar o preconceito da sociedade. No entanto, essa força, essa coragem e essa segurança precisariam ser alimentadas com fé e oração, coisas que Rosali ainda não integrara a sua vida com convicção e firmeza.

Capítulo 2

Alberto abriu um olho, depois o outro, e virou para o lado, vendo Marialva, que dormia serenamente. A mulher estava linda, com os cabelos louros esparramados sobre o travesseiro, a pele branca a se confundir com o linho dos lençóis. Consultou o relógio: nove e trinta e cinco.

Nada mal para um domingo depois de uma noite de prazeres. Chegara tarde, tão tarde que já encontrara a esposa a dormir. Acendeu um cigarro e pensou na noite anterior, no corpo quente e macio de Adélia, em seus lábios fervorosos. Que mulher! Tornou a olhar para Marialva, ali deitada a dormir o sono dos justos, sem de nada desconfiar. O que faria se soubesse? Era capaz de matá-lo. Mas não, ela jamais descobriria. Eram discretos, encontravam-se secretamente na casa que ele alugara no distante bairro de Copacabana. Ali não conheciam ninguém, e os parcos moradores não lhes prestavam a mínima atenção.

Aos poucos, Marialva foi despertando, e com ar ainda sonolento, olhou para o marido e falou com voz arrastada:

– Bom dia, querido. Não vi você entrar. Chegou tarde ontem?
– Sim, meu bem. Foi uma noite difícil.
– O que houve?
– Um dos meus pacientes, um juiz aposentado e sem parentes, que passou mal. Os vizinhos acudiram e correram à minha procura. Não pude deixar de atendê-lo.
– Fez bem. E por que chegou tão tarde?
– Ora, meu amor, sabe como são essas coisas. O velho estava realmente mal, não pude deixá-lo sozinho. E agora, que tal levantarmos e irmos tomar café? Estou morto de fome.
– Está bem.

A mesa no terraço estava cuidadosamente posta para o café, e eles mal se haviam sentado quando Adélia entrou, acompanhada do marido, e falando animadamente:

– Bom dia, meus filhos. Como passaram a noite?
– Bem, mamãe – respondeu Marialva. – E a senhora?
– Otimamente!
– Como vai, dona Adélia? – cumprimentou Alberto formalmente. – A senhora, como sempre, cheia de alegria.
– Ora, e deveria ser de outro jeito?

— Claro que não. Faz muito bem em sorrir.
— Sorrio porque aproveito a vida. E é o que vocês deveriam fazer. Viemos aqui buscá-los para um passeio no Jardim Botânico. O que acham?
— Excelente idéia! – entusiasmou-se Marialva. – E o senhor, papai, por que está tão acabrunhado?

Cristiano, que já não podia mais suportar as ausências da mulher, passara a noite em claro, aguardando sua chegada. Ele sempre soubera que Adélia não lhe era fiel, mas a esposa, até então, vinha mantendo uma aparência de fidelidade sobre a qual nem ele nem ninguém poderia levantar qualquer suspeita.

De uns tempos para cá, todavia, passara a permanecer na capital, esquecera um pouco as viagens, saía sem dar-lhe maiores explicações, somente retornando altas horas da madrugada. Cristiano indagava por onde ela andava, mas Adélia sempre lhe respondia, de forma vaga, que ia à casa de amigas, e que ele não deveria se preocupar com ela. Recordou a discussão que tiveram na noite anterior, quando lembrou a ela seu papel de esposa e de mãe.

— Adélia – começara ele a dizer –, isto não está direito. Sair assim à noite, desacompanhada, e só voltar a estas horas! Onde esteve?

A mulher, espírito rebelde e incontrolável, retrucara com desdém:
— Estive em casa de uma amiga. Por que pergunta?
— Mas que amiga? E até agora?
— Qual é o problema? Não sou mais criança; sei me cuidar sozinha.
— Não é isso.
— E o que é, então?
— Você sabe, Adélia. Não fica bem andar por aí sozinha... e ainda por cima de madrugada. Que dirão os vizinhos?
— Francamente, Cristiano, pouco me importam os vizinhos.
— Mas e a sua reputação? Não teme por ela?
— E por que deveria?
— Adélia, não se faça de sonsa. Sei muito bem onde andou, só não sei com quem. E quero avisá-la de que não estou gostando nada disso. Você me deve respeito e obediência.
— Oh, claro, e você? Não me deve nada? Nem o seu dever de marido?

Cristiano tossira desajeitado e, rubro de vergonha, protestara:
— Por favor, não toquemos nesse assunto. Não fica bem.
— Ora, pare com isso. O que não fica bem é meu marido, ainda jovem, negar-se a cumprir seu papel de homem na cama com sua mulher!
— Adélia! Como pode dizer isso? Por acaso perdeu o pudor?
— Ora, querido, ninguém perde aquilo que não tem.
— Adélia, não fale assim! Eu a proíbo...

– Você não me proíbe de nada.
– E você não pode fazer isso comigo; não é direito.
– Deixe de bobagens, Cristiano. Você nunca se incomodou com isso. Por que agora resolveu se importar?
– Porque agora você me trai bem debaixo do meu nariz.
– Não é bem assim.
– Não? Como chama então essa sua atitude indigna de me deixar em casa plantado feito um paspalho e sair por aí, sabe-se lá com quem? E se alguém vir?

Adélia, confusa e um tanto quanto constrangida, abaixara a voz, como que receando que alguém os escutasse, e dissera, quase a sussurrar:

– Por favor, Cristiano, deixemos dessa conversa. Não se preocupe. Ninguém vai descobrir...
– Quem é ele?
– Como?
– Perguntei quem é ele!
– Ora, pare com isso. Ciúmes agora não.
– Engana-se, Adélia, não é ciúme, não. Mas sou homem, tenho meus brios. Mais dia menos dia, alguém vai acabar descobrindo...
– Homem! Não me faça rir. Você deixou de ser homem há muito tempo, e hoje é apenas um arremedo de homem. Ou será que já se esqueceu?
– Pare! Como você é cruel, Adélia. Como pode ser tão ingrata?
– Eu, ingrata? Ora vejam só. Não lhe devo nada.
– Deve sim. Deve-me sua posição social, a felicidade de uma vida digna. Sem mim você hoje não seria nada; provavelmente até teria sido expulsa de casa. Dei-lhe um nome, um título. Que mais poderia desejar?
– Você é ridículo, Cristiano. Casou-se comigo não por amor, mas por interesse. Quando eu o conheci você não possuía nada. Foi meu dote que o reergueu. Ou você já se esqueceu da fortuna que meu pai colocou em suas mãos?
– Fortuna essa que já devolvi, tostão por tostão.
– Não importa. Mas se não fosse pelo dinheiro do meu pai, você hoje seria apenas mais um barão falido, a lamentar a fortuna perdida com o Império.
– Não lhe devo coisa alguma, Adélia. Hoje tenho um patrimônio considerável.
– Talvez, mas isso não é só. Quando me casei com você, o mínimo que esperava era que fosse um homem de verdade. Mas não. Pensa que não sei? Você também me usou para afirmar sua masculinidade e obter o respeito da sociedade. E se antes o ato sexual já era difícil, depois que

Marialva nasceu, então, ficou praticamente impossível. Ela foi sua salvação, não é mesmo? Foi ela quem salvou sua virilidade.

— Não é nada disso, eu...

— Então o que é? O que deu em você, Cristiano, para perder o desejo por mim? Por acaso não lhe agradava?

— Não... não... – gaguejara ele, corado. Cristiano não gostava de tocar naquele assunto, era por demais delicado e difícil para ser enfrentado.

— O que foi, então? Apaixonou-se por outra? Ou acaso é afeminado?

Cristiano, estarrecido com aquela barbaridade e ousadia da mulher, repreendera-a energicamente:

— Basta, Adélia, não quero ouvir mais uma palavra desse absurdo! Você me deve respeito. Trate de controlar seus impulsos, ou serei obrigado a enviá-la novamente em viagem pela Europa. Não me obrigue a isso.

— Faça isso e direi ao mundo que tipo de homem você é... ou que não é.

Cristiano, cansado, afundara o rosto nas mãos e chorara amargamente, lamentando o dia em que resolvera aceitar desposar aquela doidivanas em troca de algumas moedas. Pensou que o melhor a fazer seria abandoná-la, pedir o desquite, única e vergonhosa forma de dissolução da sociedade conjugal.

Mais tarde, porém, quando ela o chamara para sair, agindo como se nada tivesse acontecido, pôs de lado a idéia do desquite e evitou aquele assunto, sentindo-se desanimado e sem forças para lutar contra aquela mulher fria e dominadora.

Estava assim a cismar quando a filha interrompeu seus devaneios:

— Papai, não me ouve?

— Hum? O quê?

— O que há, seu Cristiano? – indagou Alberto jocoso, intimamente conhecendo os motivos do abatimento do sogro. – Não dormiu bem?

— Não, meu filho – respondeu desanimado. – Não é nada, apenas um mal-estar passageiro.

— Eu acho que você deveria deixar que Alberto o examinasse – declarou Adélia sarcástica. – Afinal, ele é o médico da família agora.

— É mesmo, papai – concordou Marialva, sem desconfiar de nada. – Tenho certeza de que Alberto não se incomodaria, não é mesmo, querido?

— Por certo que não. Vamos, seu Cristiano, não faça cerimônia. Vamos lá para dentro e deixe-me examiná-lo.

— Não precisa se incomodar, Alberto. Isso não será necessário. Não é nada grave, apenas uma leve indisposição. Deve ter sido algo que comi.

— Ou então que não digeriu direito.

— Sim, Adélia, tem razão. Mas não se preocupe, isso logo vai passar.

— Bem, papai, o senhor é quem sabe. Mas se quiser, não se acanhe.
— Não, querida. Não será necessário. Já estou até melhorando. E então, vamos?
— Bem, se é assim, vou subir e trocar de roupa. Alberto, você não vem?
— Claro, meu amor. Já estou indo.

Enquanto subiam as escadas, Cristiano voltou-se para a mulher e ameaçou-a bruscamente:
— Não me provoque, Adélia, não sabe do que sou capaz.
— Ora essa. Então o homenzinho resolveu ficar valente?
— Cale essa boca ou eu... — e levantou a mão para desferir-lhe um tapa no rosto, mas conteve-se a tempo.
— Vamos, bata-me — provocou Adélia. — Mostre o covarde que você é.

Cristiano, aturdido, rompeu em prantos, arriando o corpo na cadeira, abatido e humilhado.
— Oh! Céus! — rogou, a voz embargada pelo pranto. — No que foi que me transformei?
— Pare de chorar e seja homem, ao menos dessa vez. Não quer mostrar a sua filha e a seu genro o covarde que você é, não é mesmo?

Ele engoliu as lágrimas e abaixou a cabeça, completamente derrotado. Logo os jovens chegaram, e ele disfarçou, tomando a esposa pelo braço e com ela saindo, fingindo uma felicidade que jamais sentiria.

— Cristiano já sabe de tudo — assegurou Adélia a Alberto, enquanto alisava seus cabelos louros e ondulados.
— Como assim, sabe de tudo?
— Sabe que estou tendo um caso.
— E sabe com quem?
— Creio que não. Mas não podemos facilitar. Ele pode descobrir a qualquer momento, e isso seria péssimo.
— É verdade. Seria um verdadeiro desastre.
— Não sei não, Alberto, mas acho que chegou a hora de encerrarmos esse romance tresloucado.
— Não diga isso. Não posso viver sem você.
— Ora, querido, não é bem assim. Você é casado com minha filha. Pense bem. E se ela descobrir?
— Por que se preocupar com ela agora? Nosso caso já dura quase cinco anos, e você jamais se importou.
— Mas agora é diferente. Cristiano está enciumado. Pense no quanto faríamos Marialva sofrer se essa história viesse à tona.
— Não creio que você esteja realmente preocupada com Marialva.

— Mas é claro que sim! — a voz de Adélia demonstrava profunda indignação. — O fato de me haver envolvido com você não afasta o meu sentimento de mãe. Não gostaria de vê-la sofrer.

— Então por que iniciou esse romance comigo? Deveria ter pensado nela antes.

— As coisas não são bem assim. Não pude resistir; foi mais forte do que eu. Mas não planejei nada. E você? Não se sente culpado?

— Um pouco, apenas. Eu amo Marialva, mas de uma forma diferente. Ela é linda, inteligente, mas não tem o seu ardor. Não sei explicar. Você possui algo de diferente, uma estranha força que me atrai para você.

— Ainda assim, estamos errados.

— Está arrependida?

— Bem... isso não.

— Então pare com essa bobagem. Seu marido pode estar desconfiado, mas jamais poderá supor que eu sou seu amante.

— É verdade. Creio que tanta sordidez jamais passaria pela sua cabeça.

— Agora deixe disso e venha cá me dar um beijo. Sabe que não posso passar sem suas carícias.

Tomando-a nos braços com volúpia, Alberto desviou-lhe a atenção, entregando-se ambos a um amor apaixonado. Embora a consciência de Adélia a acusasse de dupla traição, ela não conseguia resistir às investidas de Alberto. Além disso, seu espírito frívolo e sensual era um empecilho à voz da razão, que emudecia ante o fascínio que Alberto exercia sobre ela. O marido, apesar de não corresponder a suas expectativas de mulher, era um homem bom e honesto, que sempre fizera tudo por ela. E a filha? Era como ela; era sua filha.

O romance entre eles iniciara-se cerca de quatro anos após o casamento de Marialva e Alberto, num dia em que Adélia, que acabara de retornar da Itália, estando Cristiano ausente, sentindo-se só, convidara o genro e a filha para um chá em sua casa.

Marialva, que se encontrava indisposta graças aos incômodos femininos, não pudera comparecer, e Alberto fora sozinho, por insistência da própria esposa. Era um dia frio e chuvoso, e o chá deu lugar ao vinho. Incentivados pela bebida, Alberto e Adélia deram vazão a seus instintos, e terminaram a noite nos braços um do outro. Como chovia a cântaros, Alberto não precisou de muitas escusas para justificar sua demora, alegando que precisara esperar até que a chuva passasse.

Marialva, que não possuía motivos para não acreditar no marido, ainda mais porque ele se encontrava em companhia da mãe, a quem julgava acima de qualquer suspeita, aceitou as desculpas com tranqüilidade, de nada desconfiando durante todos aqueles anos.

Eram quase sete horas da noite quando Alberto chegou à casa. Marialva já o esperava para o jantar, saboreando um licor enquanto lia uma revista de modas de Paris.

– Alberto, querido – saudou ela –, já o aguardava para o jantar.

– Eu sei, meu bem – respondeu ele, beijando-a displicentemente na boca –, mas não estou atrasado, estou?

– Não. É que eu gostaria de conversar com você.

Alberto, que se servia de um cálice de vinho, parou a meio, apreensivo.

– O que foi? – indagou ele de costas, sem se voltar para ela. – Aconteceu alguma coisa?

– Oh! não! É que já faz mais de nove anos que estamos casados, e desde a nossa lua-de-mel não fazemos nenhuma viagem.

– Sim. E daí?...

– E daí que eu gostaria de ir à Europa no próximo mês de julho. É verão por lá, e poderemos passar momentos agradáveis. Visitar Londres, Paris...

– Mas querida, e o meu trabalho?

– Já é hora de você tirar umas férias.

– E os meus pacientes?

– Ora, Alberto, peça a um colega seu para assumir na sua ausência. Não é possível que você não conheça ninguém que lhe possa prestar esse favor.

– Não sei.

– Oh! Por favor, vamos! Estou pensando em chamar mamãe e papai para irem conosco.

Nesse ponto, a conversa já começara a lhe interessar. A idéia de viajar em companhia de Adélia lhe era extremamente agradável. Embora a mulher e o sogro fossem juntos, ele daria um jeito de se encontrar com ela a sós.

– Está bem, querida – disse por fim –, verei o que posso fazer.

– Oh, obrigada! É por isso que o amo, você é sempre tão generoso...

– Ah, e por falar em conversas, eu também tenho algo a lhe dizer.

– E o que é?

– Quando teremos um filho?

– Ora, Alberto, de novo com essa história?

– Não é história. Já lhe falei que precisamos de um herdeiro, alguém que nos ampare na velhice. Não acha que já está na hora?

– Nunca será hora. Você sabe como me sinto a respeito de gravidez e crianças.

– Marialva, acalme-se. Pense direitinho. Já estamos casados há nove anos e ainda não temos filhos.

– Pare com isso, Alberto. Quando se casou comigo, você sabia que eu não gostava de crianças. Não venha agora tentar me convencer.

– Não estou tentando convencê-la de nada. Apenas pensei que, com o passar do tempo, você desejasse ser mãe.

– Claro que não. Ser mãe jamais me atraiu. Primeiro, não quero ficar gorda como sua prima Elisa, que desde a primeira gravidez não conseguiu voltar ao peso normal. E, segundo, não gosto de crianças. O choro delas me irrita.

– Por favor, Marialva, reconsidere. Daqui a pouco estaremos velhos. Quem irá cuidar de nós?

– Temos dinheiro suficiente para contratarmos todo tipo de empregados e enfermeiros.

– Mas não é a mesma coisa. E meu nome? Quem dará continuidade a meu nome?

– Você tem um irmão. Deixe isso a seu encargo.

– Mas Gustavo terá os filhos dele. Quero os meus. Preciso de um varão que me herde o nome.

– Não me interessa. Você sempre soube como eu me sentia a respeito de filhos.

– Você está sendo intransigente.

– Estou. Já disse que não quero e pronto. Não adianta você insistir.

– Se soubesse que você me negaria um filho, eu teria esperado o de Rosali para depois conseguir a sua guarda.

– Seu canalha! – esbravejou Marialva. – Como se atreve a tocar no nome daquela sem-vergonha?

– Rosali tem um filho homem.

– Como pode saber? – indagou desconfiada.

– Josué nos escreveu contando, logo que o menino nasceu.

– E daí? Você não tem nada com isso.

– Claro que tenho. Afinal, o filho de Rosali é meu também. E, como disse, é homem...

– Cale-se! Se você ousar dizer isso novamente, não sei do que serei capaz! Como pode chamar de sua uma criança de origem obscura, um bastardinho? E, por acaso, pensa que eu criaria o filho de outra, ainda mais de uma vagabunda?

– Eu não disse isso. Mas poderia ter ficado com o menino e contratado uma boa governanta para cuidar dele. Você não precisaria se incomodar.

– Incomodar... Imagine se eu me incomodaria com aquele bastardo! Eu jamais teria permitido a presença daquela criança em minha casa. Agora chega. Não quero ouvir mais essas sandices. E se você tocar nesse assunto novamente, eu o abandonarei e voltarei para a casa de meus pais.

— Não seja ridícula. Já pensou no escândalo, no que as pessoas irão dizer?

— Pouco me importa! O que não vou admitir é que meu marido lamente a perda de um filho que, certamente, nem é seu!

Alberto silenciou. Não adiantava brigar com a mulher, nem ele era capaz de obrigá-la a ter um filho. Ela era por demais esperta; sabia das substâncias abortivas, das quais já experimentara tantas e tantas vezes. E ele não se enganava: ela estaria sempre disposta a interromper a gravidez. Assim, ele esperaria. Falaria com Adélia. Ela, com certeza, conheceria os meios capazes de dissuadir a filha daquela teimosia.

Capítulo 3

Henrique acordou chorando e soluçando, chamando pela mãe. Rosali, ao ouvir-lhe os gritos amedrontados, correu em seu auxílio, entrando no quarto feito um furacão. O filho se debatia na cama, aos prantos, e Rosali abraçou-o forte, tentando acalmá-lo, seguida pelo olhar espantado de Mário, que logo tornou a adormecer.

— Psiu! Acalme-se. O que aconteceu?
— Não sei, mamãe — respondeu ele em lágrimas. — Foi aquele homem. Tem raiva de mim.
— Homem? Mas que homem é esse?
— Aquele que me visita durante a noite.
— Você quer dizer aquele sonho ruim com aquela sombra?
— Não é uma sombra; é um homem, e conversou comigo.

Rosali sobressaltou-se, e um arrepio de terror percorreu-lhe a espinha.

— O que quer dizer?
— Quero dizer que ele falou comigo, e estava com muita raiva.
— Ouça, filho. Isso é apenas um pesadelo, e passa logo que você acorda.
— Não, não. É real. No começo, eu também pensei que fosse, mas hoje, quando ele falou comigo, percebi o quanto ele é de verdade.
— Bem, e o que foi que ele lhe disse?
— Disse que nos odiava, a mim e à senhora; que nós lhe havíamos roubado a vida.
— Mas meu filho, não vê que isso é bobagem? Nós nunca tiramos a vida de ninguém.
— Ele disse que foi em outro tempo, em outro lugar, e que jamais nos perdoaria.
— Não compreendo...

Nisso, ouviram-se batidas na porta do quarto, e Elisa entrou vagarosa, amparando o ventre volumoso de seus quase nove meses de gestação.

— Está tudo bem por aqui? — perguntou.
— Mais ou menos — redargüiu Rosali. — Henrique teve um sonho ruim, e pensa que é real.
— Mamãe, por favor. Eu sei que é real.
— Que sonho é esse? — quis saber Elisa.
— Lembra-se de quando eu vivia em casa de meus pais e sonhava sempre com uma sombra a me rondar?

– Sim, lembro-me. E o que tem?
– Pois é. Henrique, por coincidência, tem o mesmo sonho.
– Mas mamãe – interrompeu o menino –, já disse que não é sonho.
– Por que diz isso?
– Bem, tia Elisa, é que essa sombra não é uma sombra, mas um homem que falou comigo – e Henrique narrou-lhe a estranha conversa que tivera com ele.

Elisa, cuja mediunidade desconhecia, sentiu-se mal naquele momento, como se de repente o ar lhe faltasse. Sem saber como nem por que, viu-se em um lugar escuro, com paredes de pedra, uma mulher deitada numa cama tosca a se esvair em sangue. Inconscientemente, levou a mão ao coração e exclamou:

– Jesus...
– O que foi, Elisa? – indagou Rosali. – Sente-se mal?
– Não... não sei explicar. Uma coisa estranha, como uma ilusão. Deve ser coisa da gravidez.
– Mas o que foi? Conte-me.
– Nada. Não foi nada. Deixemos isso para lá. Henrique, meu filho, ore para Deus protegê-lo.
– Eu fiz isso, tia Elisa, e o homem se foi.
– Muito bem. Agora tente dormir novamente.
– Vou tentar. Mamãe, a senhora fica aqui comigo até eu pegar no sono?
– Claro, amorzinho. Não se preocupe. Pode voltar para o seu quarto, Elisa. Está tudo bem agora.
– Está certo. Boa noite então.
– Boa noite.

Elisa, após beijar o filho, fechou a porta do quarto com um pressentimento ruim a oprimir-lhe o peito. Nunca havia sonhado com aquela sombra, ou aquele homem, como dissera Henrique mas, estranhamente, era como se o conhecesse, como se fosse responsável, ela também, por lhe haver roubado a vida. Mas como? E por que não sonhava, ela também, com aquela estranha criatura?

Voltou para a cama, porém, não conseguiu dormir logo. Elisa sabia, em seu íntimo, que não se tratava apenas de um sonho. Não sabia definir o que era aquilo, mas sentia que algo de ruim ameaçava a prima e seu filho. E aquela visão? O que seria aquilo? Será que sonhara acordada? Não sabia explicar, mas fora tão real! Elevou o pensamento a Deus e orou com fervor, pedindo a Ele que os amparasse e auxiliasse, inclusive àquele espírito que assediava Rosali e Henrique. Sim, embora muitos não acreditassem, ela estava certa de que era um espírito, uma alma sofredora que voltara para atormentar a ambos. O motivo... desconhecia. Talvez tivesse alguma ligação com aquela visão. De qualquer forma, o melhor a fazer seria rezar.

Maria do Socorro, que junto com Mariano havia acompanhado esses acontecimentos, atraída pela prece fervorosa e sincera de Henrique, também não compreendia por que Elisa não era vítima das investidas de Marcel, visto estarem os três profundamente comprometidos com a sorte daquele espírito. Mariano, pacientemente, explicava:

– Elisa é também um espírito em crescimento, como todos nós, que muito errou no passado. No entanto, o arrependimento sincero e o forte desejo de mudança, aliados a uma resignação incondicional à vontade de Deus, fizeram com que ela, ao longo dos anos, galgasse vários degraus na escala da evolução humana. Dotada de inabalável fé e grande amor por si e por seus semelhantes, Elisa tornou-se imune aos ataques do invisível. Assim, ainda que Marcel tentasse assediá-la, não conseguiria, visto que no coração de Elisa não se encontram nem o ódio nem a culpa pelos seus erros pretéritos. Dessa forma, o espírito perturbado de Marcel não encontra campo para dar vazão a seus desejos de vingança.

– Mas e Henrique? Por acaso abriga o ódio em seu coração?

– Não. Mas sente-se ainda muito culpado por seus erros. E é exatamente a culpa que facilita o ataque de Marcel. É como se Henrique se sentisse merecedor desse sofrimento.

– Tem razão, Mariano. A culpa é como o medo que, em dose excessiva, paralisa e embota a razão e o coração.

– Enquanto nos sentimos culpados por nossos erros, Maria do Socorro, permanecemos encolhidos e permitimos que as vítimas de ontem se transformem nos algozes de hoje, e nós apenas recebemos, de forma passiva, todo o mal que nos fazem. É preciso praticarmos o perdão, não apenas pelo nosso próximo, mas, e principalmente, por nós mesmos. Muitas vezes, é mais fácil perdoarmos as ofensas que nossos irmãos nos causam do que perdoarmos o mal que fizemos a alguém, porque tendemos a ser extremamente exigentes e rigorosos com nossos próprios atos.

– É verdade. Foi isso que tentei passar para Rosali no outro dia, mas não sei se ela compreendeu. Embora conscientemente ela não saiba, a culpa que guarda faz com que também seja presa fácil de Marcel. Aconselhei-lhe o perdão. Mas como fazer para nos perdoarmos a nós mesmos? Perdoar os inimigos é bem mais fácil, porque para eles não existe o maior juiz de todos os erros, que é a nossa própria consciência. E quando ela acusa e condena, é impiedosa, porque não podemos arranjar escusas para o mal que fazemos, ao passo que sempre podemos desculpar os nossos semelhantes, bastando, para isso, um pouco de indulgência.

— Pois a mesma indulgência que dirigimos ao nosso próximo devemos voltar para nós mesmos. É preciso ter a compreensão de que todos viemos ao mundo para aprender, e de que os erros fazem parte desse aprendizado. Amemo-nos acima de tudo, e então poderemos enxergar em nossos erros o caminho necessário para o nosso amadurecimento interior.

As crianças brincavam animadas no quintal. Elisa estava voltando para casa naquele dia, trazendo Joana, o mais novo membro da família. Os pais de Elisa vieram às pressas da chácara do Andaraí, surpreendendo-se sobremaneira com a presença da sobrinha.

— Rosali, é você mesma? — perguntou espantada Rosamaria. — Mas como pode ser? Disseram que havia morrido...

Rosali acabou por esclarecer aos tios toda a trama armada pelo ex-noivo e seu pai, contando que resolvera viver em Portugal até o dia em que Henrique, curioso a respeito da família no Brasil, tanto insistira, que ela resolvera voltar.

— Meu Deus, Edmundo! — exclamou Rosamaria horrorizada. — Como Fabiano foi capaz de tamanha infâmia? É uma indignidade!

— Sim, meu bem — concordou Edmundo envergonhado. — A atitude de meu irmão foi imperdoável. E Elisa bem que desconfiou, mas eu não lhe dei crédito, achando essa história por demais sórdida para ser verdade. Antes tivesse acreditado...

— E sua mãe? Já contou a ela?

— Não, titia, não contei.

— Mas por quê? Ela tem o direito de saber que a filha está viva.

— Não sei. Talvez papai não goste muito dessa idéia.

— Seu pai está mudado, minha filha. Hoje é outro homem.

— Pode ser. Mas, mesmo assim, não estou ainda preparada para enfrentá-los.

— Mas, e a criança? — quis saber Rosamaria. — Onde está? Vive?

— Sim, e é feliz aqui nesta casa.

— Ela está aqui? Mas onde?

— Espere um pouco que vou buscá-lo.

— Buscá-lo? Então é um menino?

— Sim, um lindo menino, e se chama Henrique. Mas ele não conhece toda a verdade a respeito do pai. Pensa que ele simplesmente desapareceu.

— Não se preocupe. Edmundo e eu nada diremos. Agora vá buscá-lo. Queremos conhecê-lo.

Rosali saiu e voltou logo em seguida, acompanhada de Henrique.

— Henrique, meu filho, quero que conheça meus tios, Edmundo e Rosamaria, irmã de sua avó.

O rosto de Henrique se iluminou, e ele cumprimentou os tios animadamente:
— Estou muito contente por conhecê-los. Mamãe falava muito bem dos senhores.
— Ora vamos, menino — falou Rosamaria emocionada —, venha cá e me dê um beijo.
Henrique, meio sem jeito, correu e beijou Rosamaria e, em seguida, Edmundo, com quem simpatizou de imediato.
— Mas é um garotão! — elogiou Edmundo. — E que lindos olhos tem.
— É verdade — concordou Rosamaria. — Você agora deve estar com nove anos, não é?
— Sim, senhora.
— Está na escola?
— Estou sim.
— Em qual? — quis saber Edmundo. — Na mesma em que Mário?
— Não, senhor.
— E por que não?
— Bem, tio Edmundo. A escola em que Mário estuda já não possuía mais vagas quando tentei matricular Henrique.
— Mas isso é impossível. Afinal, lecionei lá durante muitos anos. Elisa não foi com você, a fim de apresentá-la a Otávio, o diretor?
Rosali olhou-o significativamente, e com voz amarga, respondeu:
— Infelizmente, meu tio, não foi possível. As vagas já se haviam mesmo terminado. Mas consegui matriculá-lo em um bom colégio aqui perto. Tenho certeza de que Henrique se sairá muito bem na nova escola, não é mesmo, meu filho?
— É sim, mamãe.
De repente, a conversa foi interrompida pela entrada de Leonardo, que vinha amparando a esposa, trazendo nos braços a filha recém-nascida. Conduzidas ao quarto, mãe e filha foram confortavelmente acomodadas, a fim de que Elisa pudesse amamentar a menina, que já chorava de fome.
— Como é linda! — admirava-se Rosamaria.
Depois que todos saíram, e enquanto amamentava, Elisa indagou curiosa:
— Mamãe, como foi a recepção de Rosali?
— Ora, meu bem. Levamos o maior susto. Você deveria nos ter contado.
— Não pude. Ela me pediu.
— Eu sei, mas mesmo assim...
— Por favor, mamãe, perdoe-me, não fique zangada comigo. Não tive a intenção de enganá-los, mas eu não podia lhes contar.

— Eu compreendo, e não estou zangada. Ficamos surpresos, é natural, mas muito felizes também. E agora não fale mais. Acabe de amamentar e descanse.

— Mamãe, só mais uma coisa.

— O que é?

— Rosali não gostaria que os pais soubessem por enquanto.

— Ela disse. Mas eu não entendo. É certo que Osvaldo fez o que fez, mas Helena é mãe. Pense no quanto ficaria contente se soubesse. E mesmo Osvaldo, que muito mudou ao longo desses anos, ficaria feliz em rever a filha e conhecer o neto. Afinal, estão velhos, e seria como se voltassem a ter uma família.

— Eu sei, mamãe. Mas não temos o direito de contrariar o desejo de Rosali. Cabe a ela a escolha do momento mais oportuno de revelar-lhes a verdade.

— Sim, creio que tem razão. Mas e Alberto? Já sabe?

— Claro que não! E nem pode saber.

— Por que não?

— Ora, mamãe, depois de tudo o que ele fez?

— Mas ele é o pai da criança.

— Por favor, mamãe, deixemos que o tempo se encarregue.

Vendo que Joana já havia se saciado e adormecera, Rosamaria cuidadosamente retirou a menina do colo da mãe, levando-a para seu quarto. Depois de ajeitar a neta no berço, voltou para a sala, onde os outros netos a aguardavam, loucos de curiosidade por conhecer a irmãzinha.

Saciada a curiosidade das crianças, Rosali chamou a criada e ordenou que levasse os três. Depois do jantar, os tios se recolheram ao quarto de hóspedes, enquanto Rosali e Leonardo permaneceram na varanda.

— Rosali — principiou ele.

— O que é?

— Você tem sido uma pessoa maravilhosa.

— Ora, o que é isso?

— É sim. Tem ajudado bastante, e sou-lhe muito grato.

— Não é preciso agradecer. Elisa é praticamente minha irmã, e muito devo a ela.

— Ainda assim, você vem se demonstrando muito dedicada, não só a ela, como a todos nós. E pensar que não gostava de você.

— Leonardo, para que lembrar disso? É passado.

— Sim, mas eu realmente não gostava de você.

— E por que isso agora?

— Porque gostaria que você me perdoasse.

— Não tenho nada do que perdoá-lo.

— Tem sim. O meu preconceito, a minha incompreensão, a minha falta de humanidade.
— Você apenas agiu como todo mundo. E, afinal, não me fez nada.
— Não fiz porque Elisa foi persistente e não me permitiu intervir. Mas, em meu íntimo, eu achava que você não era amizade para ela. Não sei explicar, Rosali, mas nunca pude confiar em você. Sempre a julguei capaz de uma traição. Por isso preciso tanto de seu perdão.
— Por favor, Leonardo, deixe isso para lá. Já passou.
— Não. Diga que me perdoa.
— Está certo. Se vai lhe fazer bem, está perdoado.

Leonardo agradeceu com o olhar. Um olhar carregado de admiração por aquela mulher forte e corajosa, que enfrentara tantos dissabores com determinação, jamais se deixando abater. E como continuava linda, mesmo depois de todos aqueles anos de sofrimentos e adversidades.

Ao contrário de Elisa, que ganhara peso após a primeira gravidez, Rosali continuava esguia como antes, conservando no rosto o mesmo frescor da juventude. Apenas uma certa gravidade no semblante demonstrava, não que envelhecera, mas que amadurecera com o tempo. E ficara ainda mais linda! De repente, sentira um forte desejo por ela, o sangue a ferver ante a proximidade de seu corpo suave e quente.

Envergonhado com seus próprios sentimentos, Leonardo desviou os olhos de Rosali e fitou a rua, pedindo a Deus que dele afastasse aqueles pensamentos indignos. E lutou com seus instintos, procurando, desesperadamente, conter o desejo que já crescia dentro dele, sem saber que em Rosali também começara a despertar uma paixão que, até aquele momento, não conseguira ainda distinguir.

Capítulo 4

Alberto, sentado na sala da casa de Adélia, conversava com ela a meia voz, lamentando a atitude da mulher:

– Não sei mais o que fazer, dona Adélia – era assim que Alberto tratava a sogra quando não estavam na intimidade. – Por mais que insista, Marialva se recusa a me dar um herdeiro. Já tentei de tudo, mas ela não quer.

– E para que você quer herdeiros? Crianças só dão trabalho.

– Não é bem assim. Preciso de alguém para perpetuar-me o nome, herdar-me o patrimônio. Afinal, tenho bens. Não é justo que os deixe para meus irmãos e sobrinhos, quando posso, eu mesmo, ter meus próprios herdeiros.

– Isso lá é verdade.

– Então? Está disposta a me ajudar?

– Não sei. Marialva se mostra irredutível, e não sei se poderei convencê-la.

– Mas pode tentar, não custa nada. Tenho certeza de que ela a escutará.

– Está bem. Verei o que posso fazer.

– Fico-lhe muito grato.

Alberto levantou-se da poltrona em que estava sentado e correu para fechar a porta da sala. Voltando-se para Adélia, tomou-a nos braços e beijou-a com ardor. A princípio, ela se deixou beijar passivamente. Mas, passados os primeiros segundos da paixão, caiu em si e repeliu o genro, sussurrando assustada:

– Está louco? E se alguém aparecer?

– Quem? Seu marido está no trabalho, e os criados estão ocupados com seus afazeres. Quem poderia nos interromper?

– Não sei. Mas pare com isso. Não é hora nem lugar para essas carícias. Ademais, breve Cristiano estará de volta.

Alberto soltou-a e jogou-se sobre uma poltrona macia, fitando o horizonte, que já começava a se avermelhar.

– Ah! – exclamou ela. – Soube que sua prima Elisa já deu à luz? Outra menina.

– Sim, soube.

– E vocês já foram visitá-la?

— Ainda não. E nem sei se iremos. Marialva e ela não se dão lá muito bem. Se Eulália estivesse aqui, poderia acompanhar-nos, mas tão cedo não volta da Europa.

Nesse instante, a porta da sala se abriu com estrondo, e Cristiano entrou, esbravejando furioso:

— Mas o quê?...

E parou no meio da frase, vendo os rostos espantados da mulher e do genro a fitá-lo, desconhecendo o motivo daquele rompante. Será que descobrira algo?

— Cristiano, meu bem, aconteceu alguma coisa?

Cristiano, que escutara uma voz masculina vinda do interior da sala, sem contudo distinguir que era de Alberto, pensara que a mulher passara a traí-lo em sua própria casa, e julgava-se prestes a flagrá-la em adultério. Estava já obcecado por essa idéia, e via em todos os homens um inimigo em potencial, imaginando qual deles poderia ser o amante de sua mulher. Desconfiava dos criados, dos vizinhos, dos amigos.

Só não desconfiava de Alberto, julgando-o acima de qualquer suspeita. Nem ao menos o incluíra no rol dos possíveis amantes, e o fato de ser marido de sua filha fazia dele um filho, e um pretenso caso entre Alberto e Adélia seria, não apenas um adultério, mas quase um incesto.

Assim, o nome do genro sequer chegara a ser cogitado, e Cristiano sentiu-se calmo e confiante quando viu que a voz de homem que acompanhava a da mulher lhe pertencia. Um pouco transtornado, respondeu:

— Não aconteceu nada. É que tive uns aborrecimentos no trabalho, é só — dirigindo-se a Alberto, acrescentou: — Como vai, meu genro?

— Vou bem, seu Cristiano.

— Marialva veio com você?

— Não, senhor. Vim só.

— Por quê? Algum problema?

— Na verdade, há sim — adiantou-se Adélia.

— E o que é?

— É sua filha.

— O que tem ela?

— Alberto veio aqui pedir-me que intercedesse junto a Marialva, a fim de convencê-la a dar-lhe filhos. Ela se recusa a engravidar.

— Mas por quê? É tão jovem ainda.

— Pois é, seu Cristiano. Mas diz que não quer ter filhos, que não gosta de crianças, que não quer perder a forma e outras bobagens. Desculpe-me a intimidade, seu Cristiano, mas às vezes até se recusa a manter relações comigo.

— Ora, mas que despropósito! Isso não está direito. É dever da mulher cumprir seu papel de mãe e dona de casa. Adélia, você tem que convencê-la.

— Pois era isso mesmo que eu estava dizendo a Alberto quando você entrou de forma tão brusca. Vou tentar.

— Faça isso, querida. Afinal, Marialva é nossa única filha, e a única esperança que temos de possuir netos.

— Sim, eu sei. Não se preocupem. Amanhã conversarei com ela, e veremos se ela me escutará.

Internamente, contudo, Adélia não tinha a menor intenção de convencer a filha. Afinal, ela mesma não gostava de crianças, e a idéia de ser avó repugnava-a imensamente. Pois sim. Ela, uma mulher jovem ainda, bonita, inteligente, não estava disposta a entrar para a galeria das vovós. Essa palavra era sinônimo de velhice, e Adélia não queria envelhecer.

No dia seguinte, porém, foi procurar a filha, encontrando-a ainda na cama.

— Bom dia, querida. Vim aqui para lhe falar a respeito de seu marido. Ele quer que eu a convença a dar-lhe filhos.

— Mamãe, por favor — objetou Marialva, a cabeça afundada nos travesseiros. — Não me sinto bem.

— O que tem, minha filha?

Sentando-se na beira da cama, Adélia levantou o rosto da moça e se assustou com as profundas olheiras que circundavam seus olhos azuis.

— Nossa, Marialva! — assustou-se. — Mas o que é isso? Você mais parece um defunto.

— Não fale assim, mamãe. Parece mesmo que vou morrer.

— Mas por quê? O que sente?

— Uma dor de cabeça terrível.

— Alberto não a examinou?

— Não. Ele saiu cedo, e eu ainda dormia. Foi só quando abri os olhos que senti essa dor horrorosa.

— Você está mesmo horrível. Acho melhor chamar Alberto aqui.

— Não acho que seja necessário. Creio que em breve estarei melhor.

— Nada disso, querida. Vou telefonar-lhe agora mesmo. É claro que você está doente.

Alberto, que havia pouco chegara ao consultório, teve que sair apressadamente, dando ordens à secretária para que desmarcasse as consultas da manhã, pois precisava atender uma emergência. Ao entrar em casa, ele também se assustou com o estado da mulher. Ela estava extremamente pálida, pele arroxeada e sem viço, olhos baços. Uma lástima.

— Meu Deus, Marialva! Você não estava assim quando a deixei. O que está sentindo?

— É a cabeça. Dói terrivelmente.

Alberto fez um exame minucioso em sua esposa, mas, apesar disso, nada de anormal conseguiu encontrar. Como Marialva não sentia qualquer outra dor ou sintoma, exceto aquela terrível dor de cabeça, ele concluiu que ela só poderia estar sendo vítima de forte enxaqueca.

Após prescrever-lhe a receita, deu ordens ao criado para que fosse aviá-la, e quando ele retornou, fez com que a mulher tomasse os remédios apropriados, acomodando-a novamente entre as almofadas. Marialva gemia, a cabeça latejando, até que, passada quase uma hora, adormeceu. Alberto chamou a sogra a um canto e confidenciou-lhe:

— Não sei ao certo o que é isso. Talvez seja apenas uma enxaqueca mesmo. No entanto, creio que seria melhor levá-la a um hospital, a fim de fazermos exames mais detalhados.

— O que você acha que pode ser?

— Não sei. Espero que nada. Mas é bom não facilitarmos. Agora venha. É melhor que a deixemos repousar.

Cerraram as cortinas e saíram, deixando Marialva profundamente adormecida. A seu lado, o espírito enlouquecido de Alfredo ria. Perispírito deformado, a ferida na cabeça ainda a sangrar, era uma visão dantesca.

— Finalmente — pensou. — Finalmente consegui me libertar daquela enxovia e encontrá-la. Agora não a deixarei mais, meu amor. Você verá. Você é minha... minha.

E deitou-se no leito, ao seu lado, como se zelasse pelo seu sono. Alfredo, parcialmente liberto do corpo, compreendera que desencarnara, embora não entendesse o que se passava com ele. Sentia ainda a dor daquele tiro, o sangue a escorrer. Não sabia explicar, mas era como se ainda possuísse um corpo de carne.

Durante muito tempo permanecera preso àquela urna, com medo de sufocar, até que começara a sentir fortes dores por todo o corpo, como se milhares de animaizinhos sinistros lhe devorassem a carne. Era horrível. Ele gritava e implorava que alguém o ajudasse.

Um dia, sem saber como nem por que, alguém viera e lhe dissera que havia morrido. Seu corpo como que entorpecera, os vermes haviam desaparecido.

Desde então, passara a alimentar o desejo de sair dali de qualquer maneira, de se desvencilhar daquelas pedras, daquela terra. Até que conseguira. Alguém o ajudara. Mas não estava inteiramente livre. Por algum estranho processo que desconhecia, ele ainda se ligava àquela matéria. Mas encontrara Marialva, e tudo faria para permanecer a seu lado.

Alfredo não sabia que Maria do Socorro, apesar de não poder ajudá-lo de forma direta, orava por ele incessantemente e com tanta fé, que suas preces foram ouvidas. Assim, tivera permissão para enviar um mensageiro que esclarecesse o neto sobre sua morte, embora nada mais pudesse fazer, a não ser esperar. Era preciso que seu fluido vital se escoasse, que Alfredo tomasse consciência de seu ato, que se arrependesse e demonstrasse sincero desejo de melhorar.

O neto, contudo, ao ver-se livre, logo tratara de procurar Marialva e, tendo-a encontrado, ligara-se a ela como em simbiose, sequer se lembrando de que deveria pensar em Deus e agradecer-lhe a infinita misericórdia que o libertara daquele cárcere de pedras.

Os pais de Elisa se foram, e o ano letivo iniciara-se com chuva e vento forte, mas Henrique parecia nem ligar. Estava por demais entusiasmado com a nova escola para dar importância a esses pequenos detalhes climáticos. O uniforme azul e branco, a pasta de couro, o material escolar, tudo cheirando a novo.

Rosali, em frente ao espelho, terminava de pentear o cabelo do filho, que não conseguia ficar parado, tamanha a excitação.

– Por favor, meu filho, fique quieto, sim?

Henrique sorriu, virou-se para a mãe e abraçou-a apertado, deixando Rosali com os olhos cheios de lágrimas.

– Mamãe, já lhe disse hoje que a amo?

– Não, meu bem. Hoje você se esqueceu.

– Pois eu a amo.

– Eu também o amo muito, meu filho.

A entrada súbita de Mário interrompeu aquela demonstração de afeto entre mãe e filho.

– Henrique, Henrique! – chamou ele. – Ainda não está pronto? Papai nos espera para nos levar à escola. Vamos logo!

– Já estou indo – respondeu o primo soltando-se da mãe.

— Está demorando muito.

Rosali terminou de arrumar Henrique e ele se foi, correndo com o primo escada abaixo. Ela saiu logo atrás dele apressada, pois queria ir com Leonardo levá-lo até a escola em seu primeiro dia de aula. Já estava descendo as escadas quando parou assustada, a respiração presa, o coração a acelerar.

Diante dela, parado bem no meio da sala, estava Alberto, a cumprimentar, sorridente, as crianças. Mais atrás, sentada no sofá com ar amuado, Marialva segurava nas mãos um pacote embrulhado com papel de presente. Ao vê-la, Alberto quase desmaiou, e Marialva soltou um grito.

Leonardo, que não tivera tempo de avisá-la, correu a amparar Rosali. Ela, porém, manteve a calma e ordenou ao filho:

— Henrique, venha cá.

— Mas mamãe, acabei de descer, e gostaria de conhecer as visitas.

— Obedeça-me e venha até aqui imediatamente!

— Sim, senhora.

Henrique, sem entender o motivo da zanga da mãe, subiu as escadas até onde ela se encontrava. Bruscamente, Rosali segurou a mão do filho e saiu a puxá-lo para cima, empurrando Leonardo para o lado. O menino, magoado, começou a choramingar, e Rosali segurou-o no colo, como se tentasse protegê-lo.

— Mamãe, o que houve? Fiz algo errado?

— Não, meu bem, você não fez nada errado.

— Então por que ralhou comigo dessa forma?

— Não ralhei com você. É que... é que...

Rosali não possuía nenhuma desculpa para dar. Estreitando cada vez mais o filho contra si, disse sem muita convicção:

— É que me esqueci de lhe preparar a merenda.

— Não esqueceu não, mamãe. A merenda está dentro da minha pasta.

— Oh, meu filho! — e desatou a chorar. Henrique permaneceu calado até chegarem a seu quarto, quando então perguntou:

— Mamãe, quem são aquelas pessoas? A senhora as conhece?

Rosali hesitou, mas acabou respondendo:

— Conheço sim, meu filho.

— Não gosta delas?

— Não é isso. É que um dia elas me magoaram muito...

— E a senhora não esqueceu?

— Não, meu filho, não esqueci. Agora, por favor, não diga mais nada.

– Está bem, mamãe, mas não chore mais. Eu estou aqui, e ninguém irá lhe fazer mal. Não permitirei.

Rosali abafou o pranto e apertou ainda mais o filho, sentindo no seu o coração de Henrique a bater descompassado. Ficaram assim abraçados, até que o menino adormeceu, deixando Rosali a sós com suas lembranças.

Enquanto isso, no andar de baixo, Alberto estava estarrecido.

– Mas como pode ser? Rosali não estava morta? Como aparece aqui, em sua casa, e você não nos diz nada?

– Ora vamos, Alberto – cortou-o Leonardo –, ambos sabemos como foi que ela veio parar aqui.

– Não estou entendendo. Aonde quer chegar?

– Está entendendo muito bem. Todos já conhecemos seu plano sórdido para se livrar da pobre Rosali, anos atrás, grávida e indefesa.

– Não sei do que está falando.

– Pare com isso, Alberto, e chega de fingimentos. Você sabe tão bem quanto eu que Rosali não morreu, e que foi abandonada em Portugal graças a sua intervenção e a de seu pai. Acontece que agora ela voltou, e para ficar.

– Mas eu não tenho nada com isso. Esse plano foi arquitetado por meu pai.

– Oh! Sim, quer dizer agora que não sabia de nada?

– Eu não disse isso. Apenas que não fui eu a idealizá-lo.

– No entanto, concordou com ele plenamente.

– E o que queria que fizesse? Eu era jovem, estava apaixonado por Marialva. Não podia me casar com Rosali.

– Mas soube se aproveitar dela o quanto pôde.

– Pare com isso, Leonardo. Para que remexer nisso agora? Já passou.

– Não, não passou. Rosali está de volta, viva e saudável como antes.

– Por que não nos avisou?

– Você acha que deveria?

– Penso que eu merecia um mínimo de consideração.

– Consideração? Ora, não me faça rir. Você nunca se importou com ela, por que agora o interesse?

– Não é bem assim.

– Não, é bem pior.

– O menino! É meu filho? – Leonardo silenciou, e Alberto insistiu na pergunta: – É meu filho?

– O que você acha?

– Não sei. Estou lhe perguntando.

— É claro que é seu filho. Ou se esqueceu de que Rosali partiu daqui grávida? Ou será que tem alguma dúvida de sua paternidade?
— Não é isso. É que gostaria de conhecê-lo.
— Você é muito audacioso. Para quê? Para atormentar ainda mais a criança, que não entende por que o pai a abandonou?
— Ele conhece a verdade?
— Apenas parte dela.
— Por favor, Leonardo, deixe-me vê-lo.
— Essa decisão não me compete. A mãe dele é quem vai resolver.
— Mas está claro que ela me odeia.
— O que você queria, depois de tudo o que fez?
— Estou lhe pedindo. Vá chamar o menino.
— De jeito nenhum.
— Mas eu tenho meus direitos.
— Que direitos?
— Meus direitos de pai, ora essa!
— Você não tem direito algum.
— Agora basta! — cortou Marialva furiosa. — Não quero ouvir mais uma palavra dessa infâmia. Muito me admira você, Alberto, se preocupar agora com esse bastardinho. E que importa se Rosali voltou? Deixe-a com seu filho. Ele não lhe pertence.

Rodou nos calcanhares e foi para a porta, largando no sofá o presente que levara para a pequena Joana. Com ar de desprezo, ainda voltou o rosto e falou:

— Vamos embora, Alberto. Está claro que aqui estamos no meio de inimigos.

Alberto, confuso, deu meia volta e saiu, acompanhando a mulher. Leonardo, por sua vez, profundamente transtornado, subiu aos aposentos de Rosali e bateu à porta. Como ninguém respondesse, abriu-a cuidadosamente, mas estava vazio. Seguiu para o quarto dos meninos e tornou a bater.

— Quem é? — indagou Rosali com voz chorosa.
— Sou eu, Leonardo. Posso entrar?
— Sim, claro.
— Ele dorme?
— Sim, acabou pegando no sono.

Rosali, ajeitando a cabeça do filho no travesseiro, saiu na ponta dos pés. Em companhia de Leonardo, voltaram para a sala, e Rosali desabafou:

— Como isso foi acontecer?

– Alberto e Marialva vieram visitar Elisa e Joana.
– Assim, sem avisar?
– É bem o seu estilo.
– E agora, Leonardo? Que farei?
– Não sei, Rosali. Mas devo adverti-la de que Alberto demonstrou grande interesse pelo menino.
– Como assim?
– Quis que eu lhe apresentasse Henrique.
– O quê? Era só o que me faltava. Depois desses anos todos de ausência, omissão e desinteresse, resolveu agora se lembrar de que é pai?
– Bem, é compreensível. Não é que Alberto, com o passar do tempo, tenha se modificado. Mas amadureceu em algumas coisas, já passa dos trinta anos. Sossegou sua volúpia, não anda mais metido em farras nem em encrencas com mulheres. Ao menos, não que se saiba.
– E daí?
– E daí que não é segredo para ninguém que ele quer muito ter um filho, e varão, de preferência. Marialva, contudo, parece avessa a essa idéia, e se recusa de todas as formas a engravidar.
– O que eu tenho com isso? Será que ele pensa, agora, em tentar me tirar Henrique?
– Não creio, pois Marialva jamais consentiria. Mas penso que ele ainda vai tentar uma aproximação com o filho.
– Meu Deus, não vou permitir. Se preciso, volto para Portugal. O que não posso é deixar que Alberto destrua a vida de meu filho como fez com a minha.
– Acalme-se, Rosali, e não pensemos no pior. Isso são apenas conjecturas. Talvez a história morra aqui, e Alberto não procure mais saber de Henrique.
– E se isso não acontecer?
– Não se preocupe. Sou advogado; saberei defender os seus direitos de mãe.
– Oh! Leonardo, muito obrigada! Você tem sido tão bom para mim. Nem sei como agradecer.
Dizendo isso, beijou-lhe as mãos num gesto de humildade e gratidão, o que deixou Leonardo tímido e desconcertado.
– Por favor, Rosali, não faça isso. Você não tem nada que agradecer.
– Como não?
– Você é prima de minha mulher, quase sua irmã, como ela mesma diz.
Ao saber do que acontecera, Elisa ficou bastante preocupada, e indagou:

— E Henrique? O que vai dizer a ele?

— Ainda não sei, Elisa. Mas vou pensar em algo. Ele não pode desconfiar de nada.

— Rosali, minha querida. Pense bem. Não seria melhor contar-lhe logo toda a verdade? Ela é sempre o melhor caminho.

— Mas ele é apenas uma criança. Tenho medo do efeito que essa revelação possa causar nele.

— Ele é criança, mas é também esperto e compreensivo, e a ama muito. Tenho certeza de que, se você lhe contar tudo, ele não só compreenderá, como ainda lhe dará apoio e conforto.

— Talvez você tenha razão, Elisa. Vou pensar.

Encerrado o assunto, Rosali voltou ao quarto do filho, encontrando-o a dormir placidamente. Com cuidado, sentou-se na cama e ficou ali a admirá-lo. Ele era lindo! Tão lindo que não merecia sofrer.

— Oh! Deus, o que fazer? – rogou Rosali. – Ajude-me, Senhor, para que eu possa tomar a decisão mais acertada.

Pensando no Criador, deitou-se ao lado do filho e também adormeceu, extenuada com os fortes acontecimentos daquela manhã.

Capítulo 5

— Mas como aquela despudorada se atreve a voltar aqui depois de tudo o que nos fez? – bradava Marialva enraivecida. – E, ainda mais, com aquela criança horrorosa, fruto de seu pecado ignóbil!

Alberto estava silencioso, evitando responder ou emitir qualquer opinião. Estava confuso, não sabia o que fazer. Ficou apenas ali a ouvir a mulher esbravejando, sem saber como acalmá-la ou acalmar sua própria angústia.

Rosali voltara muito bem. Estava bonita e fresca, seu semblante em nada demonstrando as agruras por que passara ao longo daqueles quase dez anos. Mas Alberto, apesar de surpreso, não gostou de vê-la. Sua presença evocava lembranças que ele gostaria de apagar, de um tempo que não gostaria de ter vivido. Não que estivesse arrependido do que fizera. Estava seguro de que não nascera para se casar com mulheres feito Rosali e, ainda hoje, a presença dela lhe causara uma certa aversão, como na época em que engravidara. Mas o menino... Bem, o menino era diferente. Era seu filho.

Durante todos aqueles anos, Alberto não se lembrara da criança, a não ser quando, de uns tempos para cá, Marialva se recusara a lhe dar filhos. Só então passara a pensar naquele filho que rejeitara, e imaginara como teria sido sua vida se não o houvesse repelido.

Mas havia Rosali. Ela era um estorvo. Alberto queria o filho, mas não a mãe. E Marialva? Jamais permitiria uma aproximação entre ambos. Estava assim a pensar quando, de repente, ouviu um grito agudo:

— Mas que inferno, Alberto! – era Marialva que, possessa, berrava com ele. – Onde está com a cabeça? Estou aqui a falar e a falar, e você aí, alheio a tudo, como se nada estivesse acontecendo.

— Não me aborreça, Marialva – retrucou ele com enfado. – Estou farto de suas histerias.

— Era só o que me faltava! Quer dizer que agora sou histérica? Aquela mulherzinha reaparece para nos infernizar e você nem se importa?

— Quem disse que ela veio nos infernizar? Talvez esteja apenas tentando viver sua própria vida, e nem esteja preocupada conosco.

— Pois sim. Conheço seu tipo. Ela não me engana. Está somente à espera de uma oportunidade para nos destruir.

— Não exagere, Marialva. Ela nem sequer nos procurou.
— Porque está apenas aguardando o momento certo de agir. É uma sonsa.
— Não seja tola. Você está exagerando.
— Então por que voltou?
— Como vou saber? Talvez porque essa seja sua terra...
— Uma terra que a rejeitou, devido a sua vergonha.
— Ora vamos, Marialva, quem a rejeitou fomos nós.
— Não, meu bem. Foram você e seu pai. Aliás, foi muito bem-feito. Ela é uma prostituta, e ousa aparecer por aqui acompanhada daquele bastardinho.
— Não fale assim. O garoto é meu filho.
— Ouça bem uma coisa, Alberto. Não vou admitir em hipótese alguma que você achincalhe o nome da minha família espalhando por aí que aquele menino é seu filho. Ou você esquece essa criança, ou pode esquecer de mim.
— Marialva, não seja tola. Você é minha mulher.
— Mas posso deixar de sê-lo. Eu o abandono, você vai ver.
— Até parece. Experimente, meu bem, e prove do gosto amargo de um desquite. Vai se tornar uma mulher falada, evitada por todos; os homens só a procurarão para uma coisa, e você sabe bem o quê. Perderá o respeito da sociedade, e as damas de boa família não a convidarão para mais nada, com medo de que você, uma mulher descasada, solta na vida, lhes roube os maridos. Você será uma ameaça para as moças decentes, e acabará por se tornar uma mulher sem moral, recebendo no rosto as mesmas ofensas que hoje atira em Rosali.

Marialva, fora de si, desferiu um tapa no rosto do marido com tanta violência que ele cambaleou, apoiando-se na cômoda para não cair. Aí então ele se transformou. Ergueu a cabeça e fitou a mulher com rancor, partindo para cima dela como um selvagem. Segurando-a com brutalidade, começou a sacudi-la e a urrar:

— Sua cadela! Como ousa me bater? Você é minha mulher, entende? Minha mulher, e me deve obediência!

Louco de ódio, Alberto começou a esbofeteá-la, enquanto Marialva, para se defender, tentava desesperadamente arranhar-lhe as faces, embora sem sucesso, dada a força com que ele segurava suas mãos.

— Louco, animal! Solte-me, não sou uma de suas cortesãs!
— Ora essa, mas é claro que não. Elas jamais me desafiaram ou levantaram a mão para mim. Mas agora chegou a hora de você experimentar um pouco do seu próprio remédio. Não sou homem de engolir desafo-

ros, muito menos em minha própria casa. Vou lhe ensinar a ter mais respeito por seu marido, quer você queira, quer não.

E continuou a bater-lhe no rosto, até que ela caiu, exausta, sobre a cama.

— Que isso lhe sirva de lição. Nunca mais volte a me bater, ouviu?

Marialva não respondeu. Estava por demais aterrorizada para falar qualquer coisa. Jamais poderia supor que o marido, um dia, fosse capaz de encostar-lhe a mão. Aviltada, abaixou a cabeça e começou a chorar, sentindo a dor da humilhação a espicaçar-lhe o peito. E se alguém percebesse? E se vissem seu rosto inchado e roxo? O melhor a fazer seria não sair de casa até que aquelas marcas desaparecessem. Alberto, enojado da mulher, voltou-lhe as costas e saiu, batendo a porta com estrondo.

Já na rua, correu para o consultório e telefonou para Adélia. Já passava das nove horas; era tarde, mas precisava dela. Chamada ao telefone, a amante falou baixinho:

— Ficou maluco? Meu marido está em casa.

— Por favor, Adélia, é urgente. Preciso vê-la.

— Nem pensar. É tarde; não tenho desculpa para sair agora.

— Diga que Marialva a chamou.

— E se ela me procurar nesse ínterim? Ou se Cristiano for a sua casa?

— Espere então que ele durma.

— Mas o que aconteceu para você querer me ver tão desesperadamente?

— Adélia, eu lhe suplico. Espere que ele durma e saia sem que perceba. Eu a estarei aguardando na casa de Copacabana.

Desligou o telefone e se dirigiu para Copacabana, a fim de esperar a chegada da amante. Assim que ela entrou, Alberto foi logo beijando-a com paixão, não permitindo que falasse nada. Embora ela tentasse perguntar o que havia acontecido, ele tapava sua boca com um beijo e sussurrava ardorosamente:

— Por favor, querida, agora não. Preciso de seu calor.

Depois do ato sexual, Alberto acendeu um cigarro, e enquanto a fumaça se espargia no ar, começou a dizer, evitando encará-la:

— Hoje perdi a cabeça com Marialva.

— Como assim? O que aconteceu?

— Lembra-se de Rosali? — ela aquiesceu. — Pois bem. Ela chegou da Europa acompanhada do filho, e ambos estão hospedados em casa de Elisa.

— Mas ela não havia morrido?

— Não. Aquilo foi uma história que eu e meu pai inventamos para afastá-la de meu caminho — em poucas palavras, narrou-lhe como ele e o pai a exilaram em Portugal, até que ela, não se sabe por que, resolvera voltar.

— Vocês são diabólicos.
— Foi preciso. Era minha felicidade que estava em jogo.
— Além da fortuna e do nome de seu pai, é claro.
— Isso não vem ao caso. O fato é que Rosali voltou, e nós a vimos quando fomos visitar a filha recém-nascida de Elisa. Foi um choque para todos nós, inclusive para ela.
— E daí?
— Bem, e daí que Marialva ficou realmente zangada. Nós discutimos, ela me deu um tapa e eu perdi a cabeça.
— O que você fez?
— Bati nela.
— Você bateu em sua mulher?
— Foi um erro, eu sei, mas ela me provocou.
— Ora, Alberto, francamente. Um homem jamais deve bater numa mulher, haja o que houver.
— Eu sei, Adélia, e estou arrependido. Mas fiquei fora de mim, ela passou dos limites. Marialva é uma mulher extremamente atrevida e ousada. Não pude suportar seus desaforos.
— Não se esqueça de que estamos falando de minha filha. Não posso aprovar essa sua atitude.
— Eu sei, meu amor. Perdoe-me. Foi um erro, não acontecerá de novo.
— Creio que não é a mim que você deve desculpas, mas a Marialva.
— Falarei com ela mais tarde. Espero que ela possa me desculpar.
— Saiba convencê-la.
— Serei gentil com ela, e provarei que isso não se repetirá.
— Alberto, gostaria de acreditar em você. Mas a experiência demonstra que os homens, logo que começam a bater em suas mulheres, não param mais.
— O que quer dizer com isso?
— Quero dizer que é como um vício. Começa-se assim, quando se perde a cabeça numa discussão. Depois vem o arrependimento, as desculpas, a promessa de que não se repetirá, o longo período de calma e de carinho. Em seguida, após nova briga, bate-se novamente, e o processo se repete: arrependimento, desculpas, promessas, carinho. E outra briga, e novas surras, e novas promessas. E assim vai... Por isso é como um vício. Depois que se prova a primeira vez, prova-se a segunda, a terceira, até que a coisa cai na rotina e não se consegue mais parar.
— Nossa, Adélia, não fale assim. Por quem me toma? Por algum canalha, que vive a surrar mulheres?

— Eu não disse isso. Mas espero, sinceramente, que você não repita esse gesto infame.

— Confie em mim, querida. Nunca mais encostarei a mão em Marialva.

— Se você o fizer, serei obrigada a deixá-lo e a ficar do lado dela. Jamais poderei compactuar com essa ignomínia.

— Pare com isso, Adélia. Já disse que não se repetirá. É uma promessa, você verá.

Adélia não disse mais nada, mas no fundo, não acreditava muito naquilo.

Quando Alberto saiu, Marialva se entregou a profundo desânimo, magoada com a atitude indigna do marido. Deitada na cama, chorava copiosamente, lamentando o impulso que tivera de desferir-lhe aquele tapa.

Mas Alfredo, que do invisível presenciara aquela cena horrível, passara a alimentar por Alberto um ódio maior do que o que já sentia, só não indo atrás dele para não deixar a amada sozinha naquele estado. Pensando tranqüilizá-la, aproximou-se dela e a enlaçou, e Marialva se arrepiou, instantaneamente sentindo aquela forte dor de cabeça. As têmporas começaram a latejar, as veias pulsando como se fossem estourar. Sentiu um calor estranho na testa, como se um líquido quente e viscoso começasse a escorrer por seu rosto e pelo pescoço, descendo até o peito. Apalpou a cabeça, o rosto, o pescoço, mas tudo estava seco.

Nessa hora, sem saber por que, lembrou-se de Alfredo e estremeceu. Aquela sensação, não sabia como, lembrava a de quem disparava um tiro nas têmporas, e Marialva se encolheu toda, amedrontada ante aquele pensamento macabro. Tentou afastar a imagem daquele suicida medíocre de sua mente, mas a figura do morto não lhe saía da cabeça.

A todo instante revia aquela cena funesta, o olhar febril e insano vidrado nela, o cano escuro do revólver apontado para seu peito, o estampido seco, o corpo sem vida daquele louco caindo no chão com um baque surdo.

Alfredo, porém, captando-lhe partes do pensamento, sem compreender o motivo que a levara a pensar nele, julgou que ela, naquele momento, sentia sua falta, arrependida de haver escolhido o rival em vez dele, que tanto a amava, e a abraçou ainda mais. Marialva se viu tomada por uma incontrolável sonolência, adormecendo quase que imediatamente, e sua alma, parcialmente liberta do corpo físico, vislumbrou o vulto desfigurado de Alfredo a seu lado, o que a encheu de terror:

— Que faz aqui? — balbuciou aterrada. — Você está morto.

— Não, querida — contestou Alfredo cheio de amor. — Não vê que estou vivo?

— Não pode ser! Eu mesma presenciei sua morte.

— Meu corpo morreu, mas meu espírito vive. Não percebe que voltei por sua causa?

— Mas então você... você é... um... um fantasma! Oh! Meu Deus, saia daqui! Vá-se embora! — e começou a se afastar cheia de pavor, lutando desesperadamente para voltar à matéria. Alfredo, porém, não querendo perder a oportunidade de conversar com a amada, segurou-a pelos braços, tentando abraçá-la, o que fez com que ela começasse a se debater e a gritar descontrolada:

— Saia daqui! Solte-me! Afaste-se de mim!

Tanto lutou que conseguiu despertar, a cabeça quase estourando, o suor a escorrer-lhe pelo pescoço, empapando a gola de rendas da blusa. Assustada, Marialva sentou-se na cama e respirou fundo, buscando desanuviar aquela horrenda aparição de sua mente.

— Foi um sonho, apenas um sonho – disse em voz alta, rindo de sua tolice. – Mas pareceu tão real. Não, não é real. Não existem fantasmas, espíritos ou almas do outro mundo. Foi tudo fruto da minha imaginação, e já passou.

Alfredo, porém, do outro lado, dizia ao seu ouvido:

— Engana-se, querida. Não foi um sonho, não foi imaginação. Foi o seu amor que me trouxe de volta. Você precisa de mim para defendê-la daquele crápula, para que ele nunca mais encoste a mão em você e magoe essa sua pele macia. Eu a amo. Não se preocupe, estou aqui para protegê-la. E mais tarde, quando você compreender o quanto a amo também, estou certo de que partirá comigo, e juntos poderemos viver essa estranha vida que só conhecemos após a morte.

Alberto, depois daquele dia, não mais voltou a tocar em Marialva, demonstrando-se sinceramente arrependido. Ela, porém, apesar do medo que passou a sentir, ainda o amava loucamente, e a frieza com que a princípio o tratara cedeu lugar à velha paixão, e Marialva tentou, de todas as formas, esquecer aquele triste incidente.

Mas Alberto, embora nada falasse, dia após dia alimentava o desejo de conhecer o filho e se aproximar dele. Assim, por vezes, ia espreitar a casa de Elisa, na esperança de vê-lo a brincar no jardim ou a caminho da escola, quando então, à distância, seguia seus passos. Embora o menino quase sempre saísse em companhia de Rosali, ele não deixava de acompanhá-los, mas nunca se aproximava, nem permitia que eles o vissem. Rosali, por sua vez, vendo que Alberto não a procurara, com o passar do tempo começou a se sentir mais tranqüila, certa de que ele desistira de conhecer o filho.

Estava ela um dia a brincar de bola com Henrique, Mário e Celeste, quando Leonardo, acercando-se deles, introduziu-se na brincadeira, para alegria das crianças. Elisa, profundamente constipada, encontrava-se presa ao leito, cabendo então a Rosali a tarefa de entreter as crianças. O jogo prosseguia animado, até que Celeste, descuidadamente, tropeçou na bola e caiu, ralando os joelhos. A menina, na mesma hora, começou a berrar e a chorar, e Rosali, prontamente, segurou-a no colo e dirigiu-se para o interior da casa, enquanto ela chamava:

— Mamãe, mamãe!

— Sossegue, meu bem — consolava-a Rosali. — Mamãe está dodói e dorme agora, mas tia Rosali vai cuidar de você.

Leonardo, indicando-lhe o sofá, fez com que ela se sentasse com a filha, e correu a buscar iodo para pôr no machucado. Voltou rapidamente e, sob o olhar espantado de Henrique e Mário, embebeu um chumaço de algodão no líquido. Já ia passar na ferida quando Celeste, percebendo que iria doer, pôs-se a gritar e a espernear, chutando as mãos do pai e se debatendo no colo de Rosali.

— Calma, filhinha — disse Leonardo —, deixe papai pôr o remedinho para sarar.

— Vai arder — queixou-se ela fazendo beicinho.

— Mas é para o seu bem, querida — interveio Rosali. — Ademais, você já é uma mocinha, e mocinhas não choram para passar remédio no machucado.

— Não quero, não quero!

Henrique, vendo o desespero da priminha, segurou sua mão e falou, cheio de ternura:

— Não se preocupe, Celeste. Eu estou aqui com você. Se doer, você pode apertar a minha mão, bem forte. Assim eu poderei partilhar a dor com você.

Celeste concordou, e quando o iodo, em contato com a carne ferida, ardeu imensamente, ela apertou com força a mão de Henrique, que sorriu para ela com carinho. Em seguida, um pouco de gaze e o curativo estava terminado. Leonardo, satisfeito, agradeceu ao menino e beijou os três na face, sendo imitado por Rosali.

— Pronto — falou o pai —, já passou. Agora voltem a brincar. Mas cuidado para não cair novamente, viu Celeste?

— Sim, papai.

— O senhor e tia Rosali não vêm? — indagou Mário.

– Não, meu amor. Estamos cansados. Rosali e eu já não somos mais crianças.

Rosali sorriu, e após a saída das crianças, estava a recolher o material do curativo quando o vidro de algodão escorregou de sua mão e caiu ao chão, espatifando-se ruidosamente.

– Oh, céus, como sou desastrada!

Começou a recolher os cacos, e Leonardo, ajoelhando-se, pôs-se a ajudá-la, até que seus dedos, inadvertidamente, se tocaram, e ambos sentiram como se um choque elétrico percorresse seus corpos. Emocionados, olharam-se em silêncio, e aquele olhar parecia dizer tudo. No mesmo instante, perceberam que um sentimento diferente começava a brotar entre eles, e que esse sentimento era recíproco. Rosali, enrubescendo, balbuciou:

– Leonardo, desculpe-me. Eu... eu...

Soltando os pedacinhos de vidro no chão, levantou-se apressadamente, tentando fugir dali. Mas Leonardo, segurando-lhe as mãos com ternura, deteve-a e disse brandamente:

– Por favor, Rosali, fique.

– Não posso. Solte-me, deixe-me ir.

– Não se vá, eu lhe imploro.

– Mas Leonardo, não percebe o que acaba de acontecer?

– Nada aconteceu. Não fizemos nada.

– Fizemos sim. Nossos pensamentos fizeram.

– Perdoe-me o que lhe vou dizer, Rosali, mas já faz algum tempo que sinto que estou apaixonado por você e...

– Pare, pare! – exclamou ela angustiada, tapando os ouvidos, os olhos rasos d'água. – Não quero ouvir mais nada.

– Não adianta fugir. Eu não queria, mas foi mais forte do que eu.

– Não, não. Você não sabe o que diz. Oh, por favor...

– Rosali, ouça-me. Eu não pretendia me apaixonar por você, mas aconteceu. E hoje pude perceber que você sente o mesmo por mim.

– Não, você está enganado.

– Não diga isso. Sei que você também me ama. Pude ler em seus olhos.

– Leonardo, não...

– Diga-me, olhando fundo em meus olhos, que não é verdade – Rosali hesitou e ele insistiu: – Vamos, diga-me. Negue que também se apaixonou por mim.

Rosali desatou a chorar, e Leonardo estreitou-a contra o peito, pousando em seu ombro sua cabeça, sentindo o perfume de seus cabelos macios. Emocionado, virou-lhe o rosto e beijou-a suavemente, mas Rosali logo se desvencilhou e sussurrou entre lágrimas:

– Não faça isso, Leonardo, eu lhe suplico.
– Mas querida...
– Por favor, não. Eu amo Elisa, ela é como minha irmã, a melhor amiga que alguém pode desejar. Não posso traí-la. Por mais que eu esteja apaixonada por você, jamais faria qualquer coisa para magoá-la. Preferiria, antes, magoar-me a mim mesma.
– Tem razão – concordou ele, caindo em si. – Também a amo muito, e não gostaria de fazer nada que a tornasse infeliz.
– Então pensemos bem antes de tomarmos qualquer atitude precipitada, e não façamos nada de que possamos nos arrepender mais tarde.
– Sim, perdoe-me. Foi um impulso de momento, que não pude controlar.
– Mas precisamos conter esses impulsos.
– Eu sei, e embora seja difícil, tentarei a todo custo. Mas saiba que muito sofrerei com isso.
– Não, Leonardo, sofreríamos muito mais se nos entregássemos a um amor ilícito e indigno, e jamais seríamos felizes enganando aqueles a quem amamos.
– É verdade. Ainda assim, não será fácil resistir a esse sentimento que me consome por dentro. Mas sei que devemos renunciar a esse amor.
– E não será a renúncia, também, uma forma de amar?

Elisa, já curada do forte resfriado que a pusera de cama por quase duas semanas, fora sozinha fazer compras. Estava a caminhar pela avenida Passos quando, ao acaso, levantou os olhos e leu numa tabuleta: *Federação Espírita Brasileira*. Aquele nome a impressionou, e ela resolveu entrar por mera curiosidade.
Indagada se desejava alguma coisa, Elisa, sem querer, respondeu que procurava um bom livro para ler, mas que, com certeza, entrara ali por engano, visto não se vender ali nenhum livro.
O rapaz que a atendeu, percebendo que ela não estava acostumada à literatura espírita, e que se encontrava completamente desconcertada por estar ali, em meio a coisas denominadas ocultas na época, falou com gentileza:
– Engana-se, senhora. Temos aqui mesmo, no primeiro andar, uma livraria bastante diversificada.
– É? Mas de que tipo de leitura se trata?
– Bem, são livros espíritas.
– Espíritas? Não entendo dessas coisas.
– Minha senhora, poucas pessoas entendem, e é por isso que o Espiritismo é tratado como se fosse algum tipo de magia.
– E não é? Não lida com demônios, almas penadas e coisas assim?

– Lida com o mundo dos espíritos, que nada tem de demoníaco. Por que não entra e dá uma olhada?

Após alguns minutos de hesitação, Elisa resolveu subir e visitar a livraria, sem compromisso. Estava a estudar as prateleiras, quando um volume em especial chamou sua atenção. Era *O Evangelho Segundo o Espiritismo*, de Allan Kardec. Curiosa, pegou nas mãos um exemplar e começou a folheá-lo aleatoriamente, abrindo, ao acaso, no capítulo V, "Bem-aventurados os Aflitos". Fascinada com aquelas palavras, decidiu comprá-lo.

Terminadas as compras, voltou para casa e subiu ao quarto, levando o livro bem guardado em sua bolsa. Ela sabia que Leonardo não aprovaria aquela leitura, pois já o ouvira dizer que o Espiritismo era coisa de gente simplória e ignorante, fetichismos a que eram dados os negros e operários. Em silêncio, fechou a porta e recostou-se na cama, abrindo o livro no capítulo I. Logo que começou a ler, ficou encantada. Aquela filosofia tinha muito de verdade, e explicava de forma simples e lúcida muitas dúvidas que possuía acerca de sua existência, seus sofrimentos, e até alguns fenômenos que já presenciara.

De uma certa forma, aquela leitura confortava e fortalecia, e a crença na reencarnação e nas vidas passadas era algo que esclarecia muitos porquês, desmistificando, ainda, a imagem do deus vingativo e aterrador, em substituição a um deus de amor e compreensão. Estava claro que Deus não punia ninguém, não condenava as almas ao fogo eterno. Ao contrário, sua infinita bondade permitia que seus filhos reconhecessem seus erros e os reparassem, incentivando as criaturas na busca da perfeição.

Durante vários dias Elisa se entregou à leitura do Evangelho, e estava cada vez mais maravilhada. Pensou em Rosali e em Henrique, e imaginou como seria bom se ela lesse aquele livro. Com certeza, ficaria embevecida, e encontraria ali consolo para suas dores.

A seu lado, Maria do Socorro sorria satisfeita para Mariano. É que Elisa, por eles estimulada, sentira aquele forte ímpeto de comprar o *Evangelho*, prontamente acedendo àquela intuição tão benéfica. Contente, virou-se para o doutor e disse:

– Conseguimos, Mariano. Conseguimos plantar a semente da verdade no coração de Elisa.

– Sim, tem razão. E daí essa sementinha se espalhará por todos os lados, brotando com energia nos corações daqueles que demonstrarem boa vontade e firme propósito de evoluir. Agora venha, Maria do Socorro. Oremos para agradecer a Deus mais essa bênção.

Maria do Socorro, ajoelhando-se ao lado de Mariano, ali mesmo no quarto de Elisa, acompanhou-o na singela oração que ele elevara a Jesus:

– Obrigado, Senhor, por mais esta graça. Que suas palavras possam não só penetrar no coração de seus filhos mais amorosos, como também naqueles mais empedernidos, para que também eles possam usufruir da infinita glória da sua bondade. Graças lhe rendemos, Pai, pela sua misericórdia, e muito lhe agradecemos por permitir que nós, humildes ovelhas de seu rebanho, lográssemos alcançar a alma de sua filha, para que ela possa ser mais uma portadora das suas palavras de amor.

– Graças a Deus.

Capítulo 6

Marialva acordou indisposta, e foi queixar-se com o marido. Alberto, que já conhecia bem suas enxaquecas, prescreveu-lhe o remédio de sempre, mas ela recusou.

– Não, Alberto – reclamou ela com voz angustiada –, não é aquela maldita dor de cabeça. Não sei bem o que se passa comigo, mas sinto-me terrivelmente mal. Estou enjoada e com tonteiras, o quarto todo parece rodar. Além disso, estou com tanto sono que seria capaz de dormir o dia todo.

– Não é o incômodo?
– Não. Esse mês ainda não veio.
– Está atrasado?

Marialva pensou um pouco e respondeu:
– Sim, pensando bem, está sim. Será que é alguma enfermidade?

Alberto, porém, que já conhecia bem aqueles sintomas, disse:
– Querida, creio que você está grávida.
– Isso é impossível!
– É claro que não é impossível.
– Arranje-me um chá. Não quero esse filho.
– Mas meu amor, você nem tem certeza...
– Ora, cale-se! – cortou ela bruscamente. – Não recomece com essa ladainha de herdeiros. Você já está cansado de saber o que sinto a respeito de filhos.
– Mas meu amor, já conversamos sobre isso. Está na hora.
– Alberto, pare com essa besteira. Não quero filhos e pronto.

Alberto, já acostumado ao gênio irascível da mulher, sabendo que de nada adiantaria prosseguir naquela conversa, calou-se e ficou ali a fitá-la, esperando que ela se manifestasse novamente. Enraivecida, ela começou a gritar:

– E então? Não faz nada?
– Que quer que eu faça?
– Ora, pare de fingimentos. Já lhe disse. Arranje-me uma chá ou qualquer outra coisa.
– Sinto muito, meu bem, mas não posso.
– Posso saber por quê?
– Porque o aborto, além de extremamente perigoso, é também crime.

– Era só o que me faltava. Desde quando você se preocupa com esses detalhes legais e éticos da profissão?

– Desde que fiz um juramento de lutar pela vida.

– Mas como é hipócrita! Já se esqueceu de quantos preparados abortivos você me deu para tomar?

– Isso foi no passado. Agora estou arrependido e não quero mais me envolver em homicídios desse tipo.

– Homicídios? Mas não é você mesmo quem diz que não há vida no feto?

– Mudei de idéia.

– Ah, é? E o que o fez mudar de idéia assim tão repentinamente?

Alberto não respondeu. Mas Marialva, que conhecia bem o que ia no íntimo do marido, retrucou com desdém:

– Deixe que eu mesma respondo. Por acaso não seria essa sua vontade idiota e despropositada de ter filhos?

– Não importa. O fato é que não vou mais tomar parte nesses assassinatos. Afinal, é meu filho que você pode estar trazendo aí.

– Quanta nobreza! Mas agora deixe de sentimentalismos baratos e piegas e me dê o chá.

– Já disse que não.

– Alberto, não me provoque. Você não sabe do que sou capaz.

– Ah, é? E do que é capaz?

Marialva, possessa, tentava dominar a fúria, dizendo entre dentes:

– Se não me ajudar, irei agora mesmo procurar alguém que o faça.

– Pois pode ir. Mas depois não reclame se não passar bem.

Alberto encerrou a conversa abruptamente, virando as costas a Marialva e saindo agitado para a rua. E se ela se entregasse a algum açougueiro? Poderia até morrer. Preferiu não pensar nisso. Além do mais, sua mulher podia nem mesmo estar grávida. Ele não tinha certeza. Os sintomas eram muito significativos, mas poderia ser um mal-estar qualquer. Achou melhor não pensar mais naquilo por enquanto. Esperaria até ter certeza, e só então tomaria as providências necessárias.

Marialva, por sua vez, estava furiosa. Tão furiosa que resolveu procurar a mãe. Após contar-lhe tudo, indagou com voz chorosa:

– Que fazer? Não quero filhos.

– Sossegue, menina. Seu marido não pode obrigá-la.

– Mas e se eu já estiver grávida?

– Você sabe que há meios de se livrar desse pequeno estorvo.

– Eu sei, mamãe. Mas o último chá que tomei não me fez muito bem. Temo por minha saúde.

– No momento, o melhor a fazer é procurar um médico que a examine. Confirmada a gravidez, daremos um jeito.
– Oh, mamãe, a senhora é tão boa, tão compreensiva!
– Eu sou apenas sua mãe, e quero o melhor para você. Não se preocupe. Vou agora mesmo telefonar ao doutor Vicente, aquele médico de minha confiança, e marcar uma consulta para você.

Após o exame clínico, as suspeitas de Marialva se confirmaram. Ela já devia estar com, aproximadamente, dez semanas de gestação.

– Oh, mamãe! E agora? O que será de mim?
– Não se desespere. É cedo ainda para tentar o aborto.
– Mas Alberto se recusa a me ajudar, e o doutor Vicente também é contra o aborto.

Adélia, que ouvira falar de uma parteira nos arrabaldes da cidade, conhecedora de poções e chás os mais variados, foi com a filha a sua procura. Após algum tempo, a mulher ofereceu a Marialva uma infusão amarga, que ela ingeriu sem titubear. Depois, pagamento feito, foram para casa, com a recomendação de repouso absoluto.

E assim, pouco depois, Marialva perdia o filho em meio a forte hemorragia, e Alberto foi logo chamado, a fim de levá-la ao hospital. Lá chegando, a moça foi internada e às pressas submetida a uma cirurgia que, embora não lhe roubasse a vida, roubou a Alberto a última esperança de um dia voltar a ser pai.

– Como pôde fazer isso comigo? – perguntou Alberto, indignado, a Adélia.
– Não fiz nada com você. Apenas procurei satisfazer o desejo de minha filha.
– Mas que cinismo! Você fez foi a sua vontade.
– Minha vontade? Imagine, pois se nem era eu que estava grávida...
– Sim, mas eu bem sei que você também não desejava que Marialva engravidasse, já que não quer admitir que está ficando velha.
– Velha, eu?
– É isso mesmo. Afinal, você é bem mais velha do que eu, e já tem idade suficiente para ser avó.
– Alto lá, meu caro. Está certo que sou mais velha do que você, mas nem tanto. Sequer poderia ser sua mãe. E, ademais, se pensa que sou assim tão velha, então creio mesmo que já chegou a hora de nos separarmos.

Alberto, que só então se dera conta do que dissera, arrependeu-se no mesmo instante. Tentando consertar a situação, amansou a voz e, enlaçando-a pela cintura, disse com brandura:

— Não é nada disso, querida. Perdoe-me. É claro que você não está velha, e nem parece ser mãe de uma moça da idade de Marialva.

— Então por que disse isso? — indagou magoada.

— Foi só porque me vi frustrado no meu desejo de ser pai. Mas não queria ofendê-la.

— É, mas ofendeu. E muito. Você sabe como me sinto, sendo assim bem mais velha do que você.

— Mas meu amor, já disse mil vezes que nem parece.

— Mentiroso! Hoje você se descuidou e acabou revelando o que realmente pensa.

— Não é verdade. Eu não penso isso. Você é uma mulher linda e maravilhosa. Eu só estava com um pouco de raiva, é só. Nada sério.

— Está certo, mas não repita mais isso para mim. Você me magoou profundamente.

— Perdoe-me, querida. Agora venha cá e deixe-me amá-la.

Finalmente Marialva teve alta e voltou para casa. Naquela noite, Alberto a encontrou profundamente adormecida, pálida ainda, devido à enorme quantidade de sangue que perdera. Cansado, despiu-se e deitou-se a seu lado, tendo já pegado no sono quando foi despertado por gritos alucinantes:

— Vamos, deixe-me! — gritava Marialva enquanto dormia. — Já lhe disse que não quero vê-lo. Vá-se embora!

Alberto, assustado com os gritos da mulher, que se debatia no sono, sacudiu-a com força, fazendo-a despertar daquele pesadelo horroroso.

— Marialva, acorde, vamos! O que houve?

— Hã? O que aconteceu? — indagou ela, abrindo os olhos cheia de pavor.

— Eu é que pergunto. Você estava falando no sono.

— Falando, eu?

— Sim, falando.

— E o que dizia?

— Não sei bem. Algo como "deixe-me... vá embora". O que significa?

— Devo estar ficando louca.

— Por quê? Com o que sonhava?

— Você não vai acreditar.

— Deixe de suspense e fale logo.

— Sonhava com Alfredo.

— Mas que Alfredo? O irmão de Rosali?

— Esse mesmo.

— Ora essa, mas ele morreu há uns dez anos.

— Eu sei, eu estava lá, não se lembra?

— Claro que me lembro. Mas como pode agora, depois de tanto tempo, começar a sonhar com ele? Não vá me dizer que está arrependida de não ter se casado com ele.

— Imagine... Não é nada disso. É que eu, de repente, comecei a ter pesadelos com a volta dele, todo ensangüentado, com uma ferida na testa, para vir me buscar ou algo assim. É horrível.

— Por que não me contou logo?

— Porque achei que era bobagem. Mas agora esses pesadelos estão se tornando constantes, e eu estou ficando aterrorizada. São tão reais! Alfredo parece vivo, e é como se realmente falasse comigo.

— Querida, você deve estar passando por um período de extrema tensão. Creio que já está na hora de você fazer aquela viagem pela Europa. Só lhe fará bem.

— Boa idéia, Alberto. Já adiamos por demais essa viagem. Podemos partir logo.

— Não, meu bem. Não poderei ir. Mas penso que será o melhor para sua saúde.

— Concordo com você, mas não se tiver que ir sozinha. A solidão e a falta de casa só agravarão o meu estado. Talvez, se mamãe fosse comigo...

Alberto estremeceu. Essa não era sua intenção. Ao contrário, queria afastar a mulher dali por alguns tempos. Precisava recuperar sua credibilidade junto a Adélia, e nada melhor do que um tempo a sós com a amante. Assim, a melhor solução seria enviar a mulher em uma viagem pela Europa. Mas essa idéia de Marialva levar a mãe não o agradava em nada. Só atrapalharia seus planos.

No entanto, não possuía motivos para desaconselhar a companhia da sogra e, se assim o fizesse, poderia levantar suspeitas. Assim, a contragosto, falou:

— Excelente idéia, meu bem. Fale com ela amanhã.

— Farei isso.

— Agora volte a dormir. Você precisa descansar. Boa noite.

— Boa noite.

Enquanto isso, Adélia e Cristiano voltavam a discutir. Embora procurasse disfarçar, a situação de Adélia piorava cada vez mais, pois Cristiano percebia claramente que a mulher tentava enganá-lo de todas as maneiras. Eram telefonemas sigilosos, saídas noturnas não se sabe para onde, sempre com a desculpa de que estivera em companhia de alguma amiga.

— Você não toma jeito! — bradava ele. — Quando será que vai me respeitar?

— Mas de novo com isso? Não estou fazendo nada.

— Não me venha com essa. Sei muito bem de seus telefonemas, de suas escapadas.

— O que quer que eu faça? Quer que eu repita o motivo de minhas saídas? Deveria dar-se por satisfeito por ainda ter uma mulher.

— Que mulher? Você quase nem fala comigo.

— Falar o quê? Nós não temos mais assunto. Nossa vida, hoje, é apenas de aparências. Mas, se começarmos a revolver, veremos quanta podridão há por baixo dessa pseudoperfeição.

— Você é sórdida.

— Engano seu. Sórdida é essa situação que você me impôs. Pensa que gosto de procurar homens na rua, quando o que tenho em casa não cumpre com seus deveres conjugais?

— Agora já nem procura esconder que possui amantes?

— E para que esconder? Estamos sozinhos, não precisamos ostentar uma capa de felicidade que não possuímos. Aqui podemos ser nós mesmos.

— Você não tem vergonha.

— Eu? Claro que sim. Tenho vergonha de possuir um marido que só é homem pela metade.

— Cale-se, sua vagabunda!

— Ah! agora me ofende?

— Você não merece outra coisa.

— E você, o que merece?

— Mereço, ao menos, o seu respeito.

— Quer respeito? Então por que não experimenta dar respeito primeiro?

— Pare, ou eu acabo perdendo a cabeça.

— E vai fazer o quê?

— Eu a mato.

— Você? Até parece; você não é homem o bastante para isso.

— Você é cruel...

— E você me dá nojo.

— Adélia, o que fiz para me tratar assim? Não tenho culpa se tive esse problema.

— Mas que problema? Você bem sabe por que perdeu a virilidade. Agora não me atormente mais.

— Diga-me quem ele é.

— De novo com essa idéia?

— Eu preciso saber.

— Você não o conhece.
— Então diga-me ao menos seu nome.
— Não. Isso não vem ao caso. O que importa não é o fato de eu estar envolvida com outro homem. O que realmente tem importância é que nós não somos mais marido e mulher. Não no sentido carnal.
— Não entendo o que quer dizer.
— Quero dizer que eu só arranjo amantes para satisfazer um desejo que você deveria suprir.
— Você sabe que não posso.
— Sei. E é por isso que ajo como ajo. Agora deixe-me em paz e pare de me ameaçar, ou então serei obrigada a contar a todo mundo que meu marido não me quer mais e por quê.
— Você não se atreveria.
— Quer ver?
— A vergonha será sua também.
— Minha? Ora, não seja ridículo! Eu sou uma mulher normal, mas você...
— Cale-se! Não diga mais nada!
— Sim, eu me calarei, como venho fazendo até agora, desde que você me deixe em paz.

Cristiano não disse mais nada. Ela tinha razão. No entanto, por mais que soubesse disso, não podia parar de pensar em como seria o amante dela; torturava-se ao imaginá-la nos braços do outro. Precisava descobrir quem era ele, e estava disposto a consegui-lo a qualquer preço.

Alberto, naquele dia, chegou cedo do consultório e encontrou Marialva na sala, tomando chá com sua amiga Lenita, a quem não via havia três anos. Ao avistá-lo, Marialva exclamou:
— Alberto, que bom que chegou. Lembra-se de Lenita?
— É claro que sim – respondeu ele gentilmente. – Como vai?
— Lenita está de passagem pelo Brasil e aproveitou para vir me visitar.
— É mesmo? E onde mora agora?
— Bem – falou ela com delicadeza –, casei-me com um diplomata, hoje a serviço em Milão. Já moro lá há alguns anos.
— Sabe, Alberto, eu estava justamente falando com Lenita dos meus problemas de saúde, da infelicidade que tive de perder um bebê, e de como você me recomendou que viajasse. Disse também que não gostaria de ir sozinha, e que pretendia pedir a mamãe que fosse comigo, mas imagine só! Lenita me convidou para passar uns tempos em sua casa, na Itália. O que você acha?

Alberto mal podia crer no que estava escutando. De repente, quando tudo parecia perdido, eis que aparecia aquela mulher, surgida sabe-se lá de onde, com aquele convite que era tudo o que ele queria. Era maravilhoso demais para ser verdade. O acaso colocou em seu caminho uma amiga perdida da mulher, a quem não via havia anos, e que a convidava para viajar em sua companhia. Pensou que a sorte voltara a lhe sorrir. Dissimulando a ansiedade, aquiesceu naturalmente:

– Acho que seria uma boa idéia. Apesar de sentir sua falta, ficaria muito mais tranqüilo se soubesse que você está em boa companhia, hospedada em casa de gente direita e de família.

– Quanto a isso, não precisa se preocupar. Marialva será muito bem recebida em nossa casa, e tratada feito uma princesa.

– Tenho certeza que sim. Quando pretende partir?

– Bem, eu já estava praticamente de partida. Mas agora, vou esperar o tempo que for necessário.

– É muita gentileza sua.

– Não é gentileza alguma. Marialva é minha amiga, e será um imenso prazer tê-la como hóspede. Afinal, passo os dias em companhia de estranhos, e muito me alegrará ter alguém com quem conversar em minha própria língua.

– Já posso me imaginar freqüentando os salões maravilhosos de Milão.

– E não é só isso. Podemos viajar por toda a Europa, se você desejar.

– Se você puder, eu adorarei.

– Daremos um jeito.

No dia imediato, Marialva começou os preparativos para a viagem. Em companhia de Lenita, saiu às compras, disposta a renovar seu guarda-roupa. Ouvira falar que as mulheres milanesas eram extremamente elegantes, e ela não queria fazer feio.

Assim, comprara vestidos, saias e blusas, além de algumas peças de jóias, sapatos e bolsas. Comprara também malas novas e grandes, próprias para viagens de navio, enquanto Alberto providenciava as passagens e o passaporte.

Em três semanas estava tudo pronto, e Marialva aguardava a viagem com ansiedade, embora um pouco triste por ter que ficar longe do marido por tanto tempo.

– Promete que não vai me esquecer? – perguntava ela a Alberto dengosamente.

– É claro que não. Como poderia? Você é minha mulher, e eu a amo.

– Oh, querido, sentirei tanto a sua falta!

– Eu também. Mas pense que é para o seu bem, para o seu completo restabelecimento.

– Eu sei. Promete-me outra coisa?

– O quê?
– Que não vai se envolver com nenhuma outra mulher.
– Mas que bobagem!
– Vamos, prometa-me.
– Por que isso agora?
– É que vou ficar muito tempo ausente, e você sabe como é. Pode sentir falta de certas coisas que só as mulheres podem oferecer.
– Não diga asneiras. As coisas a que você se refere só têm sentido com a minha mulher.
– Jura?
– E precisa? Você não percebe?
– Sim, claro que sim. De qualquer forma, pedi a mamãe que tomasse conta de você.
– Fala sério?
– Sim, por quê? Tem medo de que ela descubra algo?

Alberto soltou uma forte gargalhada, que Marialva interpretou como se ele estivesse apenas achando graça de sua tolice. Mas ele, na verdade, ria da ingenuidade da mulher, que acabara de colocar o cordeiro nas patas do lobo.

– Não, querida – retrucou ele com humor –, não tenho nada a temer.

Ao chegar o dia da viagem, Alberto, Adélia e Cristiano foram ao cais se despedir das moças, e quando o navio apitou, anunciando a partida, Marialva e Lenita se debruçaram na amurada para dar-lhes adeus. Quando o navio zarpou, os sogros se despediram, e Alberto ficou ainda algum tempo a olhar a embarcação se afastando, agradecendo aos céus pelo acaso que lhe salvara o romance com Adélia.

Mas a visita de Lenita nada tinha de acaso, e o convite para a viagem não se tratava de mera coincidência. É que Alfredo, que não conhecia o íntimo do rival, vendo que ele tencionava afastar a mulher dali por uns tempos, achou ótima a idéia de tê-la só para si, evitando, com isso, ter de presenciar os momentos de intimidade entre ambos.

Assim, de tanto pensar numa solução para o problema, acabou por se conectar com Lenita que, ao chegar ao Brasil, pensava insistentemente em Marialva, buscando ocasião de visitá-la, embora sem convicção. Ligado a ela pelos laços mentais que se concentravam em Marialva, facilmente encontrou o lugar em que se hospedara, indo direto até lá e sugerindo-lhe fazer uma visita à amiga, a quem não via havia tantos anos.

Lenita, que já possuía essa fraca intenção, captou a sugestão sem dificuldade, e decidiu ir à casa de Marialva para saber como ela ia passando. E qual não foi sua surpresa quando, lá chegando, a amiga lhe contara os planos de viagem que possuía, o que culminou com aquele convite inesperado, porém, prazeroso. Dessa forma, Marialva partiu para a Europa em companhia de Lenita e dele, Alfredo, que muito se regozijou da sua esperteza.

Capítulo 7

Rosali estava a conversar com Henrique em seu quarto, enquanto o menino se preparava para ir à escola, e ele lhe dizia sentido:
– Sabe, mamãe, às vezes sinto falta de Portugal.
– Imagino, meu filho. E do que é que você sente mais falta?
– Deixe-me ver. Bem, creio que da praia. Eu adoro o mar, gostava de nadar e de me estirar ao sol.
Rosali, após pensar alguns segundos, perguntou animada:
– Você gostaria de ir à praia aqui?
– Oh, mamãe, é claro que sim! Mário e Celeste poderiam ir também?
– Se eles quiserem, e se sua tia Elisa concordar...
Rosali, ante a euforia do menino, saiu em busca de Leonardo, indo encontrá-lo na biblioteca, em companhia de Elisa e de Joana, que se espreguiçava no colo do pai. Ela entrou no exato momento em que Elisa o beijava, e Rosali, sem que a outra percebesse, desviou o olhar e virou-se para a janela, os olhos já marejando. Leonardo, preocupado em não ferir seus sentimentos, cuidadosamente desviou a atenção da mulher e indagou:
– Olá, Rosali. Quer falar conosco?
– Ah, sim, sim – declarou ela desconcertada.
Após alguns segundos de hesitação, em que Rosali buscou refazer-se, fez o convite a Elisa, para que fossem todos juntos à praia de Copacabana.
– Não sei, não – objetou Leonardo. – Não gosto muito de banhos de mar. Além disso, Copacabana é só um areal deserto, e quase ninguém vive lá.
– Bom, é que Copacabana é mais adequada para um piquenique. E pretendemos passar o dia lá.
Depois de muita insistência, Leonardo acabou por concordar, e Rosali acabou por convencer Elisa a ir sem ele.
O domingo amanheceu pleno de sol e calor, e as crianças acordaram numa animação contagiante. Leonardo deu ordens ao cocheiro para que conduzisse o carro com cuidado, evitando os buracos e não correndo muito.
Assim, depois de tudo preparado, partiram às seis horas em ponto, rumo à praia de Copacabana, rindo e cantando alegremente; a pequena Joana a rir e agitar os bracinhos como se compreendesse o maravilhoso passeio que estava prestes a se iniciar.

As crianças se encantaram com a praia. O mar estava calmo, a convidar para o mergulho. Elisa, preocupada, advertia os filhos a todo instante:

— Mário, cuidado! Tome conta de sua irmã. Não deixe que ela entre muito. E você, venha mais para a beira! Voltem, crianças, estão muito distante! Olhem a onda!

Rosali ria gostosamente, achando divertida a excessiva preocupação da prima. Henrique, por sua vez, demonstrava tanta intimidade com o mar que parecia já haver nascido dentro da água. Nadava feito um patinho, mergulhava, subia e descia, o que deixava Elisa louca de medo.

Foi um dia inesquecível, e quando chegou a hora de partirem, as crianças não queriam ir, protestando veementemente, somente se deixando convencer depois que Rosali e Elisa prometeram voltar na próxima semana.

Quando chegaram à casa, já passava das seis horas, e Leonardo as aguardava com ansiedade.

— Pelo visto, você apreciou muito a praia — disse ele a Elisa.

— Sim, foi muito bom. Parece até que rejuvenesci.

— Elisa está certa — interrompeu Rosali. — O passeio foi adorável. As crianças, então, adoraram, e nem queriam vir embora.

— É verdade, papai — concordou Mário maravilhado. — Nunca me diverti tanto!

— Você não teve medo do mar?

— Eu não. Mas Celeste sim.

— É mentira! — protestou a menina fazendo beicinho. — Henrique estava lá e me deu a mão, como sempre. E, ao lado dele, eu não tenho medo de nada.

— Fico feliz em ouvir isso — disse Rosali.

— É verdade, tia Rosali. Henrique é meu melhor amigo.

— Está bem, crianças, agora chega — atalhou Elisa. — Subam e vão se lavar, pois daqui a pouco é hora do jantar. Ivete, por favor, leve Joana. E eu também vou subir, tomar banho e me deitar um pouco até a hora do jantar. Estou cansada.

— Vá, querida. Descanse. Quando a mesa estiver servida, eu mesmo irei chamá-la.

Elisa subiu e Rosali também já ia se retirar quando Leonardo a impediu.

— Por favor, fique mais um pouco.

— Leonardo, não recomece...

— Não vou recomeçar nada. Apenas gostaria de saber se você está bem.

— Eu estou ótima.

— Obrigada, Rosali.
— Obrigada pelo quê?
— Por amar Elisa tanto assim, e por me ensinar o que é o amor.
— Não compreendo. Não lhe ensinei nada.
— Ensinou-me sim. Ensinou-me que posso amar você como mulher e sublimar esse amor, sem pesos, sem culpas e sem sofrimentos. E mostrou-me que amo Elisa como nunca amei outra pessoa, porque ela é um ser humano inigualável, e que esse amor é tão especial que não merece ser maculado com atitudes indignas e irresponsáveis.
— Como é bom ouvi-lo falar assim. Você não sabe como me deixa aliviada.
— Posso imaginar.
— Bem, agora, se me dá licença, preciso subir e me preparar para o jantar. Também quero descansar um pouco, já que o dia foi exaustivo.
— À vontade, Rosali. Até breve.
— Até breve, Leonardo.
Rosali subiu, satisfeita com a atitude de Leonardo e com sua decisão de renunciar àquela paixão em nome de um amor puro e sincero como o que nutria por Elisa.

A campainha soou com estridência, e Ivete foi atender, voltando com um telegrama nas mãos, endereçado a Elisa.
— Dona Elisa, com licença — falou a criada. — Esse telegrama acaba de chegar para a senhora.
— Ah! Obrigada, Ivete.
Ivete saiu e ela abriu o telegrama, leu-o com ar grave e, em seguida, fitou Rosali nos olhos.
— Alguma notícia ruim? — quis saber a prima.
— Não sei.
— O que foi?
— Rosali, tia Helena me escreve, avisando que breve chegarão de Minas Gerais para passarem uns tempos aqui em casa.
— O quê? Não pode estar falando sério.
— Estou sim, querida.
— Meu Deus, Elisa, preciso pegar meu filho e sair daqui o mais rápido possível!
— Para onde irão?
— Não sei, para um hotel, talvez.
— Pare com isso, Rosali, e seja razoável. Henrique está ambientado aqui, em companhia dos primos, está na escola, tem conforto, um lar.

Você não pode, simplesmente, levá-lo embora como se ele fosse um objeto que se muda de lugar conforme as necessidades.

– Você está sendo muito dura, Elisa. Não vou levá-lo embora. Vamos apenas passar uns dias fora.

– Sim, e o que lhe dirá?

– Nada.

– Nada? E pensa que ele não vai perguntar?

– Não sei. Inventarei qualquer coisa.

– Isso não é justo, nem com seu filho, nem com você, ou seus pais. Henrique possui avós, seus pais possuem um neto. É direito deles se conhecerem.

– Mas como direi a eles que estou viva, depois de tanto tempo, depois de tudo o que aconteceu? E se meu pai me rejeitar?

– Ele não vai fazer isso. Já lhe disse que hoje é outro homem. Está arrependido do que fez.

– Não sei, custo a crer. Papai sempre foi de um rigor excessivo.

– É verdade, mas a dor, assim como o amor, transforma as pessoas.

– Talvez papai tenha sofrido muito. Mas amor? Não creio que ele seja capaz de senti-lo.

– Você é quem agora está sendo muito rigorosa, e o está julgando precipitadamente.

– Como pode dizer isso? Posso até o estar julgando, mas não de forma precipitada. Por acaso esqueceu o que ele fez comigo?

– Claro que não. Mas por que não lhe dá outra chance? Por favor... Por quanto tempo pretende, ainda, continuar fugindo de si mesma, de seu passado, de sua vida? Não é melhor ficar e enfrentar, libertar-se dessa prisão de mentiras em que você foi enterrada?

Passados alguns minutos de meditação, em que Rosali procurava pesar os prós e os contras, encarou Elisa com ar de desânimo e acabou por concordar:

– Acho que você tem razão. Afinal, quase todos já sabem que estou viva mesmo, e muito me espanta que eles também não saibam.

– Provavelmente, não. Mamãe e papai prometeram não contar, e seus pais vivem distante do centro urbano. A única família que têm agora somos nós, já que seu pai não possui irmãos. Pense no quanto eles ficariam felizes em ganhar, de uma única vez, a filha e um neto.

– Você está certa. Mas como faremos para prepará-los? Temo que a surpresa seja demais para eles.

– Acho que seria melhor se eu falasse com eles antes de você aparecer. Contar-lhes-ia toda a verdade, e assim eles não se espantariam ao vê-la.

– É, creio que essa é a melhor solução. Quando pensa que chegam?

– A data provável, segundo o telegrama, é daqui a três dias. Até lá, você terá tempo de prevenir Henrique, porque, para ele, também será uma surpresa. Creio que você deve aproveitar e revelar-lhe toda a verdade acerca do pai.

– Isso nunca. Ele jamais terá esse desgosto.

– Tem certeza de que será um desgosto?

– É claro.

– Eu não teria tanta certeza assim.

– Por que diz isso? Por acaso sabe de alguma coisa que eu não sei?

– Claro que não. Mas, pelo que pude observar de seu filho, ele é muito mais compreensivo do que você pensa.

Rosali balançara. No fundo, já estava farta daquilo tudo. O melhor mesmo seria contar ao filho quem era o pai, e alertá-lo para o fato de que ele nunca poderia se aproximar de Alberto. Decidida, ela resolveu que não mais ocultaria a verdade de Henrique, e sustentada pela força do amor materno, respondeu com segurança:

– Sim. Farei isso.

Henrique ficou muito feliz em saber que iria encontrar os avós, pois já perdera a esperança de um dia vir a conhecê-los. Quanto ao pai, demonstrou-se muito maduro e preparado para aquela prova, embora seu olhar denotasse uma certa amargura. Saber que seu pai urdira toda aquela trama deixou-o entristecido, certo de que Alberto nunca o amara, e nem a sua mãe.

Contudo, dada a sua inata compreensão, Henrique procurou desculpar a atitude do pai, justificando seus atos com a falta de orientação espiritual e de amor a Deus, o que fazia dele uma pobre criatura que necessitava de ajuda, e não um desnaturado, como pensava sua mãe.

Helena e Osvaldo chegaram no dia seguinte ao esperado, um sábado, quando a família já se encontrava reunida para o almoço. Ao serem anunciados, Rosali e Henrique, apressadamente, se retiraram para o andar superior, e Elisa foi recebê-los em companhia de Leonardo. Após breves, mas efusivas saudações, Elisa achou melhor entrar logo no assunto. Em detalhes, narrou-lhes tudo o que acontecera, contando como Rosali fora enganada e enviada para o desterro, a mentira de Fabiano e do filho, que convenceram a todos de que ela havia morrido, o nascimento de Henrique, a viagem de volta ao Brasil após nove anos, o desastroso reencontro com Alberto e, por fim, a permanência de ambos ali mesmo, naquela casa.

Helena desatou a chorar, agradecendo a Deus por aquela graça inesperada. Eufórica, indagava de Elisa, a fala interrompida pelos profundos soluços que o pranto lhe provocava:

– Oh, céus, onde está ela? Onde está minha filha? Traga-a para mim, por favor. Oh! Meu Deus, obrigada, obrigada!

– Calma, tia Helena – falava Elisa com ternura. – Ainda não é o momento de trazê-la. Ela está com medo, é natural. Depois de tudo o que houve.

– E você, Osvaldo? – indagou Helena. – Não diz nada?

Osvaldo, que até então nada conseguira falar, juntando forças, balbuciou:

– Não sei o que dizer. Estou confuso, arrependido, envergonhado. Minha atitude para com ela foi imperdoável, e ela deve me odiar. Como poderei encará-la depois de tudo o que fiz?

– Tio Osvaldo, Rosali não o odeia. Ao contrário, ela o perdoou e quer amá-lo. Mas teme que o senhor ainda a culpe pelo que fez e a rejeite, bem como ao filho.

– O filho... tenho um neto. Como disse mesmo que se chama?

– Henrique.

– Henrique. É um bonito nome.

– E o menino, então? – acrescentou Leonardo com entusiasmo. – Ele é lindo, inteligente, educado, amoroso. Todos o amamos muito, e meus filhos também o adoram.

– Não sei como olhar para minha filha. Minha própria filha. Como pude ser tão cruel?

– Tio Osvaldo, não pense mais nisso. O senhor e tia Helena já sofreram muito. Pensaram que haviam perdido Rosali, Alfredo se suicidou. Não acham que Deus está sendo muito bom com vocês, trazendo-lhes de volta a filha e também um netinho, que poderá ser a alegria de suas existências?

– Sim, Deus foi muito bom conosco. Mas não sei se mereço.

– Por favor, titio. É claro que merece. Deus não costuma conceder graças àqueles que não são dignos de recebê-las. Se ele os agraciou com essa bênção, é porque sabe que seu arrependimento é sincero.

– Eu não mereço perdão.

– Não há crime que não mereça perdão. Se Deus nos perdoa a todos, incondicionalmente, quem somos nós para não perdoarmos a nós mesmos?

– Sim, Osvaldo – interrompeu Helena. – Até eu, que durante muito tempo permaneci afastada de você, pude perdoá-lo, e hoje vivemos uma vida tranqüila, sem acusações ou brigas, apenas com a tristeza de não termos descendentes. Não está feliz em ter sua filha de volta, e de ganhar um neto?

– Sim, mas...

— Mas nada. Vamos, Elisa, traga Rosali aqui com o menino. Não posso mais suportar essa demora.

Elisa saiu e voltou acompanhada da prima e de Henrique. Ao vê-la, Helena correu e a abraçou, não conseguindo pronunciar uma palavra sequer, tamanha sua emoção. Osvaldo, por sua vez, segurou sua mão e gaguejou:

— Rosali... não sei o que dizer... graças a Deus que você está viva... minha filha... perdoe-me, eu... — e rompeu em prantos. Rosali, também profundamente emocionada, abraçou o pai e permaneceu em silêncio, apenas dando vazão às lágrimas, que corriam soltas por seu rosto. — Minha filha, como estou feliz em vê-la. Como é bom saber que você está viva!

— Sim, papai, também estou feliz. Feliz por viver, feliz por estar aqui, feliz por reencontrá-los e poder lhes dizer o quanto os amo e o quanto sofri com a ausência.

Osvaldo não parava de chorar. A culpa o atormentava ferozmente, e embora muito o alegrasse a presença de Rosali, ele se responsabilizava por todas as suas desgraças e as de seu neto.

— Por favor, papai, nada disso agora. Deixemos as tristezas que se passaram para o passado, que se encarregará de enterrá-las. O que importa é que estamos todos juntos.

— E esse menino lindo? — perguntou, segurando o queixo de Henrique com carinho. — É o meu neto?

— É sim, este é Henrique.

— Venha cá e dê um abraço no vovô.

Henrique, meio sem jeito, deixou-se abraçar por Osvaldo, e ambos sentiram tamanha emoção que derramaram lágrimas de alegria.

— Agora vamos — prosseguiu ele —, dê também um abraço em sua avó.

O menino, mais uma vez, foi abraçado com amor, e sentiu na avó um carinho tão profundo que teve certeza de que havia encontrado sua verdadeira família.

— Você é um mocinho muito bonito, sabia? — elogiou Helena emocionada. — Então? Não fala nada? O gato comeu sua língua?

— Não senhora — respondeu ele timidamente.

— Mamãe, compreenda que Henrique não está habituado a ter uma família. Ele está apenas confuso. Dê-lhe um tempo para se acostumar.

— Não, mamãe — contestou ele —, não estou confuso. Um pouco tímido, talvez. Mas estou muito feliz em conhecer meus avós, e tenho certeza de que nos daremos muito bem.

— É claro que sim, querido — assentiu Helena. — Você vai ver.

Logo Henrique se acostumou à presença dos avós e, com o passar dos dias, os laços entre eles se estreitaram cada vez mais. Osvaldo, ao amanhecer, levantava cedo para levá-lo à escola, e ia buscá-lo também. Depois do almoço, ajudava o neto com as lições e, à hora de dormir, Helena subia com ele, a fim de juntar-se a Rosali nas histórias que esta lhe contava. Henrique estava feliz. Tão feliz que quase não pensava no pai. A mãe, os avós, tia Elisa, tio Leonardo e os priminhos eram tudo o que podia desejar.

Osvaldo e Helena, por outro lado, não queriam mais se separar da filha e do neto, e muito insistiram para que fossem morar com eles. Rosali, porém, não concordou, pois já vivera muito tempo exilada de sua terra natal. Pensou que o melhor a fazer seria trazer os pais de volta para o Rio de Janeiro, e ficariam todos juntos a Elisa, a quem se apegara muito e não queria deixar.

Assim, ficou decidido que venderiam o sítio e se mudariam de novo para a capital. Embora Elisa insistisse, os tios não quiseram morar com ela, para não incomodar nem tirar a liberdade do casal e seus filhos. A casa em que viveram havia sido vendida, mas eles não encontrariam dificuldades em encontrar outra, só que mais perto da sobrinha.

Assim, Leonardo providenciou a venda do sítio em Minas Gerais, obtendo por ele bom preço, e Osvaldo comprou uma casa nas Laranjeiras, na mesma rua em que ele vivia, conseguindo, inclusive, graças à influência do jovem advogado, uma das poucas linhas telefônicas então disponíveis na cidade. Rosali mudou-se para lá com o filho, e a vida voltou a ser tranqüila para ela, que já começava a se esquecer de todas as agruras por que passara.

Enquanto isso, Mariano e Maria do Socorro festejavam o reencontro de Rosali com os pais e destes com Henrique, felizes por verem que, finalmente, a união voltava àquela família. Satisfeita, Maria do Socorro dizia a Mariano:

– Finalmente, meu amigo. Finalmente conseguimos reuni-los todos.

– Sim, Maria do Socorro. Rendamos graças a Deus por mais esta bênção.

– É verdade. Você viu como estão se entendendo bem agora, e como estão felizes?

– É o amor. Como disse Elisa, há duas coisas que são capazes de transformar os seres humanos: a dor ou o amor. Infelizmente, porém, as criaturas ainda não alcançaram o grau de compreensão suficiente para ver que a transformação pelo amor, além de mais fácil, é mais gratificante. Mas o amor implica em renúncia, e as pessoas não estão acostumadas a renunciar. Preferem persistir no erro, apegadas que estão a seus instintos e valores distorcidos, pois assim podem continuar na ilusão de que, vivendo uma vida de prazeres fúteis, conhecem o que é a verdadeira felicidade.

– Rosali, infelizmente, conheceu de perto a dor, mas agora aceita a transformação que se impõe em sua vida.

– Rosali aprendeu a amar, e por isso fez-se merecedora do amor de seus semelhantes. A família, hoje, enfrentou os destemperos do passado que muito atormentavam seus membros, principalmente Osvaldo, que enveredara pelo mesmo caminho tortuoso de outrora. Mas a dor fez com que despertassem, e o amor complementou esse despertar, mostrando a todos que somente se amando serão capazes de enfrentar as vicissitudes da vida com coragem e confiança. Assim, todo sofrimento parece menor do que é, e as feridas logo cicatrizam quando possuímos o apoio e o carinho daqueles que nos são caros.

– É maravilhoso, Mariano.

– Sim. O amor é maravilhoso, e pobre daquele que ainda não descobriu que é capaz de amar.

A nova casa de Rosali estava toda enfeitada para receber os convidados para a festa de aniversário de Henrique. O menino comemorava já os dez anos, e estava feliz, sentindo-se todo importante e agindo feito um rapazinho. Os amigos da escola foram todos convidados, além dos priminhos Mário, Celeste e Joana.

Elisa chegou logo cedo, a fim de ajudar nos preparativos. Mas, das cerca de trinta crianças convidadas, somente umas dez estavam presentes, contando com os filhos de Elisa. Henrique estava decepcionado. Não compreendia por que os amiguinhos não compareceram. Falara com todos com quinze dias de antecedência, e eles haviam prometido ir. Rosali estava triste. Sabia, no fundo, qual o motivo daquela ausência, o que a deixou profundamente amargurada.

Acercando-se de dona Judite, a professora de Henrique, chamou-a a um canto e inquiriu:

– Dona Judite, diga-me, a senhora sabe por que motivo as crianças não vieram? Todos os alunos da classe de Henrique foram convidados.

Dona Judite, sem jeito, tentava evitar o olhar de Rosali, e só depois de muita insistência foi que acabou por revelar, contrafeita:

– A senhora sabe, dona Rosali, que todos na escola conhecem a problemática da origem de Henrique. O que quero dizer é que alguns pais não gostam que seus filhos brinquem com uma criança de origem obscura, uma criança que não possui pai.

– E daí?

– E daí que a maioria dos pais não permitiu que os filhos viessem, porque pensam, digamos, que "não fica bem".

– E a senhora concorda com isso?

– Claro que não. Afinal, estou aqui, não estou?

Rosali olhou para a outra magoada. O filho não merecia aquilo. Procurou Henrique com os olhos, encontrando-o a um canto do jardim, conversando com um grupo de meninos. Lentamente, começou a chorar, e Elisa, que de longe acompanhava aquela entrevista, percebendo o que se passava, segurou as mãos da prima e disse com ternura e convicção:

– Deixe disso, Rosali. Ânimo. Se você se deixar levar pela amargura, Henrique irá absorver os seus sentimentos, e essa decepção irá lhe pesar na alma com muito mais intensidade do que tem. Procure parecer alegre, chamemos as crianças para brincar. Cantemos todos juntos. Não demonstre que está abalada. Dê importância às crianças presentes, e não àquelas que faltaram. Embora poucas, possuem muito mais valor do que todas as que não vieram juntas. Tente ressaltar a alegria das que aqui estão, e não faça referência às outras, que não devem servir de parâmetro para nada.

Rosali, comovida com as palavras da outra, falou, a voz embargada pelo pranto:

– Elisa, você sempre tão otimista e positiva. Tem razão. Não vamos deixar que isso estrague a festa de meu filho. Afinal, é o aniversário dele, e ele merece ser feliz.

– Dona Elisa tem razão – encorajou a professora. – Vamos, juntemos as crianças para os jogos. Eu as ajudarei.

– Isso mesmo, Rosali. Agora enxugue as lágrimas. Não quer que seu filho a veja chorando, quer?

Rosali limpou o rosto e foi com as duas chamar os pequenos para as brincadeiras. Henrique, um pouco triste, vendo que os convidados se contagiavam com a animação das moças, incitou os amigos a participar da cabra-cega, a pular corda e carniça, a fazer a dança das cadeiras. Tudo correu bem, e os meninos nem notaram que havia tantos ausentes à festa.

Depois, por volta das sete horas, reuniram a criançada em roda para os parabéns, e Henrique soprou as velhinhas com euforia, não mais se lembrando da decepção que lhe causaram os demais coleguinhas.

Do lado de fora, Alberto a tudo vigiava, cada passo, cada movimento do filho. A casa, amplamente iluminada, e as janelas abertas, permitiam que ele, de longe, acompanhasse a alegria de Henrique. Como desejava estar ali junto dele, apresentar-se a ele como seu pai, abraçá-lo e amá-lo! Quando Alberto ali chegara, era ainda dia claro, lá permanecendo durante toda a tarde, ansioso por vislumbrar, por menos que fosse, a figura esguia do filho. Com Marialva em viagem pela Europa já havia quatro meses, era-lhe muito mais fácil espreitar o menino, visto que podia chegar à casa a hora em que bem entendesse. E Adélia sequer desconfiava de que ele ali comparecia.

Terminada a festa, e após a saída do último convidado, Elisa e Leonardo se despediram e foram embora, levando os filhos, a pequena Joana já adormecida. Rosali já estava a cerrar as janelas quando ouviu a campainha soar. Pensando que alguma das crianças pudesse haver esquecido alguma coisa, correu a abrir a porta, e qual não foi seu espanto ao encontrar Alberto ali parado, olhar ansioso a perscrutar o interior da casa por cima de seu ombro.

– Que faz aqui? – perguntou com rancor e, sem esperar resposta, já ia bater a porta, mas foi impedida por Alberto, que a segurou com força.

– Rosali, espere – suplicou ele.

– Vá-se embora daqui. Ninguém o convidou a vir.

– Mas é o aniversário de meu filho. Só queria vê-lo.

– Você não tem filho. Perdeu-o no dia em que o abandonou naquele navio, ainda em meu ventre, roubando-lhe a chance de uma vida digna, como a que leva qualquer menino normal.

– Por favor, Rosali. Por que tanto ódio?

– Você é ridículo. Ainda pergunta?

– Eu era muito jovem naquela época; não sabia bem o que fazia.

– Sua atitude não foi conseqüência da pouca idade, mas da total ausência de caráter. Você não presta.

– Não fale assim. Você não sabe o que sofro.

– Não sei e não quero saber. Mas todo sofrimento é pouco para você.

– Você não me perdoa mesmo, não é?

– Não, Alberto. Creio que jamais poderei perdoá-lo.

– Mas o menino é meu filho. Você não pode me impedir...

– Já disse que você não tem filho. Ao menos, não comigo. E se você tentar se aproximar dele, serei obrigada a tomar providências.

– Por favor, Rosali, não quero brigar. Deixe-me apenas vê-lo.

– Está louco? Que quer fazer, confundi-lo?

– Não. Você não precisa dizer que sou seu pai. Diga apenas que sou primo de Elisa. Ele não desconfiará de nada.

– Cale-se, Alberto, e saia daqui.

– Não posso; não antes de falar com ele.

– Saia daqui agora mesmo, rapaz! – era a voz de Osvaldo, que se fazia ouvir, autoritária, atrás de Rosali. – Sua presença não é bem-vinda nesta casa.

– Seu Osvaldo, por favor...
– Saia daqui, já disse, ou serei obrigado a chamar a guarda. Vamos, Rosali, entre – e puxando a filha para dentro, bateu a porta na cara de Alberto, que, vencido, se foi.

Amargurado, vagou durante o resto da noite, parando nos bares que encontrava abertos para beber, somente voltando para casa altas horas da madrugada. Ao chegar, a luz de seu quarto estava acesa, o que o deixou preocupado.

Subiu as escadas às pressas, temendo que alguém tivesse invadido a casa, e encontrou Marialva recostada na cama, meio adormecida, um livro caído sobre o peito. Surpreso, Alberto exclamou:

– Marialva!

A mulher, ouvindo seu nome, abriu os olhos e fuzilou-o com o olhar, impedida de falar pelas incessantes perguntas de Alberto.

– O que faz aqui? Quando voltou? Por que não mandou me avisar que vinha?

– Cheguei hoje à tarde, e você não estava. Por onde andou durante o dia todo?

– Espere, meu bem. Por que voltou tão cedo?

– Não voltei cedo. Estou fora há quatro meses. Além disso, é outono na Europa; não pude suportar o frio. Agora responda-me: onde esteve até estas horas? Com alguma vagabunda?

– Mas o que é isso? Você me ofende.

– Deixe de rodeios e conte-me logo.

Alberto, tentando contemporizar, apelou:

– Marialva, meu bem, pare com isso. Você acaba de chegar após longo período de ausência. Por acaso não sentiu minha falta? – ela aquiesceu, e ele prosseguiu: – Então, por que perder tempo com coisas sem importância, quando podíamos estar matando as saudades?

Ela titubeou e quase cedeu, mas o ciúme e o despeito falaram mais alto e, readquirindo a confiança, tornou a interrogar:

– Já disse para deixar de rodeios. Você está tentando me enganar.

– Querida, mas é claro que não!

– Chega, Alberto. Se não esteve com outra mulher, o que fazia então?

Alberto, hesitando um pouco, terminou por confessar:

– Fui ver Henrique.

– Você o quê? – ela estava furiosa.

– Fui ver meu filho.

– Essa não! Quer dizer que você ainda insiste em chamar esse bastardo de filho?

— Hoje é seu aniversário. Por acaso eu estava passando, vi movimento na casa e parei para olhar. Depois não pude ir embora, e fiquei ali na rua, na expectativa de vê-lo.

— Quer dizer que você passou o dia todo do lado de fora da casa de Rosali só para ver aquela criança horrorosa?

— Não fale assim. Ele é meu filho.

— Ouça bem, Alberto. Já lhe disse mais de mil vezes que não vou tolerar a presença dessa criança entre nós.

— Marialva, não recomece.

— Não recomece você. Estou farta desse seu sentimentalismo barato. Não percebe o quanto fica ridículo aí choramingando por aquele bastardinho sem eira nem beira? Você é desprezível, Alberto, e tenho nojo de você e daquela criança imunda e vil!

— Cale a boca! — bradou ele.

— Não me dê ordens! E, se quer saber, você é tão imundo e tão vil quanto ele e sua mãezinha, já que teve a coragem de, um dia, tocar o corpo daquela vagabunda!

— Cale-se, sua ordinária, já mandei!

— Você não manda em mim!

— Ah! mando sim.

— Ha, ha, ha! Isso é o que você pensa!

— Estou lhe avisando, Marialva, não me provoque, ou vai se arrepender depois.

— Ah, é? E o que pretende fazer? Bater-me novamente? Vamos, experimente!

— Pare com isso, mulher! Não me provoque mais!

— Canalha, idiota, crápula!

Alberto, cego pelo ódio que lhe provocava a mulher, e já alterado pela bebida, perdeu o controle sobre si mesmo e desferiu-lhe violento tapa na face, jogando-a contra o armário. Marialva caiu e, levando a mão ao rosto, sentiu sangue escorrendo da boca, passando a gritar com mais raiva ainda:

— Cachorro, covarde! Como ousa me bater novamente?

— Cale-se, vagabunda! — e começou a bater nela com tanta selvageria que só parou quando a deixou desacordada no chão, o rosto uma massa disforme embebida em sangue.

— Isso é para você aprender a não me provocar mais — concluiu com desprezo. — Agora vamos, levante-se.

Mas Marialva não se movia. Alberto cutucou-a com o pé e esbravejou:

– Ande, levante-se! Deixe de fingimentos! – e nada. Nem um movimento sequer. Temeroso, abaixou-se e mediu sua pulsação, escutou seu coração. Suspirou aliviado. Marialva estava apenas desacordada. Já um tanto refeito do acesso de fúria de que fora acometido, Alberto olhou para a esposa e caiu em si, aos poucos tomando consciência da loucura que fizera. "Meus Deus!", pensou, "poderia tê-la matado".

Rapidamente, ergueu o corpo da mulher e o colocou na cama, correndo até o armário para buscar sua maleta de médico. Voltou apressado e começou a limpar os ferimentos, passando pomadas cicatrizantes e bálsamos refrescantes para aliviar a dor. Suspendendo a cabeça de Marialva, derramou algumas gotas de remédio em sua boca, e depois deitou-a confortavelmente, cobrindo-a com o lençol.

Em seguida, apagou a luz e sentou-se a seu lado, subitamente sentindo-se mal, uma tonteira que quase o derrubou. Apertou as pálpebras e deitou, sentindo a cabeça explodir, enquanto Alfredo, desesperado, tentava inutilmente acertar-lhe um soco no queixo...

Capítulo 8

Adélia e Alberto continuavam a se encontrar freqüentemente, e embora o relacionamento entre ambos já não fosse mais o mesmo, eram assíduos em passar as tardes na casa alugada de Copacabana. Ocorre, porém, que essas visitas já não eram mais assim tão sigilosas, visto que Alfredo, tomado de ódio, acompanhara Alberto em uma de suas saídas, e acabara por descobrir o envolvimento dele com Adélia. Assim, passara a seguir o rival, e principiara a urdir uma trama para vingar-se dele. Lembrou-se da irmã e de todo o seu drama, imaginando onde estaria. Pensando que estava morta, começou a procurá-la, mas acabou por descobrir que ainda vivia.

Numa das vezes em que seguira Alberto, encontrara o novo lar de Rosali, dos pais e do sobrinho, que só então passara a conhecer. Sabendo de toda a verdade, seu desejo de vingança aumentou, e encontrando em Rosali eco para seus sentimentos, conseguiu reunir ao seu o ódio da irmã, o que, sem dúvida, formou um elo poderoso contra Alberto, que não possuía meios para se defender ou evitar as investidas do inimigo invisível.

Alfredo passara então a visitar a residência da irmã, comovendo-se, por vezes, com a lembrança dos pais, que se voltavam para ele em saudosa evocação. Maria do Socorro igualmente o acompanhava, tentando inspirar-lhe o perdão, o arrependimento e a fé em Deus, mas o neto se fazia surdo a seus conselhos amorosos. Sequer conseguia vê-la, ainda quando se encontrava a seu lado. Mesmo nos raros momentos em que lhe pressentia a presença, retirava-se rapidamente, receando que ela conseguisse "capturá-lo" e afastá-lo dali.

Integrado ao ambiente doméstico da casa da irmã, Alfredo passou a conhecer os hábitos da família. Sabia a hora em que o sobrinho saía para o colégio e quando voltava, quem o acompanhava, em que dias a irmã costumava sair e muitas coisas mais.

Descobriu que Rosali e Elisa costumavam ir à praia de Copacabana, o que fez crescer em sua mente doentia a idéia de um plano sórdido, que faria com que Alberto se arrependesse de haver tentado roubar-lhe a mulher amada.

Era verão, e as férias escolares já haviam chegado. As crianças estavam felizes por poderem se encontrar diariamente, preparando passeios, piqueniques e banhos de mar. Naquele sábado, a programação não era em nada diferente dos outros, e todos foram cedo para a praia, a fim de aproveitarem ao máximo o dia ensolarado e quente.

Como sempre, os meninos se divertiram imensamente com o mar, as ondas, a areia e as gulodices, carinhosamente preparadas por Helena.

Passava das três horas quando resolveram voltar para casa. O calor estava tórrido, e as crianças já se haviam exposto demais ao sol. Rosali estava a preparar o carro para a viagem de volta quando, subitamente, avistou Alberto abraçado a uma mulher, ambos sentados à sombra de uma palmeira, olhando o horizonte, a cabeça dela suavemente pousada em seu ombro. Pasma, cutucou Elisa e perguntou:

– Elisa, veja aquilo. Não é Alberto que ali está?
– Onde? – quis saber Elisa, que não vira nada ainda.
– Ali, debaixo daquela palmeira.

Elisa, seguindo a direção apontada pelo dedo de Rosali, deu de cara com o primo e soltou um grito. Mas os dois estavam a uma certa distância do carro delas, e nada viram ou escutaram. Elisa, sem poder crer no que via, disse, mais para si mesma do que para Rosali:

– Meu Deus! É ele mesmo.
– Quem é aquela que está com ele?
– Você não vai acreditar.
– Diga logo, Elisa, quem é ela?
– É dona Adélia.
– Quem?
– Dona Adélia, a baronesa de Arcoverde.
– Baronesa de quê?
– De Arcoverde. É a mãe de Marialva.
– O quê? Você deve estar enganada, não é possível.
– Não estou, não. É ela mesma.
– Minha nossa! Mas como pode ser? Alberto e a sogra assim, juntos? Será que são amantes?
– Como vou saber?
– É o que parece.
– As aparências enganam, querida. Talvez sejam apenas amigos.
– Sei. Mas não acha que eles estão por demais íntimos para serem apenas amigos? E depois, estranha amizade essa, entre uma mulher e o marido de sua filha. Pensa que Alberto seria capaz?
– Não sei. E nem quero saber. Não é problema meu.
– Será que ele se atreveria a tanto? Tomar por amante a própria sogra? Mas... sim, é possível. Afinal, sua preferência por mulheres casadas é do conhecimento de todos. E essa Adélia até que parece uma mulher bem bonita, embora daqui não dê para ver direito. E nem parece tão velha. O que você acha?

– Não me interessa a vida dos outros.
– Credo, Elisa, deixe de ser mal-humorada.
– Não é mau humor. É que não gosto de me intrometer na vida alheia, e esse tipo de mexerico me desagrada profundamente.
– Mas Elisa, ele é seu primo!
– E daí? Não é meu marido. Venha, vamos embora.
– Não, espere. Quero ver mais.
– Rosali, por favor, não se envolva nisso.
– Não estou me envolvendo em nada.
– Não está ainda. Mas suas intenções não me parecem das melhores.
– Ora, Elisa, o que é isso? Que poderia fazer?
– Não sei. Mas meu coração está a me avisar que você planeja alguma coisa, e isso não é bom. Sinto que algo terrível pode acontecer.
– Deixe de bobagens. Não vou fazer nada.
– Não estou assim tão certa. Se assim fosse, não se importaria com eles, e iria logo embora.
– É apenas curiosidade, nada mais.

Elisa, indignada, voltou a arrumar as coisas no carro, deixando Rosali, que a pretexto de haver esquecido algo na areia, voltou para a praia, a fim de ver melhor. As crianças, entretidas em suas brincadeiras, nada perceberam, mas Elisa ficou apreensiva, como se estivesse a prever uma tragédia.

Acercando-se mais, Rosali ocultou-se atrás de uma charrete estacionada perto de onde estava o casal de enamorados, que logo se levantou para ir embora. Sem nada desconfiar, Alberto e Adélia deixaram a areia de mãos dadas, seguindo por uma rua transversal, até chegarem a um sobrado discreto, a poucos metros da praia.

Alberto tirou uma chave do bolso e abriu a porta, dando passagem a Adélia, para que ela entrasse primeiro. Antes, porém, puxou-a para si e deu-lhe um beijo apaixonado, sussurrando algo em seu ouvido, o que fez com que ela olhasse para cima e risse maliciosamente. Em seguida, entraram e fecharam a porta, para, pouco depois, abrirem uma janela no segundo andar e puxarem a cortina de rendas brancas, impedindo, assim, que Rosali visse o interior da casa.

Mentalmente, ela anotou o endereço: o nome da rua e o número da casa, embora sabendo que jamais esqueceria aquele sobrado enquanto vivesse. Quem diria? Alberto e a sogra tinham um caso.

Era bem típico dele. Depois de tantos anos, ele continuava o mesmo devasso de sempre. Um homem sem escrúpulos, que não respeitava nem mesmo a própria sogra. Como se atrevia a pretender aproximar-se de seu filho? Ele, que nada tinha a oferecer a Henrique além do exemplo de uma vida de prazeres dissolutos e inescrupulosos. Não. Decididamente, a influência de Alberto era por demais perniciosa para o filho, e ela jamais permitiria um contato entre eles.

Retornando para a carruagem, Rosali encontrou o olhar severo de Elisa, que a censurava sem dizer uma única palavra. As crianças, já impacientes com sua demora, começavam a se inquietar, cansadas que estavam após um dia inteiro de brincadeiras. Rosali desculpou-se, alegando que havia esquecido algo na areia, e entrou no carro. Elisa deu ordens ao cocheiro para partir e sentou-se no banco, bem ao lado da janela, olhando para fora com ar pensativo, sem dizer uma palavra a viagem inteira.

Rosali, por sua vez, temendo ter que ouvir as recriminações da prima, preferiu não puxar assunto, e fingiu dormir, evitando, assim, uma discussão.

Ao chegarem à casa, antes que Rosali se despedisse, Elisa chamou-a, e estendendo-lhe um livro, atalhou:

– Ah, já ia me esquecendo. Trouxe este livro para você, mas não tive oportunidade de lhe entregar. Espero que aprecie a leitura tanto quanto eu.

Rosali pegou o presente e já ia agradecer, mas a carruagem seguiu apressada. Exausta, ela entrou com Henrique, subindo para tomar banho e descansar, atirando o volume displicentemente sobre a cama. Banhou-se demoradamente, vestiu-se e deitou-se para um cochilo, não percebendo, contudo, que o livro ficara sob seu corpo. Sentindo a dureza do couro pressionando suas costas, puxou o livro e lançou um olhar sobre o título. Espantada e surpresa, Rosali leu: *O Evangelho Segundo o Espiritismo*, de Allan Kardec, e adormeceu.

No dia seguinte, Rosali saiu à tarde sem falar com ninguém, e tomou o bonde em direção a Copacabana a fim de vigiar Alberto e a amante. Naquele dia, no entanto, eles não apareceram, e Rosali desconfiou que, por ser domingo, Alberto e Adélia não possuiriam desculpas para justificar sua ausência.

No outro dia, contudo, lá compareceu novamente, dessa vez encontrando a janela aberta, o que a fez supor que o casal estaria lá dentro. Ficou a tarde inteira do outro lado da rua, escondida entre as árvores, a espreitar o sobrado, à espera de que Alberto e Adélia aparecessem. Passadas algumas horas, Rosali viu uma mão puxar a janela e, logo a seguir, o casal surgiu na porta, despedindo-se, ali mesmo, com um longo beijo. O sangue de Rosali fervia, de ódio, de inveja, de ciúmes, de despeito...

Eram tantos sentimentos juntos que ela não poderia definir qual deles prevalecia, e o que mais desejava naquele momento era matá-lo. Só então descobrira que, no fundo, ainda o amava, e que todo aquele ódio nada mais era do que a outra face de um amor não correspondido. Com raiva de si mesma, Rosali pôs de lado aqueles pensamentos e se concentrou na vingança que pretendia perpetrar. Ela não podia amá-lo. Não depois de tudo o que ele lhe fizera.

A seu lado, o vulto desfigurado de Alfredo vibrava de excitação. Afinal, a vingança dele era também a dela, e ambos se regozijariam com a queda daquele imoral. Ele não merecia perdão nem condescendência. Era mau. Fizera Rosali sofrer, levara-o ao suicídio e agora maltratava Marialva, como se ela fosse uma meretriz. Isso sem falar na infame traição que fora capaz de cometer.

Depois da saída dos amantes, Rosali, satisfeita, voltou ainda a tempo de pegar o último bonde. Chegando à casa já quase na hora do jantar, encontrou os pais profundamente preocupados com ela.

– Rosali! – exclamou a mãe. – Graças a Deus que voltou. Já estávamos aflitos!

– Ora, mamãe, que bobagem – protestou ela. – Então não posso mais sair?

– A senhora esteve com papai? – indagou Henrique de súbito.

Confusa, ela balbuciou:

– Não... claro que não. Mas que despautério! De onde tirou essa idéia absurda?

– Não sei. Apenas me passou pela cabeça, foi só.

– Rosali, você andou se encontrando com aquele Alberto? – interrogou Osvaldo, seriamente preocupado.

– Pare com isso, papai! Onde já se viu?

– Onde esteve então, minha filha?

– Não é de sua conta. Não sou mais criança, e não preciso dar satisfações de meus passos a ninguém, muito menos ao senhor!

Rodando nos calcanhares, começou a subir as escadas, parando no patamar apenas para concluir:

– Vou me deitar. Podem jantar sem mim, não tenho fome.

– Mamãe – chamou Henrique – a senhora ficou zangada comigo?

– Não, meu filho. Jamais me zango com você.

– Posso então subir ao seu quarto após a refeição para dar-lhe um beijo de boa noite?

– É claro, querido. Ficarei muito feliz. Agora boa noite.

De volta ao quarto, Rosali, sem querer, pousou os olhos sobre o *Evangelho* que Elisa lhe dera, ainda esquecido sobre o criado-mudo. Ia passar por ele sem dar-lhe atenção, quando algo em seu íntimo puxou-a para ele, e ela o segurou nas mãos, folheando-o ao acaso. Começou a ler o capítulo referente aos laços de família, e se interessou pelo que dizia.

Avançando mais na leitura, foi ficando cada vez mais interessada e, a exemplo de Elisa, maravilhada com aquela doutrina de fé.

Mas aquelas palavras possuíam algo que ela não podia, naquele momento, aceitar. Falavam de indulgência, de perdão e de amor, coisas com as quais ela ainda não estava pronta para concordar. É que, aceitando em seu coração aquela filosofia divina, Rosali ver-se-ia obrigada a abandonar seus planos de vingança, já que o conhecimento da ilicitude de seus atos implicaria em responsabilidade, e ela não poderia justificar-se, mais tarde, com a escusa da ignorância. Assim, inconscientemente, abandonou a leitura, não por falta de interesse, mas por medo de comprometer-se com a verdade.

Rosali já estava quase adormecida quando ouviu leves batidas na porta. Pensando que fosse o filho, ordenou que entrasse, e se espantou quando a mãe entrou e se sentou na cama, a seu lado. Segurando-lhe a mão com doçura, foi logo dizendo:

– Rosali, você foi muito injusta com seu pai ainda há pouco. Ele apenas se preocupa com seu bem-estar.

– Eu sei, mamãe, mas é que perdi a paciência. Afinal, ele passou a vida toda tentando me controlar.

– Mas ele mudou. E você já não é mais uma menina. Já é uma mulher. No entanto, com tantos malfeitores por aí, é natural que ele se preocupe.

– A senhora está certa. Vou agora mesmo me desculpar com ele.

Ao se levantar, Rosali deixou cair o *Evangelho* no chão, e Helena se abaixou para pegá-lo. Ao erguer o livro, ficou surpresa, e indagou da filha:

– *Evangelho Segundo o Espiritismo?* O que é isso? Você agora se interessa por essas coisas de ocultismo?

– Não é ocultismo, mamãe. É uma doutrina mais ou menos nova, e foi Elisa quem me emprestou esse livro.

– Você está gostando?

– Bem... sim. É interessante.

– É sobre o quê?

– É uma doutrina baseada no Evangelho de Jesus Cristo, só que com uma visão diferente.

– Já acabou de ler? Pode me emprestar?

– Pode levá-lo. Por enquanto não estou interessada nesse tipo de leitura.

Helena não entendeu, mas achou melhor não perguntar. Não queria aborrecer a filha. Assim, voltaram para a sala e Rosali desculpou-se com o pai, saindo todos em seguida para tomar um refresco na confeitaria.

Passados alguns dias, Henrique sentira novamente aquela sensação de sufocamento e despertara arfante. Marcel, estimulado pela presença de Alfredo, cujas intenções não conhecia bem, intensificara suas investidas, e atacara o menino com tamanha fúria que ele quase sufocara mesmo. Mas depois, vendo que Alfredo não se interessava por Rosali ou pelo filho, mas sim em utilizá-la como instrumento para alcançar seus torpes objetivos, acalmou-se e até apreciou sua interferência, que em muito contribuiria para deixá-la mais e mais perturbada e desviada do caminho da luz.

Naquela noite, porém, Marcel encontrara certa dificuldade em permanecer ao lado do menino que, orientado pela avó, orava com fé a cada vez que ele se aproximava, intimidando-o, assim, com aquelas palavras tão bondosas.

É que Helena, encantada com as palavras do *Evangelho*, que lera recentemente, passara a adotar aquela filosofia como verdadeira, transmitindo-a depois para Osvaldo, que também a abrigara no coração sem qualquer relutância. Certos de que a verdade se encontrava ali, naquelas escrituras de amor, começaram a iniciar o pequeno Henrique no estudo e na compreensão da vida espiritual, e sua alma, já depurada, aceitara-a naturalmente e com facilidade, como se já a conhecesse e estivesse apenas relembrando as lições aprendidas.

Passou a orar todas as noites, com uma fé nunca antes experimentada, habituando-se a ler, em voz alta, uma página do *Evangelho* antes de se deitar. Essa leitura, embora não afastasse Marcel em definitivo, ia aos poucos tocando seu coração, e ele, espírito empedernido, mais ignorante do que mau, às vezes se entristecia consigo mesmo, que há tanto permanecia inutilmente atado àquela vingança solitária, desperdiçando inúmeras oportunidades de resgatar a vida que sequer chegara a viver. Outras vezes, contudo, revoltado, fugia espavorido ante aquelas palavras, correndo para o lado de Rosali que, renitente, alimentava idéias de vingança.

Mas, mesmo assim, seus ataques já não eram mais os mesmos, visto que os três, Helena, Osvaldo e Henrique, passaram a se reunir uma vez por semana para as orações em família, estimulados por Maria do Socorro e Mariano, o que foi diluindo as energias maléficas de Marcel e purificando o ambiente, para ali trazendo vibrações mais positivas, elevadas. Apenas Rosali não participava dessas reuniões, e até Elisa vinha de vez em quando. E foi por intermédio do *Evangelho Segundo o Espiritismo*, praticado por aquelas pessoas com fé e perseverança, que Marcel começou a se questionar e a lamentar tanto tempo perdido.

Capítulo 9

Elisa e Leonardo tocaram a campainha da casa de Rosali. Haviam ido convidá-la para assistir à estréia do balé, e Henrique saiu para chamá-la.
– Mas que ótima idéia! – aprovou Osvaldo. – Rosali precisa mesmo de uma boa distração. Anda muito estranha ultimamente.
– Como assim? – quis saber Elisa, apreensiva.
– Eu não sei bem. Só sei que anda esquisita. Sai sem dizer aonde vai, passa as tardes fora, sabe-se lá com quem.
Nesse instante, Rosali entrou na sala, em companhia do filho e da mãe, e tentou recusar o convite, mas Helena acabou por convencê-la, prometendo acompanhá-la. Há muito que não saíam, e precisavam se divertir. Osvaldo, porém, preferiu ficar em companhia de Henrique.
Rosali já ia saindo para vestir-se, quando escutou a voz de Elisa:
– Espere um instante, Rosali, vou fazer-lhe companhia.
Embora Rosali procurasse evitar ficar sozinha com a prima, certa de que ela tocaria no assunto de Alberto, não encontrou meios de impedir que ela a acompanhasse, sem levantar suspeitas. Ao entrarem no quarto, Elisa fechou a porta e, sentando-se na cama, interrogou:
– O que está tramando, Rosali?
– Eu? Nada.
– Eu a conheço. Sei que está tramando algo.
– Não sei do que você está falando.
– Sabe muito bem. Tio Osvaldo me disse que você anda estranha, saindo sem falar com ninguém e passando as tardes fora. Posso saber aonde vai?
– Não, não pode. Não lhe devo satisfações. Nem a você nem a ninguém.
– Pare com isso, Rosali. Você tem é medo de que eu não aprove sua atitude, não é mesmo?
– Não preciso de sua aprovação para nada. Posso fazer o que quiser.
– Por que não tem ido a nossa casa?
– Porque ando ocupada.
– Fazendo o quê?
– Já disse que não é da sua conta.
– E a praia? Não gosta mais de ir à praia?
– O que tem a praia a ver com isso?
– Você não nos tem mais chamado para ir à praia. Até as crianças estão estranhando. Ou será que agora você prefere ir sozinha?

– Deixe de bobagens. O que faria eu sozinha na praia?
– Não sei. Bisbilhotar a vida de Alberto, talvez.
– Não seja ridícula.
– Acha mesmo que estou sendo ridícula? Vai me dizer que não tenho razão? – Rosali não respondeu. – É claro que não vai, porque sabe que estou certa. Você tem ido a Copacabana sozinha, todas as tardes, só para espionar Alberto e dona Adélia, não é? Não é?
– Cale-se! Não me apoquente.
– Ah, agora eu a aborreço. Mas é claro. As minhas observações não lhe convêm, não é?
– Elisa, pare com isso. Não quero brigar com você.
– Tampouco eu, querida prima. Sabe que a amo, que me preocupo com você. Não gostaria de vê-la envolvida nessa história sórdida.
– Não estou envolvida em nada.
– Será que não? Então por que vai vigiá-los?
– Eu não disse isso.
– Vai negar?

Rosali, cabisbaixa, balançou a cabeça negativamente, e depois, com os olhos cheios de lágrimas, encarou a prima e desabafou, a voz carregada de emoção:

– Elisa, você não sabe o que sofri! Passei dez anos no exílio por causa de Alberto, dez longos anos em que eu imaginava o que pensaria ou o que sentiria se um dia tornasse a vê-lo.
– E o que sentiu?
– Não sei – respondeu ela num sussurro, atirando-se nos braços de Elisa. – Não sei.

Elisa, acariciando-lhe os cabelos, acrescentou docemente.

– Mas eu sei. Você ainda o ama, não é mesmo?
– Não sei. Creio que sim. Oh! Elisa, o que posso fazer? Ele esteve aqui no dia do aniversário de Henrique, mas não queria me ver, e sim ao filho. Depois de todos esses anos, eu não o esqueci, mas ele sim. Aliás, ele sequer chegou a me amar um dia. Eu fui apenas mais uma distração, uma conquista sem importância. Quase morri de ciúmes e de ódio ao vê-lo com aquela mulher. Alberto nunca amou ninguém, e o que mais me dói é saber que ele jamais foi capaz de amar.
– Se você sabe disso, então não devia sofrer assim. Um homem que não sabe amar não merece as lágrimas de uma mulher.
– Também penso assim, mas sinto de outra forma. Ao ver Alberto com dona Adélia eu me senti, não rejeitada, mas usada. Ele me usou e me jogou fora quando não precisava mais de mim, e depois não hesitou em

correr para os braços de outra quando os de sua mulher já não foram mais suficientes para saciá-lo. Ele é assim: usa as mulheres pelo tempo em que elas lhe servem. Depois... bem, depois ele as larga como se fossem lixo.

– Não quero desculpar o que ele fez, mas se você não se tivesse deixado usar, ele não a teria usado.

– Mas eu estava apaixonada!

– E ele também. Só que, como você mesma disse, Alberto não sabe o que é amar, e depois que aquela paixão acabou, ele se viu embaraçado com uma mulher que já não mais desejava. Alberto conhece bem a paixão e o desejo, mas esses sentimentos não são sólidos, e se esvaem, ou com o tempo, ou com a rotina, ou com as dificuldades.

– Você ainda o defende?

– Não o estou defendendo. Mas depois de tantos anos, pensando muito a respeito de tudo isso, vejo que Alberto é digno de pena, pois está ainda muito distante do verdadeiro amor.

– Não posso sentir pena do homem que me fez sofrer, a mim e a Henrique, roubando-me a dignidade e a ele o direito de ter um nome e uma família. Não. Enquanto existir, nunca esquecerei o que ele me fez.

– Se você não pode esquecer, ao menos tente compreender e perdoar.

– Não posso. Embora o ame ainda, jamais poderei entendê-lo; muito menos perdoá-lo.

– Você leu aquele livro que lhe dei da última vez em que fomos à praia?

– Como?

– *O Evangelho Segundo o Espiritismo*. Você leu?

– Algumas partes, por quê?

– Porque se você o tivesse lido todo, veria como essa sua atitude é indigna e perigosa. Une você às energias negativas do mal.

– Ora Elisa, sermão agora não.

– Não é sermão. É a verdade, e a verdade muitas vezes é dolorosa. Tanto que não gostamos de ouvi-la.

– Pare, por favor. Pare, ou não poderei mais ir a lugar algum.

– Está bem, querida. Mas pense no que lhe disse.

– Pensarei.

Rosali terminou de se vestir e ambas desceram as escadas, encontrando Leonardo e Helena já impacientes com tanta demora.

– Puxa! – exclamou Leonardo. – Até que enfim.

– Desculpem-me, mas eu não resolvia o que vestir.

– A senhora está linda, mamãe! – elogiou Henrique, admirado.

– É verdade, Rosali – complementou Leonardo extasiado –, linda como nunca!

Elisa, que até então nunca suspeitara dos sentimentos do marido para com a prima, olhou-o desconfiada, sentindo em seu coração que algo naquelas palavras não soava muito bem. Eram doces demais, embevecidas demais, apaixonadas demais. Percebeu que Rosali, discretamente, lhe dirigira um olhar de contentamento, e notou que entre ela e seu marido havia um sentimento que tentavam ocultar, até mesmo de si próprios.

Elisa pôde claramente perceber que ela se apaixonara por Leonardo, e este por Rosali, mas ela os julgava por demais honestos, sinceros e dignos para se entregarem a uma relação ilícita e obscura.

– Vamos embora – chamou Helena, dirigindo-se à porta da rua –, ou chegaremos atrasados. Boa noite, querido.

– Boa noite, minha querida. Divirtam-se.

Elisa e os demais chegaram um pouco atrasados ao teatro, e o balé já havia começado fazia apenas alguns minutos. Conduzidos ao camarote, sentaram-se em silêncio e passaram a se deliciar com a companhia de balé do teatro, que encenava O Quebra-Nozes. A peça já estava adiantada quando Rosali, voltando o olhar em todas as direções, deu com Alberto e Marialva sentados em um camarote a sua frente, tendo a seu lado Adélia e Cristiano.

Daí em diante, Rosali não conseguiu mais prestar atenção a nada, acompanhando todos os movimentos dos quatro, seguindo a direção de cada olhar de Alberto e Adélia. Notou que o marido desta estava profundamente consternado, mal se concentrando na dança, e que, por vezes, sussurrava algo ao ouvido da mulher, fazendo com que ela desse de ombros e levasse a mão à testa, num gesto típico de quem já está saturado.

Terminada a apresentação, Rosali já estava saindo, de braços dados com a mãe, bem atrás de Elisa e Leonardo, quando Alberto e família vinham andando em sua direção, até que, inevitavelmente, tiveram que se encontrar.

– Boa noite, Elisa – cumprimentou Marialva formalmente –, então também vieram à estréia?

– Boa noite a todos – respondeu Elisa cordialmente. – Sim, viemos assistir ao balé. Estava muito bonito.

– É verdade – concordou Alberto, tentando puxar assunto. – E os figurinos, então, estavam belíssimos.

– Sim, e a orquestra muito bem ensaiada – completou Adélia.

– Isso sem falar na maestria dos bailarinos – prosseguiu Marialva. – Que graça, que beleza, que... – e parou a meio, ao dar de cara com Rosali, que aparecera por detrás do ombro de Elisa. Esta, notando que a outra se espantara com a presença da prima, interveio e falou com naturalidade:

– Marialva, lembra-se de Rosali?

– Claro que sim. Como vai?

Rosali, mal disfarçando a raiva e o constrangimento, replicou.

– Vou bem, obrigada. Agora, se me dão licença, preciso sair e respirar um pouco. Sinto-me sufocada aqui dentro, com todo esse calor. Venha, mamãe, vamos esperar Elisa e Leonardo lá fora.

Helena, de braços dados com a filha, saiu com ela para a rua, esperando que a sobrinha e o marido se desembaraçassem daquele encontro inesperado e nada agradável. Rosali, porém, querendo saber se a mãe também notara o ar amuado de Cristiano, perguntou-lhe:

– Mamãe, a senhora não percebeu como o barão estava estranho?

– Não, minha filha, por quê?

– Não sei. Mas notei que, durante todo o balé, ele mal prestava atenção ao palco, parecendo distante e aborrecido. Além disso, vivia a murmurar coisas para a mulher.

– E daí? O que você tem a ver com isso?

– Nada, nada. Eu só fiquei curiosa.

– Esqueça, Rosali. Não é problema seu.

– A senhora tem razão. Isso não me diz respeito.

Elisa e Leonardo chegaram, e os quatro seguiram em direção à carruagem, Leonardo se desculpando:

– Lamento muito que os tenhamos encontrado aqui.

– Ora, o que é isso, Leonardo? – protestou Helena. – Você não é culpado. O teatro é público, e sempre há a possibilidade de se encontrar pessoas conhecidas em locais freqüentados por muita gente.

– Isso lá é verdade. Ainda assim, não foi um encontro dos mais agradáveis.

– Deixe isso para lá, Leonardo – disse Rosali. – Não nos incomodou em nada.

Quando chegaram à casa, já era quase meia-noite, e Osvaldo e Henrique já estavam dormindo. Em silêncio, Rosali foi para a cama, mas não conseguia conciliar o sono. Ela estava se roendo de ciúmes, e começou a imaginar o que poderia fazer para desmascarar Alberto e Adélia, e assim concretizar sua vingança. Passou a noite inteira a pensar, sem imaginar que o espírito do irmão se encontrava a seu lado, jogando em sua mente uma idéia aterradora, que ela recebeu prontamente, nela identificando uma excelente oportunidade de se vingar do homem que, um dia, lhe roubara toda a chance de felicidade.

Satisfeito, Alfredo saiu da casa de Rosali certo de que, em breve, conseguiria livrar a amada da influência perniciosa daquele monstro.

Instantaneamente, viu-se de volta ao quarto de Marialva, encontrando-a sob o corpo nu de Alberto, que acabara de ter com ela intensa relação sexual. Enojado, Alfredo sentiu ânsias de vômito, e chegou a ter raiva de Marialva, que ainda se permitia deixar tocar por aquele pulha. Como podia ela, depois de tudo o que acontecera, ainda se entregar a ele, e mais, com tamanho ardor? Coberto de ódio, tentou acertar Alberto, inutilmente, porém. Ele apenas assinalou a presença do inimigo com uma leve dor de cabeça, que atribuíra às fortes emoções por que passara horas antes.

Devido ao cansaço, em breve adormeceram, quando o relógio da sala batia as três horas da madrugada. O silêncio reinava então, e tudo parecia tranqüilo, quando Marialva começou a se agitar e a ciciar coisas ininteligíveis, que Alberto não conseguira discernir. Receoso, tentou acordar a mulher, sacudindo-a pelos ombros, mas ela não despertava. Depois de algum tempo, porém, Marialva, como que juntando forças, balbuciou com voz arrastada:

– Ti... tire... suas... mã... mãos... de.. dela...

Assustado com aquele tom de voz, que nem parecia de sua esposa, Alberto largou-a e saltou da cama, acendendo a luz e olhando para ela. Seu rosto estava pálido, a respiração ofegante, os olhos semicerrados. Mas seu corpo estava imóvel, ela não mexia um músculo.

– Marialva! Marialva! – começou a gritar. – O que há com você? Por que fala assim?

– Se... seu... cre... cre... ti... no...

– Mas o que é isso? Está louca ou o quê? Acorde, vamos!

Marialva, que internamente lutava para despertar, abriu os olhos e encarou o marido, completamente aturdida.

– O que houve? – indagou ela apavorada.

– Eu é que lhe pergunto. Você começou a agir de forma estranha. Assustou-me, nem parecia você.

– Engraçado. Eu podia ouvir sua voz, vê-lo, e até ouvi a minha própria voz, que me soava esquisita. No entanto, não conseguia me mexer, e era como se alguém falasse por intermédio de minha boca. Meu corpo ficou todo dormente, e até meus pensamentos ficaram confusos. Foi inusitado! Como se fosse eu e não fosse ao mesmo tempo. Isso sem falar na terrível dor de cabeça.

– Realmente é muito estranho. Nunca vi nada semelhante.

– Será que estou ficando louca?

– Não creio. Deve ser algum distúrbio neurológico. Um tratamento adequado e você voltará ao normal.

– Será?

– Com certeza. Na próxima semana iremos procurar um médico que possa cuidar dos seus nervos. Agora durma. Vai lhe fazer bem.

Marialva virou para o lado e, na mesma hora, adormeceu. Alfredo, colado a ela, também não compreendia muito bem o que fizera. Mas o que se dera fora que ele, nela tentando incorporar para expressar sua fúria, realmente o conseguira, mas o meio mecânico da médium, cuja consciência mantivera, oferecera resistência, e Alfredo viu-se frustrado em seus objetivos. Era como se o corpo físico de Marialva, não aceitando aquela incorporação, não colaborasse com o espírito, que se viu obrigado a manipular matéria densa e inerte. Foi por isso que ela não pôde se mover, e que sua voz soou confusa e balbuciante, pois Alfredo não conseguia, sozinho, manipulá-la a seu bel prazer. Mas sua mente, ele logrou parcialmente dominar.

Travada a luta com o espírito desencarnado, Marialva conseguiu, depois de muito custo, assenhorear-se do próprio corpo e, com muito esforço, expulsá-lo, voltando logo a si.

O fato é que Alfredo, a cada dia, acumulava mais e mais forças no que se referia a Marialva, e a obsessão de que ela era vítima ia se intensificando com o passar do tempo, tornando-se quase que uma constante suas interferências durante o sono.

Marialva, embora sempre acabasse por se dominar, não se lembrava de orar a Deus. Ao contrário, maldizia o obsessor, xingando-o e blasfemando, o que contribuía para que Alfredo ganhasse cada vez mais campo no terreno sem fé da mulher obsediada.

Capítulo 10

Leonardo, sentado em seu escritório, olhava a forte chuva que caía do lado de fora da janela, pensando em Rosali e no quanto gostaria de falar com ela. Maquinalmente, pegou o telefone e pediu o número de sua casa, e a própria Rosali atendeu.
– Alô? Rosali?
– Sim. Quem está falando?
– Sou eu, Leonardo. Rosali, será que poderíamos almoçar juntos? Preciso muito falar com você.
– Mas é claro.

À hora aprazada, Rosali chegou ao escritório de Leonardo, e dali seguiram para um restaurante já conhecido de ambos. Após pedirem os pratos, Rosali foi logo indagando:
– Muito bem. Cá estamos. Pode me dizer agora o que está acontecendo?
– Rosali, não sei se está direito chamá-la aqui para preocupá-la, mas eu mesmo morro de preocupação. É Elisa.
– O que tem ela?
– Está doente.
– Doente? O que é?
– O médico não sabe direito. É alguma coisa no útero, não sei bem. Tem hemorragias freqüentes e sente dores agudas.
– Meu Deus. O que será?
– Não sei. Ela precisa terminar todos os exames, mas o médico pensa que pode ser algum tipo de tumor. Oh! Rosali, é terrível!
– Há algum risco de vida?
– Talvez. Se ela precisar operar, os riscos sempre ocorrem.
– Operar? Mas que coisa horrível! E Elisa sabe?
– Sim, você a conhece. É uma mulher forte e decidida, e é impossível enganá-la.
– Elisa jamais se deixaria enganar mesmo.
– Por favor, Rosali. Não diga que lhe contei. Ela não quer que ninguém saiba, por enquanto.
– E os pais dela?
– Também ainda não sabem. Ela não quer preocupar ninguém sem necessidade. Eu só lhe contei porque você é sua amiga e pode ajudá-la, e eu também precisava desabafar.

— Fez bem. Mas o que poderei fazer para ajudá-la?
— Não sei. Finja que desconfia de algo e pergunte-lhe. Ela vai acabar lhe contando.
— Será?
— Tenho certeza. Ela a ama muito, e confia demais em você.
— Deixe comigo. Verei o que posso fazer.
— Obrigado. Sabia que podia contar com você.

Rosali saiu do restaurante com o coração apertado. Não podia ser. Elisa não. Era sua amiga, sua irmã. Viveram muitas coisas juntas, e ela era ainda muito jovem para morrer. Achou que seria melhor não pensar naquilo. O médico ainda não dera o diagnóstico final, e poderia ser qualquer outra coisa.

Ao entrar em casa, Henrique foi recebê-la e abraçou-a com força, chamando-a para o quarto, a fim de contar-lhe o sonho que tivera naquela noite.

— Sabe, mamãe, foi muito esquisito. Sonhei que havia um outro menino aqui, e que ele seria seu filho também.

Rosali riu e objetou:

— Isso é impossível. Não terei mais nenhum filho além de você. Você é meu único tesouro.

— Mas não, mamãe. Ele não havia nascido da sua barriga.

— Como assim?

— Não sei dizer. Só sei que ele era seu filho, mas ao mesmo tempo não era. E havia um homem conosco, cujo rosto não pude distinguir.

— Um homem? Seria seu pai?

— Creio que não. Só vi meu pai uma vez, quando ele aqui esteve, e não lhe prestei muita atenção. E, por falar nisso, mamãe, quando poderei ver meu pai?

Rosali estranhou aquela pergunta. Era a primeira vez que Henrique se referia ao pai, demonstrando desejo de aproximar-se dele.

— Por quê? — indagou ela. — Tem vontade?

— Sim, mamãe. Eu gostaria muito.

— Por que isso, meu filho? Não temos vivido bem até agora, sem ele?

— É verdade. Só que antes eu não sabia que meu pai estava tão próximo.

— Mas, desde que eu lhe contei, você não tem demonstrado nenhum interesse nele. Por que agora, de repente, resolveu se preocupar com isso?

— Mamãe, se nunca falei nada, foi para não desagradar a senhora, que está magoada com ele. Mas esse sonho, não sei por que, me fez lembrar dele, e eu gostaria muito de poder conhecê-lo.

— O que me pede é impossível.

— Por quê?

— Porque seu pai hoje é um homem casado, e a mulher dele não gosta de você.

— Mas ela nem me conhece!
— É, mas você não é filho dela, e isso basta para ela não gostar. Além disso, seu pai também não lhe quer lá muito bem.
— Mamãe, isso não é verdade. Sei que meu pai esteve aqui no dia do meu aniversário, tentando falar comigo.
— Henrique, você andou espionando atrás das portas?
— Não, mamãe. Só que eu havia descido para ir à cozinha buscar um copo dágua quando escutei a campainha tocar. Eu até já ia atender, mas a senhora passou por mim e nem me viu. Ao ouvir aquela voz vagamente familiar, apurei os ouvidos e me escondi, não para me intrometer, mas com uma intuição de que poderia mesmo ser meu pai. E qual não foi o meu espanto quando descobri que era ele mesmo. Mas quando a senhora não permitiu que ele falasse comigo, e o meu avô surgiu para mandá-lo embora, eu nada disse e corri para o meu quarto, com medo de que me descobrissem e brigassem comigo. Aí então eu percebi o quanto a senhora estava magoada com ele, e como eu a amo muito, não quis desgostá-la tocando nesse assunto, enquanto a senhora não estivesse preparada para ouvir.

Rosali levou a mão à cabeça, como quem põe a mão na consciência, e começou a chorar baixinho. Henrique, já arrependido do que falara, abraçou-a com força e disse:
— Perdoe-me, mamãe. Não devia ter dito isso. Não quero magoá-la ainda mais. Desculpe-me, por favor, juro que nunca mais tocarei nesse assunto.

Rosali, olhos banhados em lágrimas, estreitou o filho contra o peito e retrucou:
— Não, meu bem, mamãe não está magoada com você. Não foi por causa do que você disse.
— Então por que está chorando?
— Porque só agora percebo o quanto tenho sido egoísta, só pensando em mim.
— Não compreendo.
— Durante todo esse tempo, eu tentei me preservar e a você do sofrimento de ter um pai que não lhe dá importância e, com essa desculpa, afastei-o do convívio com ele, certa de que isso o impediria de sofrer ainda mais. Mas o que não pude perceber é que o que eu julgava ser o melhor para você poderia não ser, pois, na verdade, eu estava fazendo o que era melhor para mim. Na tentativa de protegê-lo, acabei por roubar-lhe a oportunidade de decidir o que você realmente desejava. No fundo, eu protegia a mim mesma, e temia perdê-lo para Alberto; temia que você o amasse mais do que a mim, temia precisar dividi-lo com ele. E, pior de tudo, pretendia vingar-me dele através de você, deixando que

amargasse no pranto a dor de não possuir alguém que ama e que eu, por muito amar, julgava possuir com exclusividade.

— Mamãe, não fale assim. A senhora apenas reagiu a uma atitude má que meu pai teve com a senhora.

— Você é muito compreensivo, meu filho, mas não sei se as coisas são bem assim.

— Não se culpe, mamãe. As coisas sempre acontecem da forma como devem acontecer. E não se preocupe. Saberei respeitar seus sentimentos e não falarei mais nisso.

— Não, por favor, não quero que você reprima o que sente só para me agradar. Se é seu desejo conhecer seu pai, não tentarei mais impedi-lo. Apenas lhe peço que não vá procurá-lo, nem que me peça para ir. Ele e a mulher dele não são pessoas das mais cordiais, e receio que nos tratem mal.

— Não, mamãe, não quero procurá-lo ainda. Deixemos que o tempo se encarregue de tudo, e entreguemos esse caso nas mãos de Deus. Se for da sua vontade que nós nos encontremos, a ocasião se fará sem que tentemos forçar nada. E, além disso, penso que a senhora não está ainda pronta para enfrentá-lo, e não seria justo obrigá-la a aceitá-lo contra sua vontade.

— Henrique, não...

— Por favor, mamãe, não diga mais nada. Ainda há pouco a senhora falou que poderia me estar roubando a oportunidade de escolher o que realmente quero. E o meu desejo, nesse momento, é não tocar mais nesse assunto e aguardar a providência divina, até que a senhora, assim como eu, também esteja pronta para recebê-lo e perdoá-lo. Não se preocupe comigo. Eu estou bem.

Em seguida, Henrique segurou a mão da mãe e desviou a conversa para as aulas, que em breve iriam começar. Rosali, embora silenciasse, ficou extremamente impressionada, não só com a compreensão do filho, mas também com o grau de maturidade em uma criança de apenas dez anos de idade.

— É – pensou ela –, às vezes fico a me perguntar quem é que veio ao mundo para ensinar a quem.

Henrique, apesar de bastante jovem, possuía um discernimento extraordinário, e mostrava-se muito bem preparado para enfrentar as dificuldades que a vida lhe apresentava com serenidade e equilíbrio.

Sim, ela tinha muito que agradecer pelo filho maravilhoso que Deus lhe enviara.

Marcel, ajoelhado ao lado de Henrique, chorava copiosamente ao escutar a leitura do capítulo X do *Evangelho Segundo o Espiritismo* – Bem-aventurados os que são Misericordiosos: "A misericórdia é o complemento da brandura, porquanto aquele que não for misericordioso não poderá ser brando e pacífico. Ela consiste no esquecimento e no perdão das ofensas. O ódio e o rancor denotam alma sem elevação nem grandeza. O esquecimento das ofensas é próprio da alma elevada, que paira acima dos golpes que lhe possam desferir. Uma é sempre ansiosa de sombria suscetibilidade e cheia de fel; a outra é calma, toda mansidão e caridade. Ai daquele que diz: nunca perdoarei. Esse, se não for condenado pelos homens, sê-lo-á por Deus. Com que direito reclamaria ele o perdão de suas próprias faltas, se não perdoa as dos outros? Jesus nos ensina que a misericórdia não deve ter limites, quando diz que cada um perdoe ao seu irmão, não sete vezes, mas setenta vezes sete vezes."

Essas palavras, ditas com brandura, tocaram fundo o coração do obsessor, já bastante arrependido de estar, há tanto tempo, embrenhado naquela vingança sem fronteiras de tempo ou de espaço. Para que tamanha obstinação em perseguir aqueles espíritos encarnados que, bem ou mal, lograram obter do alto permissão para voltar ao mundo material e tentar evoluir e alcançar a felicidade? Todos os seus antigos desafetos estavam agora no corpo físico, lutando para crescer naquele tumultuado mundo de provas e expiações, enquanto ele, cego pelo ódio, permanecia atado ao desejo inútil de uma vingança sem razão de ser.

Henrique, que embora inconscientemente registrasse a presença de Marcel a seu lado, prosseguia na leitura do Evangelho, já agora nas instruções dos espíritos:

"Perdoar aos inimigos é pedir perdão para si próprio; perdoar aos amigos é dar-lhes uma prova de amizade; perdoar as ofensas é mostrar-se melhor do que era. Perdoai, pois, meus amigos, a fim de que Deus vos perdoe, porquanto, se fordes duros, exigentes, inflexíveis, se usardes de rigor até por uma ofensa leve, como querereis que Deus esqueça de que cada dia maior necessidade tendes de indulgência? Oh! Ai daquele que diz: "Nunca perdoarei", pois pronuncia sua própria condenação. Quem sabe, aliás, se descendo ao fundo de vós mesmos, não reconhecereis que fostes o agressor? Quem sabe se, nessa luta que começa por uma alfinetada e acaba por uma ruptura, não fostes quem atirou o primeiro golpe, se vos não escapou alguma palavra injuriosa, se não procedestes com toda a moderação necessária!"

Não seriam verdadeiras essas máximas? Afinal, não fora ele também culpado pelas desgraças que lhe sobreviveram? Não provocara aquele destino inglório, quando resolvera, ele mesmo, dilacerar tantas vítimas inocentes de seu orgulho? De que se queixava? Que direito tinha de sentir-se injustiçado, ele que fora juiz impiedoso de seus inimigos? Talvez merecesse mesmo aquele sofrimento todo.

Mas, se Deus era tão bom e misericordioso, por que não se compadecia dele e o salvava daquele martírio? Estava claro: era porque não merecia perdão. Ele, que jamais soubera perdoar, não poderia exigir para si o perdão, que lhe seria negado na mesma medida em que sempre negara.

Angustiado, Marcel elevou seu pensamento a Deus e implorou seu auxílio, com tanto fervor e tanta fé, que começou a se sentir mais confortado. Logo, o ambiente ao seu redor se iluminou e ele pôde divisar a alva figura do doutor Mariano, parado em frente a ele com um sorriso tão bondoso, que ele começou a soluçar.

– Oh! Deus, Deus! Será possível que ouvistes as minhas preces? Enviastes um anjo de vossa guarda para me salvar?

E caiu de joelhos, chorando copiosamente diante de Mariano, que o observava, cheio de ternura e bondade.

– Levante-se, meu filho – convidou o doutor com uma voz doce e amiga, que muito emocionou Marcel. – Não sou nenhum anjo, apenas um servo do bem enviado para auxiliá-lo e conduzi-lo a um local mais agradável e ameno, a fim de que você se recupere da enfermidade de que é vítima.

– Enfermidade? Não compreendo vossas palavras. Estou morto, e a enfermidade que me matou não foi provocada por mim.

– Engana-se, amigo. Você não está morto. Não percebe que vive?

– Sim, mas meu corpo de carne se foi. Hoje sou apenas um espírito das trevas que erra pelo mundo em busca de vingança.

– E por que apelou para Deus?

– Porque não quero mais ser assim. Sou infeliz, estou cansado e não vejo mais sentido em me vingar. Quero apenas esquecer e repousar.

– Então venha comigo.

– Para onde me levais?

– Já lhe disse. Para um local em que poderá descansar e se recuperar desses longos anos de obsessão a que você se entregou.

– Oh! Meu Deus! Por que fui tão cego? Por que desperdicei meu tempo praticando o mal? Será que um dia poderei ser perdoado? Será que mereço o vosso auxílio magnânimo?

– Não pense nisso agora. O tempo que você levou para alcançar esse entendimento foi aquele necessário ao amadurecimento do seu espírito. Não se culpe, porque a culpa representa um entrave ao progresso das criaturas. Deus perdoa sempre, e todos somos dignos de sua benevolência.

– Vossas palavras são por demais gentis para um réprobo como eu.

– Você está sendo muito severo consigo mesmo. Não existem réprobos, apenas espíritos em evolução. Você vai aprender isso e muito mais no lugar para onde pretendo levá-lo. Agora venha. Dê-me sua mão e feche os olhos.

Temeroso, Marcel se encolheu aos pés de Mariano, que gentilmente o tranqüilizou.
— Não se preocupe e confie em mim. Você não pediu ajuda a Deus?
— Sim, mas...
— Mas então eu estou aqui para ajudá-lo. Não tema, porque iremos para um lugar sereno e límpido, de refazimento, onde você poderá resgatar o tempo perdido e rever o resultado de suas escolhas. Vamos, feche os olhos e venha. Está seguro comigo.

Convencido, Marcel obedeceu, e cerrando os olhos, entregou-se aos cuidados de Mariano, que, carinhosamente o adormeceu e o conduziu à colônia espiritual que habitava, encarregando-se, ele mesmo, da recuperação de mais um enfermo que, voluntariamente, buscara socorro em Deus.

Desde aquele dia, Henrique e Rosali não mais foram assediados por Marcel, que agora se preparava para uma nova etapa em sua vida espiritual. O ambiente em casa ficara mais leve, cessaram os pesadelos e os sufocamentos. A família prosseguia com as reuniões, uma vez por semana, para as orações em família, o que melhorava ainda mais o ambiente, não só afastando as energias negativas, como também atraindo as energias positivas de amigos espirituais interessados em ajudar no desenvolvimento daquelas almas.

Rosali, contudo, permanecia alheia aos estudos dos demais, não comparecendo a nenhuma reunião. Embora o filho a houvesse sensibilizado com aquela conversa sobre o pai, o fato é que ela não desistira, ainda, de seus projetos de vindita.

Assim, em silêncio, continuara a arquitetar seu plano sórdido, esperando o momento mais oportuno para colocá-lo em prática. Maria do Socorro, feliz com a recuperação de Marcel, procurava intervir, tentando demover a neta daquele intuito mesquinho. Então, quase que diariamente, sussurrava-lhe bons conselhos, retirava-a do corpo durante o sono, mas ela se mostrava irredutível, dizendo-lhe sempre:
— Sinto muito, vovó. Sei que o que vou fazer não é certo. No entanto, é mais forte do que eu.
— Esqueça isso, minha filha. Fará mais mal a você do que a ele.
— Não posso. Já estou decidida.
— Por que se envolver mais com Alberto? Já não sofreu o suficiente?
— Sim. É por isso mesmo. Ele tem que pagar.
— Rosali, você está sendo incoerente e injusta com você mesma. Alcançou grandes progressos com seu filho, perdoou seu pai, resistiu ao desejo de entregar-se ao marido de sua prima. Tem sido mãe, filha e

amiga exemplares. Por que correr o risco de comprometer tudo isso com uma vingança que não a levará a nada?

— Porque ele tem que pagar. Além disso, não lhe fará assim tanto mal. Pretendo apenas desmoralizá-lo e àquela esnobe.

— Minha filha, você não sabe o que faz. As conseqüências desse ato tresloucado podem ser muito mais desastrosas do que imagina.

— Como assim?

— Cristiano, marido de Adélia, é um homem confuso, transtornado pelo ciúme, capaz das maiores barbaridades. Pode cometer uma loucura.

— Que tipo de loucura? Matar-se?

— Sim. A si mesmo, à mulher e a Alberto. E tenho certeza de que não é isso que você deseja, não é mesmo?

— Bem... não. Mas não creio que ele seja capaz de tanto.

— Engana-se. Ele é capaz disso e muito mais.

— É? Nem parece. Acho que ele é muito passivo e covarde para assassinar alguém.

— Já lhe disse que você se engana. Não conhece Cristiano nem seus comprometimentos. Sua aparente passividade esconde um homem cruel, que já cometeu muitos crimes. Hoje ele luta ferozmente consigo mesmo para conter a fúria sanguinária que tanto o acompanhou no passado. Quererá você contribuir para que esse terrível instinto volte à tona e novamente o destrua, fazendo com que ele continue afastado dos verdadeiros valores da vida? Quererá intervir em seu destino, distanciando-o cada vez mais de Deus? Pense, Rosali. Se isso acontecer, como poderá viver carregando essa culpa?

— Ora, vovó. Não desejo que isso aconteça. Mas, se acontecer, a culpa não será minha. Eu não pretendo matar ninguém.

— Sim, a culpa, propriamente, não será sua, porque você não pode ser responsável pelos atos dos outros. No entanto, não pode eximir-se de sua parcela de responsabilidade, no tocante à colaboração que estará dando para a queda de seus semelhantes.

— Eu? Já disse que não vou matar ninguém, nem instigar que matem.

— Não diretamente. Mas essa sua atitude poderá desencadear uma tragédia na qual você terá papel ativo e decisivo. Pense no seu filho, em como ele se sentirá diante de tudo isso. Afinal, é o pai dele.

Rosali calou-se. A avó estava certa. E se o barão resolvesse matar a esposa e o seu amante? É claro que ela não desejava uma tragédia, não possuía instinto ruim. Além disso, o filho era um argumento poderoso. Ela não gostaria de fazê-lo sofrer em hipótese alguma. Após refletir alguns instantes, encarou a avó e falou:

— A senhora tem razão, vovó. Essa vingança é uma loucura, que não levará a nada.
— Vai desistir, então?
— Sim. Pela felicidade de meu filho, sim.

Maria do Socorro despediu-se da neta aliviada, certa de que ela não levaria adiante aquela idéia insana. Mas Alfredo, que não conseguira se aproximar de Rosali com a avó ali presente, e não querendo dar-lhe ouvidos, trabalhou para que a irmã não desistisse, provocando uma situação que iria, inclusive, precipitar os acontecimentos.

Certo dia, estava Rosali com Elisa fazendo umas compras, quando resolveram tomar um chá na confeitaria Colombo, então uma das mais elegantes e concorridas da cidade. Escolheram uma mesa reservada e pediram um chá completo, acompanhado de torradas, manteiga, queijo, bolos e biscoitos.

Estavam se regalando com essas delícias quando uma voz conhecida chamou-lhes a atenção. Sentados a uma mesa um pouco atrás, Alberto e uma mulher, que estava de costas para elas, e que parecia ser Adélia, conversavam animadamente, rindo e gargalhando como dois adolescentes. Rosali, surpresa, confidenciou para a prima:

— Mas que descaramento, encontrarem-se assim abertamente!
— Não se esqueça de que dona Adélia é sogra de Alberto, e ninguém irá desconfiar de que existe algo entre eles. Todos pensarão que estão apenas fazendo um lanche, e nada mais.

Rosali desviou o olhar de Elisa e fitou o rosto amadurecido de Alberto. Ele continuava bonito, com aqueles olhos azuis, semelhantes a duas contas. E como Henrique se parecia com ele! Mas eis que, de repente, ele virou o rosto para o lado e encontrou Rosali a encará-lo, o que o deixou meio constrangido. Passados alguns instantes, porém, recuperou-se da surpresa, e segurando a mão de Adélia, nela pousou um beijo revelador, o que deixou Rosali furiosa.

Louca de ciúmes, levantou-se da mesa apressada, seguida por Elisa, que não notara o gesto ousado do primo.

— Rosali, o que foi que aconteceu?
— Nada, não. Vamos embora, sim? Não me sinto bem.
— Foi a presença de Alberto que a incomodou?
— Por favor, Elisa, não quero falar sobre isso. Apenas vamos embora.
— Está bem. Se é isso o que quer...
— É o que quero.

As duas se foram, Rosali reacendendo em seu coração todo o ciúme e o ódio de Alberto e de sua amante, esquecendo-se, imediatamente, da promessa que fizera a Maria do Socorro. Seus pensamentos, inclusive, se prendiam aos seus projetos de vingança, e ela decidiu acompanhar a prima até sua casa, a pretexto de ir buscar a receita de um bolo de coco, o preferido de Henrique.

Lá chegando, Rosali perguntou a Elisa se poderia dar um telefonema, no que esta aquiesceu, e foi para a cozinha buscar a receita desejada. As crianças dormiam, e Leonardo se encontrava fora, no escritório. Cuidadosamente, Rosali se dirigiu para a biblioteca e, vasculhando as gavetas, encontrou o livrinho de endereços da prima, onde sabia estarem anotados os telefones, tanto de Alberto quanto da casa bancária de Cristiano. Rapidamente encontrou o que procurava e tomou nota dos respectivos números, depositando o livrinho de volta em seu lugar.

Depois, pediu uma ligação para sua casa e falou com a mãe, avisando que tardaria ainda um pouco mais. Logo Elisa retornou, e depois que a prima concluiu o telefonema, entregou-lhe a receita e falou toda solícita:
– Experimente. Tenho certeza de que você vai adorar.
– Sim, tenho certeza que sim... – concluiu ela com um sorriso sarcástico, que Elisa não soube definir.

Eram duas horas da madrugada, e o silêncio imperava na mansão de Alberto, que dormia com tranqüilidade. Marialva, porém, sem que o marido notasse, se agitava na cama, contorcendo-se como se a tocassem. Efetivamente, ela sentia as mãos de alguém sobre seu corpo, passando pelo pescoço, descendo pelo colo e tocando suas partes mais íntimas.

Depois, sentiu como se lhe beijassem a nuca, e seus cabelos se arrepiaram, fazendo com que ela gemesse de prazer. Zonza e sonolenta, sussurrava a todo instante:
– Oh! Alberto, pare com isso. Deixe-me dormir. Hum...

Alberto, porém, que dormia a seu lado, começou a perceber ao longe a voz da esposa e seus gemidos e, apurando os ouvidos, passou a escutar sua fala desconcertada e sem sentido.
– Oh, meu amor. O que deu em você?
– Marialva! – chamou ele – Marialva! Pare com isso. O que está acontecendo?

Marialva, surpresa, abriu os olhos e encontrou os do marido pousados nos dela, espantando-se com seu semblante assustado.
– Hã? O que foi?
– Eu é que lhe pergunto.
– Não entendo. Por que estava me acariciando?
– Eu, acariciando-a? Está maluca? Eu nem me mexi.
– Como assim? Eu senti suas mãos, seus lábios.
– Sinto muito, meu bem; você sonhou.

– Não, não. Foi real.
– Mas eu juro que não a toquei.
– Impossível. Eu senti.
– Já disse que você sonhou.
– Alberto, eu não estou louca. Sei que alguém me tocou, e esse alguém só pode ter sido você.
– Ora, estou certo de que não a toquei.
– Mas só pode ter sido você.
– Como, se estava até voltado para o outro lado?
– Você está tentando me enlouquecer.
– Pare com isso, não seja tola. Foi apenas um sonho, nada mais. Agora volte a dormir. Amanhã é segunda-feira e preciso levantar cedo para trabalhar, ao passo que você pode se dar ao luxo de permanecer na cama até as dez horas.

Marialva virou-se para o lado oposto e começou a chorar baixinho. Será que estaria mesmo enlouquecendo? Ou será que o marido tentava confundi-la? Para quê? Ela não sabia o que estava acontecendo mas, de uns tempos para cá, andava sentindo coisas muito estranhas. Primeiro, aquela dor de cabeça, aqueles sonhos, aquela sensação de que alguém dominara seu corpo e sua voz, e agora isso. Será que era loucura ou será que estava sendo vítima de algum demônio?

Fora consultar-se com o médico, que lhe fizera alguns exames mas, a princípio, não diagnosticara nada de anormal. Ela parecia perfeitamente saudável. Talvez então fosse melhor procurar um padre. Pensando assim, ela adormeceu e sonhou com Alfredo a seu lado, mas no dia seguinte o sonho já se havia esvanecido, e ela não lhe guardara nenhuma impressão.

Mas o que ocorria era que Alfredo, cada vez mais fortalecido, mais e mais dominava, não apenas o corpo de Marialva, mas também sua mente, chegando essa obsessão a uma quase possessão. A moça, inconscientemente fornecia a Alfredo os fluidos de que necessitava para agir sobre ela, aliando a isso um temperamento irascível e sensual, que muito facilitava o assédio que ele então passara a executar.

Assim, ele ganhara forças, não para tocá-la, mas para fazer com que ela sentisse seu toque e seus beijos. E Marialva, devido ao estado de semiconsciência em que se encontrava por força do sono, sentia a proximidade do outro, mas julgava que as mãos que a tocavam pertenciam ao marido. E ela gostara... Alfredo até se surpreendera com a reação da amada, que respondera positivamente ao seu contato. Isso era um bom sinal. Sinal de que ela, em breve, lhe pertenceria para sempre.

Nesse mesmo instante, Cristiano, acometido de mais uma cena de ciúmes, interrogava a mulher:

– Por que não me diz logo quem é e acaba com isso?
– Ora, Cristiano, não me aborreça. Ainda não se cansou?
– Não posso. Preciso saber.
– Olhe, isso já está virando idéia fixa. Para que isso agora?
– Já disse que preciso saber. Conte-me, e prometo não fazer nada.
– Era só o que me faltava. Pare com isso, ou serei obrigada a revelar o seu segredinho.
– Cale-se! Não diga mais nada.

Adélia, mudando o tom de voz, indagou quase em súplica:
– Cristiano, o que houve conosco? Tínhamos tudo para sermos felizes.

Ele, chorando, respondeu:
– Não sei. Eu tentei, mas não pude. Perdoe-me – e se atirou de joelhos a seus pés, beijando-lhe as coxas com sofreguidão.
– Pare com isso! – sussurrou ela. – Ficou maluco?
– Adélia, não posso mais suportar!
– O que não pode mais suportar? O fato de eu possuir outro homem ou o de você já não ser mais homem?
– Por que me tortura assim?
– Não o estou torturando. Você é quem me atormenta com esse seu ciúme tolo.
– Já disse que não é ciúme.
– Seja o que for, você não tem o direito.

Cristiano silenciou, e passadas alguns minutos, se refez e proferiu, temeroso:
– Adélia, há algo que há muito desejo lhe perguntar, mas nunca tive coragem.
– E o que é?

Ele hesitou por alguns instantes, até que, reunindo coragem, questionou:
– Marialva é minha filha?

Ela soltou uma gargalhada tão estridente que ele se assustou.
– Você é mesmo ridículo e tolo.
– Por favor, conte-me. Há anos venho guardando a dor dessa dúvida.
– Ela até poderia não ser, já que nunca pude contar muito com você mesmo. Mas, até o seu nascimento, eu não havia conhecido outro homem além de você.
– Isso quer dizer que...
– Sim, ela é sua filha.
– Você jura?

— Juro. Juro que Marialva é sua filha.

— Oh! Obrigado! Não sabe o quanto me fez feliz neste momento!

— Cristiano, pare com essas bobagens – considerou ela em tom mais ameno. – Temos vivido bem assim, por que se preocupar com isso agora?

— Não sei. É que antes eu nunca havia sentido realmente o que era ser traído. Você é uma mulher discreta, sempre viajando, e ninguém nunca pôde falar nada de você. Mas agora...

— Agora tudo continua como antes. Eu ainda sou discreta e ninguém tem nada para falar de mim. Mas não falemos mais nisso. Não lhe faz bem. E não se preocupe. Eu continuarei a guardar o seu segredo. Ninguém jamais ficará sabendo o que se passa conosco. Quanto ao meu amante, fique tranqüilo. Ele nunca falará nada, porque também é casado. Agora pare de pensar nisso e vamos dormir. Estou com sono.

Adélia deitou-se na cama, enquanto Cristiano descia as escada e ia para a biblioteca, a fim de pensar. A mulher tinha uma certa razão. Ela era jovem, fogosa, precisava de um homem que a fizesse feliz. Mas ele jamais consentiria que outras pessoas conhecessem sua vergonha. Preferia a morte. Abriu a gaveta da escrivaninha e dela tirou a pistola que herdara do avô. O cano brilhara sob a luz pálida do abajur, e ele acariciou a arma, convicto de que a usaria se necessário. Mataria a mulher, o amante e, depois, quem sabe, se mataria também. Era só esperar.

Capítulo 11

A segunda-feira amanheceu chuvosa e fria, e Rosali acordou cedo. Estava decidida. Ficara durante longo período a observar Alberto e Adélia no sobrado de Copacabana, e conhecia toda a rotina do casal. À hora do almoço, com ar displicente, comentou com a mãe sobre a receita do bolo de coco, e Helena prometeu ao neto que o assaria ainda naquela tarde.

Terminada a refeição, Rosali, inspirada por Alfredo, resolveu agir. A chuva caía torrencialmente do lado de fora, mas ela não desistiria. Não seria uma chuvinha à toa que iria demovê-la de seu objetivo. Olhou em volta, tentando ver se havia alguém por perto, mas a casa estava em silêncio.

Helena estava na cozinha com Henrique, que acompanhava a avó na preparação do bolo, e Osvaldo tirava sua soneca da tarde. Em silêncio, apanhou o guarda-chuva e saiu, em direção à confeitaria, três quarteirões abaixo, cujo telefone poderia usar sem levantar suspeitas.

Depois de se certificar de que não havia nenhum conhecido por perto, depositou o dinheiro sobre o balcão e pediu para usar o telefone, pedindo primeiro o número da casa bancária de Cristiano.

– Alô? – indagou uma voz feminina do outro lado da linha.

– Por favor, eu gostaria de falar com o sr. Cristiano – solicitou Rosali disfarçando a voz.

– Quem gostaria?

– É uma cliente.

– Lamento muito, mas o sr. Cristiano está muito ocupado. Talvez, se deixar seu número...

Nervosa, Rosali cortou a palavra da moça, e fingindo autoridade e arrogância, replicou:

– Escute aqui, meu bem. Tenho muito dinheiro guardado nesse banco. Se não me chamar agora o sr. Cristiano, farei uma queixa formal contra você, e tenho certeza de que ele não hesitará em tomar as devidas providências.

A moça, preocupada, temendo perder o emprego, disse tímida:

– Queira perdoar, senhora. Aguarde apenas um instante.

– Pronto? – respondeu Cristiano após alguns instantes.

– É o sr. Cristiano?

– Sim. Quem está falando?

– Não importa. Mas, se deseja saber onde se encontra sua esposa, vá à rua da Igrejinha, 27, em Copacabana – e desligou antes que ele pudesse falar algo.

Em seguida, deu o número da casa de Alberto e pediu para falar com Marialva, o que foi mais fácil.
– Alô? – atendeu ela.
– É dona Marialva?
– Ela mesma.
– Dona Marialva, sabe onde está seu marido? – Rosali não pôde evitar uma vingancinha pessoal, torturando a outra com requintes de sarcasmo.
– Está trabalhando. Por quê? Quem pergunta?
– Tem certeza?
– Sim, tenho. Por quê? Aconteceu alguma coisa?
– A senhora mesma é quem irá responder a essa pergunta.
– O que significa isso? Quem está falando?
– Não importa. Mas, se pensa que seu marido está no consultório, telefone para lá. Estou certa de que não conseguirá falar com ele.
– Isso não quer dizer nada. Ele pode ter saído para atender um cliente. Mas afinal, quem é você e o que deseja?
– Talvez... quem sabe esse cliente não é uma mulher?
– Ora, deixe de brincadeiras, ou vou desligar – mas a verdade é que Marialva estava profundamente interessada naquela conversa. Brincadeira ou não, o fato é que aquela mulher falava de seu marido, e ela bem podia saber de algo que ela desconhecia.
– A senhora não fará isso. Se fizer, jamais ficará sabendo...
– Sabendo o quê?
– Onde ele está neste exato momento. E pior: com quem.
– O que quer dizer? Seja clara, ou desligarei mesmo o telefone e não atenderei mais.
– Está bem. Mas eu realmente sei onde está seu marido e com quem. E se a senhora também quiser saber, dirija-se a Copacabana, na rua da Igrejinha, 27, e descobrirá tudo.
– Como assim? Descobrir o quê?
– A senhora verá com seus próprios olhos. E garanto que a surpresa não será das melhores – e desligou.
Marialva ficou indócil. O que aquela mulher queria dizer? Que seu marido estava com alguma amante? Só podia ser. Mas como ela sabia? E se fosse trote? Achou melhor não se incomodar com aquilo e esquecer. Provavelmente seria uma brincadeira de muito mau gosto. No entanto, a curiosidade falou mais alto, e Marialva não resistiu, mandando tirar o tílburi e seguindo a toda brida para o endereço indicado.
Cristiano sequer chegara a questionar aquele telefonema. Cego de ciúmes, apalpou a cintura e sentiu a pistola que passara a usar, saindo apressado

para a rua e requisitando um cavalo selado. Não queria um carro, pois demoraria muito. Iria rápido flagrar aquela adúltera nos braços de seu amante.

Enquanto isso, Rosali voltou nervosa para o quarto, sem que ninguém sequer percebesse sua saída. Fechou a porta e deitou-se na cama, olhando o relógio e imaginando o que estaria acontecendo. Foi então que Maria do Socorro, que tentava desesperadamente alcançar a mente da neta, conseguiu fazer-se ouvir, e começou a sussurrar-lhe idéias:

– Rosali, ficou louca? Pensou bem no que fez?

Rosali, como das outras vezes, registrou as palavras da avó como se fossem pensamentos seus, mentalmente respondendo a suas indagações.

– Será que agi corretamente? Talvez tenha me precipitado.

– Por certo que não agiu corretamente – censurou Maria do Socorro. – E se sobrevier alguma desgraça?

– E se acontecer algo de mais grave? – pensava ela. – Bom, não tenho nada com isso.

– Mas é claro que tem. A responsabilidade será sua.

– Não posso ser responsável pelos atos dos outros.

– Não, mas será pelo seu. E sua medida de culpa consiste na instigação a um duplo assassinato e, quem sabe, também, a um suicídio.

– Será Cristiano capaz de matar alguém?

– Mas é lógico que é.

– E se ele matar os dois?

– Rosali, procure reparar esse erro enquanto ainda é tempo.

Rosali, que começara a se arrepender do que fizera, e temendo a ocorrência de uma tragédia, começou a ceder aos conselhos da avó, sentindo que sua consciência, igualmente, a acusava de haver praticado uma insensatez.

– Onde estava com a cabeça quando me deixei levar por essa loucura?

– Rosali, escute-me. Você não devia ter feito isso. Pense na culpa que irá carregar se algo acontecer.

– Eu não serei responsável se o sr. Cristiano resolver matá-los.

– Pelo amor de Deus, Rosali, como pode ser tão teimosa e difícil? Você se engana. Morrerá de remorso.

– Será que não me sentirei culpada?

– Com certeza. Você não é uma pessoa ruim. Não se comprometa assim.

– Talvez seja melhor impedir essa loucura.

– Sim, faça isso.

– Mas acho que agora já é tarde.

– Não é. Você está mais próxima de Copacabana do que eles.

– Bom, é verdade que Laranjeiras fica mais perto de Copacabana. Ainda assim é tão longe... creio mesmo que não chegarei a tempo.

— Chegará se correr.

— Ainda que corra, não conseguirei. Chove muito, e as ruas alagadas...

— Por favor, Rosali, saia agora! Pense no seu filho, na dor que lhe causará se o pai vier a morrer assim desse jeito. Ele, que tanto sonha conhecê-lo!

— Céus! Se Cristiano matar Alberto, o que será de Henrique? Com certeza, se descobrir que tive alguma participação nisso, não me perdoará.

— Sim, agora vá, corra, corra!

Decidida, Rosali se levantou, apanhou o manto e saiu às pressas, rezando para conseguir chegar antes de Cristiano e Marialva. Chamou uma carruagem de aluguel e deu o endereço ao condutor, ordenando-lhe correr à maior velocidade possível. Rosali pensou que tinha uma vantagem sobre os dois, além da menor distância entre as Laranjeiras e Copacabana. Ela conhecia o local, e não perderia tempo procurando a rua. Assim, chegando ao bairro, indicou ao cocheiro exatamente onde ficava o sobrado.

Já passava das cinco horas, e o céu plúmbeo fazia da tarde uma quase noite. Quando a carruagem parou em frente à casa dos amantes, Rosali desceu apressada debaixo da forte chuva que caía e, dando ordens para que o cocheiro os aguardasse bem mais adiante, bateu à porta com estrondo. Do interior da casa, ninguém respondeu. Alarmada, temendo haver se retardado demais, começou a gritar em desespero:

— Alberto! Alberto! Por Deus, abra essa porta!

Ao ouvir seu nome, Alberto abriu a janela e espiou, surpreendendo-se imensamente ao encontrar Rosali a esmurrar a porta e a berrar feito louca.

— Rosali? — perguntou ele estupefacto. — É você mesma? O que faz aqui? Como me encontrou?

— Por favor, Alberto, não há tempo para perguntas. Saia já daí!

— Mas por quê? O que é isso? Voltou a fazer os escândalos de outrora? Pensei que isso já estivesse superado.

— Alberto, Marialva e o pai estão, neste momento, a caminho daqui!

— O que foi que disse?

— Venha. Chame dona Adélia e fujam, ou uma desgraça pode acontecer!

— Mas como? Isso é alguma brincadeira?

— Por favor, não há mais tempo. Precisam sair agora!

Alberto, convencido de que Rosali não estava brincando, voltou para dentro e saiu logo em seguida com Adélia que, ao escutar aquela gritaria, tratara logo de se vestir. Já na rua, Rosali puxou-o pela mão, enquanto falava:

— Por aqui! Tenho uma carruagem me esperando no fim da rua!

Logo que o cocheiro deu partida, o cavalo de Cristiano dobrou a esquina, parando defronte ao número indicado. Cristiano, ensopado, saltou e, arma em punho, quase arrombou a porta, subindo os degraus aos pares.

Ao chegar na sala, parou e tentou escutar algo. Silêncio. Vagarosamente, foi seguindo pelo corredor, passando pelo primeiro quarto, pelo segundo, pelo quarto de banho e pela cozinha. Nada. A casa estava vazia. Súbito, ouviu um estalido no assoalho vindo da saleta e voltou apressado, certo de que os amantes acabavam de voltar da rua. Apontou a pistola, dedo no gatilho e, ao divisar um vulto de mulher parado à porta da entrada, já ia atirar, quando um grito agudo o deteve, seguido de uma profunda exclamação:

– Papai! O que vai fazer? Matar-me?

Cristiano, reconhecendo naquela silhueta a figura da filha, estacou estarrecido, pois por pouco não a matara. Confuso, indagou:

– O que faz aqui?

– Faço-lhe a mesma pergunta.

– Vamos, filha. Isso não é hora nem lugar para uma moça de família estar.

– Está bem. Recebi um telefonema anônimo de uma mulher me dizendo que encontraria Alberto aqui com alguém.

– Engraçado. Também recebi um telefonema de mulher me avisando sobre sua mãe. Foi por isso que vim.

– É óbvio que alguém nos pregou uma peça.

– É o que parece. Mas quem faria isso, e por quê?

– Não sei. Só sei que mamãe jamais poderia estar aqui com Alberto.

– Isso é verdade. Mas por que alguém faria uma coisa dessas?

– Talvez estivesse apenas se divertindo. Está chovendo horrores, e deve ter achado que seria engraçado nos ver assim molhados e com cara de bobo.

– Sim. Mas, seja quem for, vou descobrir. Você vai ver. Agora venha, minha filha. Vamos para casa.

Juntos desceram a escada, a carruagem de Marialva parada ao lado do cavalo de Cristiano. Ataram o cavalo atrás do carro e se foram, seguindo a mesma direção que a carruagem de Rosali tomara minutos antes.

Sem desconfiar ainda que Alberto e Adélia tinham um romance, Cristiano e Marialva seguiam mudos, ambos certos de que aquela brincadeira possuía um fundo de verdade. Seus cônjuges eram adúlteros, isso estava certo, mas os nomes dos amantes eram ainda desconhecidos. E quem enredara aquela peça, com certeza sabia de tudo, e estava apenas tentando demonstrar o poder que possuía sobre eles naquele momento. Pensando assim, Marialva virou-se para o pai e falou:

– Papai, creio que isso é obra de um chantagista.

– Também pensei nisso. Sinto dizer-lhe, minha filha, mas receio que ambos estejamos sendo vítimas de vergonhosa infidelidade conjugal.

– Será? De Alberto eu já desconfiava, mas mamãe? Acha mesmo que ela seria capaz?

– Acho. Mas, por favor, não diga nada por enquanto.
– Se é isso o que deseja...
– É isso sim. Deixe que resolverei isso a minha maneira.
– Como quiser.
Mas Marialva sabia que não esconderia aquilo da mãe. Não que aprovasse um romance extraconjugal. Mas ela sempre admirara a mãe, e estava disposta a protegê-la, ainda que para isso tivesse que sacrificar o próprio pai.

A carruagem seguia apressada rumo às Laranjeiras, conforme as ordens de Rosali, que achara mais prudente deixar Alberto e Adélia longe de casa, onde não corressem risco de serem vistos por algum conhecido. No caminho, sob o olhar atônito de Adélia, Alberto pedia a Rosali as devidas explicações.
– Muito bem, Rosali. Agora conte-me o que aconteceu.
Ela estava insegura. Era um grande passo que iria dar naquele momento. Assumir diante daqueles dois que tramara um flagrante de adultério seria muita coragem. Rosali tremia de frio, seus lábios já meio roxos, e ela não encontrava palavras com as quais pudesse começar a se justificar. Não queria mentir, e nem saberia, mas dizer a verdade era um salto enorme sobre seu orgulho. Juntando coragem, encarou Alberto e balbuciou:
– Bem... essa história é meio confusa, e nem sei por onde começar.
– Ora, ora. Então você é a tal de Rosali? – interrompeu Adélia, ríspida. – Alberto, não vê que ela preparou tudo isso? Ou mentiu sobre Cristiano e Marialva ou mente agora. É tudo um plano para se reaproximar de você.
– Por favor, Adélia – respondeu ele com arrogância –, deixemos que Rosali nos conte sua versão.
– Vamos – insistiu Adélia –, estamos esperando. Exijo uma explicação.
– Escute aqui, dona Adélia, não vim até aqui para ouvir suas ironias. Lembre-se de que a senhora não está em posição de exigir nada. Agora fique quieta e escute, se não desejar que eu mude de idéia e termine o plano ao qual já dei início. Não me é difícil retornar e revelar tudo o que sei. E não se esqueça de que a senhora é quem tem algo a esconder, não eu.
– É isso mesmo, Adélia. Não percebe que nossa situação é delicada? Agora deixe Rosali falar, e não a interrompa.
Ele estava curioso e, ao mesmo tempo, surpreso em constatar que Rosali ainda se preocupava com ele, de uma forma ou de outra. Adélia, fazendo um muxoxo, virou o rosto para a janela e fingiu se distrair com a chuva, enquanto Alberto, voltando-se para Rosali, incentivou-a a prosseguir.
– Bom – continuou ela –, vou falar de uma vez, embora não me agrade nada. Há alguns meses descobri que vocês dois eram amantes, quando estava na praia em companhia de Elisa e das crianças. Vi-os abraçados na areia, e

depois segui-os até o sobrado onde mantinham seus encontros – Rosali engoliu em seco e prosseguiu: – Depois, passei a espioná-los quase que diariamente, e descobri seus hábitos, inclusive seus encontros todas as segundas-feiras.

– Descobriu ou bisbilhotou? – indagou Adélia irônica.

– Dona Adélia, se me interromper mais uma vez, juro que não lhes contarei mais nada e, além de deixá-los aqui mesmo, debaixo de chuva, darei meia volta e irei agora mesmo ao encontro de seu marido e de sua filha. Pare de me provocar. A senhora não me conhece e não sabe do que sou capaz!

Rosali encarou-a com tanto furor que ela empalideceu, certa de que a outra não hesitaria em desmascará-los.

Alberto, já bastante impaciente, resolveu dar um basta naquela história, e arrematou com exasperação.

– Adélia, por favor, fique quieta! Não vê que está se tornando inconveniente e que, com isso, pode piorar nossa situação?

Contrariada, ela se calou. Detestava admitir, mas no fundo Rosali tinha razão. Era ela quem dava as cartas, e melhor seria não provocá-la.

– Vamos, Rosali, vá em frente – encorajou ele.

– Bem, o fato é que eu, para me vingar de tudo o que você, Alberto, me fez sofrer, dei um telefonema anônimo para Marialva e outro para o sr. Cristiano e lhes contei onde vocês estavam naquele momento – Rosali silenciou, envergonhada de sua própria atitude.

– E aí... – estimulou ele.

– E aí eu me arrependi instantaneamente e resolvi correr para alcançá-los antes de sua mulher e seu sogro. Graças a Deus consegui.

– Mas que nobre! – zombou Adélia.

Nesse momento, Rosali, furiosa, fuzilou-a com olhos injetados de sangue, a voz trêmula a demonstrar a raiva que, até então, procurava conter:

– Dona Adélia, minha atitude pode não ter sido das mais nobres, mas com certeza foi mais digna do que a sua, que escolheu por amante o próprio genro, bem mais jovem do que a senhora. Não me faça perder a paciência, ou então não responderei mais por mim. Afinal, a senhora é quem precisa ostentar essa imagem de dama da sociedade, ocultando de todos o lodaçal que se esconde por baixo de suas maneiras aristocráticas. Estou certa de que seus pares adorariam conhecer a verdadeira baronesa de Arcoverde, uma mulher cujo título não foi capaz de impedir que cometesse o adultério mais vil que uma mulher jamais poderia cometer!

Adélia, ofendida e humilhada, pensou em esboçar uma reação, mas achou mais prudente silenciar. Mordendo os lábios, tornou a olhar pela janela, mal segurando as lágrimas de ódio que ameaçavam deslizar pelo seu rosto. Alberto, impaciente, pediu a Rosali que continuasse.

– Não há mais nada. O resto vocês já sabem.
– Acha que Marialva e meu sogro estão a caminho?
– Não posso dizer. Mas creio que sim.
– Você disse a eles que nós somos amantes?
– Não. Eu não lhes revelei nomes. Fazia parte do plano que ambos tivessem essa surpresa na hora.

Alberto, meio aliviado, meio desanimado, enfiou a cabeça entre as mãos e soltou profundo suspiro, cansado demais para falar qualquer coisa. Adélia, por sua vez, alisando os cabelos do amante, disse para tranqüilizá-lo:

– Acalme-se, querido. Ela tentou, mas não conseguiu nos destruir – voltou-se bruscamente para Rosali e indagou com raiva: – O que quer de nós? Dinheiro? Posso lhe dar o quanto quiser para comprar seu silêncio.

Rosali, ruborizada, atalhou com aspereza:

– Não quero seu dinheiro, dona Adélia, e nem preciso dele. Se contei o que fiz foi porque me arrependi a tempo de evitar uma tragédia. Só então compreendi que essa vingança não levaria a nada.

– Engana-se se pensa que vou acreditar nessa sua magnanimidade toda. Você não me convence.

– Pouco me importa no que a senhora vai ou não acreditar. E não pense que fiz o que fiz por vocês. Não. Fiz por mim mesma, pois meu compromisso é com minha própria consciência, e não com sua reputação. Mas não se iluda porque, como a senhora, estou longe de ser um exemplo de virtude, e não hesitarei em concretizar minhas ameaças.

– É bem típico mesmo de você! Afinal, ainda é aquela que saiu expulsa daqui há dez anos, carregando na barriga um filho bastardo...

Ao ouvir a referência feita ao filho, Alberto se enfureceu e esbravejou, antes mesmo que Rosali pudesse ensaiar qualquer resposta:

– Agora já basta, Adélia! Não permitirei que você nem ninguém fale assim de meu filho! Cale-se, ou nunca mais tornaremos a nos ver!

– Ah! então agora ameaça deixar-me? E tudo por aquele bastardinho?

– Já lhe disse para parar. Não quero ouvir mais nada sobre Henrique. Ele é meu filho, e nada tem a ver com essa história sórdida.

– Dona Adélia, a senhora não tem noção do que diz – interveio Rosali colérica. – Ouse atacar meu filho mais uma vez e eu farei com que a senhora não seja mais recebida nem nas tavernas mais imundas à beira do cais. Agora trate de calar-se. Estou farta de suas intromissões e de sua arrogância. A senhora está em posição muito delicada para falar comigo desse jeito. Já lhe disse e vou repetir: não se iluda, porque posso ainda mudar de idéia e revelar seu segredinho. Seria um escândalo que os melhores jornais de mexericos não vacilariam em publicar.

Adélia, espumando de raiva, abaixou os olhos e calou-se, pesando bem as palavras da outra. Sim, ela estava certa. Essa revelação seria um escândalo extraordinário, o que acabaria com a posição que granjeara na sociedade.

Ao chegarem às Laranjeiras, a carruagem parou e Alberto e Adélia saltaram, sem que Rosali lhes desse tempo de dizer qualquer outra coisa. A caminho de casa, ela foi pensando nas palavras de Alberto. Ele parecia sincero quando tomou a defesa do filho, o que de uma certa forma a surpreendera, e muito. Ademais, em momento algum ele a recriminou ou se exasperou com ela. Ao contrário, parecia até entender seus motivos. Seu ar era de compreensão, mas seu olhar denotava uma tristeza que não saberia explicar. De qualquer forma, ela estava satisfeita consigo mesma. Conseguira evitar o pior e esvaziara sua consciência. Não devia mais nada a eles.

Alberto, por sua vez, tomou um carro e seguiu sozinho, depois de colocar Adélia em outra carruagem e dar a direção ao condutor. Ele estava confuso. Por que não se zangara com Rosali? O que fizera fora obra de uma pilantrinha, e ela bem merecia uma surra. Estranhamente, contudo, Alberto sentiu-se culpado por tê-la levado àquele extremo. Sim, tinha certeza de que a mágoa e o ressentimento de Rosali possuíam uma causa, e ele era o único responsável pelo seu infortúnio.

Entretanto, não podia defender sua atitude. Ela agira mal, meter-se onde não devia, quase causara uma desgraça. E Adélia estava amedrontada e furiosa, não totalmente sem razão; sentia mais pela filha do que pelo marido. Pensou que seria melhor não tentar proteger Rosali, pois senão acabaria por perder a amante, e isso ele não permitiria. Estava envolvido demais com Adélia para abrir mão dela por causa de uma mulher que já não lhe interessava em nada. Mas o fato é que ela era mãe de seu filho. O único que tivera e que teria pelo resto de sua vida. Ao menos isso lhe devia. Uma certa admiração por ser ela a mãe do filho que tanto sonhara ter com a esposa.

Quando Rosali chegou à casa já passava em muito das nove horas, toda molhada, espirrando, tossindo e tremendo de frio. Ela entrou feito um furacão, passando pelo olhar atônito do filho e dos pais. Estava pálida feito um boneco de cera, e ardia em febre. Subiu direto para o quarto, sem dar ouvidos às exclamações dos pais. Apenas Henrique parecia compreendê-la. O menino subiu e foi montar guarda à cabeceira da mãe, como um guardião zeloso a cuidar do maior tesouro que alguém pode possuir.

Alberto e Adélia resolveram passar algum tempo sem se ver, temerosos de que aquele quase desastre acabasse por ganhar algum tipo de repercussão. Mas nada acontecera, não abertamente. Naquela noite, ao chega-

rem a seus respectivos lares, nem Marialva nem Cristiano se encontravam, visto não haverem ainda voltado de Copacabana. Quando regressaram, encontraram os cônjuges confortavelmente instalados e aguardando sua chegada. Adélia, tentando disfarçar, indagara dissimuladamente:
— Cristiano! O que houve com você? Por que demorou tanto?
— Tive uns problemas no banco. E você? Chegou há muito tempo?
— Sim, e até me espantei com sua ausência, já que você não costuma se atrasar para o jantar.
— Foram imprevistos que já estão resolvidos.
— Que bom. Fico feliz.
— Já jantou?
— Não. Resolvi esperar por você.
— Então mande servir. Estou faminto.

Ela tocou a sineta e deu ordens para que servissem o jantar e sentou-se à mesa, agindo naturalmente, como se nada tivesse acontecido.

Marialva, por outro lado, encontrou Alberto ressonando na poltrona da sala, uma taça de vinho na mesinha ao lado. Ao ouvir sua entrada, levantou-se zangado, fingindo-se aborrecido com a sua demora.
— Onde diabos você esteve? — indagou exasperado. — Já viu que horas são?
— Desculpe-me, querido. Não pensei que fosse tão tarde.
— Posso saber por onde andou?
— Fui visitar uma amiga.
— Mas com essa chuva?
— O que tem de mais?
— E por que demorou tanto?
— Sabe como é. Fazia já algum tempo que não a via, e acabei perdendo a hora, distraída com a conversa.

Aquela história, é claro, estava muito mal contada, mas Alberto achou melhor não insistir. O que interessava é que era óbvio que Marialva estava mentindo e, com certeza, fora conferir a denúncia de Rosali. De qualquer sorte, a mulher não se atrevera a acusá-lo, e nem poderia, pois não possuía uma prova sequer contra ele. Mesmo assim, era melhor se cuidar, evitando descuidos dali para a frente.

O tempo então fora passando e tudo voltara ao normal; ninguém tocara mais naquele assunto, e tanto Alberto quanto Adélia estavam seguros de que Marialva e Cristiano haviam esquecido o episódio, convencidos de que fora uma brincadeira. Mas Cristiano, muito mais do que a filha, não tirava da cabeça aquele telefonema, e estava agora disposto a desmascarar a mulher e seu amante, nem que para isso tivesse que vasculhar meio mundo.

Assim, decidira pagar alguém para segui-la; um investigador, que pudesse espioná-la sem que ela soubesse. No princípio, ele nada pôde descobrir, já que Adélia, esperta demais para se deixar apanhar, desconfiou que o marido pudesse tomar aquela atitude e passou a evitar os encontros com Alberto. O sobrado de Copacabana não poderia mais ser usado. O investigador até levantara, junto ao proprietário, o nome do inquilino, mas o que descobriu não o levou a nada. É que Alberto usara um nome falso, alugando a casa sob a denominação de Lúcio Cavalcante. E em lugar algum conseguiu ligar nenhum Lúcio Cavalcante a Adélia.

Adélia tinha certeza de que era seguida. Aonde ia, via sempre o mesmo homem a observá-la, e pensou que Cristiano era um tolo se achava que ela não perceberia nada. Para confundir o investigador, passou a convidar vários de seus amigos para sair, e cada dia era vista com um homem diferente, sempre em lugares de grande movimento. Sua rotina, fora isso, continuava a mesma: ela ficava na rua até tarde, conversando com os amigos, e só chegava à casa de noite. Aquele comportamento irritava Cristiano, pois já começara a provocar falatórios por parte de vizinhos e conhecidos. Assim, uma noite, resolveu acabar logo com tamanho descaramento.

– Adélia, o que há com você? – interpelou ele logo que a viu entrar.
– Agora mantém romances abertamente em público?
– Eu? Nada disso, querido.
– Vai negar que anda se encontrando com vários homens?
– São todos meus amigos.
– Não é o que andam dizendo por aí.
– Ah, não? E o que quer que eu faça?
– Que pare com isso. Não fica bem. Tenho um nome a zelar, e não posso permitir que as pessoas falem que minha esposa possui diversos amantes ao mesmo tempo.
– Diversos amantes? Eu? Quem me dera...
– Se não são seus amantes, então quem são?
– Já lhe disse. São meus amigos.
– Não acredito.
– Problema seu.
– Você não tem caso com nenhum deles?
– Claro que não. O seu espião não lhe contou?
– Que espião?
– Ora, Cristiano, não adianta querer me enganar. Sei que você colocou alguém me espionando. Mas isso não vai funcionar. Não comigo.
– É por isso que não se encontra mais com seu amante? Para que o investigador não descubra? Onde ele está?

– Vai começar com isso de novo?
– Adélia, por que não me conta?
– Mas que coisa doentia. Você está verdadeiramente obcecado por essa idéia. Não percebe que parece estar ficando louco?
– E estou. Isso está me corroendo por dentro. Eu só queria saber quem é. Juro que, se você me disser, eu paro de importuná-la.
– Saber para quê? Para se torturar ainda mais? Ouça bem, Cristiano. Essa história já está me cansando. Ou você pára com isso e tira esse espião do meu encalço, ou eu deixo você. Peço o desquite, alegando você sabe bem o que. E estou falando sério.
– Você não seria capaz.
– Não? Então experimente continuar com essa fixação.
– Adélia, não permitirei que você exponha meu nome ao ridículo. Sou um homem de respeito, um nobre, um barão, e tenho uma reputação a zelar.
– Dane-se sua nobreza. A república não se incomoda mais com ela.
– Mas eu sim. E você também deveria.
– Pois fique sabendo que não me importo nem um pouco. E agora pare de me aborrecer com essa conversa enfadonha. Estou cansada, vou dormir – virou-lhe as costas e saiu em direção à alcova. Antes, porém, encarou-o e finalizou com voz gélida:
– E não se esqueça. Pare de me espionar, ou cumprirei minha promessa.

Cristiano estava derrotado. Seu caráter fora duramente atingido por aquela mulher sem escrúpulos, que não titubearia em lançar seu nome na lama. Mas talvez ela tivesse razão, e o melhor a fazer fosse esquecer aquele assunto de uma vez por todas. Afinal, ele sempre soubera de seus casos e nunca lhes dera importância. Por que se incomodar agora? Nem ele sabia dizer o que o levava àquela obsessão em descobrir o nome do amante de sua mulher. É que, inconscientemente, Cristiano também servia de instrumento aos propósitos de Alfredo, que vira nele um campo vasto onde jogar suas sementes de ciúme e desconfiança. Tentou não pensar mais naquele assunto, e decidiu que, no dia seguinte, dispensaria o investigador.

Adélia, por sua vez, vendo que ninguém mais a seguia, telefonou para Alberto depois de quase dois meses sem se verem. Quando ele atendeu, ela desabafou:

– Alberto, meu amor, que saudades!
– Adélia, é você? Puxa vida, pensei que nunca mais fosse vê-la.
– Mas que bobagem. Eu o desejo muito, querido, e nada vai me separar de você.
– Que bom que sente assim. Também não posso viver sem você.
– Quero vê-lo, Alberto. Onde poderemos nos encontrar?

– Aluguei outra casa, dessa vez nas cercanias de Botafogo. Que tal?
– Não é perigoso? É um bairro movimentado.
– Nem tanto. A rua fica um pouco afastada, e eu não conheço ninguém que more por lá.
– Está bem. Diga-me onde é e eu o encontrarei dentro de duas horas. Está bem assim?
– Está ótimo. Não vejo a hora de tê-la em meus braços novamente.

Alberto deu-lhe a direção e ela, imediatamente, foi ao seu encontro, não antes de se certificar de que, realmente, não estava sendo seguida. Constatando que ninguém a vigiava, tomou o carro e foi encontrar o amante, de quem já não podia mais prescindir. Chegando ao local indicado, Alberto já estava lá. Assim que ela entrou, tomou-a nos braços e beijou-a calorosamente, sussurrando palavras de amor em seus ouvidos. Depois de se amarem loucamente, entregou-lhe uma cópia da chave e pediu-lhe cuidado, a fim de que ninguém descobrisse o novo endereço.

– Fique sossegado, ninguém vai nos descobrir dessa vez. Já tomei as devidas providências.
– Que providências?
– Ameacei Cristiano com o desquite, caso ele continuasse a me vigiar.
– Adélia, você é terrível.
– Você ainda não viu nada...

Capítulo 12

Marcel, na vida espiritual, começara a compreender o que se passara com ele. Tomara consciência de seus atos, de seus erros, e muito se arrependera de haver perdido tanto tempo obsediando Rosali e Henrique. Era certo que eles haviam falhado com ele, roubando-lhe a oportunidade de uma nova vida. Mas também era certo que ele, anteriormente, havia provocado o ódio de ambos, que culminara com a rejeição de Rosali. No entanto, Marcel já alimentava desejos de se modificar, e ansiava por uma nova oportunidade junto a seus antigos desafetos, para que pudesse aprender a amá-los verdadeiramente.

Durante todo o período que passara na colônia, entregara-se ao estudo das leis da vida e às orações, assistindo às pregações de espíritos elevados e dedicando-se a auxiliar o doutor Mariano em sua tarefa de cuidar de espíritos enfermos. Marcel, em uma de suas encarnações, estudara medicina, e resgatando seu antigo ofício, dedicou-se a aprender os novos métodos, principalmente aqueles usados no plano espiritual. Sentia-se feliz nessa vida, uma vida que nunca pudera imaginar existir. Ou melhor, que jamais pensara merecer. Habituara-se ao mundo das trevas, e julgando-se uma alma pecadora, não se imaginara digno de alçar páramos mais elevados, onde, aliás, se veria impedido de executar seus planos de vingança.

No entanto, quase seis séculos se passaram desde sua última encarnação. O mundo se modificara, os costumes eram outros; as pessoas se dedicavam a novos valores, interessadas em encontrar a felicidade, e a crença na vida eterna ganhara novos adeptos, que se encarregaram de divulgar a boa nova pelo planeta. Sim, tudo se modificara, menos ele. Ao pensar no tempo que perdera estagnado, cego às transformações que se operavam a sua volta, Marcel tinha vontade de chorar. Contudo, as palavras amigas de Mariano o acalentavam e o faziam entender que o tempo nunca é perdido, mas acumulado para depois servir de parâmetro para as novas experiências.

Após um período mais ou menos curto de aprendizado, Marcel estava pronto para falar do passado, sem que isso o atormentasse ainda mais. Sentia necessidade de se abrir com alguém, de partilhar seus crimes e tentar, ao menos, encontrar um pouco de sossego para sua consciência, já tão atormentada. Procurou o doutor Mariano e, encontrando-o disponível para uma conversa, levou-o para um banco no jardim e começou a narrar-lhe a história de sua última encarnação.

— Bem, doutor Mariano, espero que possa me compreender. Meus crimes foram muitos, e sinto-me até envergonhado de relatá-los.

— Mas é claro que o compreendo, meu filho. Como já lhe disse, quem de nós nunca errou, nunca cometeu nenhum crime? O importante é reconhecer seus erros, arrepender-se e aprender com eles, a fim de modificar seu comportamento e direcioná-lo sempre no caminho do bem. Mas sem culpas. Elas em nada contribuem para nosso aprimoramento. Vamos, conte-me tudo. E não se aflija. Não estou aqui para julgá-lo, senão para auxiliá-lo a melhor se compreender e a progredir.

Com um certo acanhamento, Marcel deu início à breve narrativa, evitando certos detalhes que lhe eram ainda muito dolorosos.

— Corria o ano de 1384, e eu era então um arquiduque francês, rico, extremamente poderoso e dono de inúmeras terras na França. Era conhecido por minha sensualidade, frieza e crueldade, pois não hesitava em mandar exterminar quem quer que se interpusesse em meu caminho. Dentre minhas vítimas, encontrava-se Henri (ou Henrique), na época um lenhador rebelde e atrevido, assassinado porque me roubara, ocultando o dinheiro com o qual deveria pagar-me os altos tributos que cobrava pelo uso de minhas terras. Casei-me com Sofie (hoje reencarnada como Elisa), mulher apagada, de uma beleza fria e sem qualquer pendor para a vida em sociedade, cujo maior sonho era internar-se em um convento, no que fora impedida pelo pai, que vira naquele casamento uma ótima oportunidade de aumentar sua riqueza. Eu tinha ainda um irmão a quem muito amava, de nome Maurice (hoje Alberto). Um dia, conhecemos a jovem Cécile (ou Rosali), por quem nos interessamos, e Cécile se apaixonou por Maurice. Tomei-a então por amante, e ao cansar-me dela, foi a vez de meu irmão. Passado algum tempo, ela também já não lhe despertava mais nenhum interesse, e Maurice mandou-a embora. Só e revoltada, tomou-se de ódio por mim, e vivia a rondar os muros do castelo, atirando-me impropérios. Até que um dia, já saturado daquilo, num acesso de fúria, cravei-lhe a espada no coração, matando-a instantaneamente. E isso não é tudo. Minha vida foi pautada por inúmeros homicídios, desvirtuei e seduzi mocinhas puras e ingênuas, arrasei meus vassalos com impostos exorbitantes, deixando-os morrerem à míngua.

Com os olhos rasos dágua, Marcel olhou para Mariano, e acrescentou com pesar:

— Oh, céus! O que fiz? Como fui capaz? Como pude mais tarde, ao deixar o corpo de minha mãe ali, naquele convento, sentir-me vítima e culpar Rosali e Henrique por me haverem impedido de nascer com tanta brutalidade? O que poderia esperar deles senão ódio e desprezo, eu, que os destruíra impiedosamente?

— E quanto a Alberto? Ele também tomou parte naquele assassínio. Foi ele quem idealizou e arranjou tudo. Não que eu pense que deveria odiá-lo; apenas gostaria de entender por que não voltou sua ira contra ele também.

— Alberto é diferente. Foi meu irmão, e eu o amava. Por isso pude perdoá-lo.

— Pois então perceba o que diz. Se pôde perdoar seu irmão, a quem, aliás, sequer chegou a culpar, embora estivesse tão ou mais envolvido no fracasso de seu nascimento como os demais, por que não perdoar também Rosali, Henrique e a própria Elisa?

— Hoje posso ver as coisas dessa forma. Mas na ocasião, estava cego pelo ódio, e só podia pensar em vingança. Para mim, Alberto fora enganado por uma mundana, e não poderia tomar outra atitude. Ademais, ele não sabia que aquele que ali estava era o irmão querido. Oh, Deus, como me arrependo! Como pude ser tão impiedoso e cruel, praticar tantos crimes abomináveis, e depois reclamar para mim uma compreensão e uma piedade que jamais fui capaz de sentir?

— Não se lamente. Você fez o melhor que sua consciência permitia na época, como todos nós aqui. Mas não se torture. Estou certo de que você terá ainda oportunidade de reparar seus erros.

Estava um dia Marcel entretido com a leitura do *Livro dos Espíritos* quando Mariano, aproximando-se dele, disse, comovido:

— Meu amigo, trago-lhe boas notícias. Você conseguiu a autorização que tanto desejava para reencarnar.

Marcel, emocionado, mal podia acreditar no que ouvia. Olhos banhados em lágrimas, apertou as mãos de Mariano e beijou-as sentidamente.

— Obrigado, Mariano. Você é um verdadeiro amigo.

— Não me agradeça. Você mereceu. Seu comportamento aqui tem se mostrado exemplar.

— Serei filho de Rosali?

— Bem, creio que não.

— E de quem, então?

— De Elisa.

— Elisa? Não mereço tanto.

— Ora, não se menospreze. Agora vamos, precisamos nos preparar para o encontro com ela. Se tudo der certo, traçaremos juntos as diretrizes de sua nova encarnação.

Marcel estava radiante. Embora quisesse ser filho de Rosali, por julgar que muito lhe devia, Elisa também seria uma excelente mãe, a quem ele só não obsediara por não conseguir ultrapassar a aura de proteção que ela mesma, com sua fé, construíra ao seu redor. Sim, estava feliz.

Elisa o acolheria com amor, e ele teria a oportunidade de se relacionar com todos aqueles que, um dia, lograra prejudicar.

As crianças brincavam animadas no pátio da casa de Elisa, que conversava com Rosali na varanda.
– Elisa, querida, sinto que você não está bem.
– Ora, mas que bobagem. Estou ótima.
– Mas não parece. Tem andado estranha, excessivamente cansada e com olheiras. Está doente?
– Eu? Não.
– Diga-me a verdade. Eu a conheço e sei que você não está nada bem.
Nesse instante, os olhos de Elisa umedeceram, e ela falou, bastante angustiada:
– Oh! Rosali, não sei o que é. Sinto fortes dores na região do baixo ventre, e tenho tido constantes hemorragias.
– E não foi ao médico? – Rosali fingia nada saber. Havia algum tempo que tentava fazer com que Elisa se abrisse com ela, sem sucesso, contudo.
– Fui sim.
– E o que ele disse?
– Que é um tumor.
– Meu Deus, Elisa! E o que pretende fazer?
– O que se faz num caso desses? Talvez uma cirurgia.
– Mas isso é perigoso demais.
– Sim, mas não haverá outro remédio.
– E Leonardo?
– Está deveras preocupado. Mas isso não é tudo.
– Não? E o que há mais?
Elisa hesitou por alguns instantes, mas acabou por se abrir:
– Estou grávida.
– Você o quê?
– Estou esperando outro filho.
– Tem certeza?
– Absoluta. Já fui ao médico.
– Mas Elisa, você não pode.
– E o que quer que eu faça? Que tire a criança?
– Bem... não sei.
– Isso está fora de cogitação. Primeiro porque é contra as leis de Deus, e eu aprendi no Espiritismo que a reencarnação é uma bênção. Particularmente, não me sinto no direito de impedir que um novo ser cumpra sua jornada terrena. Depois, não sei se pioraria o meu estado. E, por último, eu não quero.

— Leonardo já sabe?
— Ainda não.
— E quando vai lhe contar?
— Logo. Já estou com quase três meses de gravidez. Breve não poderei mais ocultar.
— Ele ficará muito preocupado e apreensivo.
— Eu sei. E é por isso que ainda não lhe contei.
— Não contou o que a quem? — interrompeu Leonardo, que acabara de chegar.
— Oh, querido! — cumprimentou Elisa, desconcertada.
— Olá, Leonardo. Como vai?
— Bem, Rosali. Vejo que as crianças estão se divertindo.
— Como sempre.
— E então, Elisa? O que tem de contar?

Elisa corou e abaixou os olhos, temendo que ele descobrisse algo na sua expressão. Rosali, sentindo a gravidade daquele momento, levantou-se rápida, pretextando ir buscar uma limonada para as crianças.

— Volto logo — disse ela, olhando para a prima que, sem saber por onde começar, não tirava os olhos do chão.
— Elisa, aconteceu algo que você não me contou?
— Sim.
— E o que é? Vamos, diga-me. O médico já deu o diagnóstico final? Se é, pode me contar.
— Não, não é isso.
— E o que é então?
— Leonardo, eu, eu...
— Diga logo. Já estou ficando nervoso.
— Eu estou esperando outro filho.

Leonardo empalideceu. Não que não quisesse mais filhos; ele adorava crianças. Mas o estado delicado de Elisa não aconselhava uma outra gravidez. Atônito, falou com preocupação:

— Elisa, como isso foi acontecer?
— Acontecendo. Oh, Leonardo, perdoe-me! — e desatou a chorar.
— Mas o que é isso? Não chore. Você não tem culpa de nada. O maior culpado sou eu, que deveria respeitar sua enfermidade e não procurá-la mais.
— Leonardo! Assim você me ofende! Sou sua mulher, a quem mais deveria procurar?
— Desculpe-me. Não tive a intenção de ofendê-la. Mas é que não posso deixar de me sentir responsável.
— Não, aconteceu porque tinha que ser. Foi a vontade de Deus.

— Já consultou o médico?
— Sim.
— E o que ele disse?
— Disse que é arriscado.
— Meu Deus, Elisa, e agora?
— E agora nada. A criança vai nascer forte e saudável como os outros.
— Mas e você?
— Eu? Bem, estou nas mãos de Deus.
— Oh! Elisa, eu a amo tanto!
— Eu sei, querido. Mas nada de mal me acontecerá.
— Como pode saber? Você pode... você pode...
— Morrer? Não se importe com isso. A morte não existe, e se chegar minha hora de partir, irei certa do dever cumprido.
— Como pode falar assim? E nossos filhos?
— Você é um pai dedicado, e sempre poderá contar com a ajuda de Rosali.
— De Rosali? Mas ela tem sua própria vida.
— Ora, Leonardo. Não percebeu ainda que ela o ama?

Leonardo tossiu encabulado, apanhado que fora de surpresa com aquela afirmação.

— Elisa! De onde tirou essa idéia absurda?
— Não é absurda. Está em cada gesto, em cada olhar dela para você.
— Não, você está enganada.
— Não estou, não. E noto também que você não lhe é indiferente.
— Pare, Elisa. Não quero ouvir mais nada. Agora você é quem está me ofendendo.
— Ora, meu amor, para que isso? Nós sempre fomos tão sinceros um com o outro... por que agora fingir que não sabe que Rosali o ama e que você também a ama?
— Mas não é verdade. É a você que amo.
— Eu sei, e jamais duvidei disso um instante sequer. No entanto, o que sente por ela também é real.
— Não, não. Está enganada.
— Leonardo, não adianta fugir. Eu sei de tudo, não sou tola.
— Sabe o quê? Nunca houve nada entre nós.
— Sei disso, e sempre confiei em vocês dois. Mas o amor, esse vocês não conseguiram reprimir.
— Oh! Elisa, não fale assim. Desse jeito você me faz sentir mais culpado ainda.
— Não se sinta. O amor é natural.
— Mas não quando se é casado.

– Foi por isso que vocês renunciaram a esse amor, não foi?
– Sim.
– Então, não há nada do que se culpar. Será que pode haver amor maior do que esse, que se contenta em saber que existe, sem magoar ou ferir?
– Mas não é direito.
– E o que é direito? Sofrer?
– Não. Só que a estou fazendo sofrer neste momento.
– Não, engano seu. Desde que soube, eu nunca me senti traída ou infeliz.
– Desde quando sabe?
– Desde aquela noite em que fomos ao teatro, ver a estréia do balé. Notei seu olhar de admiração para ela, e o olhar discreto de satisfação que ela lançou para você.
– Oh! Elisa, será que pode me perdoar?
– Não há o que perdoar. Confesso que sinto-me até aliviada, pois sei que, se eu morrer, ela tomará conta de nossos filhos junto com você.
– Quero que saiba que Rosali sempre lhe foi fiel. Ela a ama muito.
– Eu sei, e sou-lhe grata por isso. Eu também a amo, como uma verdadeira irmã.
– Oh, querida, paremos com essa conversa. Parece até que você vai mesmo morrer.
– Não sei. Mas se isso acontecer, quero partir sabendo que meus filhos estarão bem amparados. E você também. É jovem demais, bom demais para ficar viúvo.
– Não diga isso.
– Agora chega. Rosali já vem voltando com os refrescos, e não gostaria que ela soubesse dessa nossa conversa, não por enquanto.

Elisa mudou de assunto, e quando Rosali se sentou, segurou sua mão com ternura e disse baixinho, de forma a que somente ela pudesse ouvir:

– Rosali, alguma vez já lhe disse o quanto a amo e o quanto confio em você?

Rosali já ia responder, mas Elisa se levantou e foi pegar Joana no colo, que acabara de tropeçar na raiz de uma árvore e começara a chorar. Rosali, voltando-se para Leonardo, perguntou espantada:

– Por que ela disse isso?
– Disse o quê?
– Nada, nada.

De onde estavam, podiam ver a figura já inchada de Elisa, que sorria para eles com a filha no colo. E ambos, distintamente, pensaram em como era linda aquela mulher, a quem a natureza não presenteara com a beleza física, mas premiara com uma beleza de alma que jamais poderiam igualar.

Capítulo 13

A porta do consultório se abriu e o doutor Herculano, famoso e conceituado psiquiatra, pediu a Marialva e Alberto que entrassem.

– E então, doutor? – começou Alberto ansioso. – Chegou a uma conclusão?

– Bem, o caso me parece um tanto confuso. Pelo que pude perceber, dona Marialva está sendo vítima de freqüentes alucinações, com alteração, inclusive, de seu estado de ânimo. Não pude constatar, contudo, nenhuma lesão cerebral, epilepsia ou senilidade, como é óbvio. Por isso, antes de dar meu diagnóstico, há ainda algumas perguntas que gostaria de fazer. Mas o senhor, doutor Alberto, terá que esperar lá fora.

Alberto, contrariado, saiu do consultório e foi se sentar na sala de espera.

– Por favor, dona Marialva, seja o mais clara e verdadeira que puder – pediu o doutor Herculano.

– Vou tentar – respondeu Marialva profundamente angustiada.

– Diga-me, por acaso há algum histórico de alcoolismo na família?

– Não.

– Uso de ópio ou outras substâncias tóxicas?

– Claro que não.

– Há algum caso de loucura na família?

– Que eu saiba, não. Doutor, não estou louca.

– Sim, eu sei. Não se preocupe. Essas perguntas são apenas rotina. Prosseguindo, a senhora dorme bem?

– Não. Tenho um sono agitado e repleto de pesadelos horrorosos, que me dão a sensação de que alguém me toca.

– A senhora vem perdendo peso?

– Bastante. Esses delírios, se é que se pode chamar assim, têm-me tirado o apetite.

– Bem, considerando que a senhora não apresenta qualquer sintoma físico de enfermidade mental, à exceção daquelas terríveis dores de cabeça, só nos resta passar a possíveis causas emocionais. Responda-me, dona Marialva, quando essas alucinações começaram, a senhora se lembra de haver passado por algum forte distúrbio emocional? Qualquer coisa que a tenha afetado profundamente?

– Bem, Alberto e eu tivemos alguns desentendimentos.

– Pode contar-me o que houve?
– Não sei, doutor. Foi muito difícil e constrangedor.
– Por favor, tente. É importante.
– Está bem – e, em poucas palavras, Marialva relatou-lhe o encontro com Rosali, a chegada do filho do marido, as várias discussões que se seguiram, omitindo, contudo, as surras que levara.
– Hum... já estamos começando a fazer progressos. A senhora julga que esses episódios de agressividade têm sido, digamos, traumáticos?
– Não sei dizer ao certo... sim, creio que sim.
– Como reagiu a eles?
– Dissimulando indiferença.
– Sei. Mas no fundo...
– No fundo, senti e ainda sinto vontade de matar meu marido.
– Sim. E há mais alguma coisa entre a senhora e seu marido que a venha desagradando em demasia?
– Bem, desconfio que ele tem uma amante.
– Ah, e o que mais?
– Mais nada. Doutor, o que estou lhe contando é estritamente pessoal e íntimo. Nem minha mãe conhece esses fatos. Conto-lhe porque penso que posso confiar em sua discrição.
– Mas é claro, não se preocupe. Sou médico, e sei respeitar meu juramento de manter em sigilo os relatos que escuto. Bem, prossigamos. Por falar em mãe, por acaso a senhora vem perdendo o afeto por seus familiares?
– Talvez. Confesso que ando desanimada, e não sinto vontade de partilhar com ninguém da minha angústia.
– Hum... a senhora percebeu alguma mudança em sua personalidade, assim como deixar de gostar de coisas de que antigamente gostava?
– Sim, também notei isso. Antes, eu gostava de sair, de ir a festas e às compras. Mas agora, isso já não me interessa mais.
– A senhora tem um temperamento irritável, irascível? Seja sincera.
– Bem, sim. Tudo me aborrece e contraria.
– A senhora, em suas alucinações, costuma ouvir vozes?
– Sim, e como! Às vezes penso escutar a voz de um antigo apaixonado, que se suicidou por minha causa quando me casei com Alberto.
– É mesmo? Mas que interessante! Conte-me mais sobre isso.
– Não há muito o que contar. Alfredo, esse era o seu nome, suicidou-se bem na minha frente, depois de me ameaçar com uma pistola, no dia do meu casamento. Foi horrível.
– Posso imaginar. E é a esse Alfredo que as vozes pertencem?

– Sim e não.
– Como assim? Esclareça melhor, por favor.
– É que, às vezes, parece que ouço vozes amigas em um ouvido e inimigas no outro.
– Verdade? E como isso ocorre?
– Não sei explicar. Só sei o que escuto.
– E o que é que escuta, exatamente?
– Quando as vozes soam em ambos os ouvidos, a do direito é como o diabo no inferno: me dá ordens, me ameaça, chora por mim, diz que me quer e que jamais me abandonará. Ao mesmo tempo, o ouvido esquerdo escuta palavras de consolo e de perseverança, que me induzem a rezar e pedir ajuda a Deus.
– É mesmo? E o que a senhora faz?
– Tapo os ouvidos, para não ter que escutar nenhuma das duas.
– E essas vozes têm alguma ligação com os ataques de que é acometida?
– As do ouvido direito sim.
– Quem a senhora pensa que a ataca dessa forma?

Nesse ponto, Marialva, que já não agüentava mais aquela ladainha, mudou o tom de voz e passou a falar com nervosismo e agitação, perdendo a calma que, até então, vinha ostentando.

– Ouça aqui, doutor. Sei que pensa que estou louca, mas não estou. E também não acredito que necessite de médico. Só vim consultá-lo porque meu marido insistiu. Na verdade, o que preciso mesmo é de um padre.
– Um padre? E por quê?
– Porque estou segura de que o que vem me acontecendo é obra do espírito de Alfredo, que voltou das profundezas do inferno só para me atormentar.
– Entendo. E o padre poderia afastá-lo?
– Creio que sim. Deve haver um meio de exorcizar esse demônio.
– Diga-me apenas mais uma coisa, dona Marialva. Por que esse espírito, que já morreu há mais de dez anos, somente agora resolveu aparecer?
– Não sei. Talvez estivesse preso em algum lugar.
– Está certo, então, dona Marialva. Nossa consulta terminou. Vou acompanhá-la até a saída.
– Mas como? Terminou assim, tão de repente?
– Sim. Creio que já possuo todos os elementos de que necessito para chegar a um diagnóstico.

— É mesmo? E qual é?

— Por enquanto nada posso revelar; preciso estudar o caso um pouco mais, compará-lo com outros já conhecidos. Mas não se preocupe, tudo irá acabar bem.

— Doutor, eu não sou louca.

— Mas é claro que não! Agora, por favor, pode se retirar.

Abriu a porta e chamou Alberto que, aflito, perguntou:

— E então, doutor? O que lhe parece?

— Bem, doutor Alberto, como disse a sua esposa, já estou de posse de todos os elementos necessários. Agora só me falta estudá-los um pouco mais a fundo. Fique tranqüilo. Logo lhe darei o diagnóstico decisivo.

— E quando será isso?

— Em breve. Telefonarei para o senhor.

Uma semana depois, Alberto foi chamado ao consultório do doutor Herculano para uma conversa em particular. Ao chegar, foi logo introduzido em seu consultório, e o médico, após os devidos cumprimentos, foi direto ao assunto.

— Doutor Alberto, o senhor, assim como eu, é um médico experiente, e por isso não vou tentar enganá-lo. Pelo que pude perceber pelo seu relato, sua mulher sofre de algum tipo de cisão da personalidade, de ruptura da mente, o que posso descrever como um processo psicótico já em estágio bastante adiantado.

Alberto ficou mortificado. Isso já era demais!

— O senhor tem certeza?

— Os sintomas são bem típicos: perda de afetividade, de iniciativa, alterações da personalidade, irritabilidade, alucinações, agitação, idéias de perseguição. É o que um psiquiatra suíço denominou de esquizofrenia, uma doença que vem sendo pesquisada há bem pouco tempo.

— Meu Deus, e eu nem percebi! E agora, doutor, o que fazer?

— O correto seria a internação a longo prazo. Mas vamos iniciar um tratamento com acompanhamento psiquiátrico. Esse tipo de doença mental está ainda em estudo, e não posso afirmar nada com absoluta confiança. Contudo, aconselho que o senhor e o restante dos familiares sejam compreensivos com ela, não a provoquem ou contrariem. Isso pode piorar sua situação.

— Eu nunca havia ouvido falar nessa doença. É perigosa? Quero dizer, é algum tipo de loucura?

— Temo que sim.

— E os que sofrem dessa doença podem se tornar perigosos?

— Com certeza. Muito me admira, até, que sua esposa não tenha cometido nenhum ato violento. Mas ela me confessou, isso aqui entre nós, que teve e tem vontade de matá-lo.

— É mesmo? Mas quem diria! E ela lhe falou o porquê? — Alberto queria saber se Marialva havia lhe contado as vezes em que batera nela.

— Tudo indica que seja por causa das discussões que tiveram. Mas ouça bem, doutor Alberto. Deixe-me esclarecê-lo sobre as possíveis reações de sua mulher. É comum que os loucos se tornem impulsivos, o que pode levá-los a agredir e matar, agindo com inopinada violência. Possuem uma mentalidade selvagem, sujeita a explosões de fúria, quando então nada os intimida. Não temem a lei, a justiça, ameaças ou mesmo a prisão. Possuem, por assim dizer, uma tendência natural para o crime e as reações violentas. Minha opinião pessoal é de que essa doença não tem cura. Penso que, em alguns casos, podem-se atenuar essas tendências, mas elas sempre existirão.

— E o que sugere? Que eu a interne?

— Como já lhe disse, esse é o tratamento indicado. Mas, no momento, isso não convém, até que tenhamos absoluta certeza. No entanto, se for preciso, se ela se tornar violenta, creio que não haverá outra solução, pois o diagnóstico estará, então, sobejamente confirmado. Sinto muito.

Alberto deixou o consultório do doutor Herculano profundamente abalado. Apesar de tudo, ela era sua esposa, e ele não gostaria de vê-la jogada num hospício imundo, como uma demente qualquer. Bem, em todo caso, ele era rico, e poderia pagar-lhe uma internação no melhor sanatório do país. Pensando bem, isso até lhe facilitaria os encontros com Adélia. É certo que ele não contribuiria para que Marialva fosse parar no hospício, mas também não lutaria contra essa possibilidade.

Deveria apenas tomar cuidado para que ela não cometesse nenhum desatino. Não estava em seus planos morrer assassinado ou permitir que alguém mais o fosse. Não. Saberia cuidar dela direitinho. O que precisava fazer era apenas deixar que a natureza agisse. Caberia ao destino decidir se ela deveria ou não ser internada, o que achava que aconteceria, mesmo sem o seu concurso.

Capítulo 14

Henrique entrou eufórico na sala, onde Rosali recebia a visita de Elisa e de Leonardo, que lá haviam ido em companhia dos filhos. Foram convidá-lo para ir ao cinema, e ele muito se alegrou com o convite. Apenas Elisa ficaria, em companhia de Rosali. Ela não se sentia bem. Estava tendo uma gravidez difícil, e o médico lhe recomendara repouso. Não era aconselhável sair em passeios e folguedos demorados ou incômodos. O melhor era ficar em casa onde, a qualquer momento, poderia se deitar e repousar.

Depois que eles saíram, Elisa confessou:

— Sabe, Rosali, não me sinto muito bem, canso-me à toa, e até cuidar de Joana é tarefa das mais exaustivas.

— Sua gravidez tem sido difícil, não é?

— Para falar a verdade, sim. Foi por isso que insisti para que Leonardo saísse com as crianças. Precisava falar-lhe a sós.

— Aconteceu alguma coisa?

— Ainda não.

— Como assim?

— Rosali, vou ser sincera. Tenho um pressentimento de que não sobreviverei a esse parto.

— Credo, Elisa, que mau agouro! De onde tirou essa idéia?

— Não é apenas uma idéia, mas fato. Sabe que tenho um tumor no útero, e não é dos menores.

— Mas isso não quer dizer que você tenha que morrer.

— Ora, querida prima, sejamos honestas. Nós duas sabemos que para me livrar desse tumor será necessária uma intervenção cirúrgica. E os riscos são enormes.

— Mas a cirurgia não pode ser evitada?

— Tudo vai depender de como estarei após o nascimento da criança.

— Então, Elisa, ainda há uma chance. Quem sabe tudo não volta ao normal?

— Como? Espera um milagre?

— Quem sabe? Milagres acontecem.

— Não no meu caso.

— Posso saber por que tanto pessimismo? Você fala como se já estivesse condenada.

— Condenada não é bem o termo. Todavia, pressinto meu destino e me conformo com ele.

— Mas eu não. Você tem três filhos, logo terá o quarto. O que será deles?

— Bem, foi exatamente para tratar disso que vim aqui lhe falar. Conto com você para ajudar a criá-los.

— Pare com isso, Elisa. Você mesma vai criar seus filhos.

— Rosali, sei que não vou.

— Como pode ter certeza? Por acaso você é adivinha?

— Não, mas tenho tido estranhas visões.

— Que visões?

— Não vai se assustar se eu disser?

— Claro que não. Vamos, diga logo.

— Tenho visto dona Maria do Socorro a meu lado, acompanhada de um outro homem de semblante meigo e bondoso.

— Minha avó? Como pode ser? Ela está morta!

— Não, Rosali, não está. Apenas seu corpo morreu, mas seu espírito ainda vive.

— Acho que você anda levando muito a sério essa história de Espiritismo.

— Levando a sério sim. Mas não é história, é a realidade.

— Como pode saber? Por acaso já falou com o espírito de minha avó?

— Sim.

— É mesmo? — Rosali estava profundamente impressionada. — E o que ela disse?

— Disse que eu me preparasse, pois minha missão aqui na Terra já estava no fim.

— Credo, Elisa, que coisa mórbida! Minha avó jamais diria uma coisa dessas.

— Por que não?

— Porque ela nunca ia querer assustar ninguém.

— E quem foi que disse que me assustei?

— Elisa, você não pode estar falando sério. Você pensa que um espírito vem e lhe diz que sua missão já está no fim só para prepará-la para a entrada no paraíso? Ora, francamente. Você deve ter sonhado, e agora acredita que esse sonho é realidade. Mas não é. É apenas um pesadelo, uma ilusão, e não vai acontecer.

— O que lhe dá essa certeza?

— Bem, sei lá, nada. E o que lhe dá a certeza de que é real?

— Minha convicção na doutrina dos espíritos.

— Lá vem você de novo.

— Rosali, você chegou a concluir a leitura do *Evangelho Segundo o Espiritismo*?

— Não.

— Por quê? Não gostou? Por acaso não encontrou ali as respostas a muitas de suas perguntas?

— Falando assim, até que eu achei alguns conceitos interessantes. Mas não me interessei mais.

— Por que não?

— Não sei. Não estava com ânimo para aquilo.

— Será que agora já não está? Será que não é chegada a hora de você também conhecer as verdades de Deus?

— Não sei, talvez.

— Por que não experimenta se juntar a nós em nossas reuniões semanais? Até Leonardo passará a vir.

— Leonardo? Mas ele nunca acreditou na vida espiritual.

— Mas agora acredita.

— Posso saber o que o fez mudar de idéia?

— O sofrimento, Rosali. Leonardo sofre por me ver assim, e sofre também porque ama uma mulher que jamais pôde possuir.

— O que foi que disse?

— Disse que Leonardo ama outra mulher.

— Elisa, que horror! Como pode pensar assim de seu marido? Por acaso ele não lhe é fiel?

— Oh! sim, bastante fiel.

— Então por que fala isso?

— Eu disse que Leonardo ama outra mulher, não que me traiu com ela.

— Não estou entendendo.

— Rosali, não quero que leve a mal o que vou lhe dizer agora, nem que me interprete de forma errada. Quero que saiba que sei que entre você e Leonardo existe um sentimento muito maior do que apenas amizade.

— Elisa, como pode dizer uma coisa dessas? Sou sua amiga, jamais a trairia!

— Você continua não entendendo. Não estou preocupada se vocês me traíram ou não, até porque confio muito em ambos e sei que jamais fariam uma coisa dessas. Mas não sou tola, e há muito percebi um brilho diferente em seus olhares. É claro que vocês se amam, e não adianta tentar me enganar.

Rosali, nesse instante, começou a chorar e se abraçou à prima, suplicando entre soluços:

— Oh! Elisa, perdoe-me. Eu nunca faria nada para magoá-la. Foi mais forte do que eu, e não pude conter esse sentimento. Mas eu juro que nunca a traímos. Juro pela felicidade do meu filho que nunca houve nada entre nós.

— Acalme-se, Rosali, sei disso. Não a estou acusando nem culpando de nada. O amor é assim mesmo, não se pode evitar. E depois, ninguém escolhe aqueles a quem deseja amar. Se assim fosse, você jamais teria se apaixonado por Alberto, não é mesmo?

— Quer dizer que não está zangada?

— Claro que não. Eu a amo, Rosali, e sei que você também me ama. E é por isso que vim pedir sua ajuda.

— Mas, Elisa...

— Por favor, deixe-me falar. Preciso que você me ajude. Depois que eu partir...

— Você não vai partir. Não agora.

— Rosali, escute-me. Não adianta teimar nem ir contra a vontade de Deus. Sei que não vou viver.

— Não, não fale assim. Não você, Elisa. Você não pode morrer. É a única pessoa que tenho no mundo, e não posso ficar sem você.

— Não diga isso. Você tem seu filho, seus pais, e também Leonardo, que muito a ama.

— Oh, não, não! Eles não são como você. Só você foi capaz de cuidar de mim com amor e compreensão, mesmo quando a tratei mal e quando me afastei de você. Lembra-se? Foi porque você tentou me alertar sobre Alberto.

— Sim, eu me lembro. Mas isso foi há muito tempo.

— É verdade. Mas e depois? Quem foi que me acolheu com carinho? Quem recebeu meu filho como se fosse seu também? Quem me deu apoio em todos os momentos difíceis de minha vida? Você, Elisa, e mais ninguém, sempre. Sei que você seria capaz de enfrentar o mundo para me defender, como muitas vezes o fez. Você é meu porto seguro. Mesmo quando estava em Portugal, sabia que se voltasse para o Brasil poderia contar com você. Tanto que foi a primeira e única pessoa a quem fui procurar. Oh! Não, Elisa, você não pode me deixar. Não saberia o que fazer sem você. Por favor, não se vá, eu preciso de você.

— Você não precisa de mim, Rosali, não precisa de ninguém. É uma mulher forte e corajosa, e capaz de enfrentar as maiores dificuldades sem esmorecer. Na verdade, eu é que preciso de você. Preciso do seu amor e da sua amizade para cuidar de Leonardo e de meus filhos. Por favor, não me negue isso.

– Não quero e nem posso negar-lhe nada. Mas me recuso a crer que você vai...

– ...morrer. Pode dizer, não tenha medo.

– Elisa, como pode falar isso assim, tão friamente?

– Não estou falando friamente. A realidade é essa, e não adianta lutar contra ela. Mas não fique triste, a morte é apenas passageira. De onde estiver, meu espírito estará orando por vocês.

– Como não ficar triste? Você não está?

– Bem, não posso dizer que estou feliz. Sentirei falta dos meus, de abraçá-los fisicamente. No entanto, inexistem barreiras para o espírito, e eu poderei visitá-los quando quiser.

– Pare com isso, Elisa. Você não vai morrer e pronto. Você não é Deus, e não pode ter certeza. Por isso, deixe de pensar nessas bobagens e concentre-se no seu filho que irá nascer.

– Está bem, Rosali, não direi mais nada. Mas, mesmo assim, prometa-me que, se algo me acontecer, você cuidará de Leonardo e das crianças.

– Nada vai lhe acontecer.

– Por favor, prometa. Custa-lhe alguma coisa?

– Está bem, prometo. Prometo que cuidarei de Leonardo e de seus filhos se algo lhe acontecer. Agora chega dessa tolice e não falemos mais em coisas tristes, que ainda não se realizaram e que nem vão se realizar.

– Obrigada, Rosali. É muito bom saber que posso contar com você.

– Você não tem que me agradecer. E agora, que tal irmos para a cozinha preparar um bolo de chocolate para as crianças? Tenho certeza de que elas irão adorar.

– Ótima idéia!

Rosali puxou a prima pela mão e apertou-a com força, o que fez com que os olhos de Elisa marejassem de emoção. Sim, Rosali era sua amiga e a amava, e não faltaria à promessa que lhe fizera. Essa certeza encheu-a de conforto e felicidade, e ela sabia que poderia deixar o corpo físico sem preocupações, certa de que sua missão estaria então integralmente cumprida.

Capítulo 15

Lenita estava de volta da Europa, e foi novamente visitar Marialva. Ao vê-la, porém, espantou-se com o aspecto doentio da amiga, o que a deixou deveras preocupada.

– Marialva, o que você tem? – indagou assustada. – Parece um fantasma.

– Nada de mais. Apenas umas dores de cabeça, coisa sem importância – Marialva não queria contar à outra que estava tendo problemas psiquiátricos. – Quando voltou?

– Há três dias.

– E a Itália, como vai?

– Bela como sempre. Mas o frio não anda me fazendo muito bem, e o médico me recomendou banhos de mar em um clima mais quente. Por isso voltei e resolvi me hospedar em casa de uma tia, em Botafogo. Talvez tenha que me demorar um pouco mais no Brasil, e achei melhor não ficar sozinha.

– Tem razão. Não sabe então quando volta?

– Não. Por quê? Gostaria de ir comigo novamente?

– Estou pensando nisso.

– Mas você também não gostou do frio...

– É verdade. O Brasil, contudo, não vem me fazendo bem ultimamente. Uma viagem pela Europa, apenas no verão, talvez melhorasse a minha saúde.

– Bem, quando eu voltar, se você ainda quiser ir, não faça cerimônia. Terei um imenso prazer em levá-la comigo.

– Obrigada, Lenita.

– Mas, enquanto isso, por que não vai me visitar em casa de minha tia? Ela é uma senhora viúva, e muito aprecia companhia. Passe uma tarde conosco. O banho de mar talvez lhe faça bem.

– Sim, irei. Será divertido.

À noite, quando Alberto chegou à casa, Marialva narrou-lhe a visita de Lenita e o convite que fizera para visitá-la em casa de sua tia, esquecendo-se de lhe contar que pretendiam ir à praia em Botafogo. Alberto, por sua vez, não demonstrou maiores interesses, e até incentivou a mulher a ir, o que o deixaria mais à vontade para estar com Adélia. O romance entre eles, apesar de mais cuidadoso, prosseguia com paixão, e Alberto seguia, na casa de Botafogo, praticamente com a mesma rotina que levava em Copacabana. Certa vez, Alberto confidenciou:

— Adélia, querida, estou muito preocupado com a saúde de Marialva.
— Por quê? Ela piorou?
— Sim. Temo que o tratamento do doutor Herculano não esteja surtindo muito efeito. Ela continua com aquelas crises, sendo que agora fala coisas sem sentido, como se fosse outra pessoa. Outro dia, até engrossou a voz e disse que não era Marialva, mas outra pessoa, cujo nome não iria revelar, e que me odiava. Depois passou a me xingar e a me ofender. Quando consegui fazê-la voltar a si, disse-me que se lembrava e que ouvira tudo, mas que não fora capaz de interferir. Então teimou comigo que havia um espírito a atormentá-la.
— Espírito? Mas que espírito?
— Pasme. Disse-me que era o espírito de Alfredo.
— De novo esse Alfredo? Ela não andou sonhando com ele?
— Sim, e pelo visto os sonhos estão quase se tornando realidade. Ao menos para ela.
— Meu Deus, isso é terrível!
— Sim, eu sei. E devo confessar que já começo a ter medo dela.
— Medo dela? Você?
— É. Nessas horas, ela parece querer me agredir.
— Ora, não seja ridículo. Marialva jamais teria forças para feri-lo.
— Não enquanto eu estiver acordado. Mas o doutor Herculano me disse que os loucos podem se tornar violentos, e eu posso ser surpreendido com algum golpe enquanto durmo.
— Fala sério?
— Claro que sim. Se não acredita, telefone para ele.
— Eu acredito em você. Mas então, a situação é bem mais grave do que eu imaginava.
— Sim, é. E os métodos de tratamento já estão se esgotando.
— O que o doutor Herculano irá fazer, então?
— Segundo ele, se as coisas continuarem desse jeito, a solução será interná-la.
— Hospício? Isso nunca. Espero que você jamais permita que minha filha seja internada numa casa para loucos.
— Acalme-se, Adélia. Essa é a orientação médica. Mas nós temos dinheiro e podemos pagar um bom sanatório.
— Alberto, querido, hospício é hospício.

– Sim, mas com dinheiro podemos proporcionar-lhe um maior conforto.
– Preferia não falar nisso.
– Mas precisamos. Ela é sua filha.
– Mas é sua mulher. Depois que se casou, passou a ser responsabilidade sua. Não que eu não queira me responsabilizar por ela. Marialva é minha filha, e apesar de tudo eu a amo. Mas legalmente não poderei intervir.
– Eu sei. Estou apenas lhe pedindo conselhos. Também não gostaria de vê-la internada, mas...
– Mas...
– Se ela piorar e começar a nos ameaçar ou agredir, ou quem sabe, até a si mesma, não verei outra saída.
– Alberto, por favor, não faça isso. Você irá matá-la. Conheço minha filha, e sei que ela não poderia suportar. Tampouco eu.

Alberto acendeu um cigarro e se voltou para a janela. Iniciara aquela conversa apenas para testar Adélia, saber como ela se sentiria ao ver Marialva internada. Sua reação, contudo, não foi das melhores, e ele não poderia culpá-la. Como ela mesma dissera, Marialva era sua filha, e ela a amava, apesar de tudo. Ele mesmo não estava convicto de que aquela seria a melhor solução. Talvez ele, Alberto, não fosse realmente capaz de condená-la àquele cárcere sem perspectivas de liberdade.

Tentando desviar o assunto, falou com ternura:
– Querida, que tal um passeio?
– Excelente idéia. Aonde quer ir?
– Podemos ir dar uma volta na praia. O que você acha?
– Acho ótimo. Espere um instante que vou me vestir.

Já na rua, Adélia sugeriu:
– Por que não vamos até a padaria? Estamos precisando de pão.
– Sim, claro.
– Prepararei um chá com pão fresquinho e queijo.
– Hum... já posso até sentir o cheirinho.
– Deixe de ser tolo – Adélia sorriu e deu-lhe um tapinha no braço, fazendo com que ele a abraçasse e apertasse sua cintura.
– Sabe que a amo?
– Por que diz isso agora?
– Queria que você soubesse.
– Sabe, Alberto, às vezes me sinto culpada por causa desse nosso romance.

– Ora, querida, por quê?
– Você ainda pergunta? Sou sua sogra, o que significa que você é casado com minha filha. Ninguém no mundo aprovaria esse nosso romance.
– Ninguém no mundo sabe desse nosso romance.
– Engano seu. Aquela Rosali sabe.
– Rosali não está preocupada conosco.
– Como pode ter certeza?
– Adélia, por favor, não estrague o meu dia, sim?
– Desculpe-me, não quis aborrecê-lo.
– Então não toque mais no nome de Rosali. Esqueça-a, assim como ela já nos esqueceu.
– Será?

Embora Adélia não acreditasse, Alberto confiava na discrição de Rosali. Sabia que ela não contaria nada a ninguém. De repente, sentiu saudades do filho, a quem não tentava procurar desde o episódio no sobrado de Copacabana. Como estaria? Pensou tanto nele e com tamanha intensidade que seus olhos se encheram de lágrimas, chamando a atenção de Adélia.

– Querido, o que foi que aconteceu? – perguntou ela cheia de aflição.
– Nada. Não se preocupe.
– Mas você está chorando!
– Já disse que não foi nada.
– É claro que foi. Por que não me conta?
– Não há nada para contar.
– Está bem. Se quer que eu acredite, finjo que acreditarei.

Adélia, no fundo, conhecia a razão das lágrimas de Alberto. Com certeza estava pensando naquele filho bastardo. No entanto, era melhor não dizer mais nada. Ela não estava disposta a brigar com ele por causa daquela criança. Afinal, o filho de Rosali pouco lhe interessava.

Alberto, por sua vez, silenciou e continuou calado o resto do caminho, até chegarem à padaria. Ao entrarem, Adélia, sem querer, esbarrou numa moça que ia saindo, e murmurou mecanicamente:

– Desculpe.

A moça se virou para responder, mas Adélia já havia sumido no salão apertado e cheio de gente àquela hora. Procurou-a com os olhos, achando que aquele rosto lhe era familiar. Onde o tinha visto? Não saberia precisar. Além disso, o encontrão fora rápido demais. Mas ela tinha certeza de que conhecia aquela senhora de algum lugar. E o rapaz que a acompanhava? Não lhe vira a face. Bem, talvez estivesse enganada e a tivesse confundido com alguém. O fato, contudo, não era relevante, e Lenita subiu a rua, já esquecida do pequeno incidente, dobrando a esquina e seguindo até a casa da tia, três quarteirões abaixo daquela alugada por Alberto.

Capítulo 16

Era quarta-feira, dia da reunião semanal para orações no lar em casa de Rosali. A família encontrava-se reunida em torno da mesa da sala, contando então com as presenças de Rosali e Leonardo, que havia cerca de um mês passaram a freqüentar as reuniões. A leitura do *Evangelho* consistia no Capítulo XII, *Amai os Vossos Inimigos*, no item *Retribuir o Mal com o Bem*, que Leonardo lia com emoção:

– "Se o amor do próximo constitui o princípio da caridade, amar os inimigos é a mais sublime aplicação desse princípio, porquanto a posse de tal virtude representa uma das maiores vitórias alcançadas contra o egoísmo e o orgulho."

A leitura prosseguiu entusiástica e, em seguida, os participantes passaram aos debates, cada qual expondo seus pontos de vista sobre o assunto. Rosali, profundamente tocada, escutava com atenção as lições que Elisa, sempre tão sábia, dava sobre o tema:

– É preciso não nos esquecermos que Jesus não se deixou levar pelo ódio por aqueles que o açoitavam e torturavam, nem mesmo chegou a considerá-los seus inimigos. Ao contrário, apiedou-se de sua ignorância, pedindo ao Pai que os perdoasse. Esse é o exemplo do amor maior, do amor por todas as criaturas, e não somente por aquelas que, por assim dizer, nos são caras. Sim, porque Jesus não se limitou a amar seu pai e sua mãe, nem a seus discípulos, mas a toda a humanidade, mesmo àqueles que não o compreendiam. A esses dedicou especial atenção, visto que, cegos pelo orgulho e pela ambição desenfreada, acabaram por se tornar os mais necessitados de amor. Por isso é que nós, que abraçamos em nossos corações a compreensão das leis da vida, devemos aprender a amar nossos inimigos, vendo neles os irmãos mais carentes de nosso afeto.

– Mas nós não somos Jesus – objetou Rosali. – Não possuímos a milésima parte de sua evolução. Como podemos pretender nos igualar a ele, que é perfeito?

Elisa, após breve meditação, recomendou, a título de esclarecimento, a leitura do Capítulo XVII, *Sede Perfeitos*, no item, *Caracteres da Perfeição*.

Rosali principiou a ler, prendendo a atenção dos demais:

– "Pois que Deus possui a perfeição infinita em todas as coisas, esta proposição: 'Sede perfeitos, como perfeito é o vosso Pai celestial', tomada ao pé da letra, pressuporia a possibilidade de atingir-se a perfeição absoluta. Se à criatura fosse dado ser tão perfeita quanto o Criador, tornar-se-ia igual a este, o que é inadmissível. Mas, os homens a quem Jesus falava não compreenderiam essa nuança, pelo que ele se limitou a lhes apresentar um modelo e a dizer-lhes que se esforçassem por alcançá-lo. Aquelas palavras, portanto, devem entender-se no sentido da perfeição relativa, a de que a humanidade é suscetível e que mais a aproxima da Divindade. Em que consiste essa perfeição? Jesus o diz: 'Em amarmos os nossos inimigos, em fazermos o bem aos que nos odeiam, em orarmos pelos que nos perseguem'. Mostra ele desse modo que a essência da perfeição é a caridade na sua mais ampla acepção, porque implica a prática de todas as outras virtudes."

As palavras de Kardec falavam por si mesmas. Não era preciso mais nenhuma explicação. Rosali estava convencida de que agira mal, não só com Alberto, mas também com Marialva e Adélia. Vira neles seus inimigos, e tudo fizera para concretizar sua vingança. Embora não o conseguisse, por arrepender-se a tempo, o fato é que ainda os odiava, e lhes voltaria as costas caso precisassem dela para alguma coisa. Orou a Deus para que lhe concedesse uma nova oportunidade de mostrar seu arrependimento, sua compreensão, sua caridade. Não queria mais odiar, e lutaria contra esse sentimento com todas as suas forças.

Na volta para casa, Leonardo estava feliz, certo de que havia encontrado, finalmente, as respostas a muitas de suas dúvidas. Ao entrarem, Elisa foi ao quarto das crianças e beijou-as, uma a uma, um beijo prolongado, como que numa despedida. Em seguida, deitou-se na cama e beijou também o marido, virando-se para o lado e adormecendo imediatamente.

Elisa entrara no nono mês de gravidez. Estava muito pesada, com as mãos e os pés inchados, a respiração já bastante difícil. Passava os dias a repousar, somente se ausentando para ir à casa de Rosali nos dias das reuniões do Evangelho, e assim mesmo, sempre amparada por Leonardo.

Por volta das duas da madrugada, ela acordou suando e gemendo. As contrações haviam começado. Calmamente, despertou o marido e balbuciou:

– Leonardo... Leonardo, meu amor.... Creio que... já chegou a hora...

As contrações aumentavam rapidamente. Alarmado, Leonardo pulou da cama e correu para o telefone, a fim de chamar o médico. Em seguida, voltou para o quarto e segurou a mão de Elisa, que sentia fortes dores no ventre, enquanto ia rezando e pedindo a Deus que tudo saísse bem. Lembrou-se do pressentimento da mulher e sentiu um arrepio percorrer-lhe a espinha. Afastou aqueles pensamentos nefastos e voltou o seu para Jesus, implorando sua intervenção junto à esposa amada.

Assim que o médico chegou, deu-lhe ordens para que providenciasse toalhas limpas e água quente, e pediu que esperasse do lado de fora. Leonardo então voltou ao telefone e fez uma ligação para Rosali e outra para os pais de Elisa. Rosali, que morava próximo, logo chegou, acompanhada dos pais e de Henrique, que foi fazer companhia a Mário e Celeste, despertos com todo aquele alarido, enquanto a pequena Joana permanecia sonolenta no colo de Ivete.

– Leonardo! – chamou Rosali, logo que chegou. – Quando começaram as contrações?

– Ainda há pouco.

– Acha que vai demorar?

– Não sei.

– Será que posso entrar?

– Não sei. Temos que perguntar ao médico.

Rosali se afastou e entrou silenciosamente no quarto de Elisa, que, desesperada, urrava de dor, sendo no mesmo instante repreendida pelo médico.

– O que faz aqui, senhora? Quem lhe deu ordens para entrar?

– Desculpe-me, doutor, mas sou prima e amiga de Elisa, e gostaria de ficar a seu lado.

– A senhora é enfermeira?

– Enfermeira, eu? Não.

– Então sinto muito, mas não pode ficar.

– Por que não?

– Porque poderia prejudicar o parto.

– Mas por quê? Vou ficar quieta, prometo.

– Já disse que não. Por favor, não insista. Agora saia.

Rosali já ia se retirar quando foi detida pela voz estertorosa de Elisa.

– Quem está aí? Ui... É você, Rosali?

– Sim, sou eu.

– Ah! que bom que veio... Por favor, fique... fique comigo...

Rosali olhou para o médico, que aquiesceu, e correu para o lado da prima. Segurando-lhe a mão, disse-lhe com ternura:

– Coragem, querida. Breve tudo estará terminado.

– Sim... eu sei. Rosali... não se esqueça... da promessa que me fez...

– Elisa, isso não é hora. A hora é de nascer, e não de morrer.

– Mas não se esqueça...

Suas palavras, no entanto, foram interrompidas por um grito lancinante, que anunciava a proximidade do nascimento. O médico mandou que Rosali ficasse quieta e foi ajudar Elisa, que não parava de gemer e apertar a mão da prima. As contrações já eram seguidas, e a criança começou, efetivamente, a forçar passagem para vir ao mundo. Elisa continuava a gritar, enquanto o médico, experiente, a encorajava.

– Vamos, dona Elisa, força. Já está vindo.

Elisa gemia, chorava e fazia força, sentindo aos poucos a criança saindo de dentro dela. Logo depois, ouviu um choro e a voz do médico, que dizia:

– É um menino! Um bonito menino!

Ela começou a chorar de felicidade, acompanhada por Rosali, que mal podia conter a emoção. O médico enrolou o pequeno em uma manta quentinha e colocou-o nos braços da mãe que, derramando lágrimas de felicidade, dizia-lhe baixinho:

– Bem-vindo ao mundo, filhinho.

Rosali presenciava aquela cena comovida, e o médico saiu para chamar Leonardo, que entrou ansioso.

– Elisa, meu amor! Correu tudo bem. Não disse?

– Olhe, querido. É um menino. E veja como é forte e rosado.

– Sim, sim. É lindo! Vai se parecer com você.

– Chame as crianças aqui. Quero que conheçam logo o irmãozinho.

– Não, não, dona Elisa, espere um pouco – interveio o médico. – Ainda não é hora. Primeiro é preciso cortar o cordão umbilical e lavar o menino. Em seguida, seus outros filhos poderão vê-lo.

– Está certo. Mas seja breve, por favor.

De repente, contudo, Elisa começou a sentir um esmorecimento e uma dor aguda na região uterina, o que fez com que ela gemesse alto.

– Elisa, Elisa, o que foi? – perguntou Leonardo alarmado.

– Não sei. Dói.

– O médico, onde está o médico?

Saiu correndo para buscá-lo, deixando a mulher a sós com Rosali que, apavorada, começou a chorar e a implorar:

– Oh! Elisa, por favor, não se vá! Precisamos de você.

– Rosali... minha querida... sinto muito... não posso mais...

– Não, não. Pode sim. Agüente mais um pouco, o médico já está vindo.

– Não... não adianta... É chegada... a minha hora...

– Pare com isso. Não é não. Isso é do parto, passa logo.

– Eu... sei que não...

Leonardo entrou com o médico, que correu a examiná-la.

– Hum... – fez ele preocupado. – Há uma forte hemorragia.

– Não pode estancá-la?

– Aqui não. Precisamos levá-la a um hospital.

Mas Elisa, que se esvaía em sangue, já começava a perder os sentidos, e Rosali, coração em disparada, implorou entre lágrimas:

– Faça alguma coisa, doutor! Não há tempo de levá-la!

– Eu sinto muito, mas não consigo conter esse sangramento!

– Elisa! Elisa! – chamava Leonardo aos prantos. – Por favor, querida, fale comigo!

Elisa não respondia. Seu olhar estava perdido em algum ponto, mas não parecia sofrer. Nesse momento, todos os familiares se encontravam presentes. Leonardo, Rosali, Henrique, Osvaldo, Helena, Mário, Celeste e Joana que, no colo de Ivete, olhava tudo sem nada compreender. Estavam todos atônitos e angustiados, as crianças chorando e gritando ao mesmo tempo:

– Mamãe, mamãe! Por favor, não se vá!

Súbito, ela falou com voz límpida, como se estivesse perfeitamente sã.

– Meus filhos, eu os amo a todos, e quero que saibam que vocês foram as pessoas mais importantes de minha vida. Recebam seu irmãozinho com amor.

– Oh, mamãe! – chorava Celeste.

Depois Elisa silenciou, para novamente voltar a falar, só que dessa vez esboçando um sorriso, não de felicidade propriamente, mas de satisfação.

– Dona Maria do Socorro! Que bom que veio me buscar.

Os adultos estacaram e se entreolharam significativamente. Sabiam que ela estava vendo a mãe de Osvaldo, que orava fervorosamente. Lentamente, Elisa foi diminuindo a respiração até que, num último e pungente gesto, levou a mão ao coração e invocou, cheia de compreensão, amor e fé:

– Jesus...

E cerrou os olhos, deixando a todos o mais precioso legado de seu coração; um legado de amor, de fé, de caridade e de compreensão, que se espalharia entre eles para que, juntos, aprendessem o sublime sentido de amar.

Duas semanas após o enterro de Elisa, o pequeno recém-nascido não havia ainda recebido um nome, e Leonardo, abalado demais para pensar no que quer que fosse, não se decidia a registrá-lo. Até que Edmundo, chamado às pressas para o enterro, entrou na biblioteca em companhia de Rosali, indo encontrá-lo abatido, jogado sobre uma poltrona.

– Leonardo, meu filho – começou ele. – Não acha que já é hora de sair dessa prostração e pensar em seus filhos?

– Ah, seu Edmundo – respondeu com desinteresse –, em que devo pensar? Rosali cuida de tudo, as crianças estão amparadas.

– Bem, Leonardo – interrompeu Rosali –, acontece que você ainda não se decidiu a registrar seu filho, e quase nem vai vê-lo. Posso saber por quê?

Leonardo hesitou e abaixou os olhos, fingindo mexer numa xícara de chá pousada na mesinha a sua frente. Dissimulando naturalidade, retrucou:

— Não estou com cabeça para pensar nisso.
— Creio que você está fugindo – observou Edmundo. – E isso não é bom.
— Não estou fugindo de nada, seu Edmundo. Apenas não tenho ânimo.
— Mas seu filho precisa de você.
— Ele precisa é da mãe, e ela não se encontra aqui no momento para ajudá-lo.
— Leonardo, não adianta lutar contra o destino. Seus filhos perderam a mãe, e você deve fazer de tudo para compensá-los.
— Não posso! – desabafou em prantos. – Não posso! Está sendo muito difícil!
— Pensa que não é difícil para Rosamaria e para mim? Esquece-se que Elisa era nossa única filha? Como pensa que nos sentimos, perdendo nosso maior tesouro?

Leonardo silenciou, constrangido. Ele estava certo. Sabia que estava sendo egoísta, pensando apenas em seu sofrimento, mas a dor da perda era imensa, e ele não podia evitá-la. Então, com voz sumida, acrescentou:

— Sinto muito, seu Edmundo. Sei que o senhor e dona Rosamaria também devem estar sofrendo muito.
— Com certeza estamos. Mas a vida não pode parar, e não devemos nos enterrar junto com aqueles que já se foram. Há outras pessoas que solicitam sua presença, que requerem sua atenção, que precisam de seu amor. Não faça isso com meus netos nem com você mesmo.

Leonardo desatou a chorar e se agarrou ao sogro, que o envolveu num abraço amigo, carinhoso e confortador.

— Leonardo, eu o conheço há muitos anos, desde que você nasceu. Seu pai é meu amigo, e você sempre foi como um filho para mim. Já perdemos uma filha prematuramente, e nada podemos fazer para resgatá-la. Mas você e as crianças não. Vocês têm muito que viver.
— Eu sei, seu Edmundo, mas não consigo reagir. Sinto-me derrotado, e não me julgo capaz de enfrentar mais nada. É como se, perdendo Elisa, perdesse também meu chão, e começasse a afundar sem ter onde me segurar.
— Leonardo – interferiu Rosali –, sei como se sente, pois me sinto da mesma forma. Durante muito tempo Elisa vinha sendo meu ponto de apoio, minha segurança em todos os momentos. Mas ela me fez compreender que não podemos parar de caminhar somente porque nossa muleta se quebrou. Ou encontramos outra que a substitua, ou então nos damos conta de que nossas pernas são fortes e estão aptas a caminhar por si mesmas. O que acontece é que nos apegamos a um apoio e pensamos que ele será nossa pilastra pelo resto da vida, e assim

temememos ter que assumir que somos capazes de nos suster sozinhos. Não tenha medo de ser livre e escolher seu próprio caminho.

— Oh! Rosali, não sei o que fazer! Você tem razão em tudo o que diz, mas o desânimo é imenso.

— E seus filhos? Por acaso não estão abatidos? Você é adulto, entende as coisas da vida. Mas eles são ainda crianças, carentes da presença da mãe. Como acha que eles estão se sentindo vendo-se privados, de uma hora para outra, daquela que representava todo o seu mundo? Eles têm o direito de se sentir desamparados, você não. Você tem o dever de auxiliá-los e mostrar a eles que juntos se manterão erguidos, e que podem contar com você para aprenderem que eles também poderão vir a caminhar sozinhos. Não se acovarde, Leonardo. Mostre a seus filhos que eles são capazes de prosseguir com suas vidas, e não faça parecer que, além da mãe, perderam também o pai!

— Rosali está certa, meu filho. Reaja! Vá ver seu filho que acabou de nascer. É um inocente, que não tem culpa de nada.

— Não estou culpando meu filho.

— Oh! Sim, está sim. Inconscientemente, Leonardo, você o acusa de haver roubado a vida de sua esposa amada, e isso não é justo.

— Não é verdade. Eu não o culpo, apenas penso... às vezes... que se ela não tivesse engravidado, isso não teria acontecido.

— Mas a criança não é culpada.

— Não, eu sei. Eu sou o culpado.

— Mas que bobagem é essa agora?

— Sim, eu sou o culpado. Sabia que Elisa não podia mais ter filhos, e assim mesmo a procurei e não consegui me controlar. E agora...

— E agora você tem mais um filho.

— Um filho que não conhecerá a mãe por causa de um impulso irresponsável de seu pai. Não posso encará-lo. Vê? Na verdade, fui eu quem lhe roubou a mãe.

— Chega, Leonardo! — repreendeu-o severamente Rosali. — Onde está sua fé? O que fez de tudo o que aprendeu? Você deveria saber que as coisas acontecem da forma como devem acontecer, e que isso não significa que seja o pior. Ao contrário, Deus sempre nos envia provas necessárias ao nosso crescimento, e crescer sempre é o melhor. Entenda que era necessário que a criança nascesse e que Elisa se fosse. É a vida. Elisa terminou sua missão concedendo ao filho a chance de iniciar a sua. Não venha agora você dificultar-lhe a caminhada!

— Eu... eu não tenho intenção de dificultar-lhe nada... pelo contrário. Pretendo fazer todo o possível para... para fazer com que seja feliz.

– Então, meu filho? – falou Edmundo. – Levante-se daí e vá vê-lo, e aos demais. Eles são crianças, precisam do seu amor, agora mais do que nunca.

Leonardo levantou-se e tornou a abraçar o sogro, abraçando Rosali logo em seguida. Depois, falou com voz mais confiante:

– Têm razão. Perdoem-me a fraqueza. Vou ver meus filhos e cuidar deles – já ia saindo quando, de repente, parou, virou-se para o sogro e continuou: – o pequeno... vai se chamar Edmundo. Sei que Elisa gostaria disso.

Após brincar um pouco com os filhos, Leonardo subiu para ver Edmundinho, como passara logo a ser chamado. Rosali, satisfeita com o resultado alcançado, despediu-se dos tios e das crianças e foi para casa, levando Henrique pela mão. Já estavam em frente ao portão quando um vulto saiu de trás de uma árvore e chamou Rosali pelo nome, bem atrás deles.

A moça virou-se sobressaltada, apertando ainda mais a mão do filho, e deu de cara com Alberto ali parado, olhos vermelhos de quem havia andado chorando.

– Henrique, vá para dentro – ordenou ela.

– Sim, mamãe – respondeu ele sem questionar.

Logo depois que ele entrou, ela encarou Alberto seriamente e perguntou, cautelosa:

– O que quer aqui?

– Gostaria de falar-lhe sobre o menino.

– Por favor, Alberto, agora não. Elisa mal foi enterrada. Não pode esperar mais um pouco para me atormentar?

– Rosali, não quero atormentá-la. Quanto a Elisa, creia-me, também senti muito sua morte.

– Isso não vem ao caso. Agora com licença. Preciso cuidar de meu filho.

– Espere um instante, eu lhe imploro. Rosali, ao menos dê-me a chance de falar com ele.

– E por que o faria?

– Porque sou seu pai!

– Não é, não. Nunca foi.

– Mas agora quero ser. Nunca é tarde.

– Deveria ter pensado nisso quando me abandonou naquele navio.

– Rosali, não pode me odiar tanto. Sei que não me odeia. Senão, teria levado adiante aquele plano de nos desmascarar.

– Aquilo foi diferente. Foi uma questão de consciência.

– Então? Se você tem uma consciência que lhe diz o que está errado, também há de ter uma que a sensibilize diante de um pai que só quer falar com o filho.

— Isso não é questão de consciência. E a minha me diz que o melhor para ele é manter-se afastado de você.

— Você tem razão quando diz que não é uma questão de consciência. É de coração. E será que você perdeu o seu ao longo desses anos todos?

— Você me ajudou a endurecê-lo.

— Ninguém tem um coração tão empedernido que não se apiede daqueles que choram lágrimas de sincero arrependimento.

— Arrependimento? Você? Ora, não me venha com essa, Alberto. Ademais, você é quem tem um coração de pedra, tão duro que ninguém jamais conseguiu penetrá-lo.

— Engano seu, Rosali. Meu filho conseguiu. Pensa que estaria aqui me humilhando diante de você se não o amasse tanto? Pensa que aceitaria aquele plano sórdido de vingança, não fosse você a mãe do filho que tanto amo? Por favor, Rosali, não seja cruel. Deixe-me entrar e dizer-lhe que sou seu pai, abraçá-lo e propiciar-lhe tudo o que puder lhe dar.

— Ele não precisa de nada.

— Precisa sim. Precisa de amor.

— Eu estou aqui para amá-lo, e o meu amor sempre foi suficiente.

— Mas ele agora já é um rapazinho. Precisa do pai para orientá-lo.

— Posso fazer isso sozinha.

— Você está sendo intransigente e irracional.

— Pense como quiser.

— Responda-me uma coisa, por favor, e com sinceridade. Ele sabe que sou seu pai?

— Sim.

— Meu Deus, e como reagiu?

— Não é da sua conta!

— É, sim. Quero saber, tenho o direito.

— Você não tem direito a nada. Nem ao menos pode reconhecê-lo como seu!

— Por favor, Rosali, não misture as coisas. Até quando um homem terá que pagar por um erro que cometeu no passado?

— Ah! Quer dizer agora que reconhece que errou?

— Claro que sim. E erro muito ainda hoje. Sei que tenho muitos defeitos, mas estou sendo sincero quando lhe digo que amo meu filho.

— Você é um cínico.

— Por que pensa que venho aqui?

— Sinceramente, não sei.

— Rosali, sei que você é uma mulher inteligente e sensata. Pense bem: se não amasse meu filho, não teria motivos para vir procurá-lo, não é verdade?

– Você é quem está dizendo.
– Deixe-me dizer-lhe uma coisa, e não pense que estou sendo perverso ou vingativo. Venho aqui somente para ver Henrique. Não possuo nenhum outro interesse nessa casa que não seja meu filho. Compreende?
– Compreendo. Mas não vejo que outro interesse você poderia ter.
– Vou ser mais claro, Rosali. Não estou tentando reconquistá-la. O que houve entre nós acabou há mais de dez anos. Sei que a magoei, que a fiz sofrer, e quero que me perdoe. Mas não a amo e não pretendo voltar a ter nenhum romance com você. Não estou aqui por sua causa. Estou aqui pelo meu filho.

Os olhos de Rosali se encheram de lágrimas, e ela teve vontade de fugir correndo dali. Sentia-se humilhada e envergonhada, mas não queria passar por todo aquele constrangimento outra vez. Então, mais por orgulho do que por compaixão ou compreensão, disse-lhe com energia:

– Ouça aqui, Alberto. Pouco me interessa se você veio para me ver ou para ver Henrique. Isso me é totalmente indiferente. O que acontece é que você não é bem-vindo aqui, e não porque me sinta incomodada com sua presença. Você para mim é um nada, e eu é quem jamais voltaria a ter um romance com você. Se o proíbo de falar com Henrique, é só para protegê-lo da sua influência perniciosa.

– Você sabe muito bem que isso não é verdade. Você pretende apenas me agredir.

– Se quisesse agredi-lo, eu o teria feito naquele dia em Copacabana. Tive todas as oportunidades.

– Está bem, Rosali, não toquemos nesse assunto novamente – Alberto mudou de postura. Ela era muito teimosa e altiva, e não valia a pena contrariá-la. Isso só serviria para irritá-la ainda mais. – Vou fazer-lhe uma proposta, mas você não precisa responder agora.

– Que tipo de proposta?

– Fale você com Henrique. Conte-lhe que desejo vê-lo, e deixe que ele mesmo decida. Já é quase um homem, pode tomar suas próprias decisões.

– E daí?

– E daí que se ele disser que não me quer ver, eu irei embora conformado e nunca mais voltarei aqui. Mas, por outro lado, se ele demonstrar interesse em me conhecer, você me dará autorização para que eu fale com ele. E então, o que me diz?

– Hum, não sei.

– Por favor, Rosali. Pense em Henrique. Se o ama tanto como diz, deixe que ele escolha. É um direito dele.

— Está bem. Façamos assim. Volte aqui dentro de uma semana. Se ele quiser vê-lo, permitirei que o receba e vocês poderão conversar à vontade, sem que eu interfira. Mas se ele não quiser, você terá que me jurar que nunca mais tentará falar com ele. Está bem assim?

— Está ótimo – concordou Alberto prontamente. – Obrigado, Rosali. Tenho certeza de que você não irá se arrepender.

Ao entrar, Henrique foi logo perguntando:

— E então, mamãe? O que ele queria?

— Você sabe.

— E o que a senhora disse?

— Disse que ele poderia falar com você, se fosse seu desejo. O que você acha?

— A senhora quer que eu seja sincero?

— Claro!

— Bem, a senhora sabe que eu desejo muito conhecer meu pai. No entanto, se isso a fizer sofrer...

— Não, meu filho, não me fará sofrer. Não posso continuar sendo egoísta e tentar guardá-lo só para mim. Você já não é mais uma criancinha, e não posso mais tomar decisões por você.

— Então quer dizer...

— Quer dizer que não me interporei entre seu pai e você. Disse-lhe que voltasse dentro de uma semana, que eu já teria sua resposta.

— Oh, mamãe, não sabe como me faz feliz!

— Sim, meu filho, e é só isso que quero. Que você seja feliz, independentemente de sua mãe guardar ou não ressentimentos com relação a ele. Agora vamos, já está quase na hora do jantar.

Feliz, Henrique subiu e foi contar a novidade ao avô que, se bem temesse um pouco aquela idéia, não se atreveu a contrariá-la. Sim, todo mundo merecia perdão e uma segunda chance. Afinal, não cometera ele também um erro hediondo? E não fora digno do perdão, não só da mulher, mas também da filha e do neto? Estava, portanto, convencido de que Alberto merecia a chance de se reconciliar com Henrique e, quem sabe, mais tarde, também com Rosali, para que o coração da filha não se envenenasse com tamanho ódio e ressentimento. Assim, chamou o neto e juntos oraram para a reconciliação de todos, implorando a Deus que o amor e o perdão pudessem se fazer sentir no seio daquelas almas já tão sofridas.

Capítulo 17

O telefone tocou na casa de Marialva, que atendeu ainda sonolenta.
– Bom dia! – exclamou Lenita animada, do outro lado da linha.
– Oh! Lenita, como vai?
– Eu estou bem, mas sua voz é que não me parece lá muito boa.
– Não me sinto muito bem.
– Pare com isso. Está um bonito sol, e resolvi cobrar-lhe aquela visita aqui em casa de minha tia.
– Visita? Hoje? Ah! Lenita, não sei. Sinto-me tão cansada...
– Ora, vamos. Tenho certeza de que um bom banho de mar lhe fará bem.
– Não sei, não. Estou sem ânimo para sair.
– Ah, deixe de bobagens. Você precisa relaxar.

Alfredo, que desde o fracasso do flagrante preparado para Alberto e Adélia não encontrara outra oportunidade de afastar o rival, viu naquele convite a chance que esperava de concretizar seu plano. Assim, começou a soprar no ouvido da amada a idéia de que um passeio à praia seria divertido, e que ela até melhoraria de seu mal-estar. Marialva, então, sugestionada pelo obsessor, aceitou e até se animou, esperançosa de que aquele passeio talvez lhe restituísse um pouco a alegria perdida.

Levantou-se da cama e se vestiu, tomando rápido desjejum e pondo-se a caminho da casa da tia de Lenita. Lá chegando, as duas resolveram logo ir à praia, visto que o sol já começava a esquentar os primeiros dias de dezembro, e elas não queriam queimar suas peles tão alvas. Marialva, momentaneamente liberta da influência de Alfredo, começou a sentir-se melhor, e até esqueceu que estava doente.

A manhã terminara com alegria, e Lenita e Marialva voltaram sorridentes para casa. Tomaram banho, almoçaram e se recolheram para repousar, saindo mais tarde para um giro a pé.

– Então, Marialva, o que me diz do passeio?
– Oh! Lenita, está sendo ótimo. Confesso que estava um pouco desanimada, mas esse banho de mar me fez um bem incrível!
– Eu não lhe disse? Você precisa sair, se distrair um pouco. Você antes era uma mulher alegre, gostava de festas e passeios. O que lhe deu para se isolar assim em casa?
– Nem eu mesma sei. O fato é que sinto dores de cabeça terríveis, sofro de alucinações.

— Alucinações? De que tipo?
— Não sei bem explicar. Vejo coisas, pessoas, e sinto que me tocam enquanto durmo.
— Hum, sei. E o que você fez?
— Promete que não conta para ninguém?
— Não, pode falar.
— Estou consultando um psiquiatra.
— Um psiquiatra? A coisa é tão grave assim?
— Lenita, não estou ficando louca. Não gosto nem de falar, porque ninguém me acredita mesmo, mas às vezes tenho a nítida impressão de que estou sendo vítima de algum espírito demoníaco.
— Espírito? De onde tirou essa idéia?
— É que as pessoas, ou melhor, a pessoa que vejo e sinto já morreu.
— É mesmo? Quem é ela?
— Alfredo.
— Alfredo? Esse nome não me é estranho, mas não consigo me lembrar.
— Lembra sim. Alfredo é aquele louco que invadiu a festa do meu casamento e se suicidou bem na nossa frente.
— Sim, é claro, lembro-me bem agora. Meu Deus, Marialva, isso é sério!
— Eu sei. E é isso o que me assusta. Todos pensam que estou ficando maluca, e tenho medo de acabar mesmo louca, internada em algum hospício.
— Meu bem, não creio que você esteja louca.
— Não?
— É claro que não.
— O que pensa que é, então?
— Ora essa, deve ser mesmo o espírito desse tal de Alfredo.
— Você está falando sério ou está dizendo isso só para me consolar?
— Falo sério, Marialva. Aqui no Brasil não se toca muito abertamente nesse assunto, mas ouvi falar que na França, há mais de meio século, um conceituado professor chamado Allan Kardec conseguiu comprovar e documentar a presença dos espíritos na vida das pessoas.
— Sei, é o tal de Espiritismo.
— Sim. Dizem até que ele já escreveu vários livros sobre o assunto.
— É mesmo? Você já leu algum?
— Li um denominado O Livro dos Médiuns, e confesso que achei bem interessante.
— Médiuns? O que vem a ser isso?
— Kardec chama de médiuns aquelas pessoas dotadas de dons especiais, capazes de se comunicar com os espíritos.
— Meu Deus! Será que isso é possível?

— Bem, há quem duvide. Mas ele descreve determinados fenômenos com tanta precisão que eu me convenci. Além disso, a verdade é que esses fenômenos começaram a acontecer ao mesmo tempo na América e na França, e mais tarde se soube que em outras partes do mundo também.

— E que fenômenos são esses?

— Algo assim como mesas que giram, objetos que são arremessados e aparições.

— Cruzes, Lenita, isso são histórias de fantasmas!

— Mais ou menos isso. Mas ele comprova que essas manifestações somente são possíveis com a presença de um médium.

— Vejo que você conhece bem o assunto.

— É, andei estudando. Você sabe que não sou uma pessoa religiosa, nem muito menos supersticiosa. Mas esse tal de Kardec colocou as coisas de uma forma tão clara que não pude duvidar. Há, inclusive, artigos de jornal publicados na Europa sobre ele e seus estudos.

— E onde me encaixo em tudo isso?

— Ora, é simples. Você deve ser médium, e o espírito de Alfredo pode realmente estar se manifestando através de você.

— Mas que horror!

— Ouça, Marialva, não deixe isso assim como está. Procure ajuda, ou você pode acabar mesmo se tornando louca.

— Ajuda de quem?

— De pessoas que se dedicam ao estudo da vida espiritual, e estão sempre dispostas a ajudar. Eu mesma poderei me encarregar disso.

— Lenita, você é extraordinária! Eu nem sabia que havia pessoas assim.

— Sou uma mulher bem informada.

— Preocupo-me apenas com uma coisa.

— E o que é?

— Alberto. Ele não acredita nisso.

— Como sabe? Já conversou com ele a respeito?

— Já tentei. Quando lhe contei que via o espírito de Alfredo, ele riu e disse que era minha imaginação. "Fantasmas não existem", zombou ele. Aí eu me calei, com medo de que ele me julgasse realmente perturbada.

— Então não lhe diga nada.

— Há muitas coisas que não compreendo. Por exemplo, se Alfredo me acompanha, será que está aqui neste instante, escutando esta nossa conversa?

— É possível. Você sente a presença dele neste momento?

— Não sei ao certo. Só sei que estou bem melhor agora. Não sinto aquelas dores horríveis, nem aquele desânimo.

– Isso é ótimo. Talvez ele tenha se ausentado por algum momento, sei lá. Não conheço como vivem os espíritos.

– Deixemos isso para lá e não pensemos mais nesse assunto por ora. Quero aproveitar ao máximo este dia. Há muito tempo não me sentia assim tão bem.

De braços dados, Lenita e Marialva prosseguiram no seu passeio, sem saber que Alfredo, realmente, não se encontrava ali entre elas. Na verdade, ele fora ao encontro de Alberto e Adélia, certo de que os encontraria juntos àquela hora. Com efeito, ele chegou bem no momento em que os dois se entregavam ao ato sexual, e ele virou o rosto, profundamente enojado. Não que não gostasse de sexo, pelo contrário. Gostava, e muito, mas só sentia prazer quando acariciava o corpo macio de Marialva, fazendo com que ela igualmente experimentasse uma enorme sensação de prazer. Só depois, quando ela se dava conta de que não era Alberto quem a tocava e gritava repelindo-o, é que se magoava profundamente.

Alfredo sentou-se numa poltrona perto da cama do casal e ficou olhando pela janela, apenas escutando os gemidos e sussurros que deixavam escapar. Quando terminaram, sentiu-se aliviado, pois aquela vibração de sexo já o estava deixando meio perturbado. Logo que se levantaram, começou a agir. Acercou-se de Adélia, pois que a proximidade de Alberto lhe causava extrema repulsa, e começou a sugerir que saíssem para uma caminhada.

Mas ela, cansada, não lhe deu ouvidos, e a sugestão passou despercebida, como se fosse apenas uma idéia distante. Alfredo, todavia, não se contentava, e precisava agir. Tinha que ser naquele dia, e ele tudo faria para obter sucesso em sua empreitada.

Marialva e Lenita já estavam voltando para casa quando esta, de repente, lembrou-se de que havia se esquecido de comprar pão para o lanche. Já iam entrar quando voltou e, puxando Marialva pela mão, disse:

– Venha, Marialva. Precisamos ir à padaria.
– Oh! Lenita, é preciso mesmo? Estou tão cansada.
– Vamos, ou minha tia terá mais um de seus chiliques.
– É longe?
– Não, logo ali embaixo.
– Lenita, creio que é melhor eu ir embora. Já está ficando tarde.
– Ora, querida, mas o que é isso? Você pode passar a noite aqui e ir amanhã bem cedo. O que acha?
– Eu adoraria, mas Alberto pode ficar preocupado.
– Por que não telefona para ele? Uma noite sem a esposa não lhe fará mal.

— Sabe de uma coisa? Você tem razão. Mais tarde farei uma ligação para minha casa e o avisarei. Se ainda não tiver chegado, deixarei recado e o número de sua tia, para que ele me telefone quando voltar.

— Muito bem. Agora sim, parece a mesma Marialva de antes.

Enquanto isso, os amantes já se preparavam para tomar o chá da tarde, antes de se despedirem, quando Adélia, inadvertidamente, impelida pela mão invisível de Alfredo, deixou cair a garrafa de leite, entornando todo o seu conteúdo.

— Mas que desastre! — lamentou ela. — E agora? Chá sem leite não tem sabor algum.

— Não se preocupe, meu bem. Irei até a leiteria e comprarei mais um pouco.

— Irei com você.

— Não estava cansada?

— Mas agora já descansei, e preciso mesmo de um pouco de ar puro. Depois de uma tarde como essa, o ar do mar será bom para refazer minhas energias.

Alberto riu e enlaçou-a, beijando-a calorosamente. Em seguida, saíram abraçados, descendo a rua em direção à leiteria, que distava cerca de cinqüenta metros da padaria. Ao passarem em frente à panificadora, entretanto, Lenita e Marialva, que vinham saindo, quase esbarraram nos dois, que, contudo, de tão entretidos, sequer notaram a presença das duas moças.

— Lenita! — exclamou Marialva assustada. — Você viu o que eu vi?

A amiga, confusa, visualizando a cena que Alfredo lançava em sua mente, lembrou-se do outro dia, quando dera um esbarrão na mulher que lhe parecera tão familiar. Como não tinha muito contato com a mãe de Marialva, não lhe fixara bem a fisionomia, e não pudera identificar com clareza aquele rosto que só vira de relance. Mas agora, ao fitá-lo novamente, não havia dúvidas, e ela estava certa de que era o mesmo que entrevira naquela tarde. Embaraçada, Lenita respondeu.

— Marialva, temo que sim.

— São mesmo minha mãe e Alberto que ali seguem, abraçadinhos como um casal de namorados?

— É o que parece.

— Mas como pode ser? Deve haver algum engano.

Lenita, que apesar de amiga não era o tipo de mulher que diante de uma situação daquelas tentasse ocultar e desviar a atenção da outra, e influenciada pelo obsessor, foi logo dizendo:

— Lamento dizer-lhe, mas creio que não há engano algum. Outro dia mesmo eu vi sua mãe bem aqui, nesta padaria.

— Minha mãe? Sozinha?

— Bem, ela esbarrou em mim, e eu não dei atenção. Por isso não notei a fisionomia do homem que a acompanhava.

— Meu Deus, Lenita! Será verdade? Minha mãe e Alberto...

— Tudo indica que sim.

— Mas isso é impossível! Ela é minha mãe; jamais faria uma coisa dessas.

— Tem certeza?

— Sim, claro. Deve haver uma explicação razoável para tudo isso.

— Talvez. Veja, são eles, que já estão voltando.

Marialva, certificando-se de que, com efeito, tratava-se do marido em companhia da mãe, quase desmaiou de susto e indignação. A princípio, perdeu a fala, e ficou ali boquiaberta, as pernas trêmulas ameaçando vergar, recusando-se a crer no que via. Completamente aturdida, interrogou a amiga.

— Oh! E agora?

— Rápido, esconda-se. Eles não devem nos ver.

— Esconder-me, eu? Jamais! Vou agora mesmo desmascarar aqueles desavergonhados!

Já ia saindo em direção aos dois quando a mão enérgica de Lenita a segurou, puxando-a para trás de uma pilastra, enquanto, em tom autoritário, ordenava:

— Não seja tola. Enlouqueceu? Quer fazer um escândalo?

— Solte-me, Lenita! – gritava Marialva, tentando desvencilhar-se da outra. – Pouco me importam os escândalos! Quero dar-lhes uma lição!

Lenita, mais robusta, puxou-a vigorosamente pelo braço, arrastando-a para o interior da padaria. Marialva, que desesperadamente tentava se libertar do jugo da amiga, começou a dar-lhe beliscões e unhadas no pulso, quase fazendo com que Lenita a soltasse. Mas Lenita não soltava. Com admirável autocontrole, e suportando a dor que a outra lhe imprimia, foi-se com ela para o salão da confeitaria, indo sentar-se a uma mesa perto da janela envidraçada. Marialva, percebendo sua inferioridade física, não viu outro jeito senão se submeter, e acompanhou a outra a contragosto, quase que espernando.

— As senhoras desejam alguma coisa? – indagou, solícito, o garçom.

— Sim, um copo d'água com açúcar, por favor, enquanto escolhemos nosso pedido.

— Está certo, madame. Fiquem à vontade.

O garçom se afastou e as duas ficaram ali, escondidas atrás do menu, sem tirar os olhos da rua, à espera de que o casal passasse diante delas. Logo eles apareceram, bem abraçadinhos, como dois apaixonados. No mesmo instante, Marialva sentiu o sangue ferver, as faces em brasa, e um ódio surdo começou a brotar dentro dela.

— Desgraçados! — esbravejou ela, enquanto se levantava, sendo novamente impedida por Lenita.

— Sossegue, Marialva, e sente-se. Não adianta nada perder a calma.

— Como não, se estou sendo traída por meu marido e, o que é pior, com minha própria mãe! Já viu absurdo maior?

— Não acha que é mais prudente ter certeza?

— Quer prova melhor do que esta?

— Eles podem alegar qualquer outra coisa.

— Não quero saber. Para mim está mais do que provado. Agora solte-me!

— Não. Não vou deixar que você se destrua. Alberto é inteligente, e poderá arranjar alguma desculpa que a coloque em situação embaraçosa, fazendo-a passar por boba e ridícula.

Marialva, após refletir alguns segundos nas palavras da amiga, acabou por dar-lhe razão. Embora contrariada, sentou-se a fim de escutar o que a outra tinha a dizer.

— E então? Que faremos? — perguntou em tom provocador.

— Hum... Espere, já sei. Vamos segui-los.

— Isso mesmo. Vamos. Agora!

Levantaram-se e saíram apressadas, o garçom atrás delas a indagar-lhes o que havia acontecido. Sem responder, ganharam a rua e partiram no encalço dos amantes, que já estavam bem na dianteira, seguindo-os a uma distância segura, Lenita esforçando-se para conter a ira de Marialva. Passaram pela casa da tia de Lenita e continuaram caminhando até que, três quarteirões acima, eles entraram numa casinha ajardinada, de apenas um pavimento.

— E agora? — perguntou Marialva, ansiosa por entrar e surpreendê-los.

— O importante é mantermos a calma.

— Ora, Lenita, você é muito engraçada. Como posso manter a calma numa hora dessas? Minha vontade é entrar lá e matá-los.

— Não faça isso. Quer ir para a cadeia e estragar toda sua vida?

— Qualquer tribunal do mundo me inocentaria diante de uma infâmia dessas.

— Não conte com isso.

— O que sugere, então? Que eu volte para casa e abrace meu marido fingindo não sentir em seu corpo o perfume de minha própria mãe?!

— Eu não disse isso. Mas creio que o melhor seria preparar-lhes um flagrante, para que não possam arranjar qualquer escusa.

— Flagrante?

— Sim. Voltaremos amanhã.

— Por que não posso entrar agora?

– Porque seria melhor que você trouxesse seu pai.
– Meu pai?
– Claro. Afinal, ele também está sendo enganado, e vocês dois devem estar presentes na hora em que eles forem descobertos.
– Para quê?
– Esqueceu-se que você está indo a um psiquiatra? Que anda tendo visões e estranhas sensações? O que quer? Que Alberto e sua mãe digam que está louca, e que isso é mais uma de suas alucinações? Seu pai jamais acreditaria em você, e ainda mandaria interná-la.
– E você? Também é testemunha.
– Mas sou sua amiga, e ninguém acreditará em mim. Dirão que estou mentindo para protegê-la.
– Mas que despautério! Eles não se atreveriam a tanto.
– Será que não? Já não fizeram o pior, traindo você de forma tão ignóbil?
– Oh! Céus, tem razão!

A idéia pareceu agradar Marialva que, quase dominada por Alfredo, começou a se interessar. Sim, era melhor desmoralizá-los publicamente, para que toda a cidade ficasse sabendo que dona Adélia, baronesa de Arcoverde, nada mais era do que uma cortesã barata, que tinha a ousadia de deitar-se com o marido da própria filha! E o doutor Alberto? Todos já conheciam a fama de conquistador do doutorzinho.

Agora saberiam que ele era não só libertino, mas também um homem sem o mínimo de escrúpulos necessário para conviver na boa sociedade da capital. Já antegozando a humilhação que os faria atravessar, começou a rir nervosamente, um riso que não era seu, com um brilho insano de fascinação no olhar.

– O que deu em você? Ficou louca de vez? Quer que nos ouçam?
– Desculpe-me, Lenita, você está certa. É que a idéia de achincalhá-los me pareceu bastante divertida.
– Deixe de tolices. Agora venha. Não podemos perder tempo. É imperioso que você vá para casa e aja normalmente, como se nada tivesse acontecido. Amanhã, acorde cedo, avise seu pai e volte com ele.

Começaram a descer a rua e Marialva falou, indecisa:
– Não sei se conseguirei.
– Tem que tentar. Afinal, quer ou não desmascará-los?
– Claro que sim.
– Então não faça nenhuma besteira.
– Bem que tentaram me avisar.
– Como? Quem?

– Não sei. Há alguns meses recebemos, meu pai e eu, um telefonema anônimo alertando-nos sobre mamãe e Alberto, dando-nos, inclusive, o endereço de um sobrado em Copacabana, onde eles se encontrariam.

– Meu Deus, então vocês já sabiam de tudo?

– Não, de tudo não. Nós fomos avisados distintamente, e não sabíamos o que iríamos encontrar em Copacabana. Quando chegamos, em separado, não havia ninguém. A princípio pensamos que fosse algum tipo de brincadeira. Depois julgamos que fosse chantagem e, por fim, nos convencemos de que eles estavam, realmente, tendo algum caso. O que não imaginávamos é que fossem amantes um do outro.

– Quem diria!

– E pensar que eu ainda fui alertar mamãe de que papai desconfiava dela. Como ela deve ter rido de minha ingenuidade!

– Não pense nisso agora. O importante é flagrá-los em adultério.

– Mas, e depois?

– Bem, querida, isso é com você. Pode continuar vivendo com seu marido ou então pedir o desquite.

– Não poderia mais continuar vivendo com ele depois disso. A solução mais viável será desquitar-me e enfrentar o preconceito da sociedade.

– É melhor do que ser traída. E vou dizer-lhe uma coisa; depois que eles começam a trair, não param mais. Não adiantam promessas, o fato é que não podem abrir mão de suas amantes.

– Como sabe disso?

– Vou contar-lhe uma coisa muito particularmente, Marialva. Eu vim para o Brasil não para tratar de minha saúde, como lhe disse outro dia. Minha saúde está perfeita. Vim porque descobri uma atriz italiana na vida e na cama de meu marido. Não pude suportar a humilhação.

– Oh! Lenita, sinto muito! Eu não sabia.

– Claro que não. Até me envergonho de falar.

– Por que não se separa dele?

– E perder toda aquela fortuna e aquele conforto? Jamais.

– Lenita, como pode?

– Ora, meu bem, não sou tão rica como você. E depois, se meu marido prefere ter amantes, ele que as tenha, desde que eu esteja longe e que ele continue a enviar-me dinheiro bastante para minhas necessidades. E olhe que não são poucas. Agora vamos, chega dessa conversa. Pegue o tílburi e volte para casa. Não se esqueça de fazer tudinho conforme combinamos. Eu os estarei esperando amanhã, naquele mesmo local, digamos, por volta de duas horas. Está bem assim?

– Sim, está bem.

— Até lá, então. E lembre-se: finja que está tudo bem, senão eles podem desconfiar e não voltar. Ainda mais depois daquele telefonema anônimo, eles devem estar em alerta.

— Não se preocupe. Farei o possível para não delatar nosso plano. Adeus, Lenita, e obrigada.

— Não me agradeça. Agradeça à Providência, que lhe concedeu a graça de descobrir toda a verdade e não ser mais enganada por aqueles falsos.

Ouvindo isso, Alfredo desatou a rir. Depois de fazer com que Adélia derrubasse a garrafa de leite, e vendo-os descer a rua em direção à leiteria, correu ao encontro da amada, indo prostrar-se bem a seu lado. Providência, essa era demais. Será que era assim que ele agora seria chamado? Mas até que não lhe caía mal. E começou a rir histericamente, o que fez com que Marialva soltasse um gemido de dor e pressionasse as têmporas, cujas veias parecia que iam estourar.

Depois disso, Marialva foi para casa, despiu-se e deitou-se para dormir. Era melhor que Alberto não a visse acordada. Assim, evitaria ter que falar com ele. Alberto, porém, chegou um pouco mais tarde, e não estranhou quando encontrou a mulher dormindo. Era comum que ela se deitasse cedo, devido ao imenso cansaço que a enfermidade lhe causava.

No dia seguinte, ela mal pôde segurar a ansiedade. Ao despertar, porém, Alberto já havia saído para o consultório, e ela foi para a casa da mãe logo cedo, encontrando-a ainda a dormir. Marialva entrou e ficou esperando que a mãe acordasse. Já estava mais fortalecida para enfrentar os dois.

— Bom dia, mamãe — cumprimentou ela ao ver a mãe descer as escadas, ainda de *négligé*. Sua voz saiu tão natural que ela mesma se espantou com sua frieza e falsidade.

— Ah! Marialva, bom dia. O que faz aqui tão cedo?

— Vim apenas ver como a senhora e papai estão passando.

— Quanta gentileza! Estamos muito bem, obrigada. E você? Sente-se melhor?

— Sim, creio que sim.

— É, você está com uma aparência melhor hoje. É dia de consulta?

— Não, foi na terça-feira.

— Ah! bom. Já que está aqui, que tal fazermos umas compras para o Natal?

— Agora?

— Sim.

— Não pode ser à tarde?

— Oh! Sinto muito, meu bem. À tarde tenho um compromisso.

— É mesmo? Que compromisso?
— Vou me encontrar com umas amigas para o chá.
— Posso ir junto?
— Não creio que você fosse gostar. Sabe como é, conversa de senhoras, profundamente enfadonha.
— E por que vai?
— Já me comprometi. Então, o que me diz? Vamos ou não vamos às compras? O Natal já está próximo, e não queria deixar nada para a última hora.
— Desculpe-me, mamãe, mas não me sinto muito animada para andar e ver vitrines. Acho mesmo que vou para casa.
— Mas você acabou de chegar! E disse que se sentia melhor.
— É verdade. Só que de repente aquele cansaço todo voltou. Até logo, mamãe, e dê um beijo em papai por mim, sim?
— Está bem, minha filha. Cuide-se, viu?
— Pode deixar.

Marialva saiu apressada, o estômago a revirar. Sentindo que ia passar mal, abaixou-se na calçada e vomitou, e uma nuvem pareceu toldar-lhe a visão. O cocheiro, vendo aquela cena, acudiu prestimoso, indagando com preocupação:

— Senhora, sente-se bem? Quer que volte e chame sua mãe?
— Não... não precisa. Já estou melhor agora. Foi apenas uma indisposição. Ajude-me a levantar; ainda estou zonza.

O cocheiro segurou-a pelo braço e ergueu seu corpo, surpreendendo-se com sua extrema leveza. Em seguida, conduziu-a até o tílburi e auxiliou-a a subir e sentar, tocando em seguida para casa. Marialva estava indignada com o cinismo da mãe. Ela ficara ali falando como se nada existisse entre ela e seu marido. E, ainda por cima, se atrevia a inventar uma mentira apenas para livrar-se dela, tirá-la de seu caminho. Pensou que a mãe era mil vezes pior do que Alberto. Ele era homem, e não se prendia a ninguém mesmo. Mas Adélia! Adélia era sua mãe. Como fora capaz de traí-la? Ainda que por acaso tivesse se apaixonado por ele, e o amor materno, onde ficava?

Marialva começou a sentir um profundo desprezo pela mãe. Ela e Alberto, com certeza, estavam planejando interná-la em algum hospício, só para ficarem mais à vontade para seus encontros pecaminosos. Meu Deus, pensava ela, o que fizera para merecer tamanha injustiça? Ela que sempre fora uma mulher honesta, defensora da moral e dos bons costumes, não merecia tão sórdida traição.

Desatinada, Marialva não conseguia concatenar bem as idéias, e uma infinidade de dúvidas e questionamentos começou a assaltar-lhe a mente, já tão conturbada. Sequer sabia definir com segurança que espécie de sentimentos experimentava. Em alguns momentos, sentia um ciúme louco, enquanto que em outros era dominada por incomensurável ódio, e em outros ainda, caía em profunda depressão.

Internamente, uma tempestade de indagações a consumia, e ela se fazia sempre as mesmas perguntas: Há quanto tempo seriam amantes? Estariam apaixonados ou era apenas uma aventura? E ela? Será que Alberto ainda a amava?

Pensou que talvez houvesse algum problema com ela. Mas que tipo de problema faria um homem trocar a esposa, no vigor da mocidade, por uma mulher mais velha e, ainda por cima, sua mãe? Quem sabe ele não procurara outra por causa de sua estranha doença? Sem saber como agir, deu ordens ao cocheiro para que vagasse a esmo, e o tílburi rodou a cidade até que a manhã se esgotasse, quando então ordenou que se dirigissem à casa bancária do pai.

Cristiano recebeu a notícia com dissimulada tranqüilidade. Ficara surpreso, é verdade, pois jamais poderia imaginar que a mulher o traísse justo com o genro. No entanto, partindo de Adélia, tudo era possível. Marialva, aflita, interpelou o pai:

– Papai, o senhor está bem? Responda-me, papai. Sente-se mal?

– Não, minha filha – retrucou ele após alguns instantes. – Eu estava apenas pensando.

– No quê?

– Em uma maneira de fazê-los pagar por toda a humilhação a que nos estão submetendo.

– Papai, não faça nenhuma bobagem. Uma execração pública já é o suficiente. Depois disso, separe-se dela, assim como eu me separarei de Alberto.

– Não sei. Não sei se seria capaz de suportar.

– Preferia que não lhe contasse?

– Não, claro que não. Há tempos venho desconfiando de Adélia, mas nunca consegui descobrir nada. Cheguei a colocar um detetive atrás dela.

– É mesmo? Quando?

– Logo após aquele incidente em Copacabana. Mas depois ela me ameaçou e eu despedi o homem.

– Ameaçou-o de quê?

Cristiano abaixou a cabeça envergonhado e, bem baixinho, murmurou algo que ela não pôde compreender, chamando sua atenção para o adiantado da hora. Era melhor que se apressassem, pois não queria mais retardar o momento em que iria, pessoalmente, desvendar o segredo da mulher.

Assim, na hora combinada, Marialva e Cristiano foram ao encontro de Lenita, que já estava à espera deles no local marcado.

– E então? – perguntou Marialva. – Eles estão lá?

– Sim, estão. Chegaram há cerca de meia hora.

– Pronto, papai?

– Sim, minha filha – respondeu Cristiano meio apático. – Vamos logo, não quero perder mais nem um minuto.

– Bem, acho melhor eu voltar para casa – falou Lenita.

– Não, por favor, acompanhe-nos – pediu Cristiano. – Será bom que alguém de fora testemunhe essa imundície.

– Fique, Lenita – insistiu Marialva.

– Se é assim, está bem. Ficarei.

Os três juntos, mais Alfredo, que os acompanhava, dirigiram-se para a casa em que os amantes se encontravam e, sem bater, entraram numa saleta, guarnecida com alguns poucos móveis. Em silêncio, seguiram pelo corredor, a mente de Cristiano como um torvelinho, recordando-se daquela tarde tempestuosa em que percorrera, sozinho, os aposentos daquele maldito sobrado em Copacabana.

A casa era pequena, e logo atingiram o único quarto que possuía. Os três, na companhia de Alfredo, que do invisível não perdia um único movimento sequer, pararam e se entreolharam. Cristiano, com a respiração ofegante, girou a maçaneta e escancarou a porta, entrando no quarto, logo seguido de Alfredo e Marialva e de Lenita.

A cena que viram deixou-os estarrecidos, e Marialva soltou um grito agudo, chocada demais para falar. Adélia e Alberto estavam nus, na cama, em posição nada condizente com a boa moral das damas da sociedade.

– Sua vagabunda! – urrou Cristiano fora de si.

– Seu Cristiano... Marialva... – balbuciou Alberto atônito, enquanto tentava vestir as calças.

– Cale-se, calhorda! – explodiu Cristiano, desfechando-lhe pesado murro na boca que, imediatamente, começou a sangrar. – Como ousam desmoralizar-me assim, de forma tão vil?

– Seu Cristiano, por favor, escute-me...

– Já disse para se calar! – esbravejou ele, enquanto acertava novo soco em Alberto, e outro, e outro, até que este não pôde mais se conter e reagiu, desferindo violento golpe no estômago do sogro, cujo corpo, imediatamente, dobrou até o chão. Caído, começou a arfar, e Alberto, fora de si, continuou a esmurrá-lo, acertando-lhe, ainda, numerosos pontapés ao longo do tórax.

Cristiano, quase sufocando, tentou aparar as pancadas, mas foi impedido pela selvageria do genro que, bem mais jovem, possuía mais agilidade, destreza e força do que ele. Subitamente, ouviu-se um grito de mulher, que histericamente, tentava chamá-lo à razão:

– Alberto! Alberto! Por Deus, vai matá-lo! Pare com isso! Solte-o! – era a voz de Adélia que, apavorada, temia que o marido não resistisse.

– Deixe-o, é apenas um velho...

Alberto, ouvindo a voz da amante, caiu em si e cessou os golpes, olhando atordoado para a massa de sangue que já começava a se formar a seus pés. Estavam todos mudos, horrorizados com aquela cena de violência, quando Cristiano, ajudado pelo vulto de Alfredo, de forma imperceptível, levou a mão ao bolso do paletó e sacou uma pistola, apontando-a diretamente para a cabeça de Alberto.

As mulheres gritaram novamente e Alberto estacou, o suor escorrendo-lhe pela face a delatar o medo que sentia. Cristiano, então, cheio de rancor, vociferou:

– Miserável! Vai me pagar, cretino! Os dois vão me pagar. Ah, se vão!

Ninguém se mexia, olhos pregados no cano do revólver, que brilhava imensamente. Alberto, aterrado, embora não acreditasse muito que o sogro fosse capaz de atirar, temendo pela própria vida, tentou argumentar:

– Seu Cristiano, abaixe essa arma e vamos conversar.

– Conversar? Ha, ha, ha! Não tenho nada para conversar com você, seu pulha!

– Solte isso, seu Cristiano, alguém pode se machucar.

– É mesmo? E quem seria o primeiro?

– Papai! – interveio Marialva. – Não faça isso. Eles não merecem.

– Merecem isso e muito mais. Não se preocupe, minha filha, pois pretendo lavar não só a minha honra, mas também a sua.

– Por favor, papai, pense nas consequências. O senhor é um homem de requinte, não suportaria a vida na prisão.

– Mas que prisão? Contratarei o melhor advogado criminalista do país, embora as chances de eu ser condenado sejam ínfimas, para não dizer inexistentes. Qualquer um, no meu lugar, tomaria a mesma atitude.

– Seu Cristiano, escute sua filha. E sua consciência? Não irá acusá-lo? – implorava Alberto.

– Tanto quanto a de vocês os vem acusando desde o dia em que resolveram nos trair. Aliás, farei um bem à humanidade, livrando-a de um cão imundo e de uma cadela no cio que não pode viver sem sexo. Vocês não prestam, e não farão falta a ninguém.

Nisso, Alberto avançou dois passos em direção ao sogro, a fim de tentar desarmá-lo, o que fez com que ele disparasse um tiro em sua perna. Embora o ferimento causado não fosse letal, a bala rasgou a carne de

Alberto que, gemendo de dor, caiu ao chão e começou a se contorcer, sendo logo acudido por Adélia, enquanto Marialva, influenciada por Alfredo, não conseguia se mover.

– Cristiano, o que fez? – gritou a mulher desesperada. – Ficou louco? Vá correndo chamar um médico, ele precisa de ajuda!

– A única ajuda de que vai precisar será a de um legista.

O tom da voz de Cristiano era tão gélido, que até Marialva se assustou. Lenita, apavorada, não ousava mexer um músculo, já arrependida de haver tramado aquele flagrante. Só Alfredo parecia exultar. Não via a hora de ver o rival morto, ultimando sua vingança há tanto esperada.

Com espantosa frieza, Adélia ajudou Alberto a improvisar um torniquete, a fim de estancar o sangue e, após certificar-se de que não era grave, ergueu-se exaltada, apontou o dedo para o marido e rugiu:

– Como se atreve a julgar-nos, verme imundo? Quem você pensa que é?

– Cale-se, ordinária! Ainda não chegou a sua vez!

– Não, mas chegou a sua! Chegou a hora de contar a sua filha quem, ou melhor, o que você realmente é!

– Cale-se, já lhe disse, ou eu a mato agora mesmo!

– Matar-me! Ora, vamos, faça isso! Aperte esse gatilho e seja homem ao menos uma vez na vida!

– Pare, Adélia, já disse! Não me provoque!

– Estou farta de suas ameaças! Você é desprezível!

– Eu? Ao menos não ando por aí com o marido da própria filha.

– Oh, sim, é claro. Você é o santo, que nunca traiu a esposa, não é verdade?

– É verdade, e você sabe disso. Nunca tive outra mulher na vida.

– Outra mulher não...

– Cale-se, Adélia, estou mandando!

– Você não manda em mim, não manda nem em você nem nas suas tendências, digamos, extravagantes.

– Cale essa boca, sua vadia!

– Posso ser vadia, mas pelo menos nunca me deitei com outra mulher!

– Mas o que é isso? – interrompeu Marialva, nesse momento voltando a si do torpor em que até então se encontrara.

– Pergunte a seu pai.

– Pare, Adélia, não diga mais nada!

– Você pode me matar, Cristiano, mas não antes de contar a sua filha que sou obrigada a buscar outros homens porque meu marido não é homem o bastante para manter relações comigo!

— Adélia, por favor! — a voz dele agora era súplice, mas a mulher, enfurecida, não parava de falar.

— Oh, sim, agora quer que eu pare. Por quê? Tem medo de que sua filha o rejeite e o despreze, depois de conhecer suas preferências sexuais?

— O que quer dizer com isso? — indagou Marialva, confusa.

— Quero dizer que seu pai não me procura mais porque prefere se deitar com rapazinhos imberbes!

— Mas que horror! Isso é uma mentira infame!

— É verdade! Pergunte a ele!

Cristiano, falido, derrotado, largou a arma e desatou a chorar convulsivamente, exclamando como se tentasse convencer-se a si mesmo:

— É mentira! É mentira!

— Mentira? Mas se fui eu mesma que vi!

— Não... não... foi engano.

— Claro que foi. Foi engano casar-se comigo, quando quem desejava mesmo era aquele belgazinho louro que trabalhava em sua casa!

— Não é verdade! Não é...

— É sim. Eu vi, Marialva, ninguém me contou. Logo depois que você nasceu, eu o peguei na cama com um rapazola de seus dezessete anos, gemendo de prazer e uivando feito um animal!

— Adélia... por favor... não! — Cristiano soluçava feito criança.

— Como pensa que me senti? Jovem, com uma filha recém-nascida, que perdera o marido para um garoto? Pensei que fosse morrer de desgosto! Mas aí descobri que podia buscar prazer em outros leitos. E foi o que fiz!

— Perdoe-me, Adélia... Foi.. foi uma fraqueza... e só aconteceu aquela vez... eu juro... Depois disso... nunca... nunca mais... nunca mais...

— Isso não importa agora, não é mesmo?

Marialva estava chocada demais para falar qualquer coisa. Até Alfredo ficou atônito e se afastou, envergonhado ante aquelas confidências. Lenita estava pasmada e Alberto, por sua vez, chegou a sentir piedade do sogro, que jogado sobre uma poltrona, não parava de chorar. Todavia, passado o primeiro impacto, Marialva se recuperou e pôs-se a bramir, acusando a mãe e o marido:

— Muito bem, dona baronesa de Arcoverde! Se papai não era homem suficiente para a senhora, que fosse se divertir com seus amantes. Mas com meu marido? Por que, mamãe? Por que, quando podia ter qualquer homem que desejasse?

Adélia, sufocada pela vergonha, não respondeu, e Marialva prosseguiu:

— Como isso pôde ter acontecido? O que sou para a senhora? Nada? O que fez não merece piedade, e eu jamais voltarei a dirigir-lhe a palavra. A senhora me dá nojo.

Arrasada, Adélia apertou os olhos e sentiu uma pontada no coração. A filha, de forma impiedosa e soberana, continuava a despejar sobre ela todo seu ódio e sua indignação.

– A senhora é desprezível, cínica, falsa! Que tipo de mulher trai a filha de forma tão vil? Uma rameira! Oh! não, ao menos as rameiras têm a decência de se mostrar como verdadeiramente são, e não enganam as próprias filhas, mentindo que as amam enquanto dormem com seus maridos! Só os animais se acasalam assim, e a senhora age como uma cadela, copulando com qualquer cão vadio, sem qualquer noção de moral. Mas a senhora nunca teve moral, não é mesmo?

Nesse momento, não conseguindo mais suportar, não só a humilhação, como também a dor de perder a única filha, a quem, a seu jeito amava, Adélia rompeu em prantos, ocultando o rosto entre as mãos trêmulas. Marialva, que não se comoveu com aquele rompante, não conseguia parar de falar:

– Como fui tola confiando na senhora. Mas jamais poderia imaginar que fosse tão leviana! Devia se dar mais ao respeito. Uma mulher da sua idade, entregando-se a uma paixão obscura com um homem que bem poderia ser seu filho! Minha própria mãe, apunhalando-me pelas costas. Nunca mais quero vê-la. Para mim a senhora morreu; não tenho mais mãe. E quanto a você, Alberto, quero o desquite!

Alberto limitou-se a balançar a cabeça, sem coragem para encará-la.

– Você não vale nada! – ajuntou ela. – Eu bem deveria ter percebido quem você é logo que o conheci, quando você planejou a morte da pobre Rosali. Pensei que você fosse digno, mas hoje percebo o quanto me enganei, por estar cega de amor. Você não passa de um cretino, infame, repulsivo!

Alberto, cujo temperamento irascível já começava a borbulhar-lhe o sangue, mordeu os lábios com força e cerrou os punhos. Ela estava certa, mas ele era homem, e aquela humilhação já era demais. Marialva, percebendo o furor crescendo dentro dele, provocou-o com sarcasmo:

– O que é? Está com raiva de mim? Acha que tem o direito de sentir raiva? Ou vai me bater de novo? Vamos, bata. Mostre a todo mundo quem você é. Ou será que também já espancou minha mãe como fez comigo?

Sentindo cada vez mais a raiva a recrudescer em seu coração, Marialva voltou a fitar a mãe com tanto ódio que ela chegou a recuar, como que atingida por inesperado golpe. Cheia de rancor, rilhou os dentes e vociferou:

– Traste imundo! No fundo, era isso mesmo que poderia esperar de uma velha recalcada e depravada, cuja única serventia é fazer do corpo um poço de alívio para jovens degenerados, que procuram nas mulheres mais velhas a figura da mãe, com quem não tiveram coragem de dormir!

Adélia empalideceu, e Alberto, furioso, dirigiu para a parede o murro com o qual gostaria de quebrar o maxilar da mulher. Marialva, altiva e decidida como nunca, atravessou o quarto com passos firmes, pegou a pistola, que se encontrava caída ao pé da cama, ergueu o pai e, alcançando a porta, arrematou com frieza:

— Vocês são piores do que animais, e deveriam estar trancafiados em jaulas onde pudessem dar vazão a seus instintos sem atingir outras pessoas. Ah! e outra coisa. Se contarem à polícia o que papai fez, eu desmentirei e direi que ele apenas se defendeu. Ninguém... ninguém acreditará na versão de uma devassa que não hesitou em trair o marido e a filha com o próprio genro.

Coberta de ódio e revolta, Marialva saiu amparando o pai, sendo seguida por Lenita e por Alfredo que, apesar de não haver conseguido matar o rival, conseguira mais do que desejara: desmoralizara-o e o afastara, definitivamente, do caminho da mulher que tanto amava.

Capítulo 1

Elisa foi visitar Maria do Socorro, que vivia em uma casinha branca rodeada por um jardim florido e bem cuidado. Ao chegar, foi recebida com alegria e afeto.

– Elisa! – exclamou a boa velhinha. – Como vai?

– Muito bem, obrigada. Confesso que estou cada vez mais maravilhada com a vida na colônia. Não podia imaginar que tudo fosse tão bonito e calmo. Sinto-me em paz aqui, e não fora a saudade dos meus, jamais pensaria em voltar.

– Isso é natural. Logo que desencarnei, também voltei porque sentia muita falta dos entes queridos, e também porque me preocupava com eles, sobretudo com Alfredo e Rosali. Aliás, continuo me preocupando até hoje.

– Sabe, dona Maria do Socorro, gostaria de retornar à crosta e rever minha família. Embora receba suas preces e as vibrações de amor e de saudade que me enviam, e apesar de saber que estão bem, gostaria de vê-los pessoalmente.

– Sim, compreendo. E quer que eu interceda por você?

– Se a senhora puder...

– Verei o que é possível fazer. Mas creio que não haverá problema, visto que você, desde que chegou, tem se mostrado receptiva e afável, acatando com serenidade as orientações que lhe são dadas. Todos aqui gostam muito de você e os elogios a sua pessoa são numerosos.

– É mesmo? Eu não sabia.

– Pois é verdade. Você é um exemplo de resignação e fé em Deus. Deve se alegrar com isso e jamais permitir que a tristeza a invada.

– Oh! Mas eu não me entristeço. Mesmo antes de desencarnar, sabia que a morte não existia. Nossas reuniões de orações e estudos da vida espiritual foram muito produtivas.

– Sim, eu sei. Mas você apenas relembrou aquilo que já sabia há muito tempo. Você, Elisa, é das poucas pessoas que já trazem dentro de si as palavras de Jesus, escritas com tinta brilhante e indelével. Bom, agora vamos. Hoje virá visitar-nos um novo orador, de uma colônia próxima, e estou ansiosa por ouvi-lo.

– Eu também. Dizem que é profundo conhecedor da espiritualidade.

– Vamos. Antes de iniciar-se a palestra, os jovens do coro de Santana prepararam-lhe uma bonita surpresa – a *Ave Maria*, de Bach, a várias vozes.

— Estou ansiosa por ouvi-lo. Faz tempo que não ouço uma boa música.

O coro foi maravilhoso, com vozes femininas e masculinas cantando a *Ave Maria* com tanto sentimento, que os presentes se emocionaram até às lágrimas. Em seguida, Paulo, o convidado, que fora padre franciscano em sua última encarnação, proferiu interessante palestra sobre a importância do amor:

— É preciso que compreendamos que amor não se confunde com apego. A criatura que ama não prende, antes liberta o ser amado para que possa escolher seu próprio caminho. O amor não é físico, portanto não requer a presença dos entes queridos ao nosso lado, mas se contenta em vê-los bem e felizes. Essa é a maior felicidade de quem já aprendeu a amar: saber que aqueles a quem ama são felizes, ainda que distantes.Mas também é necessário entender que não devemos ser egoístas. O amor não exige exclusividade nem retribuições. Existe apenas porque alcançou o coração, sem que precisemos explicar essa existência. Assim, se experimentamos o amor, não devemos querer que o ser amado somente a nós devote seu afeto. O amor não tem limites, e pode ser distribuído por tantos quantos forem aqueles que encontrarmos. Quanto mais o vivenciamos, mais o alimentamos, mais ele cresce e fortifica. É um erro supor que só podemos amar uma única pessoa.

Não quero com isso dizer que devemos nos entregar a todos os que nos aparecem. Essa compreensão de amor nada mais é do que uma tentativa frustrada de justificar nossa incapacidade de amar. Vou me referir, mais especificamente, ao amor entre homem e mulher. É possível, sim, um homem amar uma mulher e uma mulher amar esse homem e se dedicarem a esse amor com aparente exclusividade. Contudo, se esse amor é elevado, ele não será exclusivista, mas confiante. E essa confiança vai se exteriorizar na total ausência de cobranças ou expectativas, um compreendendo e conformando-se com aquilo que o outro é capaz de oferecer.

Os que assim se amam já estão aptos a vivenciar o amor em suas diversas facetas. Sabem diferenciar o amor entre homem e mulher do amor entre pais e filhos, do amor entre irmãos e entre os seus semelhantes, sejam eles amigos ou inimigos. A distinção, aqui, não é de intensidade, mas de possíveis formas sob as quais o amor pode se revelar. Não se ama mais ou menos alguém: ama-se de acordo com a posição que cada um ocupa no mundo e em nossas vidas.

Amar significa, sobretudo, compreender, na verdadeira acepção da palavra. Quem compreende aceita, não julga nem critica. A compreensão não se resume a mera aceitação da inteligência. Não compreende verdadeiramente aquele que friamente raciocina e percebe o resultado, mas que é incapaz de aceitá-lo. Assim, se alguém diz: "entendo seus motivos, mas isso é inadmissível", em realidade não compreendeu. Entendeu o problema e sua resolução, mas não foi capaz de alcançar os motivos que levaram o outro a adotar aquela fórmula de conclusão.

Falemos agora da paixão. Ela é fogo e, como tal, logo se extingüe. É claro que pode haver paixão com amor, mas então ela será mero complemento de algo que é muito mais sublime, e não será elemento decisivo numa relação. Mas a paixão pura consome, desgasta, enfraquece. Faz dos homens escravos de seus anseios e desejos, não permitindo que eles experimentem um sentimento mais firme. Sim, porque a paixão, embora muitas vezes seja real, no sentido de existir mesmo, é sempre frágil, e logo se consome. Assim, o sentimento que a paixão evoca, embora verdadeiro, não é sólido.

O mesmo se dá com a ilusão do poder. Quando alguém diz que ama apenas porque foi abandonado, ou porque não pode ter aquilo que deseja, costuma dizer que sofre por amor. Mas, em verdade, ninguém sofre por amor, eis que o amor jamais será causa de sofrimento. Quem assim age, apenas exacerba o orgulho e não se contenta em perder o que, na realidade, nunca possuiu. É preciso aprender que o amor não se coaduna com a posse. Não possuímos nada na vida, senão as boas ou más sementes que plantamos em nossos corações. Portanto, se algo ou alguém que você ama, seja um objeto, um animal ou uma pessoa, quiser ou tiver que sair da sua vida, não procure desculpas ou justificativas para retê-lo. Saber perder é excelsa forma de amar, pois consiste em renúncia ao ser amado em nome de um sentimento muito mais nobre, que é o respeito à liberdade de determinação de nossos semelhantes. Teremos então um amor incondicional.

Bem, meus queridos irmãos, meditemos bem no sentido do amor. Não busquemos nos apegar àqueles que deixamos na Terra, pois que continuaremos vivos nos corações dos que já aprenderam a amar. Que Deus nos abençoe a todos, e que possamos espelhar os nossos sentimentos no amor maior daquele que, um dia, veio ao mundo para nos fazer compreender que só amando alcançaremos a perfeição. Graças a Deus.

Terminada a palestra, Paulo convidou os ouvintes para uma prece, e todos agradeceram a Deus a oportunidade de estarem reunidos, ouvindo e aprendendo as lições que aquele irmão se prontificara a ministrar.

Encerrada a reunião, Elisa voltou ao seu quarto com o coração leve, certa de que somente o amor seria capaz de levar os seus entes queridos à reconciliação sincera.

No dia seguinte, Maria do Socorro foi procurá-la ao cair da tarde, encontrando-a no jardim a admirar, embevecida, o pôr-do-sol por detrás das colinas.

– Dona Maria do Socorro, que bom vê-la – saudou Elisa com emoção.
– Sente-se e venha apreciar comigo esse incansável espetáculo da natureza.

— Obrigada, minha filha — respondeu a outra, sentando-se a seu lado e enlaçando-a com ternura.

— Sabe, eu jamais poderia supor que fosse encontrar aqui um pôr-do-sol assim tão maravilhoso, muito mais belo do que aqueles que via lá na Terra.

— O mesmo sol que brilha na Terra brilha também aqui.

— É verdade. Bom, mas diga-me, tem novidades para mim?

— Tenho. Você recebeu autorização para voltar ao orbe.

— Ótimo. Muito obrigada, dona Maria do Socorro.

— Não me agradeça. Foram seus méritos que lhe propiciaram essa concessão. O diretor nem titubeou quando lhe fiz o pedido. Apenas recomendou que você reveja o passado.

— O passado? Mas por quê?

— Bem, há muitas coisas que você não compreende, e seria bastante instrutivo que conhecesse as causas de alguns problemas por que atravessaram todos aqueles envolvidos com você.

— Eu até já havia pensado nisso, mas nunca quis forçar o rumo das coisas. Sempre soube que, no momento oportuno, essa chance me seria concedida. É uma idéia excelente!

— Claro que é. Mas veja bem, Elisa, essa recomendação foi feita agora porque o diretor entende que você já está suficientemente preparada, e as recordações contribuiriam em muito para o seu crescimento. Não se trata de satisfazer sua curiosidade.

— Não posso dizer que não esteja curiosa. Mas essa curiosidade não se restringe apenas a desvendar o passado. Quero entendê-lo, aprender com ele e transformá-lo para o presente.

— Ótimo, Elisa. Sabia que você já estava mesmo pronta. Amanhã cedo, aguarde em seu quarto que eu e Mariano iremos buscá-la. Ah, já ia me esquecendo. Tenho mais uma pergunta a lhe fazer. Você está vivendo, atualmente, em um alojamento no prédio dos recém-chegados, não é?

— Sim, por quê?

— Bem, é que eu gostaria de convidá-la para viver comigo em minha casa, se você desejar, é claro.

— Dona Maria do Socorro, mas é claro que sim. Não que não goste dos meus companheiros lá do alojamento. Todos são muito gentis e amigos, e nos entretemos em conversas alegres e edificantes. Mas estar com a senhora seria como estar com minha mãe. Eu adoraria!

— Está bem, então. Amanhã, quando formos buscá-la, prepare-se para vir morar comigo. Você será muito bem-vinda em minha casa.

— Oh, nem posso dizer-lhe o quanto sou grata! A senhora tem sido muito boa comigo.

– Sossegue, minha filha. Gosto de você como gosto de Rosali, que a vida toda sempre foi a alegria de meu coração. Bom, agora tenho que ir. É preciso ainda preparar suas acomodações. Amanhã, ao nascer do sol, estaremos em seu quarto para chamá-la. Não se atrase.

– Não me atrasarei.

Elisa estava feliz. A vida no mundo dos espíritos era bem diferente do que imaginava. Ela até sabia que passaria a viver em um lugar alegre e acolhedor, mas não esperava encontrar uma cidade inteira, com edifícios, casas, ruas e, acima de tudo, com enormes jardins, fontes e muitas árvores. Era fantástico! E as pessoas, então? Todas comunicativas, cordiais e amorosas.

Ela estava tão empolgada com sua nova vida que começou a construir planos para depois de sua visita à Terra. Tencionava trabalhar em algum lugar, pois já estava há bastante tempo estudando e se preparando. Mas o que iria fazer? As possibilidades eram muitas. Esperaria recordar o passado, voltaria da crosta, e então saberia escolher a tarefa que melhor atendesse a seus anseios e necessidades.

No dia seguinte, Elisa foi introduzida numa sala ampla e arejada, sem mobílias, guarnecida apenas com umas poucas poltronas e uma imensa tela, semelhante àquelas vistas no cinema. Após os preparativos habituais, a tela se iluminou, mostrando algo assim como um filme, só que colorido, e com cores muito mais nítidas e brilhantes. Então, Elisa recordou, ou melhor, viu e reviu cenas de um passado longínquo, onde as vidas de seus personagens encontravam-se irremediavelmente ligadas a sua própria existência...

Capítulo 2

França, 1518. O conde Victor Lagardy de Montsou largou a leitura e olhou pela janela, ansioso demais para prosseguir. Já era tarde, e a mulher, com certeza, há muito o estava esperando. Soprou a vela com vigor e, tateando em meio à escuridão, abriu a pesada porta que o separava do restante do castelo. Em silêncio, atravessou o corredor úmido, até chegar a uma escada toda de pedras, e subiu. Era ainda jovem, no vigor de seus trinta e tantos anos, e dedicava a vida à leitura das obras de Matemática e Astronomia.

Apressado, venceu os degraus, galgando-os aos pares, e dirigiu-se para a alcova, onde Catherine, provavelmente, estava a esperá-lo. Com efeito, a mulher estava ainda acordada, e ao perceber que ele entrara, virou para ele o semblante alvo e falou com voz melíflua:

– Ah, chegaste! Por que demoraste tanto?

– Catherine, preciso de teus conselhos.

– Por quê? Aconteceu alguma coisa?

– Sim, aconteceu.

– O que foi? – silêncio. – Vamos, fala logo!

Após breve instante, Victor respondeu hesitante:

– Catherine, perdoa-me.

– Perdoar-te? Por quê? O que fizeste?

Envergonhado, Victor abaixou a cabeça e não respondeu. Apesar de tudo, amava a mulher, e não queria perdê-la. Mas estava desesperado, sem saber o que fazer. Ela era mais objetiva, sempre pronta a encontrar as soluções mais práticas para os casos mais difíceis. Por fim, decidiu-se a falar:

– Antes de mais nada, gostaria que soubesses que te amo e que muito me faria sofrer a tua perda.

– O que houve? Não vais me dizer que arranjaste outra amante...

– Como soubeste?

– Ora, meu caro. Não é difícil de adivinhar. Quem é desta vez? Espero que Philoméne...

– Não – cortou ele rapidamente. – Juro que nunca mais toquei em Philoméne.

Encarando-o bem nos olhos, como que tentando ler o que lhe ia no coração, desabafou com amargura:

– Victor, depois do que houve entre ti e Philoméne, eu te perdoei porque te amo e porque tu juraste que jamais me trairias outra vez. Con-

fiei em ti, e vê o que me fizeste. Como foste fazer uma coisa dessas? Pensei que me amasses.
— E te amo, já disse. Mas não pude evitar.
— Como se chama?
— Chama-se Lénore, uma jovem aldeã.
— Lénore... Esse nome não me é estranho. Será aquela criadinha?
— Sim, mas ela já não trabalha mais aqui. Eu a despedi.
— Essa é boa. E logo uma serviçal. Estás apaixonado por ela?
— Mas que horror! Claro que não. Ela me serviu apenas como divertimento, nada mais. Quantas vezes preciso dizer que te amo?
— Mas não hesitaste em deitar-te com a primeira mundana que apareceu.
— Catherine, por favor, não fiques com raiva de mim.
— Por que resolveste contar-me?
— Porque estou em uma situação, digamos, embaraçosa.
— Não vais me dizer que ela está grávida!
— Sim, está. Saiu daqui há pouco e...
— ...e ameaçou-te com um escândalo.
— Mais ou menos.
— Quer dinheiro, suponho.
— Não é bem isso.
— Então o que é?
— Quer que a sustente e à criança.
Catherine soltou estrondosa gargalhada.
— Para uma aventura sem importância, até que ela está fazendo muitas exigências. E que queres que eu faça?
— Quero que me ajudes a livrar-me dela.
— Eu? Mas o que tenho com isso? Não precisaste de mim para tomá-la como amante, por que hás de precisar agora?
— Catherine, não me vires as costas. Sei que não és o tipo de mulher que se ofende com uma traiçãozinha sem importância. Ademais, a culpa não foi minha. Sou homem, e Lénore me seduziu. Sua beleza, seu frescor... quando a vi não pude resistir. Tive que tê-la para mim. Mas não sinto nada por ela, eu juro. Foi apenas uma aventura, nada mais.

Victor tinha razão. Catherine era por demais orgulhosa para se deixar atingir por uma vagabunda qualquer. Era preciso salvar seu casamento, suas posses e sua dignidade, e ela não consentiria que um bastardo qualquer viesse ameaçar seus direitos. Ardilosa e inteligente, Catherine logo pensou numa forma de se livrar daquele estorvo.

— Quando tornarás a vê-la?
— Pedi que voltasse daqui a dois dias, sozinha, à meia-noite.

— Dois dias? Para quê?
— Não sei. Estava desesperado, ela ameaçando contar ao bispo. Quis apenas ganhar tempo. Por favor, Catherine, ajuda-me.
— Em primeiro lugar, precisamos nos livrar desse pequeno incômodo.
— Tens alguma idéia? Não pretendes matá-la, não é?
— Isso te causaria algum pesar?
— Bem, não exatamente. Mas poderíamos ter pequenos aborrecimentos de ordem legal...
— Fica tranqüilo. Não é bem isso o que tenho em mente. Penso apenas em matar a criança, antes que chegue a nascer.
— Aborto?
— Sim, e ninguém ficará sabendo.
— Ótima idéia. E quem pretendes chamar para realizá-lo?
— Ora, e quem mais haveria de ser, senão o teu fiel amigo Henri?
— Sim. É o único em quem podemos confiar. Mas, e depois?
— Depois dá-lhe algum dinheiro e manda-a embora.
— Será que aceitará?
— Creio que sim. Pelo que me disseste, é jovem e ambiciosa. Uma pequena fortuna em suas mãos fará com que esqueça o... incidente.
— Oh! Catherine, nem sei como te agradecer! És realmente a melhor esposa do mundo.
— Sim, eu sei. Só espero que isso não vire rotina e eu tenha que estar sempre consertando as tuas besteiras, assim como fiz com Philoméne e agora com essa tal de Lénore.
— Não, meu amor. Isso não vai se repetir. Eu juro.
— Veremos...

Lénore, ao deixar o castelo, voltou para sua cabana cheia de esperanças. Tinha certeza de que seu senhor arranjaria uma solução. Era bem verdade que não poderia se casar com ela, pois que já era casado. Mas, certamente, ele compraria um palacete só para ela, em algum sítio mais afastado, e a visitaria diariamente, a ela e ao filho. Seria maravilhoso!

Lénore ia em silêncio pela estrada, enrolada no tosco manto que lhe servia de agasalho. O vento era cortante, e ela apertou o passo, tentando fugir do frio. Ao passar perto de uns arbustos, um vulto saltou a sua frente, e ela soltou um grito, estacando lívida, dominada pelo terror. O vulto, porém, afastando a capa, mostrou-lhe o rosto, e ela suspirou aliviada, embora tomada de raiva.

— Jean! — repreendeu ela com severidade. — O que pretendes? Matar-me de susto?

– Desculpa-me, minha querida. Não tive a intenção.
– Então por que saltaste assim, na minha frente, feito um lobo?
– Já não te pedi desculpas?
– Está bem. O que fazes aqui? Andas me seguindo?
– Eu só estava passando quando te vi...
– Sei. E o que queres?
– Apenas acompanhar-te.

Com receio de seguir pela trilha sozinha, àquelas horas, Lénore aceitou a companhia de Jean que, não mais podendo conter a curiosidade, indagou-lhe:
– Que vieste fazer no castelo, tão tarde?
– Não é de tua conta.
– Ora, Lénore, por favor, responde-me. Eu me preocupo contigo.
– Não precisas.
– Lénore, aquele conde não presta. É um bonachão, que vive a seduzir mocinhas feito tu, para depois abandoná-las. Não percebes?
– Cala-te! Estás com ciúme.
– Sim, estou. Mas é porque gosto de ti e me importo contigo. Não quero ver-te abandonada.
– Já fui abandonada. Meu pai me expulsou de casa.
– Mas eu posso cuidar de ti.
– Tu? Não podes nem contigo.
– Mas tenho emprego, posso sustentar-te, a ti e à criança.

Lénore, surpresa, parou e olhou para o outro com desconfiança.
– Que criança?
– Ora, essa aí, que trazes no ventre.
– Como sabes disso?
– Teu pai me disse.
– Falaste com ele? Quando?
– Hoje pela manhã, eu o avistei e perguntei por ti. Ele quase me escorraçou, dizendo que não queria mais ver-te, que não tinha mais filha. Disse-me que estavas grávida, e que essa criança somente traria vergonha para ti e para ele. "Somos pobres mas temos dignidade", dissera ele aborrecido. Por isso resolvi procurar-te e oferecer-te a minha ajuda.
– Tu não sabes o que dizes. Ouve, Jean. Tu és um bom rapaz, e não mereces uma moça como eu. Mereces uma mulher honesta, com quem possas casar e ter filhos condignamente. Eu... já estou perdida.
– Não, não digas isso. Eu não me importo com o que tenhas feito.
– Mas eu sim.
– Lénore, não compreendo. Ofereço-te meu amor e uma oportunidade de teres uma vida decente, e tu recusas. Por quê?

— Porque não te amo.
— E, por acaso, amas aquele conde?
— Eu gosto dele. E ele sim, tem meios de dar-me uma vida decente, com roupas finas, jóias caras, comida farta. Tudo do bom e do melhor.
— Ah! então é o dinheiro que te move?
— E daí?
— Decência não é dinheiro.
— E o que é, então? Viver mendigando por aí, dormir com qualquer um em troca de uma côdea de pão? Não, meu caro, essa vida não é para mim.
— Lénore, falando assim, até pareces uma mundana.
— Ora, não te enganes, pois foi exatamente nisso que me tornei desde o dia em que me entreguei a ele.
— Ainda é tempo de mudar.
— E quem disse que quero mudar?
— Como podes falar assim? És uma menina, quase uma criança.
— Ora, Jean, já sou mulher.
— Lénore, enganas-te se pensas que esse conde vai te dar essa vida de luxo que imaginas. Tu és uma menina do povo, e ele logo te irá deixar.
— És um despeitado!
— Pode ser. Mas não tenho ilusões.

Nesse momento, já se aproximavam do casebre onde Lénore vivia, quase à beira da estrada, cercado de árvores altas, onde o sol mal penetrava. A neve ali se amontoava, e ela conseguiu abrir a porta com extrema dificuldade.

— Agora deixa-me em paz — concluiu ela. — Não preciso de teu auxílio, nem de tua piedade.
— Como podes falar assim comigo?
— Sai! Vai-te daqui, peste! Não quero mais ver-te. Tu me aborreces com as tuas lamentações.
— Vais ver, Lénore, que eu tinha razão. Quando o tal conde te abandonar, lembrarás que eu existo.
— Eu? Nunca, jamais! Não preciso de ti, infeliz. O conde vai me tirar daqui e me colocar em uma mansão quentinha, e nosso filho crescerá feliz em meio às amoreiras.
— Vai esperando...
— Sai, já disse! Estás me incomodando. Preciso repousar. E não voltes mais aqui, ouviu? Ou o conde te mandará açoitar como a um cão! Ah! E mais uma coisa: se disseres a meu pai quem é o pai da criança, vais te ver comigo!

Furiosa, Lénore entrou em casa e bateu a porta na cara do pobre Jean, que não teve outra alternativa senão ir embora, carregando no coração um ressentimento que nem o tempo poderia curar.

Capítulo 3

No dia seguinte, Victor acordou cedo e bem disposto e foi receber o doutor Henri, que já o aguardava em seu gabinete. Vendo-o entrar, exclamou:
— Victor, meu amigo! Mandaste chamar-me?
— Sim, mandei.
— O que posso fazer por ti?
— Preciso que me prestes um favor. Não te preocupes, serás bem recompensado.
— Sei que és generoso. Mas o que te aflige assim, com tanta intensidade?
— É algo extremamente confidencial, e não gostaria que saísse dos muros deste castelo.
— Sabes que podes contar com minha discrição. Temos sido amigos por longos anos, partilhamos juntos a infância e a juventude. Sempre te fui leal, e jamais te trairei.
— Sim, eu sei, e foi por isso que mandei chamar-te. Agora vamos aos fatos. Como sabes, estive envolvido com uma mocinha da aldeia, de nome Lénore que, infelizmente, espera um filho meu.
— Meu Deus! E Catherine?
— Ela sabe de tudo, mas meu nome não pode estar envolvido nesse tipo de escândalo. Então, resolvi chamar-te aqui para que... bem, para que me livres desse... estorvo.
— Mas é claro. O que pretendes, um aborto?
— Penso que seria a solução mais adequada. Ela já deve estar no quarto mês de gravidez.
— Compreendo. Conheces os riscos a que se sujeita a mulher em situações como esta?
— Estou ciente de tudo. Mas ela é ainda jovem e bastante saudável. Creio que não haverá problemas.
— Está bem, então. Se estás decidido, não me oporei. Quando e onde?
— O mais breve possível. A menina voltará aqui amanhã. Quanto ao local, gostaria que tu o dissesses. Estás acostumado...
— Que tal o convento das irmãs de Maria?
— O convento? Mas e a abadessa?
— A abadessa é minha amiga e pessoa de inteira confiança. Não se importará de colaborar em troca de algumas moedas de ouro.
— Está certo. Se tu a recomendas...

— Já estou acostumado a... bem... a utilizar-me de seus serviços, entendes? Não será a primeira vez. Mas deves tratar o preço pessoalmente com ela. Dize que fui eu quem te enviou.

— Farei isso agora mesmo. Amanhã, vai direto para lá e espera-me. Estarei levando a moça.

— Está bem, farei como quiseres.

Terminada a entrevista, o conde já ia se retirar quando a entrada de Philoméne, filha do primeiro casamento de Catherine, o impediu.

— Que queres aqui? — inquiriu ele bruscamente.

— Nada não. É que a chegada do doutor Henri me chamou a atenção.

— Por quê? Desde quando te importas com ele?

— Não é isso. É que pensei: será que alguém está doente?

— Não.

— O que veio ele então fazer aqui?

— Não é de tua conta. Henri é meu amigo e pode visitar-me quando quiser. Agora sai da frente e deixa-me passar.

— Por que me tratas assim?

— Philoméne, deixa-me em paz. Já não me causaste aborrecimentos bastantes? Sai, já te ordenei.

Vendo que Philoméne não se movia, o conde empurrou-a com violência, jogando-a de encontro à parede. Cheia de ressentimento, ela exclamou:

— Victor, ouve bem o que te vou dizer: duvido muito que essa tua Lénore possa te fazer feliz tanto quanto eu. Mas, se preferes te iludir, vai ao seu encontro. Eu, de minha parte, estarei aqui à espera de que retornes para mim, implorando-me para aceitar-te de volta.

Victor estacou estupefacto, arrematando cheio de desprezo:

— Jamais — e saiu, deixando Philoméne entregue às inúmeras lágrimas de despeito que lhe sulcavam o rosto.

A condessa era viúva, e seu primeiro marido, trinta anos mais velho, morrera deixando-lhe imensa fortuna e uma única filha, que acompanhara a mãe quando esta se casara novamente com Victor, onze anos antes. Philoméne contava, então, apenas cinco anos, e fora recebida pelo padrasto como se fosse uma filha, passando a ocupar lugar especial em seu coração.

A pequena Philoméne era dotada de fascinante beleza, embora fria e cruel como a mãe. Completamente desprovida de qualquer senso de respeito ou fidelidade, Philoméne cresceu rodeada de luxos, granjeando a preferência do padrasto, a quem, desde então, passara a chamar de pai.

Ao completar quatorze anos, Philoméne estava no auge de sua beleza, e não havia quem não lhe notasse os encantos. Victor, inclusive, não parava de admirá-la e de elogiá-la, interessando-se cada vez mais pela sua criação. Anos depois, estava o conde sozinho em seu gabinete, examinando uns mapas astronômicos, quando Philoméne entrou sorridente.

– Posso entrar, papai?
– Ah! Philoméne, claro. Desejas alguma coisa?
– Nada de especial. Apenas vim ver o que estavas fazendo.
– Estou estudando Astronomia. Por quê?
– Astronomia... Hum, deve ser interessante. Podes ensinar-me?
– Isso não é coisa para meninas. Devias estar mais interessada em rendas e bordados.
– Rendas e bordados... não têm graça alguma.
– Mas é próprio para mocinhas da tua idade.

Olhando-o maliciosamente, Philoméne sorriu e acrescentou:
– Ora, papai, já tenho dezesseis anos, não sou mais nenhuma criança. Sou uma mulher.
– Isso lá é verdade, mas ainda tens muito que aprender.
– Por que não me ensinas? – sussurrou em tom de malícia, aproximando-se dele e segurando-lhe a mão.
– O que queres saber? – indagou confuso, tentando soltar-se dela que, todavia, não o largava.
– Astronomia, por exemplo – e começou a acariciá-lo com os dedos, passando-os pelas costas e palmas da mão, depois subindo pelo braço até alcançar-lhe o peito. Victor, perplexo, ergueu-se de imediato, o rosto afogueado, o corpo ardendo de desejo. Refeito do susto, censurou-a energicamente:
– O que estás a fazer? Esqueceste quem és?
– Sou Philoméne.
– E eu sou teu pai.
– Não és, não. És apenas meu padrasto, e por isso...
– Por isso...
– Por isso não há nada entre nós que nos impeça de amar.

O conde estava atônito. O que dera naquela menina para falar-lhe assim, daquele jeito? Não que não a desejasse. Embora nunca houvesse percebido ou admitido, desejava intensamente aquela menina. Ela era linda, e a sensualidade brotava de cada poro de sua pele. Dominando seus instintos, Victor aproximou-se dela e desferiu-lhe um tapa no rosto, fazendo com que as lágrimas lhe viessem aos olhos.

– Leviana! Como te atreves a falar-me assim dessa maneira? Respeita-me, sou teu pai!
– Não, não és! És o marido de minha mãe, um marido que eu há muito adoro, mas só agora consegui coragem para me declarar.

– Como ousas? – e levantou a mão para esbofeteá-la novamente. Philoméne, contudo, encarou-o e atalhou:

– Podes bater-me. Não me importo; até gosto. Isso só faz aumentar o meu desejo por ti.

Horrorizado, Victor abaixou a mão, rodou nos calcanhares e saiu. Philoméne, por sua vez, permaneceu onde estava, um sorriso vitorioso a aflorar-lhe nos lábios. Sim, ela estava certa. Ele a desejava, e embora tentasse desesperadamente lutar contra isso, ela sabia que acabaria por vencer. Era só questão de tempo. E a mãe? Bem, a mãe que a perdoasse, mas ela estava apaixonada pelo conde, e tudo faria para possuí-lo. Com efeito, Philoméne tanto fez que conseguiu atrair o conde para seu quarto e o seduziu, passando à condição de sua amante, sem que Catherine sequer pudesse imaginar.

Apenas Henri, amigo e confidente do conde, ficara a par de seu romance com a enteada. Mais sensato, o cirurgião vivia a alertá-lo sobre os perigos daquela relação, chegando mesmo a ameaçar a jovem Philoméne.

– Que pensas que estás fazendo? – interpelara ele uma vez. – Queres destruir teu padrasto?

– Do que estás falando? – disfarçou ela.

– De teu caso com Victor!

– É mesmo? E o que tens com isso? Por acaso estás com ciúmes?

– Não sejas atrevida, menina! Não gosto de crianças.

– Será? Se quiseres, posso mostrar-te o quanto sou mulher...

– Sossega. Tu não me atrais em nada. Só quero avisar-te que Victor é meu amigo, e se algo acontecer, se tua mãe descobrir, não hesitarei em contar-lhe que tu te ofereceste para ele feito uma ordinária!

Furioso, Henri deu-lhe as costas e se foi. Aquela Philoméne não valia nada, e ele precisava fazer com que Victor a deixasse.

Ao se casar em primeiras núpcias com Édouard, Catherine era ainda uma menina, recém-saída da puberdade, forçada pelos pais a desposá-lo por motivos políticos. Édouard, por outro lado, homem cruel e impiedoso, já passava dos quarenta anos, e via na masculinidade motivo de orgulho e vaidade. Assim, quando a mulher morrera ao dar à luz seu primogênito, Michel, ele quase não lamentou, pois o filho varão passara a ser depositário de todos os seus sonhos de heroísmo e glória.

Catherine, quase da mesma idade que Michel, a ele logo se afeiçoou, vendo no rapaz o companheiro ideal para seus passeios e divertimentos. A amizade surgida entre ambos era sincera e desinteressada, e Catherine o tratava como a um irmão mais novo, a quem adorava, cobrindo-o de mimos e carinhos.

Édouard, conselheiro na corte de Francisco I, vivia constantemente em viagens a Paris, e Catherine se entretinha com Michel e seu jovem camareiro italiano, de nome Pietro, na época com cerca de vinte anos, favorecido por uma beleza clássica e gestos delicados. Após o nascimento de Philoméne, contudo, Catherine já não via tanto o enteado, passando a maior parte do tempo a cuidar e admirar a filha recém-nascida, a quem Édouard recebera sem maior interesse.

Apesar de pouco mais do que uma criança, Catherine já era mãe, e nada possuía de ingênua, logo percebendo que Pietro dispensava a Michel um devotamento pouco habitual, um cuidado excessivo, uma exagerada submissão. Começara a notar que ambos procuravam estar sempre juntos, e tudo faziam para se tocarem, de uma forma que parecesse casual.

Catherine, embora não aprovasse aquele comportamento, nutria pelo enteado uma afeição genuína, e apenas alertou-o dos riscos a que se expunha. Se o marido descobrisse, certamente reagiria com violência e impiedade, pois jamais admitiria que seu único filho varão não fosse verdadeiramente homem, de acordo com as convenções sociais, mas uma criatura efeminada, que passava as horas a distrair-se com o criado. Michel, contudo, grato pela sua compreensão e amizade, tranqüilizou-a, informando que ele e Pietro somente se encontravam à noite, longe do castelo, no bosque que dava continuidade ao jardim.

Édouard costumava promover fabulosas caçadas, para as quais convidava todos os nobres da região, e foi numa dessas ocasiões que Catherine conheceu Victor, por quem logo sentira forte atração. Victor, por sua vez, não deixara de se interessar pela jovem e linda esposa de Édouard, sem contudo tentar qualquer aproximação com ela. Mas o conselheiro, notando os olhares entre ambos, ameaçou a jovem Catherine com a morte, caso ela ousasse pensar em traí-lo.

Ao se aproximar o décimo oitavo aniversário de Michel, Édouard planejava dar uma festa cheia de pompa e luxo, para a qual convidaria todos os nobres, não só da região, como também da corte. Já era hora do filho deixar aquela vida ociosa do castelo e partir para Paris, a fim de ser introduzido na sociedade e iniciado na carreira política ou militar. Antegozando o sucesso do filho, o conselheiro foi procurá-lo e transmitiu-lhe os planos que traçara para seu futuro, certo de que seria, no mínimo, brilhante.

Mas qual não fora seu espanto quando Michel, de cabeça baixa, recusou a oferta, alegando que era feliz ali e que não possuía vocação para envolver-se em assuntos tão sórdidos e complexos. Gostava mesmo era de música e poesia, de pássaros e flores, e jamais se adaptaria a uma vida tão grosseira como aquela da corte.

Furioso, Édouard estava prestes a esbofeteá-lo, quando a entrada súbita de Pietro fez com que ele se detivesse. O rapaz, que não esperava ver ali o conselheiro, estacou embaraçado, para logo sair, murmurando desajeitado pedido de desculpas. Mas, de tão nervoso, tropeçou nas próprias pernas, cambaleou e quase caiu. Instintivamente, Michel pulou da poltrona em que estava e correu a segurá-lo, enlaçando-o pela cintura, a tempo de impedir que fosse ao chão. Pietro, envergonhado, apenas agradeceu e se foi, deixando Édouard com um estranho pressentimento.

Confuso, levantou-se e dirigiu-se para a porta, recusando-se a crer nas desconfianças que lhe iam na alma. Aqueles dois se demonstraram íntimos demais. Seria possível? Não, certamente não. Michel fora criado ali sem amigos, e Pietro, depois que Philoméne nascera, passara a ser seu único companheiro. Mas iria observá-los com mais atenção, a fim de que não pairasse qualquer dúvida a respeito da virilidade de Michel. Antes de sair, encarou o filho com firmeza e friamente falou:

– Tu vais para Paris, quer queiras, quer não. És meu filho e me deves obediência. Além do mais, é chegada a hora de te tornares, verdadeiramente, um homem. E breve arranjar-te-ei uma esposa. É melhor que te cases logo.

Michel, desesperado, desatou a chorar. Ir para Paris? Nunca! Casar-se? Que horror! Jamais poderia deixar Pietro, a quem amava com todas as suas forças. Se o pai insistisse, fugiriam para bem longe, e passariam a viver escondidos em algum vilarejo longínquo, onde ninguém os conhecesse ou suspeitasse deles. Diria que eram irmãos, procurariam trabalho honesto e ninguém desconfiaria que viviam juntos. Nos dias seguintes, Édouard não tocou mais no assunto, e Michel pensou que ele havia desistido e se conformado, convencendo-se de que aquela vida cheia de atribulações não era para ele.

Mas, na verdade, o conselheiro estava desconfiado. De repente se dera conta de que o filho possuía certos trejeitos delicados, falava com afetação e caminhava com muita leveza, sutilmente requebrando as ancas como fazem as mulheres da corte. E aquele Pietro? Eram claras as suas atitudes adamadas. Será que aqueles dois andavam se deitando feito dois amantes? Ficou horrorizado! Se fosse verdade, preferiria ver o filho morto. Seria a desonra total, um ultraje para o qual não haveria perdão. E ele jamais permitiria que seu nome fosse motivo de gracejos ou zombarias. Logo ele, para quem a masculinidade era a maior honra que um ser humano poderia ter. Seria um castigo, uma verdadeira desgraça!

Já era noite, e Édouard não conseguia conciliar o sono. A seu lado, Catherine dormia tranqüilamente, mas ele estava inquieto. Fazia calor, e ele resolvera sair para tomar um pouco de ar fresco. Silenciosamente levantou-se da cama, vestiu-se e saiu para o jardim, aspirando com força aquele doce perfume de madressilvas, e penetrando no bosque que se estendia logo adiante. Já eram quase onze horas, e a quietude imperava no castelo. Apenas os sons da noite se faziam ouvir: uma coruja que piava, grilos que cricrilavam no gramado, cães vadios que uivavam à distância.

Súbito, Édouard escutou um estalido, como de um galho se partindo. Prudente, escondeu-se atrás de uma árvore e espreitou. Era um ruído de passos sobre folhas secas, que se aproximava cada vez mais. Certo de que encontraria ali um ladrão, Édouard preparou-se para atacá-lo, mas surpreendeu-se imensamente ao ver Pietro esgueirando-se por entre os arbustos. Intuitivamente, o conselheiro sabia ao encontro de quem ele ia, e decidido, pôs-se a segui-lo com cautela, pisando macio para não ser descoberto.

Cerca de dez minutos depois, alcançaram um pequeno córrego, à beira do qual estava Michel, completamente despido, o corpo molhado brilhando à luz do luar. Édouard teve vontade de matá-los, mas resolveu esperar para ver o que aconteceria. Pietro, ao ver o amado, correu ao seu encontro e atirou-se em seus braços, rolando ambos para dentro da água, entre risos e beijos.

Enojado, cego pelo ódio e pela cólera, não podendo mais se conter, Édouard saltou de seu esconderijo, e agarrando o pajem pelo pescoço, começou a torcê-lo com tamanha fúria, que o matou ali mesmo. Michel, aturdido, desatou a correr, e embrenhando-se pelo bosque, sumiu em meio às árvores, deixando para trás o amante, preso às mãos e à ira do pai.

No dia seguinte, logo pela manhã, os criados levaram ao conselheiro a notícia de que o corpo de Michel havia sido retirado nu e sem vida do rio que corria atrás do castelo, e que Pietro fora encontrado estrangulado, caído à margem de um riacho que para ali corria.

Catherine, que adivinhara o que acontecera, voltou-se contra o marido, acusando-o de assassino frio e cruel. Édouard, que esperava o apoio da mulher, surpreendeu-se ao constatar que ela, há muito, conhecia a verdade, e começou a evitá-la e repeli-la, considerando-a cúmplice daquela infame sodomia.

Desde aquele dia, Édouard passou a abominar e execrar todos os homens que apresentassem trejeitos femininos, expondo-os ao ridículo e revelando a todos suas preferências sexuais. Ficara tão obcecado que procurava descobrir os efeminados, para depois achincalhá-los e humilhá-los, colocando-os nas situações mais embaraçosas. Quanto aos menos afortunados, perseguia-os impiedosamente, impedindo-os de trabalhar, levando-os à miséria e, muitas vezes, à morte.

Tanta crueldade acabou por despertar a ira, não só dos pobres vassalos, como também de alguns nobres, temerosos por acabarem incluídos na lista negra do conselheiro. Até mesmo seus guardas já não suportavam mais aquele terror. Assim, numa emboscada cuidadosamente preparada por alguns fidalgos, com o conluio de seus próprios soldados, o conselheiro acabou apunhalado, sem que ninguém pudesse apurar a autoria do crime, atribuída a assaltantes, que teriam dominado a carruagem em que viajava.

Ninguém se incomodou, pois Édouard se tornara uma criatura detestada por todos, e até Catherine deu graças a Deus por se ver livre daquele velho, livre para desposar Victor que, com certeza, a pediria em casamento.

Capítulo 4

Voltando ao conde, possuía ele um irmão mais moço, de nome Julien, que em silêncio o odiava, pois que Victor, apesar de mais velho, era um homem extremamente atraente, contrastando com sua figura esquálida e seu ar doentio. Além disso, herdara, sozinho, as posses do pai e o título, o que era motivo de grande inveja para Julien.

Quis o destino que Julien se apaixonasse perdidamente pela bela Philoméne, que lhe era totalmente indiferente, e que mal notava sua existência. Mas para ele, ela era o sol de sua vida, e ele a desejava ardentemente. Quando ela atingiu idade suficiente para se casar, Julien procurou o irmão e pediu-lhe a mão da moça em casamento, no que este recusou, rindo e escarnecendo de sua ousadia.

– Esquece – dissera o irmão. – Ela não é para ti.

– E por que não?

– Porque é bela demais, sensível demais para a tua pouca elegância e inteligência.

Julien enchera-se de rancor. O irmão, ainda por cima, atrevia-se a desmoralizá-lo daquela forma. Por acaso se esquecia de que possuíam o mesmo sangue? Mas o fato é que não possuíam, visto que Julien era filho bastardo de sua mãe, que revelara toda a verdade ao conde em seu leito de morte. Assim, Victor era o único a conhecer a origem do irmão, preferindo silenciar, a fim de evitar escândalos em torno do brasão da família. Contudo, desde esse dia, passara a tratar o jovem Julien com indisfarçável desdém.

Inconformado com a recusa do irmão, Julien começou a desconfiar que havia alguma coisa entre ele e sua amada. Decidido a descobrir a verdade, ocultou-se nas sombras e espreitou, até que viu Philoméne sair do quarto, descer as escadas e entrar no gabinete particular de Victor. Surpreso com a descoberta, encostou o ouvido à porta e escutou a conversa entre ambos.

– Que fazes aqui? – indagava o conde apreensivo. – Estás louca? Por que não me aguardaste em teus aposentos?

– Oh! Victor, não podia mais esperar para abraçar-te.

– Isso é loucura. Alguém pode ter-te visto entrar.

– Ninguém me viu. Todos já estão dormindo – concluiu ela toda melosa, deixando cair a fina camisola que encobria seu corpo. Victor, mal podendo conter o desejo, agarrou-a com furor, murmurando ao seu ouvido:

– Vem, meu amor. Estou ansioso por teus beijos, tuas carícias, teu corpo.

As vozes silenciaram, e Julien pôde distinguir apenas alguns sussurros e gemidos, o que demonstrava que eles estavam se amando. Sentiu imenso ódio do irmão e daquela cadelinha e, num ímpeto de loucura, escancarou a porta e surpreendeu-os nos braços um do outro. Philoméne soltou um grito e puxou a camisola, tentando esconder sua nudez. Victor, porém, levantou-se calmamente e, acercando-se do irmão, desferiu-lhe poderoso soco no queixo, que quase lhe quebrou o maxilar. Com fúria incontida, esbravejou, enquanto o outro chorava de dor:

— Se ousares contar isto a alguém, eu mesmo te matarei com minhas próprias mãos! Some daqui, porco imundo!

Julien se fora sem dizer palavra, roendo-se por dentro e alimentando um ódio incomensurável pelo irmão. Então era culpa dele que Philoméne não o quisesse! Mas ele haveria de tê-la a qualquer preço. Era só esperar.

Um dia, Victor resolveu sair para caçar em companhia de Julien e de numeroso séquito quando, numa curva do caminho, o cavalo do conde quase atropelou uma linda jovem de seus quinze anos que, distraída, corria atrás de seu cãozinho pela estrada. O cavalo, assustado, estacou e empinou, e a mocinha caiu ao chão, torcendo o tornozelo.

Victor, encantado com a beleza da moça, desceu do cavalo e correu a ampará-la, indagando-lhe com ternura:

— Senhorita, mas que descuido. Machucaste?

A moça, bastante envergonhada, reconhecendo ali o poderoso conde Victor Lagardy de Montsou, senhor de todas aquelas terras, abaixou os olhos e respondeu com voz sumida, tentando não desgostá-lo.

— Não, excelência. Eu vos peço perdão. A culpa foi minha, devia ser mais atenciosa. Desculpai-me se assustei vosso cavalo.

— Não, em absoluto. Eu é que te peço desculpas. Como te chamas?

— Lénore.

— Onde moras?

— Na aldeia, senhor. Estava apenas passeando com meu cãozinho.

Com cuidado, Victor ajudou a moça a se levantar e, fazendo sinal para um de seus guardas, ordenou-lhe:

— Acompanha a mocinha até sua casa e cuida para que o ferimento seja devidamente tratado.

Julien, contudo, não pudera deixar de notar o interesse do conde pela jovenzinha, o que fez com que uma idéia sórdida brilhasse em sua mente. Rápido e solícito, correu a oferecer-se para acompanhar a moça em lugar do guarda selecionado.

— Victor, se me permites, eu mesmo poderei acompanhar a menina.

O conde, não tendo como recusar, embora a contragosto, aquiesceu. Ao montar o cavalo que lhe fora indicado, Lénore deu com os olhos em Julien, e sentiu um arrepio de terror percorrer-lhe a espinha. Ela não sabia definir, mas aquele rapaz possuía um estranho brilho no olhar, como se ocultasse, nos recônditos de sua alma, qualquer coisa de diabólica. Furtivamente, ela o observou, e pôde perceber, pelos seus gestos e suas roupas, que igualmente se tratava de um nobre.

Afastando o mau agouro, porém, seguiu Julien em silêncio, até que este, certificando-se de que já se encontravam a uma certa distância do grupo, iniciou uma conversa desinteressada.

– Vives só?
– Não. Vivo com meus pais e uma tia.
– Tens irmãos?
– Não, sou filha única.
– Não gostarias de trabalhar no castelo?
– No castelo? Eu? Seria maravilhoso! Mas meu pai jamais permitiria.
– Não te preocupes. Eu mesmo falarei com ele.

Edgard, pai de Lénore, era um artesão severo, honesto aos extremos e profundamente religioso. Ao ver a filha chegar em companhia de um nobre como aquele, sobressaltou-se e foi apreensivo recebê-los. Colocado a par do acidente, Edgard agradeceu e tentou dispensar o rapaz que, contudo, não se decidia a ir embora, esticando a conversa o mais que pôde. Por fim, depois de muita conversa, partiu, com a promessa de voltar no dia seguinte para ver como ia o inchaço no tornozelo de Lénore.

– Por que será que esse moço tão fino, tão elegante, demonstra tanto interesse por ti? – perguntou Edgard desconfiado.

– Também não sei, papai. Vai ver ele só está preocupado.

– Talvez. Mas homens de sua estirpe não costumam se preocupar com gente como nós.

Depois que Lénore foi se deitar, Edgard desabafou com a mulher:

– Não sei não, mas esse rapaz deve estar querendo alguma coisa com nossa filha.

– E o que poderia ser?

– Não sei. Ela é jovem, bonita; ele deve estar com alguma intenção ruim.

– Será? Um homem tão fino, tão rico, pode ter as moças que desejar.

– É, pode ser. Mas, de qualquer forma, é bom não facilitar.

No dia imediato, Julien fora à casa de Lénore saber como ela estava passando, o mesmo se dando no dia seguinte e no outro. Ele era sempre muito simpático, e costumava levar pequenos presentes para a família, conquistando, assim, as boas graças de Edgard. Até Lénore, que a princípio não simpatizara com ele, mudou de idéia, convencendo-se de que tivera uma impressão errônea, devido ao susto que levara com o acidente.

Quando ela se restabeleceu de todo, Julien, pretextando compensar ainda mais os transtornos que o irmão lhe causara, ofereceu-lhe um emprego no castelo, onde poderia servir de arrumadeira. Edgard, a princípio, não gostou daquela idéia, temendo que ela se perdesse com algum espertalhão, que se aproveitasse de sua inocência. Julien, contudo, em quem ele passara a confiar, comprometera-se a olhar pela menina e cuidar para que nada de mal lhe acontecesse.

– Não te preocupes – asseverou ele. – Lénore estará segura. Comigo por perto, ninguém ousará fazer-lhe mal.

Lénore, louca de vontade de ir, implorava ao pai com insistência.

– Oh, papai, por favor, deixa-me ir. O senhor Julien não prometeu cuidar de mim?

– Vamos, Edgard – incentivou Louise, tia de Lénore e irmã mais velha de Edgard. – Que mal poderá haver? Lénore já é uma mocinha, precisa trabalhar.

Depois de muito pensar, ele acabou consentindo, só porque era Julien quem pedia, e ele podia confiar no rapaz, cujas boas intenções desde logo percebera. Assim, no dia seguinte, Lénore deu entrada no castelo como arrumadeira, escalada para servir, exatamente, na ala habitada pelo conde.

Julien sabia que, ao vê-la, o irmão logo se interessaria por ela, o que, efetivamente, aconteceu. Victor, extasiado ante sua formosura, logo se apaixonou, mas não era um amor verdadeiro, mas uma paixão daquelas que consomem e destroem, e que apenas servem para despertar os instintos. E embora desconfiado dos motivos que levaram o irmão a levar aquela moça, Victor, cedendo lugar aos instintos, não pôde mais encontrar forças para dispensá-la.

Lénore estava encantada com a rotina do castelo, onde passou a residir, na ala destinada aos criados. Ela podia perceber os olhares de paixão que o conde lhe endereçava, e em sua inocência, julgava que ele estivesse mesmo apaixonado por ela. Um dia, ao entrar em seu gabinete, lá encontrou Lénore, executando suas tarefas de limpeza. Assustada, a moça murmurou um pedido de desculpas e já ia saindo, quando ele a reteve.

– Espera. Não te vás ainda.

Lénore enrubesceu e abaixou os olhos, mas o conde, com delicadeza, segurou-lhe o queixo, e levantando-lhe a cabeça, colou os lábios aos dela, beijando-a com sofreguidão. Ela, cega de paixão, mansamente entregou-se a ele, experimentando um amor suave e repleto de carícias, o que a deixou ainda mais apaixonada. Com o correr dos dias, Lénore tornou-se íntima do conde, encontrando-o à noite, quando todos já se haviam deitado.

Pouco a pouco, porém, o romance entre Victor e Lénore começou a despertar ciúmes em Philoméne, que não podia deixar de notar os olhares lúbricos que ele lançava para aquela criadinha. Por isso, vivia a atormentá-lo, tentando fazer com que ele lhe dissesse toda a verdade.

– Mas que verdade? – indagava ele. – Não tenho nada a dizer.
– Mentes. Sei que tens outra amante.
– Além de ti? Como poderia?
– Então por que não me procuras mais?
– Ando muito ocupado.
– Mentira!
– Cala-te! – e deu-lhe uma bofetada, o que fez com que Philoméne se atirasse aos seus pés e, chorando convulsivamente, implorasse:
– Oh! Victor, por favor, não me deixes! Não poderia viver sem ti. Se queres bater-me, bate-me, não me importo. Manda açoitar-me, torturar-me, mas por favor, não me abandones! Não poderia suportar!
– Estás louca!
– Tu me enlouqueces. Não vês o quanto te amo?
– Que queres? Já não basta o que te dou?
– Quero-te para sempre e só para mim. Não permitirei que me traias com outra mulher.
– Deixa de besteiras, menina. Não há outra mulher.
– E aquela tal de Lénore?
– Que Lénore?
– Ainda te fazes de desentendido? Sabes muito bem de quem estou falando. Pensas que não percebo a forma como olhas para ela, e ela para ti?
– Não sei do que estás falando.
– Sabes muito bem. Se eu descobrir que te andas deitando com ela, não sabes do que sou capaz.
– Pára com isso!
– Foi Henri, não foi?
– Como? Henri? O que tem ele a ver com isso?
– Ele me odeia e quer afastar-te de mim só para se vingar.
– Deixa de tolices.
– É verdade. Ele me odeia só porque me recusei a deitar-me com ele.
– Agora chega! Henri não gosta mesmo de ti, mas apenas porque és uma criança tola e mimada! Sai daqui agora mesmo; não te quero mais. Cansei-me de teus ciúmes e de tuas cenas. Volta para tuas bonecas!

Estavam no gabinete de Victor, e Julien, do lado de fora, escutara tudo o que se passara lá dentro. Ao ouvir a última frase do irmão, correu para o pátio e desatou a rir. Seu plano estava funcionando, e ele não precisara fazer nada. Em breve, Victor abandonaria Philoméne e ela seria só dele.

Mas Philoméne estava possessa, fora de si. Saiu batendo a porta e foi para a cozinha, procurando pela criada.

— Onde está aquela tal de Lénore? — indagou furiosa.

— Creio que deve estar limpando os salões — respondeu a cozinheira.

Sem dizer palavra, Philoméne rodou nos calcanhares e saiu apressada, ao encontro da outra. Ao avistá-la de costas, limpando a prataria, puxou-a pelo braço com violência e esbofeteou-a com ódio.

— Cadela! Como te atreves a te atirares de forma tão desavergonhada para o conde?

Lénore, aturdida, sem compreender bem o que se passava, levou a mão ao rosto e recuou, temendo novo tapa.

— Senhora — respondeu humilde —, não compreendo o que dizeis.

— Como não? Pensas que não sei que és amante de meu padrasto?

— Deve haver algum engano.

— O engano és tu, que jamais deverias ter entrado aqui. Estás despedida. Pega tuas coisas e volta para o teu pardieiro, que aqui não é lugar para vadias!

Assustada e humilhada, Lénore começou a chorar e saiu correndo, dando um encontrão no conde que, desconfiado, fora atrás da enteada.

— O que está acontecendo aqui? — indagou com energia.

— Nada, papai — respondeu Philoméne com fingida docilidade, enquanto Lénore, ciente de sua posição de inferioridade diante da outra, nada disse.

— Vai cuidar de teus afazeres em outro lugar — ordenou Victor a Lénore que, apavorada, não hesitou em sair.

— Muito bem, Philoméne — prosseguiu ele agarrando-a pelos pulsos —, agora é tua vez. Já perdi a paciência contigo, e se ousares ameaçar a pobre Lénore mais uma vez, cuidarei para que sejas enclausurada em um convento, e nunca mais tornarás a ver-me. Compreendeste?

Aterrada, Philoméne assentiu com a cabeça, e Victor, soltando-lhe os pulsos, voltou-lhe as costas e se retirou.

Ao voltar para seu quarto, Philoméne encontrou Julien, que a esperava com um sorriso malicioso nos lábios.

— Julien! — gritou ela assustada. — Como ousas entrar assim, sorrateiramente, em meu quarto?

— Perdoa-me, minha querida. Mas tenho algo de extrema gravidade para falar-te.

— Não quero saber. Some daqui!

— Está certo. Mas se queres mesmo flagrar Victor com sua nova amante, oculta-te no pátio interno amanhã, após a meia-noite, e segue-o.

E saiu, sem dizer mais nenhuma palavra. Philoméne, intrigada, resolveu conferir aquela história e, na noite seguinte, furtivamente, seguiu o conde até a ala mais afastada do castelo, que ela também não conhecia, surpreendendo-o aos beijos com Lénore. Furiosa, partiu para cima da outra, dando-lhe unhadas e proferindo-lhe as imprecações mais terríveis.

O conde, que já não suportava mais os acessos de ciúmes da enteada, novamente segurou-a com violência, apertando seus punhos até dominá-la. Depois de subjugá-la, indagou com furor:

– O que há contigo? Enlouqueceste?

– Maldito! Então te atreves a me trocar por uma criadinha ordinária?

– Cala-te, miserável! Ou te farei provar o sabor de minha ira!

Desesperada, Philoméne se encolheu e começou a chorar, enquanto Lénore, assustada, escondera-se a um canto do quarto e nada dissera, temendo acirrar ainda mais a fúria daquela louca. No entanto, aquela revelação a surpreendera. O conde, amante da enteada? Quem diria? Quando Philoméne a abordara, acusando-a de dormir com o conde, ela julgara que a moça defendia os interesses da mãe. Mas não. Ela defendia era a si mesma, pois era patente sua louca paixão pelo padrasto.

– Por que fizeste isso comigo? – indagou aos prantos. – Eu, que tanto te amei, que atraiçoei miseravelmente a minha mãe e entreguei-me a ti!

– Não fiz nada contigo. Agora volta para teus aposentos e aguarda-me.

– Não posso. Não antes de ter certeza de que expulsarás essa vagabunda daqui. Ela apenas te está usando. Não percebes?

– Philoméne, obedece-me ou serei obrigado a aplicar-te um corretivo.

– Ousas ameaçar-me por causa dessa vagabunda?

– Philoméne, já estou perdendo a paciência. És uma criaturinha mimada e egoísta, e já estou farto de tuas tolices.

Philoméne, envergonhada e despeitada, vendo seus brios feridos, levantou-se altivamente e foi ao encontro de Lénore, lançando-lhe um olhar de tanto ódio, que a outra chegou a tremer. Dominada pela cólera, rilhou os dentes e rugiu:

– Não te enganes com essa aparente vitória, pois chegará o dia em que me pagarás a afronta que me diriges, roubando-me acintosamente o homem que me fez mulher. Não descansarei enquanto não te vir morta, entregue aos cães dos quais faz parte a gente da tua laia!

Saiu apressada, a face em fogo, os olhos transbordando de lágrimas, e dirigiu-se para o quarto da mãe. Chegou e foi logo entrando, fazendo com que Catherine se sobressaltasse ante aquela quase invasão.

– Philoméne, minha filha? O que foi que houve?

– Mamãe, preciso contar-te algo extremamente grave.

– O que é?
– É sobre... papai.
– O que tem ele?
– Bem, mamãe, não sou de muitos rodeios, por isso vou direto ao assunto. O conde me seduziu e me deflorou, traindo-te de forma infame e desonrosa.

Catherine, tomada pelo susto, levou a mão aos lábios e abafou um grito de indignação.

– O que dizes?
– Digo que Victor e eu nos tornamos amantes.

Catherine aproximou-se da filha e estalou-lhe uma bofetada no rosto, o que provocou nela uma crise convulsiva de choro.

– Ma... mamãe... – soluçava ela. – En... então o conde... me... me desonra... e tu... tu ainda... me bates?
– Cala-te, infame! Não te atrevas a dizer mais nada! Então pensas que sou alguma tonta para acreditar nessa mentira? Conheço-te muito bem, e ao meu marido, e sei que tu é que o deves haver seduzido até ele não suportar mais. Não é verdade? Vamos, responde-me!
– Nã... não...
– Cadela! – e esbofeteou-a novamente. – Pensas que não percebi teus olhares para ele? Por quem me tomas? Por alguma imbecil?
– Mamãe... por favor... ouve-me...
– Não. Tu é que vais me ouvir. Há muito já desconfiava de que havia algo entre vós, e vejo que não me enganei. Apenas não entendo por que agora me vieste contar isso e assim, de forma tão afoita.
– É que...
– Não me interessa. Sai daqui agora mesmo, antes que te mande açoitar! Anda! Vai!

Novamente humilhada, Philoméne correu para seus aposentos, lá trancando-se e se atirando ao leito, dando vazão ao pranto que já não podia mais sufocar. Ela jamais poderia esperar que a mãe tivesse aquela reação. Pensou que ela a apoiaria e que tomaria satisfações com Victor. E depois, quando soubesse de Lénore, a expulsaria dali como um cão sarnento. Mas não. Ela sequer a deixara falar. Naquele momento, sentiu-se só, tão só que não se importaria de morrer.

Dois dias depois, Victor saiu à procura de Philoméne, que se encontrava cavalgando pelos campos. Ao encontrá-la, interceptou seu cavalo e ordenou que parasse.

– Que é? Que desejas? – indagou com raiva.
– Quero falar-te.

– Já me disseste tudo o que tinhas a dizer.
– Vamos, Philoméne, não sejas teimosa.
– O que queres?
– Falar-te sobre tua mãe.
– Minha mãe? Para quê? Ela me odeia.
– Engano teu. Ela gosta muito de ti, mas está magoada.
– Isso pouco me importa.
– Importa para ela.
– O que pretendes com essa conversa? Já não te basta o fato de que ela te protegeu?
– Ela não me protegeu. Ficou com raiva a princípio, mas isso já passou. Ela compreende que sou homem, e tenho minhas necessidades. Tu, no entanto...
– No entanto...
– Já tens idade bastante, e deves casar-te imediatamente.
– Casar-me? Eu? Posso saber por quê?
– Porque precisas de um marido que esconda tua vergonha e que te faça uma mulher honesta.
– Essa é boa! E quem estaria disposto a desposar-me assim?
– Julien. Sabes que há muito te ama, e está ansioso em tomar-te por esposa.
– Não sejas ridículo. Julien é asqueroso. Além disso, se não sabes, foi ele quem me alertou sobre Lénore. É um maricas.
– Isso não importa mais.
– Não vou me casar com ele e pronto.
– Infelizmente, não tens escolha.
– Como assim?
– São ordens de tua mãe: ou te casas com ele, ou vais para o convento.
– O quê? Isso é uma afronta, uma injustiça!
– Podes pensar como quiseres. Mas o fato é que já está decidido, e Julien já concordou com o enlace.
– Por favor, Victor, não me obrigues! Julien é medíocre, nojento, repulsivo. Não poderia viver com ele. Eu o desprezo!
– Lamento muito. Ou isso ou o convento.
– Victor, por que fizeste isso comigo? Eu te amo.
– Não fiz nada contigo. Foste tu que estragaste tudo quando resolveste contar à tua mãe.
– Foi ciúmes. Tudo por causa daquela Lénore. Eu a odeio, e ela há de me pagar. Custe o que custar, não terei sossego enquanto não a destruir.
– Isso de nada adianta agora.

— Como podes ser tão frio?

— Não sou frio. Apenas não te amo, assim como não amo Lénore. Na verdade, a única mulher a quem amo verdadeiramente é a tua mãe.

— Minha mãe? Mas como podes amá-la, se a trais tão descaradamente?

— Traição nada tem a ver com amor. Somos iguais, e sempre nos entendemos muito bem. Agora chega. Volta para o castelo e decide: ou aceitas casar-te com Julien, ou irás imediatamente para o convento e de lá não sairás mais.

Na verdade, Catherine não sabia o que fazer, e fora Henri quem a convencera de que o melhor seria casar a filha com Julien ou interná-la num convento, de onde nunca mais pudesse sair. Extremamente devotado ao conde, o cirurgião confirmara a versão de que ele fora seduzido por Philoméne, que tentara o mesmo com ele, só não obtendo sucesso porque não fora muito insistente.

Tanto fizera e tanto falara, que Catherine convencera-se de que a filha era pior do que uma mundana, e acabara por concordar que, tanto o casamento com Julien, quanto o exílio num convento, seriam castigo suficiente para sua falta de vergonha.

Ao descobrir que aquela idéia infame partira de Henri, Philoméne passou a odiá-lo ainda mais. Contudo, sem escolha, preferiu desposar Julien, pois que a vida num convento seria pior do que a morte. Ao menos com ele teria uma chance de viver, e poderia ter os amantes que quisesse. E mais tarde, quem sabe, reconquistaria o conde e voltaria a ser sua amante.

Capítulo 5

Victor aguardava impaciente numa das salas do convento. Depois de quase meia hora, a abadessa surgiu, e fazendo uma reverência, cumprimentou-o com cerimônia:

— Senhor conde, vossa visita é motivo de honra para mim. Em que vos posso ajudar?

— Madre, preciso que me prestes um favor.

— Sim? E de que tipo?

— Bem, do tipo que costumas prestar a homens que precisam, digamos, desembaraçar-se de alguns problemas.

A abadessa fitou-o com olhar grave, levantou-se e trancou a porta, voltando logo em seguida para a pesada mesa em frente à janela.

— Senhor conde, gostaria que fôsseis mais claro.

— Ora, não é preciso fingir. Sabes bem do que estou falando.

— Vosso problema envolve alguma mulher?

— Sim, e algo mais.

— Uma criança indesejável, suponho.

— Exatamente.

— E como pensais que vos posso ajudar?

— Ora, madre, não sou tolo. Sou um homem bem informado, e sei que muitos já se utilizaram dos teus serviços.

Após alguns instantes, ela perguntou:

— Muito bem. Serei direta. Sabeis que o pagamento deve ser adiantado?

— Sim, e já o trouxe comigo — e despejou uma enorme quantidade de moedas de ouro sobre a mesa, o que fez com que os olhos da abadessa brilhassem de cobiça.

— Sois muito generoso, senhor conde. No entanto, devo avisar-vos de que esses "serviços" são extremamente perigosos e arriscados.

— Já estou ciente. O doutor Henri me colocou a par de tudo.

— Ah, sim, o doutor Henri. Ele é um velho amigo, e sempre se utiliza de nossos "serviços".

— Eu sei, pois foi ele mesmo quem me aconselhou procurar-te. Não preciso dizer-te que exijo o máximo de discrição.

— Ficai sossegado, que o vosso segredo ficará enterrado no subterrâneo da abadia, juntamente com a criança que ireis eliminar.

— Fico mais tranqüilo assim.

— Agora dizei-me: a moça está grávida de quantos meses?
— Não sei ao certo. Talvez uns quatro.
— Quatro meses? Já não é um pouco tarde?
— Creio que não. Mas também... pouco me importa.
— Senhor conde, gostaria de avisar-vos que em meu convento nunca perdemos uma única moça sequer.
— Ótimo. Não há nada a temer, então.
— No entanto, todas que aqui chegaram não contavam mais do que dois meses de gravidez.
— Escuta, madre. Se não quiseres aceitar o encargo, és livre para o dizer. Mas vê bem a soma que irás perder.
— Sim, é bastante...
— Então? O que dizes? Sê breve, por favor. Não tenho tempo a perder.
A abadessa estava apreensiva. Não queria tomar parte na morte de ninguém. Contudo, não poderia deixar escapar aquela pequena fortuna. Depois de breve instante de meditação, acabou por concordar.
— Tendes razão, senhor conde. Afinal, o doutor Henri é um cirurgião experiente, e estou certa de que não haverá riscos.
— Muito bem. Amanhã, à meia-noite, estarei aqui com a rapariga.
Depois que ele saiu, a abadessa recebeu a visita de sua sobrinha Marie, uma jovem freira de sua total confiança:
— Ah! Marie, entra. Estava mesmo a tua espera.
— O que desejava o conde?
— O de sempre.
— Aborto?
— Sim. Mas desta vez, não sei por que, estou apreensiva.
— Como assim?
— Não sei explicar. Tenho um pressentimento ruim; a moça já está com quatro meses.
— Talvez seja apenas impressão, ou então...
— Ou então...
— Ou então são os fantasmas da tua consciência, que voltam para te atormentar.
— Não aprovas o que faço, não é verdade?
— Bem sabes que não tenho o direito de recriminar-te.
— No entanto, o fazes intimamente. Pensas que há vida ali?
— Deve haver.
— Não creio. Não no princípio. Depois, pode ser.
— De qualquer forma, sabes que a Igreja considera um assassínio.
— Julgas-me então uma criminosa?

– És tu quem o dizes.
– Por que me auxilias?
– Porque te amo e porque é meu dever.

Marie, sem deixar tempo para que a abadessa contestasse, tomou a direção da porta e saiu. A abadessa, sua tia, fora a única mãe que conhecera após a morte de seus pais. Como poderia negar-lhe algo? Não, ainda que ela tivesse que morrer, ainda assim a apoiaria. Era-lhe grata, devia-lhe a vida. Embora não apreciasse muito a rotina do convento, era melhor estar ali do que ao relento, sentindo fome e frio. A tia lhe dera um teto, um abrigo seguro no qual poderia viver com tranqüilidade, sem medo de ser escorraçada.

O dia seguinte era quinta-feira, dia de confissão no convento, e o padre Honore chegara cedo à abadia. Naquela manhã, a fila estava grande, e logo que entrou no confessionário, já havia uma freira a aguardá-lo.

– Bom dia, padre – cumprimentou ela.
– Ah, bom dia, Berta – respondeu com jovialidade, chamando a abadessa pelo nome. – O que te faz vir aqui logo na primeira hora?

Ela hesitou por alguns instantes, até que falou embaraçada:
– Nem eu mesma sei.
– Se vieste me procurar, deve haver algum motivo. Dize-me, minha filha, o que te atormenta?
– Oh, padre, não posso dizer-te, não posso!
– Então por que vieste?
– Meus pecados são muitos!
– Quem no mundo não possui pecados, minha filha?
– Sim, mas eu, uma abadessa, faço coisas terríveis.
– Mas que coisas? Conta-me e alivia tua alma. Tenho certeza de que te sentirás mais leve.
– Não posso, não posso! – e, escancarando a porta do confessionário, saiu correndo pela nave da igreja, sob o olhar atônito das freiras e das noviças, indo trancar-se em sua cela para chorar. Por que ela estava tão aflita? Já não fizera isso tantas vezes?

Tentando se convencer de que seus pressentimentos nada mais eram do que tola imaginação, a abadessa enxugou as lágrimas, recompôs-se e voltou para o seu gabinete, pois não poderia deixar que as demais percebessem o que lhe ia na alma.

Já passavam cinco minutos da meia-noite quando Marie introduziu o conde e Lénore na câmara onde o doutor Henri e a abadessa já os esperavam. A moça estava assustada, sem compreender bem o que se passava, e

Victor, de forma rude e intolerante, não lhe dava muitas explicações. Apenas a abadessa parecia se importar, tratando-a com carinho e respeito. Pacientemente, conduziu-a para uma espécie de maca e fez com que se deitasse, acariciando-lhe os cabelos e confortando-a com sua voz doce e macia.

Subitamente, como que num relâmpago, Lénore compreendeu o que estava se passando. O conde não pretendia cuidar dela e do filho, como pensara. Ao contrário, tencionava livrar-se dele ou, quem sabe, de ambos. A princípio, sentiu imensa raiva crescer dentro dela, raiva por ter sido enganada, ludibriada em seus sentimentos. Mas depois, analisando melhor a situação, concluiu que aquele era, efetivamente, o melhor caminho. O conde lhe prometera uma régia gratificação, com a qual poderia refazer sua vida.

Afinal, ele não a amava mesmo, e estava claro que não tinha a menor intenção de mantê-la como amante. Com o dinheiro, ela se mudaria para outra cidade, longe das vistas do pai, e se Jean ainda a quisesse, casar-se-ia com ele e restabeleceria sua honra, passando a levar uma vida honesta e digna.

Depois de breve instante, sentiu as mãos do médico afastando suas pernas e tocando-a em suas partes mais íntimas, fazendo com que ela se enchesse de vergonha e se sentisse ultrajada. Ele a tocava sem o menor respeito ou cuidado, até machucando-a, mas ela nada disse. Então, de repente, ele retirou os dedos de dentro dela e se afastou, chamando o conde a um canto e dizendo-lhe algo que ela não pôde ouvir.

O cirurgião, na verdade, estava apreensivo com aquele aborto, pois ela não se encontrava com quatro meses de gravidez, como de início pensara, mas já devia estar ingressando no sexto mês, e o aborto seria de alto risco. Temendo pela vida da mãe, aconselhou o conde a não ir adiante, mas ele foi irredutível.

Assim, embora a contragosto, Henri, pensando no dinheiro que perderia se recuasse, tentou tirar o feto, que saiu dilacerado e morreu logo em seguida. Lénore, com aquele parto traumático, pôs-se a gritar e a implorar que lhe salvassem a vida, mas Henri não via como. A hemorragia aumentava a cada instante, e ela gritava, primeiro implorando pela vida, e depois, cega pela dor e pela revolta, conseguiu ainda reunir forças para amaldiçoá-los, morrendo envolta em sangue e ódio.

Até Marie, que aguardava em outra sala, escutando aqueles gritos lancinantes, correu para ver o que acontecia, chegando a tempo de ouvir as últimas imprecações da moribunda. Estarrecida, correu a amparar a abadessa, que se apoiou na parede para não desmaiar, enquanto o conde e o cirurgião, impressionados com aquela tenebrosa cena, quedaram inertes a fitar o corpo sem vida da jovem Lénore, tendo a seu lado um cadaverzinho sem braço.

Recuperando-se daquele impacto, o conde, apavorado, implorou a Henri que o ajudasse, livrando-o das conseqüências daquele infeliz incidente. O médico então, achou que seria melhor remover o corpo dali e levá-lo para a cabana de Lénore, no meio da floresta. Auxiliado por Victor, Henri enrolou os cadáveres no lençol e, dispensando o cocheiro, pessoalmente levou-os para a choupana, onde foram atirados de qualquer jeito sobre a cama de palha. Em seguida, retornou para a abadia, onde o conde ansiosamente o aguardava.

– E então? – perguntou ele aflito. – Correu tudo bem?

– Não te preocupes, meu amigo – respondeu Henri aliviado. – A moça, juntamente com o filho, foi deixada em sua choupana.

– Alguém te viu?

– Ninguém. A hora já vai avançada, e ninguém se atreve a perambular sozinho, ainda mais com esse tempo.

– Henri, nem sei como poderei te recompensar pelo favor que hoje me prestaste.

– Sabes que a tua amizade é, para mim, a maior recompensa.

– Ainda assim, cumprirei minha promessa, e receberás o combinado.

– Se te sentes melhor assim...

Depois que o conde e o médico saíram, a abadessa, corroída pelo remorso, prorrompeu num pranto sentido e doloroso, agarrada ao colo da sobrinha. Marie, confusa e penalizada, acariciou a tia e disse com ternura:

– Não te preocupes, titia. Tudo farei para aliviar a tua dor. Cuidarei de ti como cuidaste de mim, e te protegerei com a própria vida, se necessário.

A abadessa, sentida, olhou a sobrinha com ar de profunda admiração e, agradecida, estreitou-a contra si, concluindo em lágrimas:

– Marie, Marie, tua dedicação é um conforto no meio de tanta desgraça...

Como o pai de Lénore a havia expulsado de casa, ninguém deu pela sua falta por mais de uma semana, exceto Jean que, cansado de bater à sua porta, convencera-se de que ela se fora. Numa última tentativa de encontrá-la, porém, dirigiu-se mais uma vez a sua tosca choupana e bateu. Ninguém respondeu, e ele não ouvia sequer um barulho. Colando bem o ouvido à porta, suas narinas começaram a captar um odor pútrido vindo do interior, e um mau agouro perpassou-lhe a mente.

Desconfiado, começou a esmurrar a porta, acabando por arrombá-la facilmente. A cabana só tinha dois cômodos: uma sala, que também servia de quarto, e uma pequena cozinha. E foi com horror que Jean viu ali, jogada sobre o catre, a pobre Lénore e o que parecia ser seu filho, ambos cobertos por uma crosta vermelho escura, já endurecida pelo tempo. Jean concluiu que já estavam mortos havia alguns dias, mas o clima frio ajudara a conservá-los praticamente intactos.

Com tristeza, saiu e voltou para a cidade, avisando primeiro à guarda, e dirigindo-se, em seguida, para a casa dos pais de Lénore. Edgard, contudo, extremamente rígido e apegado demais aos valores morais da época para compreender, recebeu a notícia da morte da filha com um certo pesar, mas logo resignou-se.

– Ela bem que mereceu – terminou por dizer. – Quem mandou se entregar àquele conde feito uma mundana?

– Edgard, como podes dizer uma coisa dessas? – indagava a mulher, Alzire, horrorizada. – Ela era nossa filha. Além disso, nem sabemos quem era o pai da criança.

– Ora, e quem mais poderia ser, senão aquele conde, com quem ela se deitava feito uma ordinária?

– Meu marido, não sejas assim tão cruel e insensível. Lénore era nossa única filha.

– Não quero mais ouvir falar nesse assunto. Graças a Deus não tenho mais filha.

Alzire, desgostosa, perdeu a alegria de viver, mas não dizia nada, com medo de que o marido se voltasse contra ela também. Aliás, não fora por outro motivo que consentira em que ele expulsasse Lénore, pois não tinha coragem de contrariar suas determinações. E nunca fora visitá-la nem procurara saber dela, temendo que Edgard a mandasse embora também, sem que ela tivesse para onde ir.

A tia, por sua vez, amargurada, arrependeu-se de haver cedido ante as ameaças de Edgard. Louise, assim como Alzire, não possuía lugar para onde ir, e por mais que se revoltasse com a atitude do irmão, não tivera outra saída senão calar-se e acatar suas ordens, deixando de lado a pobre Lénore. O máximo que pudera fazer por ela fora orar para que Deus a protegesse.

Mas agora, sabendo-a morta, sentiu um arrependimento atroz a consumir-lhe o coração. Se tivesse sido mais firme, se tivesse tido a coragem de abandonar aquela casa e ir morar com a sobrinha, nada disso teria acontecido. Ela a teria apoiado, e Lénore teria tido o filho em paz, podendo contar com ela para ajudar a criar a criança. Mas agora era tarde. De nada adiantavam suas lamentações.

A investigação que apurou a morte de Lénore e do filho foi breve e concluiu que ela morrera ao tentar, sozinha, abortar a criança. Todos se contentaram com essa versão, inclusive Edgard e Alzire, que acharam melhor não revolver aquela história sórdida. Apenas Jean não se convencera, mas nada poderia fazer para descobrir a verdade, visto que conhecia o poder e a influência do conde, o que acabaria por levá-lo à morte também. O magistrado da causa era primo de Catherine, um eclesiástico ambicioso e venal, que sequer titubeara quando Victor lhe oferecera considerável importância para encerrar o caso, o que foi feito sem maiores complicações.

Nos anos que se seguiram, Victor sequer ousara olhar para outra mulher mas, passado algum tempo, voltou a se interessar pela enteada, que a essa altura já estava com dois filhos, aos quais não ligava a menor importância. Depois que voltou a se relacionar com o conde, Philoméne recusou-se a manter relações com o marido, sob a alegação de que temia uma nova gravidez.

Quando, porém, ela apareceu grávida novamente, Julien enlouqueceu e ameaçou matá-la, desconfiando que o pai daquele bastardo fosse seu próprio irmão! Furioso, tentou matá-lo, mas Victor, exímio espadachim, acabou por feri-lo mortalmente, e Julien morrera levando consigo um ódio desmedido pelo conde, que perduraria através dos séculos. Indagado sobre o motivo da desavença, Victor se justificara, alegando que o irmão enlouquecera e atentara contra a vida de Philoméne, acusando-a de se haver entregue ao filho de um barão.

Depois que a criança nasceu, contudo, Victor perdeu definitivamente o interesse por Philoméne, cujo desleixo e descuido acabaram por transformá-la em uma matrona obesa e precocemente envelhecida, ao passo que Catherine, apesar de dezesseis anos mais velha, guardava ainda o frescor da juventude. Mas a verdade era uma só: Victor e Catherine eram almas afins, unidas por vínculos ilícitos, os quais jamais conseguiram romper.

Henri, por outro lado, quando se deu conta do que realmente havia feito, sentiu-se acabrunhado e arrependido. Por que levara avante aquela loucura? Então não percebera que a gravidez da moça já estava muito avançada? Sozinho em seu leito, apalpou o corpo e retirou do cinto a bolsa de moedas que o conde lhe dera. Victor cumprira sua promessa. O pagamento fora integral; afinal executara seu dever, e não era culpa sua se a menina havia morrido. Fizera ainda mais do que devia. Livrara-se do corpo da infeliz e de seu filho, arriscando-se a ser descoberto e preso.

Aquele dinheiro, no entanto, parecia maldito, como se cada moedinha houvesse sido cunhada com o sangue e a carne de Lénore e da criança. Pensou no menino; sim, seria um menino, pôde perceber. Era apenas um inocentinho, cujas oportunidades haviam sido roubadas por um cirurgião sem escrúpulos, que não hesitava em vender sua dignidade em troca de um punhado de ouro. E, com isso, vendera também o corpo e, quem sabe, a alma do pobrezinho.

Apesar desses questionamentos, Henri, aconselhado por Victor, logo voltou à prática daqueles atos criminosos, passando apenas a ser mais cauteloso, e só realizando o aborto quando o feto não se encontrasse com mais de oito semanas de vida. A partir daí, negava-se terminantemente a tirar a criança, e chegou a recusar consideráveis importâncias que lhe foram oferecidas pelos mais abastados, cuja confiança nele era inquestionável, dada a sua notória competência nessa área.

Capítulo 6

O padre Honore ouviu uma leve batida na porta e levantou os olhos, ordenando com voz incisiva:
– Entra!
A porta se abriu e a abadessa entrou toda pálida, dizendo com voz chorosa:
– Oh, padre, preciso confessar-me!
– Pois bem. Vamos então para o confessionário.
– Não. Lá não é seguro.
– Preferes ficar aqui?
– Sim. E por favor, tranca a porta; não quero que ninguém nos ouça.
– Meu Deus, Berta, mas o que foi que houve assim de tão grave?
– Padre, perdoa-me porque pequei! – exclamou ela, ajoelhando-se diante dele, e agarrando suas mãos, desatou a chorar.
– Acalma-te, criatura, e dize-me: qual foi o teu pecado?
– Matei uma inocente. Ou melhor, dois inocentes.
– Como? Tu? Não pode ser!
– É verdade, eu matei, e agora não sei o que fazer!
– Fica calma, Berta, e conta-me como tudo aconteceu.
Desmanchando-se em lágrimas, a abadessa narrou ao padre Honore como se vinha utilizando dos subterrâneos da abadia para a prática de abortos clandestinos, culminando com a narrativa da infeliz Lénore, uma menina ainda, que viera a morrer sangrando feito um porco no matadouro. O padre, assustado, disse-lhe com certa dureza:
– Berta, jamais devias ter consentido em tamanha loucura!
– Eu sei. Mas agora, o que fazer? Não há como reparar os meus crimes. E foram tantos! Mas até então, ninguém jamais havia morrido.
– Lénore... Ouvi falar dela na vila. Foi encontrada morta em sua choupana na floresta.
– Sim, é essa mesma. Foi o conde quem providenciou tudo.
– Berta, o que fizeste é grave, pois sabes que a Igreja condena e pune severamente a prática do aborto após um certo período de gestação. No entanto, apesar de seres considerada cúmplice aos olhos de Deus e dos homens, na verdade nunca mataste ou desejaste a morte de ninguém.
– Sim, mas, de qualquer forma, a gravidez já estava avançada, lá pelo sexto mês, e a criança chegou ainda a nascer com vida.

– Tu erraste, e muito, porque não devias ter cedido o convento, um lugar consagrado a Deus, para a prática de crimes. No entanto, teu arrependimento é sincero, e teu erro pode ser, não reparado, mas ao menos compensado de alguma maneira. Pega o dinheiro que recebeste, maldito, porque obtido com o sangue dos inocentes, e usa-o em benefício dos pobres. Não poderás trazer de volta a pobre Lénore, nem seu filhinho, nem os muitos outros que viste morrer, mas terás a oportunidade de compensar o mal que causaste fazendo o bem àqueles que necessitem. Por que não destinas uma ala da abadia para abrigar e educar os orfãozinhos desamparados? Assim estarás devolvendo a Deus, de alguma forma, aquilo que de mais precioso ajudaste a roubar: a vida.
– Tens razão, padre. Farei o que me aconselhas.
– E, Berta, nunca mais consintas nessas atrocidades. Uma abadia é lugar de fé e de refúgio para aqueles que procuram alívio para suas dores, e não um mercado onde se troquem almas por um punhado de ouro.

A abadessa beijou a mão do padre Honore e saiu dali mais aliviada. Aquele ouro era realmente maldito, mas ela já não podia mais devolvê-lo nem abandoná-lo. Então, nada melhor do que aproveitá-lo em obras mais nobres, e o que antes fora fruto do crime e do pecado, agora se transformaria em bênção para salvar as vidas de dezenas de inocentinhos, cujo destino acabara por atirar à fome e ao abandono.

Depois de algum tempo, a abadessa fundou o orfanato de Santa Maria, destinado a abrigar crianças pobres e abandonadas, mantidas com o dinheiro que arrecadara com suas ações delituosas. Passados alguns anos, ela foi surpreendida com a chegada de um jovem, que trazia nas mãos um bebê, magro e amarelo, chorando e gritando desesperadamente. O rapaz, meio sem jeito, explicou:

– Sou sapateiro, e encontrei-a por acaso, quando saía para trabalhar. Ela foi deixada debaixo de minha carroça, e por pouco não a atropelei.

– Fizeste bem em trazê-la aqui. Veja, é uma menina! E precisa de cuidados – ela entregou a menina aos cuidados de uma freira auxiliar e prosseguiu: – Noto que és um jovem triste. Como te chamas?

– Jean, madre.

– Há algo que possa fazer por ti, Jean?

– Infelizmente, não. Mas, mesmo assim, agradeço. Bom, já vou indo. Não posso deixar a oficina sozinha durante muito tempo.

– Está certo. Volta quando quiseres.

Jean se foi sentindo uma estranha alegria no coração. Sem saber por que, simpatizara de imediato com a abadessa, a quem nunca antes havia visto. Ela possuía um brilho de ternura no olhar que o fazia lembrar-se de sua mãe, há muito falecida. Só, sem parentes ou amigos, Jean passou a fazer constantes visitas ao convento, levando, sempre que possível, alguns sapatinhos para as crianças. A abadessa muito apreciava aquelas visitas e, com o tempo, foram se tornando íntimos, até que ele lhe revelou todo o seu drama, narrando-lhe a trágica morte de Lénore e do filho abortado.

A abadessa tomou imenso susto com aquela revelação, porém, já bastante afeiçoada ao rapaz, achou melhor ocultar-lhe a verdade, com medo de que ele não a perdoasse e passasse a odiá-la. Além disso, poderia comprometer-se e ao próprio conde, o que acabaria por colocar em risco a vida do rapaz. Assim, nada dissera a ninguém, e a morte de Lénore continuou na obscuridade, permanecendo as demais freiras a ignorar que Jean fora noivo da pobre infeliz.

Mas o destino costuma obrar à nossa revelia, e no décimo aniversário da morte de Lénore, Marie foi ao túmulo da moça, enterrada junto com o filhinho, levar algumas flores que lhe enfeitassem a sepultura. Caía uma chuva fininha, e ela estava ali ajoelhada a orar tão fervorosamente, que nem deu pela chegada de Jean que, por "coincidência", tivera a mesma idéia, e fora também enfeitar o sepulcro da falecida noiva.

Ao ver a religiosa ali, Jean se surpreendeu imensamente mas, não querendo interrompê-la, encolheu-se em sua capa e ficou a esperar que ela terminasse suas orações, para então oferecer as flores que havia levado.

Em dado momento, porém, Marie prorrompeu em prantos e, com voz amargurada e sentida, pôs-se a se lamentar:

– Oh! minha pobre criança, de quem roubamos a oportunidade de conhecer o mundo. Sei que tua alma já descansa em paz, contudo, as nossas não encontraram ainda o caminho da redenção. Perdoa-nos!

Jean, ouvindo aquelas palavras, sem compreender bem o seu significado, interrompeu a prece de Marie, e levantando-a pelos ombros, indagou:

– Que dizes? Conheceste Lénore? Por que deveria ela perdoar-te? Que fizeste a ela?

Marie, tomada de assalto pelo rapaz, desconhecendo sua ligação com a morta, tentou se esquivar, balbuciando com embaraço:

– Senhor Jean, assustaste-me. Por favor, solta-me, preciso ir.

– Não antes de responderes a minhas perguntas. Conheceste Lénore?

– Sim, conheci.

– E a abadessa?

– Também. Mas por que queres saber?

– Ora, porque... porque fui seu noivo antes de ela se entregar àquele maldito conde.

Ouvindo isso, Marie se desvencilhou dele e desatou a correr, não se importando com a chuva que lhe batia no rosto. Jean, contudo, perplexo, depositou as flores no túmulo da moça e rumou para o convento, certo de que a abadessa teria uma explicação plausível para tudo aquilo. Ele lhe revelara toda a verdade. Por que ela então não lhe contara que conhecia Lénore?

A abadessa, avisada por Marie, já aguardava Jean em seu gabinete particular. Assim que chegou, foi logo introduzido.

– Senta-te – falou ela ao vê-lo entrar. – Precisamos conversar.

– Pois é certo que sim – concordou ele, curioso.

– Soube que encontraste Marie no túmulo da falecida Lénore.

– Sim, e muito me espantou sua presença ali. Não sabia que ela a conhecia, e muito menos tu, que nunca tocaste no seu nome, mesmo quando te confidenciei aquela tragédia.

– É verdade.

– Então, conhecias mesmo Lénore?

– Sim, conhecia.

– E por que não me disseste antes?

– Não podia.

– Não compreendo.

– Jean, o que te vou contar é profundamente doloroso para mim, como o é para a pobre Marie. No entanto, creio que chegou a hora de conheceres toda a verdade acerca da morte de tua noiva. Mas antes gostaria de dizer que gosto de ti como um filho, e que jamais pensei em fazer o que quer que fosse para magoar-te. Por favor, ao terminar de te contar o que agora te contarei, procura não me odiar. Mas, se o fizeres, eu entenderei.

Em minúcias, a abadessa narrou ao pobre Jean as desventuras de Lénore, não tentando ocultar ou justificar sua participação no aborto criminoso que lhe causara a morte. Ao final da narrativa, Jean, confuso, ergueu para a abadessa os olhos cheios de lágrimas e falou, com profunda amargura:

– Não te odeio pelo que fizeste, mas também não te posso perdoar. Foste cruel, mesquinha e ambiciosa, e tiraste a vida, não só de minha Lénore, mas também de vários inocentinhos que sequer tiveram a chance de lutar pela vida. De hoje em diante, nunca mais pretendo voltar aqui, e só lamento pelas criancinhas, de quem verdadeiramente gosto. Espero que saibas respeitar os meus motivos e nunca mais tornes a me procurar ou dirigir a palavra. Se assim o fizeres, agirei como se não te conhecesse.

Sem se despedir, virou as costas para a abadessa e saiu pisando firme, nunca mais tornando a vê-la desde então.

Capítulo 7

Elisa abriu os olhos e mansamente começou a chorar, emocionada que estava ante a revelação dos dramas vividos pelos personagens que conhecera na vida atual. Agora podia compreender muitas coisas; todas as dificuldades, os problemas, as aparentes injustiças e as injustificáveis desavenças e traições.

Com olhar límpido, fitou o rosto amigo do doutor Mariano e o semblante sereno de Maria do Socorro, e um sorriso de compreensão escapou de seus lábios, demonstrando que aquelas lembranças, apesar de significativas, não a chocaram ou angustiaram, e ela estava em paz consigo mesma, satisfeita por haver vencido mais uma etapa em sua jornada evolutiva. Depois que ela se refez, Maria do Socorro conduziu-a até sua casa, onde ela passaria a morar dali para a frente, e após instalá-la, recomendou-lhe um pouco de repouso e recolhimento.

– Mas dona Maria do Socorro – protestou ela –, quando poderei falar das impressões que tive? Afinal, foram vivências bastante fortes.

– Acalme-se, minha filha. Em breve voltaremos a falar. Por ora, é melhor que você descanse. Mais tarde, o doutor Mariano virá nos visitar, e então poderemos conversar sobre o que você viu e viveu. Agora durma. Vai lhe fazer bem.

Elisa, apesar de contrariada, não teve outro remédio senão obedecer. Ao deitar-se, percebeu o quanto estava cansada, e dormiu por horas, até que, ao cair da noite, Mariano apareceu para falar com ela.

– E então? – perguntou ele. – Como está se sentindo?
– Muito bem, obrigada. O sono que dormi foi, realmente, reparador.
– Gostaria de conversar sobre o que viu?
– Mas é claro que sim!
– Muito bem. Por onde quer começar?
– Gostaria de começar identificando, nesta vida atual, aqueles que figuraram naquela época longínqua, da qual já nem temos mais notícias.
– Pois então comece. Sinta-se à vontade para falar e perguntar o que desejar.

— Bom, estou certa de que fui aquela abadessa ambiciosa, que não hesitou em sacrificar dezenas de inocentes em nome do dinheiro — ao dizer isso, podia-se sentir um certo tom de amargura e pesar na voz de Elisa, que Mariano logo corrigiu:

— Esqueceu, minha filha, que a abadessa, ou você, procurou se redimir ajudando às pobres criancinhas órfãs?

— É verdade, tem razão. E creio que foi isso o que diminuiu um pouco a minha culpa, além dos conselhos e da amizade do padre Honore e de Marie.

— Reconheceu-os?

— Como poderia não reconhecê-los, pois que foram meus amados pais nessa vida.

— Sim. Marie, prudente e fiel, quis vir como Rosamaria, sua mãe, numa forma de retribuir sua generosidade por havê-la acolhido como filha após a morte de seus pais. Edmundo, alma sábia e nobre, afeiçoou-se a você de verdade, e assumiu a tarefa de educá-la e orientá-la, preparando-a para a missão que você mesma escolheu nessa vida.

— Mas, prosseguindo, vi que Jean era nada mais nada menos do que meu marido Leonardo, que também havia sido noivo de Lénore, hoje identificada na minha querida prima Rosali.

— Sim, está certo. Jean, ou Leonardo, já fora seu filho em outras vidas, daí a rápida simpatia surgida entre ambos. Ao descobrir a verdade sobre a morte de Lénore, ou Rosali, não conseguiu perdoá-la, e vocês dois assumiram o compromisso de, nessa vida, trabalharem o ressentimento então surgido. Foi por isso que Leonardo casou-se com você.

— No entanto, acabou por apaixonar-se por Rosali.

— Sim, mas essa paixão, como você chama, já existia antes da amizade surgida entre a abadessa e Jean, e foi recusada pela jovem Lénore, que estava interessada no conde. Só que Lénore, ao desencarnar, percebeu o quanto era sincero o sentimento de Jean, e optou por reencontrá-lo e reunir-se a ele após encerrado o seu compromisso com você.

— Mas, e quanto ao conde? Está claro pra mim que Victor era meu primo Alberto, mas, ao que parece, em nada se modificou desde então.

— Elisa, não devemos julgar. Victor, ou Alberto, é uma alma ainda muito infantil espiritualmente, e merece todo o nosso apoio para que possa evoluir. Victor sempre esteve acostumado a usar as mulheres, e foi o que fez com Lénore, não só naquela e nessa vida, como em muitas outras também.

– Pobrezinha da Rosali. Sempre sendo enganada por Alberto.

– Rosali não foi enganada por Alberto, mas se deixou enganar por ele.

– Ela o amava!

– Mas também amava o conforto que ele poderia lhe proporcionar. Naquela época, Lénore estava mais interessada na fortuna do conde do que propriamente em seu amor.

– É, isso lá é verdade. Mas ela era pobre; que esperanças poderia ter na vida?

– A mesma que hoje teve e soube aproveitar: um filho. Um filho para amar e que a amasse; um filho que seria seu consolo, seu amigo e companheiro. Em vez disso, Lénore preferiu submeter-se àquele aborto, certa de que, em seguida, receberia uma boa quantia e refaria sua vida, pensando até mesmo em reconquistar Jean, como forma de salvar sua reputação. Mas, quando tudo saiu errado, ela partiu do mundo com o coração carregado de ódio, culpando a todos que, de uma forma ou de outra, estavam envolvidos naquela tragédia. E esse ódio perdurou durante séculos, apenas se amenizando com relação a você, que soube conquistá-la com seu arrependimento, seu amor e sua doçura, e a Alberto, por quem ela nutria uma paixão irreverente e irresponsável.

Nesse momento, Elisa calou-se, pois seus sentimentos para com Rosali eram dos mais sinceros. O amor que sentia pela prima era genuíno, e não uma culpa camuflada, o que fazia com que ela se entristecesse ante as dificuldades que a fraqueza de espírito de Rosali lhe acarretavam. Mariano, notando que ela se abatera, confortou-a com carinho:

– Não se aflija, Elisa. Rosali hoje está bastante mudada, e creio que aprendeu muito com seu sofrimento. Ela teve diversas oportunidades de se modificar e as perdeu, mas agora soube aproveitá-las e traçar para ela novos rumos, ao contrário de outros personagens, que ainda persistem em seguir os mesmos caminhos.

– Sim, creio que está falando de Alberto, Adélia e Marialva, que cometeram as mesmas faltas de outrora, não é mesmo?

– Não falemos em faltas. Digamos que enveredaram pela mesma senda de antes. Victor, casado com Catherine, ou Adélia, traiu-a com a própria filha, Philoméne, hoje Marialva. Note que mãe e filha inverteram as posições que antes ocuparam, numa tentativa de conter o forte desejo que impulsionava a ambas para o conde. Na verdade, ao casar-se com Marialva, Alberto, bem como Adélia, teve a oportunidade de vencer seus instintos e vícios, já arraigados com o correr de tantos séculos. Contudo, o desejo foi maior, e Adélia, ou Catherine, inconscientemente "devolveu" a Marialva a traição que esta, como sua filha, cometera. Adélia não soube renunciar ao amor pelo único homem que talvez lhe fosse proibido, nem em nome do sentimento materno, assim como o amor filial não fora capaz de demover Philoméne de conquistar o homem que sempre fora o maior objeto de seus desejos.

— É uma pena que não tenham conseguido.

— Não é propriamente uma pena. Cada um evolui a seu tempo, e Alberto e Adélia não alcançaram ainda maturidade suficiente para compreender a necessidade de ultrapassarem essa barreira.

— Estava me esquecendo do conselheiro Édouard, encarnado como o atormentado Cristiano, pai de Marialva...

— Édouard era um homem extremamente orgulhoso e preso a falsos conceitos de hombridade. Para ele, a masculinidade, a virilidade, eram honras que deveriam ser exibidas publicamente, e ele tentou fazer do filho aquilo que gostaria para si mesmo. Mas Michel não estava interessado, porquanto sua alma estava ligada em outros valores, seu espírito necessitava viver outras experiências e ele reencarnou como homossexual. Édouard, preconceituoso e incompreensivo aos extremos, não foi capaz de conviver com o que ele considerava uma vergonha, e as perseguições que executou contra os homossexuais fez com que ele, mais tarde, experimentasse de seu próprio remédio, e reencarnou como o frágil Cristiano que, por rejeitar suas tendências, acabou sendo exposto ao ridículo e humilhado publicamente, como impiedosamente fizera tantas e tantas vezes. Não podemos generalizar, pois cada espírito necessita viver várias experiências e várias vidas, e Cristiano, em particular, veio ao mundo para viver na pele o preconceito, o drama da rejeição, e aprender que não devemos julgar nossos semelhantes, pois não nos cabe determinar o que é certo ou errado no comportamento humano. Cabe salientar que a moral dos homens é muito diferente da moral cósmica. Todos somos iguais diante de Deus, independente de nossas tendências e preferências sexuais. É preciso compreender que a sexualidade não interfere no coração do homem, e não qualifica o ser humano aos olhos do Pai.

— E quanto a Michel? Não pude reconhecê-lo em ninguém na vida atual.

— Michel há muito expiou o suicídio e, assim como Pietro, perdoou o pai, e hoje se encontra prestando valorosos serviços no socorro às vítimas de homicídios passionais.

— Que interessante. E o pobre Julien? Onde entra nisso tudo? Ficou claro que Julien reencarnou como Alfredo, que novamente teve um fim tão trágico!

— Sim, é verdade. Julien desenvolveu uma fixação doentia por Philoméne, já trazida de outras existências, e essa fixação, em vez de diminuir com o tempo, só fez aumentar. Assim, ao reencarnar como Alfredo, reconheceu em Marialva a mulher para sempre amada, e tudo fez para tê-la novamente.

— Só que dessa vez não conseguiu.

— Não, e o suicídio só veio piorar essa fixação. O ódio por Alberto, que o havia assassinado anteriormente, já se havia estabelecido naquela vida, em que Philoméne continuava a repeli-lo e a humilhá-lo por causa de Victor. Para Julien, Victor era o único culpado pelo desprezo que Philoméne lhe dedicava, assim como Alfredo culpava Alberto pela perda de Marialva.

— Que horror! Pobre Alfredo.

— Sim, realmente... talvez seja ele quem mais precise de nossa ajuda.

— Tem razão. Só não entendi por que Alfredo foi nascer justo como irmão de Rosali, já que entre eles não existiu qualquer vínculo.

— Engana-se, Elisa. Por acaso se esqueceu de que foi Julien quem levou a jovem Lénore para o castelo, a fim de *empurrá-la* para os braços do conde? E que o fez traindo a confiança de seus pais, que acreditaram em suas boas intenções?

— Meu Deus, é verdade! E os pais? É claro que continuaram os mesmos nessa encarnação.

— Sim, como você pôde perceber, Edgard, pai de Lénore, voltou como Osvaldo, pai de Rosali, e Alzire, sua mãe, como Helena. Ao expulsarem Lénore de casa, Edgard e Alzire, na nova vida, se viram diante de idêntica situação, e repetiram a mesma atitude, expulsando Rosali, igualmente grávida.

— Mas Alzire não foi responsável pela expulsão de Lénore.

— Na verdade, ninguém é responsável senão por seus próprios atos. Alzire não se culpou propriamente pela expulsão da filha, mas sim por sua omissão, pois que, com medo da reação do marido, calou-se e obedeceu suas ordens, abandonando Lénore quando esta mais precisava dela.

– Sim, mas Alzire, agora tia Helena, soube reagir à tirania de tio Osvaldo e saiu de casa.

– Helena veio a aprender a se posicionar, a se impor como ser humano, a não ser submissa, a expor sua vontade e seus pensamentos sem medo de desagradar a quem quer que seja. Faltava-lhe coragem para agir de acordo com seu desejo, o que acabava por estimular Osvaldo, antes Edgard, a fazer tudo o que quisesse, sem se preocupar com o respeito que deve a seus semelhantes. Helena, por pouco, não reviveu a mesma história. Embora não pudesse mais evitar ou desfazer o mal que, com seu silêncio, causara aos filhos, conseguiu resgatar o marido, ajudando-o a abrir os olhos e a enxergar o quanto havia sido incompreensivo e cruel. O próprio Osvaldo, depois disso tudo, trouxe para si a compreensão e, principalmente, o amor, que lhe faltavam quando vivera como Edgard.

– Isso é maravilhoso! Mas, e a senhora, então, dona Maria do Socorro – ajuntou ela, voltando-se para a amiga –, por acaso não seria Louise, irmã de Edgard, que desde aquela época já era tão boa e sensata?

– Nem tão boa nem tão sensata assim – respondeu ela com ternura. – Afinal, por medo de ser abandonada, sem ter para onde ir, agi como Alzire e me calei, compactuando, em silêncio, com aquela crueldade.

– Em compensação, agora conseguiu, com seus bons conselhos, orientar e esclarecer Rosali.

– Sim, mas Rosali muito contribuiu com sua vontade de mudar, o que a tornou bastante receptiva a meus conselhos. Além do mais, pude contar com a inestimável colaboração de Henri, o cirurgião que acabou por levar à morte tanto Lénore quanto seu filho.

– É mesmo. Henri... Havia me esquecido dele e do filho de Rosali, ou Lénore, que logo padecera, vítima daquele aborto infame. Henri, apesar de fisicamente diferente, é hoje Henrique, filho de Rosali, não é verdade?

– É verdade. Ao desencarnar, Henri, extremamente arrependido dos delitos que cometera, não podia suportar as fortes lembranças que a todo instante o atormentavam. Então, numa tentativa de diminuir a dor da culpa, adotou a forma que tivera enquanto jovem, quando era um rapazinho idealista e sonhador, que via na medicina uma profissão nobre e digna. Mas depois que o pai, um nobre perdulário e sem escrúpulos, levara a família à ruína, descobriu um meio fácil de enriquecer, praticando inúmeros abortos clandestinos.

– Pobre Henri, como deve ter sofrido, carregando tantos crimes na consciência.

– Sim, mas Henri cresceu muito desde sua última encarnação. Passados mais de três séculos, Lénore continuava ainda a odiá-lo, julgando-o culpado pela sua morte.

– Mas agora ela conseguiu vencer essa dificuldade e o perdoou, pois Henrique é para Rosali a razão de sua existência.

– Sim, e isso muito nos alegra e comove.

– Resta agora saber onde se encontra o pequeno abortado.

– Você fala de Marcel. Foi ele o responsável pelas freqüentes obsessões de que Rosali, e depois Henrique, se tornaram vítimas.

– Meu Deus, mas por quê?

– Porque Marcel queria muito reencarnar e foi impedido, principalmente por Rosali, que seria sua mãe. Espírito rebelde e doente, não foi capaz de compreender e perdoar, somente o fazendo depois que Henrique passou a conversar com ele esclarecendo-o sobre os valores da vida eterna.

– O que ele fez para merecer ser abortado de forma tão violenta, aborto esse do qual, infelizmente, participei?

– Marcel foi seu marido em sua última existência, a mesma em que matou Rosali com uma espada no coração.

– O quê? Meu marido? Mas como? E agora?

– Agora voltou à Terra como seu filhinho Edmundo, o último que teve antes de desencarnar, e que passou aos cuidados de Rosali.

Elisa, emocionada, pensou no quanto Deus era perfeito, intimamente agradecendo a infinita bondade da qual ela, filha amada do Criador, também fora digna de merecer.

No dia seguinte, Mariano foi procurar Elisa para, em companhia de Maria do Socorro e de seus dois assistentes, partirem rumo à crosta terrestre, a fim de visitarem aqueles que continuaram em sua luta no corpo físico.

Alguns anos haviam já se passado, e cada qual seguiu seu destino, tornando possível a materialização daquilo que haviam idealizado para si mesmos ainda no plano espiritual.

Primeiro foram à casa de Elisa, e ela muito se alegrou ao ver os filhos crescidos e bem cuidados. Abraçou-os comovida, sentindo no coração de Mário, Celeste e Joana uma docilidade natural, que os impulsionava para o bem. Edmundo, entretanto, apesar de amoroso, guardava um quê de rebeldia que muito a preocupou. Fitou

Mariano de forma interrogativa, mas ele a tranqüilizou, esclarecendo com ternura:

– Não se preocupe, Elisa. O pequeno Edmundo, apesar de rebelde, precisa apenas de amor e compreensão para domar seus instintos. Rosali e Leonardo têm-se saído muito bem, e hoje ele conta com uma "mãe" carinhosa, porém, enérgica.

Edmundinho completava seu terceiro ano de vida, e Elisa pôde rever os pais, a quem envolveu com ternura. O pai, mais sensível, sentiu imensa saudade da filha, o que logo atribuiu ao fato de que, naquele dia, completavam-se também três anos de sua partida. Depois de beijar os filhos, partiram novamente, em busca dos demais.

Encontraram o grupo reunido na sala de espera de uma clínica psiquiátrica, esperando para serem atendidos. Era sábado, dia de visitas, e Rosali, Leonardo, Osvaldo, Helena e Henrique tinham ido visitar Marialva, que desde o dia em que flagrara a mãe nos braços do marido, desenvolvera uma estranha obsessão, falando e agindo como se fosse outra pessoa, por vezes mesmo se esquecendo quem realmente era.

O choque que levara com a descoberta da infidelidade, não só de Alberto, como também, e principalmente, da mãe, fez com que ela definitivamente cedesse ao assédio de Alfredo, que passara então a subjugá-la, como uma verdadeira possessão. Alfredo estava de tal forma colado a ela que seria impossível afastá-lo sem que a moça desencarnasse, visto que a simbiose entre eles era de tal ordem que Marialva parecia "dividir" o corpo com o obsessor.

Ao sair da casa em que Alberto e a mãe mantinham seus encontros, Marialva começou a rir histericamente, um riso descontrolado e quase diabólico, deixando Lenita profundamente impressionada. Pensou, no entanto, que aquela estranha reação se devia ao forte trauma por que acabara de passar, e imaginou que logo terminaria. Contudo, os ataques foram aumentando, até que Marialva se tornou bastante agressiva, oscilando entre a euforia e a depressão.

Alberto, sem saber se voltava para casa ou se sumia das vistas da esposa, achou que era melhor retornar, ao menos para pegar suas coisas. Levou mais de uma semana para voltar, e quando afinal apareceu, encontrou Marialva suja e desgrenhada a perambular pela casa feito uma bruxa, e os criados profundamente assustados e sem saber o que fazer. Ao vê-lo, porém, ela exclamou furiosa:

– O que faz aqui? Não percebe que ela não quer mais vê-lo?

Confuso, Alberto, a princípio, pensou que ela estivesse falando de outra pessoa, talvez de Adélia mas, certificando-se de que não havia mais ninguém ali, indagou alarmado:

— De quem está falando? Quem não me quer mais ver?

— Mas como é cínico! E ainda tem coragem de perguntar? Depois de tudo o que fez, devia desaparecer de vez. Você não a merece; é vil demais para ela.

— Para quem? — insistiu Alberto já bastante apreensivo.

— Ora, como para quem! Para Marialva! E para quem mais haveria de ser?

Alberto recuou assustado. Será que a mulher enlouquecera de vez? Tentando manter a calma, amistosamente considerou:

— Você não é Marialva?

— Por certo que não! Então não percebe?

— Se você não é Marialva, quem é então?

— Isso não é da sua conta. Agora vá embora, não precisamos de você aqui.

Impressionado, Alberto correu ao consultório do doutor Herculano e narrou-lhe o ocorrido, desde o dia em que a esposa o flagrara na cama com Adélia. O médico, já acostumado a casos estranhos, diagnosticou que Marialva estava sendo vítima de forte psicose, concluindo que nada mais poderia ser feito, senão interná-la numa clínica especializada.

E assim foi, sendo Marialva levada à força para o Hospital Psiquiátrico e logo transferida, por insistência de Adélia, para um sanatório particular, onde o tratamento, embora ineficaz era, ao menos, humano.

Depois de providenciar a internação da filha, Adélia, a quem o remorso atormentava dia após dia, deixou-a aos cuidados do genro e partiu para a Europa, sem ao menos se despedir de Cristiano. Este, por sua vez, tentou ser nomeado curador da filha, mas a petição foi recusada, tendo em vista que Marialva era casada, cabendo ao marido essa função. Cristiano, então, envergonhado e não desejando encontrar-se com Alberto, retirou-se da sociedade, deixando a casa bancária nas mãos de seu gestor de negócios, e se refugiando num sitiozinho que adquirira nos arredores de Friburgo.

Marialva só contava com a visita de Alberto, a quem o arrependimento impunha todos os cuidados com a mulher, e de Lenita, que pouco ia vê-la. Num desses raros momentos em que o "acaso" fez com que se encontrassem, Lenita acabou por confidenciar a Alberto que o caso de

Marialva nada tinha de físico, e que ela estava sendo possuída pelo espírito atormentado de Alfredo.

Alberto, a princípio, duvidou. Mas depois, com o decorrer dos dias, começou a achar que talvez Lenita tivesse razão. Marialva agia como se fosse outra pessoa, e em seus raros momentos de lucidez, chorava e implorava a Alberto que a livrasse daquele demônio. Mas como ajudá-la? Depois de muito pensar, deixou de lado a vergonha e o constrangimento e foi procurar Lenita, pedindo a ela que o ajudasse a libertar a mulher daquela possessão.

– Eu bem que gostaria – respondeu Lenita –, mas não conheço ninguém realmente.

– Por favor, Lenita, ajude-me. Estou desesperado. Sinto que Marialva, cada vez mais, vai perdendo a consciência de si mesma. Temo que acabe por nunca mais voltar a si. Você entende de Espiritismo. Tanto que me alertou sobre isso. Deve haver alguém que você conheça e que possa me ajudar.

– Bom, conhecer, eu não conheço. Mas, se você quiser, posso dar-lhe o endereço da Federação Espírita Brasileira, que outro dia mesmo descobri. Lá, com certeza, eles lhe indicarão quem possa ajudar.

– Oh! Lenita, fico-lhe muito grato.

De posse do endereço, Alberto dirigiu-se à Federação, cheio de esperança. Entrou meio acanhado, olhando ao redor como se procurasse algo, até que deu com os olhos em um rapazinho de seus quinze anos que, acompanhado da mãe, conversava com a atendente no balcão. Imediatamente, reconheceu ali o filho, ao lado de Rosali, a quem há muito não via e, num impulso, encaminhou-se para onde eles estavam, parando bem em frente a eles. Logo que o viu, Rosali emudeceu surpreendida, mas Henrique disse com entusiasmo:

– Veja, mamãe. É o doutor Alberto quem ali se encontra.

Rosali, desconcertada, procurou se esquivar carregando o filho mas, lembrando-se da promessa que um dia lhe fizera, parou e, desviando o olhar, replicou com embaraço:

– É sim, meu filho, mas por favor, vamos embora.

– Mamãe, por que não o convidamos para um refresco?

– Henrique...

– A senhora sempre me disse que eu poderia, se quisesse. Por favor, mamãe...

– Meu filho, eu lhe prometi que se você quisesse conhecer seu pai, eu não faria mais qualquer objeção. No entanto, não me peça para tomar parte nesse encontro.

— Mas a senhora precisa apresentar-me formalmente a ele.

Encarando o pai, Henrique, com os olhos, convidou-o a se aproximar, e ele, intuitivamente compreendendo, acercou-se de ambos e cumprimentou:

— Boa tarde, Rosali. Como está passando?
— Bem, obrigada — retrucou ela secamente.
— Estou surpreso de vê-la aqui, num lugar como esse.
— Mais surpresa estou eu, já que você nunca foi ligado à espiritualidade.
— Por favor, Rosali, não recomece. Estou aqui em paz — e virando-se para Henrique, que o observava cheio de curiosidade, arrematou: — E você é o jovem Henrique, não é mesmo?
— Sim, senhor — respondeu ele com simpatia.
— Sabe quem sou?
— Sei sim. É meu pai.

Alberto ficou confuso e envergonhado. Não esperava aquela resposta assim tão direta, ainda mais que Rosali se encontrava ali presente, com ar pouco amistoso. Procurando agir com naturalidade, acrescentou:

— Este local me parece um pouco estranho para nos conhecermos, não concorda?
— Creio que não — discordou o filho com desembaraço. — Afinal, estamos todos envolvidos em vibrações de paz e harmonia, o que facilita a compreensão e o entendimento, não é mesmo, mamãe?

Rosali, zangada ante sua indesejada inclusão naquela conversa, olhou o filho com ar de reprovação e disse-lhe de forma apressada:

— Bom, Henrique, você já é um rapaz, e pode muito bem voltar para casa sozinho. Por isso, se desejar ficar e conversar com... seu pai... pode ficar. Espero-o em casa mais tarde.
— Oh, mamãe, mas é claro que gostaria! Isso é, se ele quiser.

Mal crendo no que ouvia, Alberto respondeu rapidamente, com medo de que ela mudasse de idéia e levasse o filho:

— Sim, é tudo o que desejo. Sua mãe sabe disso.
— Muito bem, então — atalhou ela. — Mas procure não se demorar. Você sabe que seu avô não gosta que nos atrasemos para o jantar.
— Está certo, mamãe. Não me demorarei.
— Rosali, espere — interrompeu Alberto. — Por que não fica também?
— Não tenho nada a dizer a você. Prometi a Henrique que consentiria na sua aproximação e estou cumprindo minha promessa. E é só. Não misture as coisas, por favor, e agradeça a oportunidade de falar com ele.

Mas não tente se reaproximar de mim, ou farei com que você nunca mais ponha os olhos em cima do *meu* filho.

Rosali saiu espumando de raiva. Era só o que faltava! Sentar-se à mesa com aquele canalha! Jamais!

O encontro entre Alberto e Henrique foi dos mais animados. Tinham muito o que conversar, mas logo de início podia-se perceber que existia uma forte afinidade entre eles. Alberto, no intuito de conquistar a confiança e o amor do filho, usou com ele de toda sua sinceridade, abrindo seu coração com honestidade, como jamais ousara fazer com qualquer outra pessoa.

Chorando, pediu-lhe perdão inúmeras vezes, prometendo que, dali para a frente, tudo faria para compensar a dor e a humilhação que lhe causara, fazendo o mesmo por sua mãe, se assim ela o permitisse. Henrique, por sua vez, alma esclarecida e elevada, logo perdoou o pai, e jurou que tudo faria para que a mãe também o perdoasse, terminando de uma vez por todas com aquele ódio que já se vinha arrastando por longos anos.

Alberto, em seguida, contou ao rapaz o que se sucedera com a esposa, terminando com as desconfianças de Lenita, que o induziram a buscar ajuda no Espiritismo. Henrique, já bastante acostumado ao estudo da doutrina espírita, confortou o pai, dizendo que envidaria todos os esforços para convencer seu grupo a auxiliar a enferma.

De tão entretido que estava na conversa, Henrique não viu a hora passar, e chegou à casa atrasado para o jantar, mas estranhou que ninguém, nem a mãe, nem o avô, nem a avó, reclamou ou chamou sua atenção. Ao contrário, receberam-no com o carinho e o afeto de sempre, recomendando-lhe apenas que lavasse as mãos e sentasse com eles, usufruindo, assim, dos últimos momentos daquela intimidade em família.

Foi assim que Marialva passou a receber ajuda espiritual. Rosali, a princípio, quis recusar, alegando que não seria capaz de prestar socorro àquela que, juntamente com Alberto, tramara sua destruição. Mas Henrique acabara por convencê-la, fazendo-a ver que Marialva era uma alma doente, que necessitava de sua ajuda para curar-se.

Além disso, o obsessor parecia mesmo ser Alfredo, que fora seu irmão, e por quem, certamente, possuía algum sentimento. Além de sensibilizada com o sofrimento da outra e com o tormento do irmão, Rosali se lembrou de que um dia, ela mesma pedira a Deus uma nova chance para demonstrar seu arrependimento. Eis que agora a oportunidade se fizera, e Rosali, já bastante imbuída do espírito cristão, concordou em socorrê-los. Os novos amigos compareciam à clínica semanalmente, quando então oravam fervorosamente, liam o *Evangelho* e convidavam Alfredo a abandonar a moça, tentando mostrar-lhe que não era feliz ali, e que sua infelicidade acabara por prejudicar Marialva, a quem tanto dizia amar.

No começo, Marialva recusou-se a recebê-los, xingando-os e ameaçando, inclusive, matar-se. Contudo, ao deparar com os límpidos olhos azuis de Henrique, plenos de ternura e bondade, Marialva se comoveu, e Alfredo se sentiu intimidado com tanta luminosidade partindo de um espírito ainda encarnado.

Quando Alfredo descobriu que Henrique era seu sobrinho, algo nele aplacou sua ira, e embora não largasse o corpo de Marialva, ao menos sossegava a alma, a fim de ouvir as palavras de conforto que ele sempre tinha para dizer. Além do mais, a presença dos pais ali também lhe servia de bálsamo, pois o sentimento paterno e, principalmente o materno, era fonte segura e inesgotável de amor.

Embora Alfredo até desejasse seguir seu caminho, a obsessão por Marialva impedia-o de se libertar, e ele permanecia preso a ela, se bem que já se pudesse distinguir a presença de um e de outro. Marialva, profundamente perturbada, somente sentia algum conforto em companhia de Henrique, a quem julgava um anjo enviado por Deus para libertá-la. Apesar de sua mente ainda estar praticamente dominada por Alfredo, Marialva ia aos poucos demonstrando certa melhora, em alguns momentos até conversando com normalidade e lucidez.

Apenas o marido não estava mais autorizado a vê-la. É que suas constantes visitas acabaram por deixá-la ainda mais agitada e agressiva, e o grupo espírita chegou à conclusão de que a presença de Alberto instigava o ódio de Alfredo, que ainda não se encontrava preparado para perdoá-lo. Mas ele, todos os sábados, acompanhava os demais até o sanatório, esperando notícias do lado de fora, ocasiões em que levava frutas, livros, revistas e outros pequenos agrados, que Marialva recebia com pouco interesse.

Tanta dedicação finalmente chamou a atenção de Rosali, que acabou por sensibilizar-se, também, com o infortúnio de Alberto. Incentivada por Henrique, pelos pais e pelo próprio Leonardo, começou a falar com ele de forma um pouco mais amigável, até que acabaram por marcar um encontro para conversarem a sós, visando pôr um fim em tanto ressentimento.

Os dois se encontraram na casa de Alberto, que passara a viver sozinho, e Rosali foi recebida com respeito e consideração. Iniciada a conversa, Alberto repetiu a ela tudo o que já havia dito a Henrique:

– Rosali, sei que o que fiz não merece perdão. Contudo, estou sinceramente arrependido, e ficaria muito feliz se você, ao menos, não me odiasse.

Após pensar em silêncio, Rosali encarou Alberto, e medindo cuidadosamente as palavras, respondeu com voz embargada:

– Alberto, eu já o odiei um dia, e muito. Mais tarde, porém, pensei que a causa desse ódio, em verdade, fosse o amor que ainda sentia por você. Julguei que esse amor, traído e humilhado, não deveria existir, e senti raiva de mim mesma por achar que o amava. Por isso quis me vingar de você: para matar em mim um sentimento que ainda era muito forte. Hoje, contudo, mais amadurecida, vejo que eu mesma fui responsável por tudo o que me aconteceu, e que você nada mais foi do que um instrumento para me fazer compreender que era eu quem precisava me modificar para estar em paz comigo mesma. Por isso, posso dizer-lhe que hoje não o odeio mais, e que o amor que antes sentia por você ainda existe, mas de uma forma diferente. Amo-o, não com paixão, mas como se ama um ser humano que, um dia, teve importante papel em minha vida e que muito me ajudou a crescer.

Emocionado, Alberto começou a chorar e desabafou:

– Nem sei o que lhe dizer, Rosali. A verdade é que eu, depois de tudo o que fiz a você e a Marialva, comecei a refletir sobre os meus atos, e cheguei à conclusão de que fui egoísta, perverso e impiedoso. Mas agora quero mudar. Estou realmente arrependido e desejo conhecer a espiritualidade, e espero que esse conhecimento possa fazer a mim o mesmo bem que fez a você.

– A espiritualidade nos faz entender os verdadeiros valores da vida e auxilia aqueles que estão dispostos a se modificar.

– Mas eu estou disposto. Principalmente porque agora posso conviver com o único tesouro que possuo, e que tão tarde descobri.

– Henrique?

– Sim. Ele hoje é tudo para mim, e é um rapaz muito diferente dos outros de sua idade.

– Sim. Henrique é especial, e eu o amo muito.

– Eu também o amo, e quero que ele sinta o mesmo por mim.

– Ele já sente. Você é o pai dele, e isso já é o suficiente para amá-lo.

– Obrigado, Rosali, muito obrigado – concluiu Alberto segurando-lhe as mãos em sinal de afeto e gratidão.

Naquele momento, Rosali e Alberto puderam sentir que toda a mágoa, todo o ressentimento, todo o ódio haviam cedido lugar a um amor fraterno, que os faria superar as amarguras e assuntos não resolvidos no decorrer das várias existências. Dali para a frente, poderiam conviver em paz.

Epílogo

Elisa, do plano espiritual, acompanhara a visita que seus entes queridos fizeram a Marialva e, auscultando-lhes os pensamentos, ficara a par de tudo o que acontecera nos três anos em que estivera ausente, estudando e aprendendo na colônia em que passara a viver. Ela estava feliz. Rosali, conforme prometera, ajudava na criação e educação de seus filhos, principalmente do pequeno Edmundo, que até a chamava de mãe.

Apenas uma coisa ela não compreendia: por que a prima não havia se casado com Leonardo depois que ela desencarnara? Não se amavam? Pediu esclarecimentos a Maria do Socorro.

– Na verdade, Elisa, Rosali sente-se culpada por amar Leonardo, e pensa que a estará traindo se aceitar casar-se com ele.

– Mas que bobagem! Pois se fui eu mesma quem pediu que ela cuidasse dele.

– Sim, mas Rosali ainda lhe é extremamente devotada, e ciente da eternidade da alma, não quer trazer-lhe mais nenhum sofrimento.

– Ora, dona Maria do Socorro, isso não pode ficar assim. Vou tentar resolver esse assunto.

Aproveitando-se de um momento em que Leonardo se encontrava a sós com Rosali, observando a algazarra das crianças, acercou-se dele e soprou-lhe no ouvido:

– Por que não pede Rosali em casamento?

Leonardo, altamente receptivo, repetiu as palavras de Elisa como se fossem suas:

– Rosali, gostaria de se casar comigo?

– Ora, Leonardo, de novo? – revidou ela com uma certa impaciência. – Você sabe que não podemos.

– Por que não? – indagou Elisa. – Não estarão fazendo nada de mais.

– Por quê? – repetiu ele. – Não vejo mal algum nisso. Além do mais, as crianças a adoram, principalmente Edmundinho, para quem você é a única mãe que ele conhece.

– Ele tem razão, Rosali. Pense na promessa que me fez. Edmundo, na verdade, é mais seu filho do que meu.

– Você não deixa de ter uma certa razão, pois as crianças precisam mesmo de uma mãe – concordou Rosali. – Celeste já está uma mocinha, e precisa dos conselhos maternos. E o pequeno Edmundo depende de mim para tudo. Entretanto, você sabe muito bem que a memória de Elisa ainda continua viva em meu coração.

– Rosali – sussurrou a prima –, eu a amo muito e sei que você também me ama. No entanto, para permanecer viva em seu coração, basta que você se lembre de mim com ternura. Mas não precisa sufocar o que sente por Leonardo com medo de magoar-me. Isso para mim já não tem importância. Você não o ama? Ele não a ama?

Rosali captou-lhe o pensamento, e começou a mudar de idéia. Afinal, eles se amavam, e o que sentiam era puro e sincero. Elisa havia partido, deixando Leonardo viúvo. Não estaria traindo ninguém.

– Isso mesmo – continuou Elisa. – Não há que se falar em traição. Eu ficaria muito feliz se vocês se casassem.

– E então? – insistiu Leonardo. – O que me diz?

– Não sei. Vou pensar.

Aquela resposta soou praticamente como um sim para Leonardo. Desde que Elisa morrera, passado o período próprio do luto, várias vezes ele pedira a mão de Rosali em casamento, mas ela sempre recusara, alegando que não iria trair a memória da prima. Mas agora, esse "vou pensar" enchera-o de esperança, e ele passou a acalentar a idéia de, realmente, poder desposá-la. Durante alguns meses, Rosali ficou amadurecendo aquela idéia, sempre inspirada por Elisa.

Até que um dia, convencida pelas palavras da prima, com quem chegara a sonhar, resolveu aceitar o pedido de Leonardo, e as bodas se realizaram com simplicidade e alegria. As crianças ficaram exultantes, e Leonardo, com a autorização de Alberto, registrou Henrique como seu filho, visto que o pai, por ser casado, estava legalmente impedido de fazê-lo. Leonardo pretendia apenas dar-lhe um nome, sem pensar em subtrair ao outro os direitos e deveres morais que a paternidade acarretava.

Depois da cerimônia de casamento, Leonardo e Rosali partiram para Paris em viagem de lua-de-mel, deixando as crianças aos cuidados de Edmundo e Rosamaria, que os vieram visitar, e de Osvaldo e Helena, por demais afeiçoados a todos.

O navio deixou a barra sob um céu de estrelas, e a lua cintilante deitava no mar um rastro iluminado e ondulante, a acompanhar a cadência das ondas. Ao ver o navio partir, Rosali, misteriosa, ocultou o rosto no peito de Leonardo e chorou. Eram lágrimas sentidas, que ele não sabia identificar se de dor ou de alegria. Seriam as lembranças de uma outra partida, muitos anos atrás, quando fora lançada para o exílio, sem amigos e sem esperanças? Ou seria a felicidade da vitória, arduamente conquistada, que, naquele momento, a fazia compreender que tudo valera a pena?

Durante muito tempo permaneceram no convés, sem nada dizer, o pranto de Rosali a encher o silêncio da noite. Leonardo apenas acariciava e beijava seus cabelos, esperando que ela dissesse alguma coisa, pois não queria quebrar aquele momento único em que ela dividia com seus pensamentos toda a história de uma vida.

Súbito, erguendo para o céu os olhos molhados, brilhantes como as estrelas a faiscar, Rosali pôs a mão nos lábios e, num gesto delicado e sentido, soprou ao vento um beijo prolongado, terminando por dizer:

– Leonardo, você não acha que acreditar que a luz existe faz da escuridão apenas um breve caminho para se atravessar?

Fim

Sucessos de ZIBIA GASPARETTO

Crônicas e romances mediúnicos.
Retratos de vidas nos caminhos da eternidade.
Mais de quatro milhões de exemplares vendidos.

- Crônicas: Silveira Sampaio
PARE DE SOFRER
O MUNDO EM QUE EU VIVO
BATE-PAPO COM O ALÉM
- Crônicas: Zibia Gasparetto
CONVERSANDO CONTIGO!

- Autores diversos
PEDAÇOS DO COTIDIANO
VOLTAS QUE A VIDA DÁ

- Romances: Lucius
O AMOR VENCEU
O AMOR VENCEU *(em edição ilustrada)*
O MORRO DAS ILUSÕES
ENTRE O AMOR E A GUERRA
O MATUTO
O FIO DO DESTINO
LAÇOS ETERNOS
ESPINHOS DO TEMPO
ESMERALDA
QUANDO A VIDA ESCOLHE
SOMOS TODOS INOCENTES
PELAS PORTAS DO CORAÇÃO
A VERDADE DE CADA UM
SEM MEDO DE VIVER
O ADVOGADO DE DEUS
QUANDO CHEGA A HORA
NINGUÉM É DE NINGUÉM

Sucessos de LUIZ ANTONIO GASPARETTO

Estes livros irão mudar sua vida! Dentro de uma visão espiritualista moderna, estes livros irão ensiná-lo a produzir um padrão de vida superior ao que você tem, atraindo prosperidade, paz interior e aprendendo acima de tudo como é fácil ser feliz.

ATITUDE
SE LIGUE EM VOCÊ *(adulto)*
SE LIGUE EM VOCÊ - nº 1, 2 e 3 *(infantil)*
A VAIDADE DA LOLITA *(infantil)*
ESSENCIAL *(livro de bolso com frases para auto-ajuda)*
FAÇA DAR CERTO
GASPARETTO *(biografia mediúnica)*
CALUNGA - "Um dedinho de prosa"
CALUNGA - Tudo pelo melhor
CALUNGA - Fique com a luz...
PROSPERIDADE PROFISSIONAL
CONSERTO PARA UMA ALMA SÓ *(poesias metafísicas)*

série CONVERSANDO COM VOCÊ:
(Kit contendo livro e fita k7)
1- Higiene Mental
2- Pensamentos Negativos
3- Ser Feliz
4- Liberdade e Poder

série AMPLITUDE:
1- Você está onde se põe
2- Você é seu carro
3- A vida lhe trata como você se trata
4- A coragem de se ver

INTROSPECTUS:
Jogo de cartas para auto-ajuda.
Modigliani criou através de Gasparetto, 25 cartas mágicas com mensagens para você se encontrar, recados de dentro, que a cabeça não ousa revelar.

OUTROS AUTORES

Conheça nossos lançamentos que oferecem a você as chaves para abrir as portas do sucesso, em todas as fases de sua vida.

LOUSANNE DE LUCCA:
- ALFABETIZAÇÃO AFETIVA

MARIA APARECIDA MARTINS:
- PRIMEIRA LIÇÃO
"Uma cartilha metafísica"
- CONEXÃO
"Uma nova visão da mediunidade"

VALCAPELLI:
- AMOR SEM CRISE

VALCAPELLI e GASPARETTO:
- METAFÍSICA DA SAÚDE:
vol.1 (sistemas respiratório e digestivo)

ELISA MASSELLI:
- QUANDO O PASSADO NÃO PASSA
- NADA FICA SEM RESPOSTA
- DEUS ESTAVA COM ELE

RICKY MEDEIROS
- A PASSAGEM
- QUANDO ELE VOLTAR

MARCELO CEZAR (ditado por Marco Aurélio)
- A VIDA SEMPRE VENCE
- SÓ DEUS SABE

MÔNICA DE CASTRO (ditado por Leonel)
- UMA HISTÓRIA DE ONTEM

LUIZ ANTONIO GASPARETTO

Fitas K7 gravadas em estúdio, especialmente para você!
Uma série de dicas para a sua felicidade.

- **PROSPERIDADE:**
Aprenda a usar as leis da prosperidade.
Desenvolva o pensamento positivo corretamente.
Descubra como obter o sucesso que é seu por direito divino, em todos os aspectos de sua vida.

- **TUDO ESTÁ CERTO!**
Humor, música e conhecimento em busca do sentido da vida.
Alegria, descontração e poesia na compreensão de que tudo é justo e Deus não erra.

- **série VIAGEM INTERIOR (1, 2 e 3):**
Através de exercícios de meditação mergulhe dentro de você e descubra a força da sua essência espiritual e da sabedoria.
Experimente e verá como você pode desfrutar de saúde, paz e felicidade desde agora.

- **TOULOUSE LAUTREC:**
Depoimento mediúnico de Toulouse Lautrec, através do médium Luiz Antonio Gasparetto, em entrevista a Zita Bressani, diretora da TV Cultura (SP).

- série PRONTO SOCORRO:
Aprenda a lidar melhor com as suas emoções, para conquistar um maior domínio interior.
1. Confrontando o desespero
2. Confrontando as grandes perdas
3. Confrontando a depressão
4. Confrontando o fracasso
5. Confrontando o medo
6. Confrontando a solidão
7. Confrontando as críticas
8. Confrontando a ansiedade
9. Confrontando a vergonha
10. Confrontando a desilusão

- série CALUNGA:
A visão de um espírito, sobre a interligação de dois mundos, abordando temas da vida cotidiana.
1. Tá tudo bão!
2. "Se mexa"
3. Gostar de gostar
4. Prece da solução
5. Semeando a boa vontade
6. Meditação para uma vida melhor
7. A verdade da vida
8. "Tô ni mim"

- série PALESTRA
1- A verdadeira arte de ser forte
2- A conquista da luz
3- Pra ter tudo fácil
4- Prosperidade profissional (1)
5- Prosperidade profissional (2)
6- A eternidade de fato
7- A força da palavra
8- Armadilhas do coração
9- Se deixe em paz
10- Se refaça
11- O teu melhor te protege
12- Altos e baixos
13- Sem medo de errar
14- Praticando o poder da luz em família
15- O poder de escolha

PALESTRAS GRAVADAS AO VIVO:

- série PAPOS, TRANSAS & SACAÇÕES
1- Paz emocional
2- Paz social
3- Paz mental
4- Paz espiritual
5- O que fazer com o próprio sofrimento?
6- Segredos da evolução
7- A verdadeira espititualidade
8- Vencendo a timidez
9- Eu e o silêncio
10- Eu e a segurança
11- Eu e o equilíbrio

- série PALESTRA AO VIVO
1- Caia na real *(fita dupla)*

- LUZES
Coletânea de 8 fitas k7. Curso com aulas captadas ao vivo, ministradas através da mediunidade de Gasparetto.
Este é um projeto idealizado pelos espíritos desencarnados que formam no mundo astral, o grupo dos Mensageiros da Luz.

LUIZ ANTONIO GASPARETTO EM CD

Títulos de fitas k7 que já se encontram em CD

- Prosperidade
- Confrontando a ansiedade
- Confrontando a desilusão
- Confrontando a solidão
- Confrontando as críticas

LUIZ ANTONIO GASPARETTO
em vídeo

- SEXTO SENTIDO

Conheça neste vídeo um pouco
do mundo dos mestres da pintura,
que num momento de grande ternura
pela humanidade, resolveram voltar
para mostrar que existe vida além da vida,
através da mediunidade de Gasparetto.

- MACHU PICCHU

Visite com Gasparetto a
cidade perdida dos Incas.

- série VÍDEO & CONSCIÊNCIA

Com muita alegria e arte, Gasparetto
leva até você, numa visão metafísica,
temas que lhe darão a oportunidade de
se conhecer melhor:
O MUNDO DAS AMEBAS
JOGOS DE AUTO-TORTURA
POR DENTRO E POR FORA

ESPAÇO VIDA & CONSCIÊNCIA

Acreditamos que há em você muito mais condições de cuidar de si mesmo do que você possa imaginar, e que seu destino depende de como você usa os potenciais que tem.

Por isso, através de PALESTRAS, CURSOS-SHOW e BODY WORKS, GASPARETTO propõe dentro de uma visão espiritualista moderna, com métodos simples e práticos, mostrar como é fácil ser feliz e produzir um padrão de vida superior ao que você tem. Faz parte também da programação, o projeto VIDA e CONSCIÊNCIA. Este curso é realizado há mais de 15 anos com absoluto sucesso. Composto de 8 aulas, tem por objetivo iniciá-lo no aprendizado de conhecimentos e técnicas que façam de você o seu próprio terapeuta.

Participe conosco desses encontros onde, num clima de descontração e bom humor, aprenderemos juntos a atrair a prosperidade e a paz interior.

Maiores informações:

Rua Salvador Simões, 444 • Ipiranga • São Paulo • SP

CEP 04276-000 • Fone Fax: (11) 5063-2150

Gasparetto

INFORMAÇÕES E VENDAS:

Rua Santo Irineu, 170
Saúde • CEP 04127-120
São Paulo • SP • Brasil
✆: (11) 5574-5688 / 5549-8344
FAX: (11) 5571-9870 / 5575-4378
e-mail: gasparetto@snet.com.br
site: www.gasparetto.com.br